JN001388

# Hamnet

Maggie O'Farrell

# ハムネット

マギー・オファーレル
小竹由美子 訳

# ハムネット

HAMNET
by
Maggie O'Farrell



Illustration by Cally Conway
Original Jacket Design by Yeti Lambregts
Design by Shinchosha Book Design Division

ウィルへ

## 歴史的背景

一五八〇年代のこと、ストラトフォードのヘンリー通りに住むとある夫婦には三人の子どもがいた。スザンナ、そして双子のハムネットとジュディス。

男の子、ハムネットは、一五九六年、十一歳で死んだ。

四年ほどあとに、父親は『ハムレット』という戯曲を書いた。

あの人はもういない
あの人はもういない
頭を覆う青い草
足もとに立つ墓の石。

（『ハムレット』第四幕第五場、松岡和子訳）

Hamnet（ハムネット）とHamlet（ハムレット）は実際には同じ名前で、十六世紀末から十七世紀初頭にかけてのストラトフォードの記録文書においては、どちらを使ってもまったく差し支えなかった。

（スティーヴン・グリーンブラット『ハムネットの死とハムレットの創作』
ニューヨーク・レビュー・オブ・ブックス〔二〇〇四年十月二十一日号〕）

# 第一部

男の子が階段を下りてくる。

幅の狭い折れ階段だ。彼は一段一段ゆっくりと、壁に沿って体を滑らせ、靴でどすんどすんと音を立てて踏みしめる。

いちばん下に近づくと、ちょっと立ち止まって来たほうを振り返る。それから、いきなり決然と、最後の三段を飛び降りる、いつもの習慣だ。着地するときよろめいて、石を敷いた床に膝をつく。

夏も終わりの風のないむっとする日で、階下の部屋には陽光が長い筋になって差し込んでいる。太陽が外から男の子をにらみつけ、漆喰壁に取り付けられた窓は格子のある黄色い板のようだ。

彼は脚をさすりながら立ち上がる。まず階段の上を見る、ついで、どちらへ向かって走っていったらいいか決めかねてべつのほうを見る。

部屋には誰もおらず、暖炉では炎がなおもちろちろうごめき、オレンジ色の燃えさしから立ち上る煙が柔らかく渦を巻いている。膝小僧の怪我が心臓の鼓動にあわせてずきずき疼く。階段へ続くドアの掛け金に片手をかけて立ち、革靴の擦り傷だらけのつま先を持ち上げて、駆け出す体勢になる。明るい、ほぼ金色に近い髪の房が、額からつっ立っている。

ここには誰もいない。

男の子は溜息をつき、生暖かい埃っぽい空気を吸い込むと、部屋を横切って戸口から通りへ出る。手押し車や馬や行商人のざわめき、大声で呼び交わす人たち、上のほうの窓からずだ袋を投げる男、そんな騒ぎを男の子は気に留めない。彼は家の前を歩いて隣の戸口を入る。

祖父母の家のにおいはいつも同じだ。薪の煙に艶出し剤に革やウールが混ざったもの。隣接している二部屋からなる住居と似てはいるのだけれど、言うに言われない違いがある、大きな母屋の横の狭い空間に祖父が建てたその住居で、彼は母と姉妹たちとともに暮らしている。どうしてこうなんだろう、とときどき不思議に思うことがある。二つの住居は結局のところ編み枝細工の薄い壁で仕切られているだけなのに、それぞれの家の空気は別種のもので、においも違うし、温度も違うのだ。

この母屋には、隙間風や空気が渦巻く音、祖父の工房からのコンコンカンカン叩く音、客が窓を叩いて呼ぶ声、裏庭の騒がしい音、叔父たちが出たり入ったりする物音が響いている。

でも今日は違う。男の子は廊下に立って作業の気配がしないか聞き耳をたてる。その場から、右手にある工房が無人なのが見える、作業台のスツールには誰もすわっていないし、道具はカウンターの上にうっちゃられ、置き去りにされた手袋が、トレイの上に手形みたいに並んだまま目立つところに放り出されている。販売用の窓は閉じられてしっかり閂(かんぬき)がかかっている。左手の食堂にも誰もいない。長い食卓には重ねたナプキンが一山、明かりの灯っていないロウソク、羽毛が一山。それだけだ。

彼は大声で挨拶の言葉を叫ぶ、問いかけるように。一度、二度、彼は声を張り上げる。それから、首を傾げて反応がないか耳をすます。

何もない。日に照らされた梁がゆっくり伸びてきしむ音だけだ、ドアの下や部屋のあいだを過る空気の溜息のような音、リネンのカーテンが揺れる音、火がはぜる音、静まり返った家が発する何やらわからない物音だけで、空っぽだ。

彼の指はドアの鉄の取っ手を握りしめる。こんなに遅い時間になってもこの日は暑く、彼の額には汗がにじみ、背中にも伝う。膝の痛みが強くなり、ズキンと疼いて、それからまた引いていく。

男の子は口を開く。名前を呼ぶ、一人ずつ、ここに、この家に住んでいる全員の名を。祖母。女中。叔父たち。叔母。徒弟。祖父。男の子はつぎつぎと、全員の名を呼んでみる。一瞬、父の名も呼ぼうかという考えが心を過る、父に呼びかけようかと、だが父は何マイルも離れた、何時間も、何日もかかるロンドンにいて、男の子はそこへは行ったことがない。

でもいったい母はどこにいるのだろう、姉は、祖母は、叔父たちは？　女中はどこにいるんだ？　祖父はどこだろう、ふつう日中は家から出ず、たいてい工房にいて、徒弟にガミガミ言ったり、売り上げを記帳したりしているのに？　みんなどこへ行ったんだ？　二つの家がどちらも空っぽだなんて、どういうことだろう？

男の子は廊下を進む。工房のドアのところで、立ち止まる。肩越しにちらと見て誰もいないのを確かめてから、中へ入る。

手袋を作る祖父の工房へは、めったに入れてもらえない。戸口にたたずむことさえ禁じられている。そこでぼうっとつっ立ってるんじゃない、と祖父に怒鳴られる。男が真面目に仕事しているのを、なんで足を止めてぼけっと見つめたりするんだ？　お前はそこで口をぽかんと開けてぼうっとしてるしか能がないのか？

ハムネットは頭の回転が速い。学校の授業は苦もなく理解できる。言われていることの論理や要点を摑み、すぐに覚えられる。動詞だの文法だの時制だの修辞だの数字だの計算だのを頭に浮かべるのは簡単で、ときどきほかの男の子たちから妬まれることもある。だが、彼の心はまた、すぐにほかのことに気を取られてしまいもする。ギリシャ語の授業中に通りを荷馬車が通ると、彼の注意は石板からそれ、あの荷馬車はどこへ行くのだろうとか何を運んでいるのだろうとか、姉妹たちといっしょに叔父さんに、干し草を積んだ荷馬車に乗せてもらったっけ、あれは気持ちよかったなあ、刈ったばかりの草の香りとチクチクする感触、くたびれた雌馬の蹄のリズムに合わせて車輪が回って、などと思いめぐらせてしまう。ここ数週間のうち、ちゃんと聞いていなかったからという理由で学校で鞭をくらったのは二度ではすまない（もう一度、あと一度でもそんなことがあったら、あんたのお父さんに手紙で知らせるからね、と祖母から言われていた）。教師たちにはどうもわからない。ハムネットは覚えが早く、そらで復唱できる、なのに学業に専念しようとしないのだ。

空から鳥の鳴き声がすると、話を途中でやめてしまう、まるで天そのものの一撃によって耳も聞こえず話もできなくなってしまったかのように。部屋に誰かが入ってくるのが目の隅に映ると、やっていたこと――食事、読書、授業内容の清書――を中断して、その人物が自分にだけ大事なメッセージを持ってきたかのように見つめる。彼には、周囲の現実の世界から抜け出して、べつの場所へ行ってしまうようなところがある。体は部屋にすわっていても、頭のなかではどこかべつの場所にいるのだ、べつの人間として、彼しか知らないところに。この子ったら、目を覚ましなさい、と祖母は怒鳴り、彼に向かって指をぱちんと鳴らす。戻ってらっしゃい、と姉のスザンナは声を張り上げ、彼の耳をはじく。授業に集中しなさい、と学校の教師たちは叱る。どこへ行ってたの？　ジュディスは囁き声で問いかけてくる、彼がやっとまたこの世界に戻ると。我に返ってあたりを見まわして、自分が家に、家の食卓にいて、家族に囲まれ、母がちょっと微笑みながら息子がどこに行っていたのかちゃんと知っていると言いたげな目でこちらを見ているのに気が付くと。

　同様に、今こうして禁じられた場所である手袋工房へ入っていくと、ハムネットは自分が何をしようとしていたのか忘れてしまう。つかのま自分が繋がれている場所から漂い出てしまう、ジュディスの具合が悪く、誰かに面倒をみてもらわないとならない、自分は母とか祖母とか、どうすればいいかわかっている人を探しているのだという事実から、ふわふわ離れてしまう。

　横木に皮が何枚もぶら下がっている。斑(ぶち)のある赤さび色の鹿皮や、デリケートでしなやかな子山羊皮、小さなリスの皮、肌理(きめ)が粗くて剛毛の生えた猪皮などが。ハムネットにはちゃんと識別できる。近寄っていくと、皮はぶら下がったままうごめき始める、まるでまだ命がほんのちょっぴり、彼が近づいてくるのが聞こえるのにじゅうぶんなだけ残っているかのように。ハムネットは人差し指を伸ばして山羊の皮に触れる。たとえようもなく柔らかく、暑い日に泳いでいると脚をこする川の水草みたいだ。皮はそっと前後に揺れる、広げた脚を伸ばして、鳥か悪鬼(グール)が飛んでいるようだ。

　ハムネットは振り向き、作業台の二つの席を眺める。詰め物をした革製のほうは祖父のズボンで擦(す)れてすべすべしていて、堅い木のスツールは、徒弟のネッドのものだ。作業台の上の壁のフックに掛かっている道具を眺める。どれが切るためのもので、どれが伸ばすためのもの、どれがピン留めして縫うためのものか、彼にはわかる。グローヴ・ストレッチャーの幅の狭いほう——

女性用に使われる――が片付けられずに作業台の上に出しっぱなしになっている、ネッドが俯いて背中を丸め、びくびくしながら器用な指先で仕事している場所だ。祖父がこの少年を怒鳴りつけるのにたいしたきっかけはいらないことをハムネットは知っている、もっとひどいことになるかもしれない、だからグローヴ・ストレッチャーを持ち上げて、温かい木の重みを感じながら所定のフックに戻しておく。

糸の束、それにボタンの箱がしまってある引き出しを開けようと――用心深くそろそろと、この引き出しが軋むことは知っているから――したとき、物音が、身動きするような、あるいはこすりつけるような微かな音が耳に入る。

あっという間に、ハムネットは飛び出して廊下を伝って庭へ出る。自分の任務が脳裏に蘇る。何やってんだ、工房でうろついたりして？　妹の具合が悪いのに。誰か助けてくれる人を見つけなくては。

ドアをつぎつぎ開けていく、炊事場、醸造小屋、洗濯場。どこも無人で、なかは暗くてひんやりしている。彼はまた大声で呼ぶ、今度はちょっと声がしゃがれている、叫んだせいで喉を傷めたのだ。炊事場の壁に寄りかかって木の実の殻を蹴り、庭の向こうへ飛ばす。こんなに誰もいないことにひどく狼狽えている。この家には誰かがいるはずだ、ここにはいつも誰かがいるのだ。いったいみんなどこへ行ってしまったというのだろう？　どうしたらいいんだろう？　みんな揃って出かけてるなんてことがあるんだろうか？　母も祖母も家にいないだなんて、二人ともいつも、オーヴンの扉を開けたり、火にかけた鍋をかき混ぜたりしているのに？　彼は庭に立って見まわす、廊下へ通じるドアを、醸造小屋のドアを、自分たちの離れのドアを。どこへ行ったらいいんだろう？　誰に助けを求めたらいいんだ？　そして、みんなどこにいるんだろう？

どんな生にも核が、拠点が、中心があり、すべてはそこから流れ出し、すべてはそこに戻ってくる。この一時は、ここにはいない母親の核だ。男の子、空っぽの家、ひと気のない庭、聞いてもらえない叫び。彼はここに、家の裏に立って、乳を飲ませてくれた人を呼ぶ、くるみこんでくれた、ゆすって寝かしつけてくれた、初めて歩いたときに手を取ってくれた、スプーンを使うことを、スープを飲むまえにはふうふう吹くことを、通りを渡るときは気を付けることを、寝ている犬はそのままにしておくことを、コップを洗ってから飲むことを、水の深みには近づかないことを教えてくれた人を。

この一時は彼女のまさに核となる、この先一生。

ハムネットは庭の砂利の上を靴を引きずるようにして歩く。ついさっきジュディスとやっていた遊びの名残が目に入る。より糸を結び付けた松ぼっくり、台所の猫が産んだ子猫たちに向かって引っ張ったり揺らしたりしていたのだ。小さな生き物たちは、パンジーみたいな顔で肉球が柔らかい。猫は貯蔵室の樽に入って子猫たちを産み、数週間そこに隠しておいた。ハムネットの祖母はいつもの習慣どおり生まれたのはぜんぶ溺れさせてしまおうとあちこち探したのだが、猫はそれを阻止して子猫たちを無事に隠し続け、今では、二匹の子猫たちは成猫になりかけで、そこらを走りまわったり、袋によじのぼったり、羽毛やウールの切れ端や落ち葉を追いかけたりしている。ジュディスは長いあいだ子猫たちと離れてはいられない。たいてい一匹をエプロンのポケットに入れていて、ふくらみと三角の耳がのぞいているのとで丸わかりなので、祖母に怒鳴られ、天水桶に突っ込むよと脅される。でもハムネットの母親は子どもたちに、祖母が溺れさせるには子猫は育ちすぎている、と囁く。「今となっては、おばあちゃんにはもう無理」母は内緒でそう言いながら、恐れおののくジュディスの顔から涙をぬぐってやる。「おばあちゃんにはそこまでできない――子猫はもがくだろうし、ねえ、抵抗するだろうし」

ハムネットは放り出してある松ぼっくりのほうへ行く、踏み固められた庭土に糸が伸びている。子猫たちはどこにも姿が見えない。松ぼっくりの一つをつま先でつつくと、ゆがんだ弧を描いて転がっていく。

二つの家を見上げる、大きいほうの家のたくさんの窓と彼の住む家の暗い戸口を。ふつうなら、彼とジュディスは自分たちだけになれると嬉しい。今この瞬間にも、ジュディスを説きつけていっしょに炊事場の屋根にのぼらせようとするだろう、そうすれば隣家の塀のすぐ上のスモモの大枝に手が届く。みっしりスモモが実っていて、赤金色の皮が熟してはじけそうだ。ハムネットは、祖父母の家の上の窓から目をつけていた。ふだんの日ならジュディスを屋根に押し上げて、ポケットに盗んだ実をいっぱい入れてこさせるところだ、気が咎めるから嫌だと妹が言っても。妹はいけないことや禁じられていることは何もやりたがらず、じつに正直な性格なのだが、ハムネットがちょっと言えばたいてい言うことを聞かせられる。

ところが今日は、幼くして死ぬはずだった運命を免れた子猫たちと遊んでいると、頭が痛いと妹が言いだした、喉も痛いし、寒気がする、と。それから火照ってきて、家に入って横になってしまった。

ハムネットはまたドアをくぐって母屋へ入り、廊下を歩く。通りへ出ようとしたとき、物音が聞こえる。カチャッという音かそれとも身動きする音、ごく小さな音だが、明らかにべつの人間がたてた物音だ。

「ねえ？」とハムネットは呼びかける。待ってみる。返事はない。食堂とそのむこうの居間から静寂が押し寄せてくる。「誰かいるの？」

一瞬、ほんの一瞬、もしかしたら父かもしれない、ロンドンから戻ってきたのかも、みんなを驚かせようとして——まえにもそんなことがあったのだ——という考えが浮かぶ。父がそこにいるのだ、そのドアの向こうに、たぶん遊びのつもりで隠れているんだ、策略だ。ハムネットが入っていったら、父は飛び出すつもりなんだ、鞄に、巾着にお土産を入れて。馬や干し草のにおい、何日もかけて街道をやってきたにおいをぷんぷんさせて。父は息子の体に腕を巻きつけ、ハムネットは父の胴着（ジャーキン）のごつごつした、皮膚がすりむけそうな合わせ目に頬を押し付けるのだ。

父ではないだろうと彼にはわかっている。それはわかっている、ちゃんと。父なら何度も呼びかけられたら応えているし、無人の家で隠れたりはしない。とはいえ、居間へ入っていきながら、そこに、低いテーブルの横に祖父がいるのを見て、ハムネットは心に失望がどっと広がるのを感じる。

部屋は薄暗く、ほとんどの窓は覆いが下ろされている。祖父は向こう向きに立ってかがみこみ、何かをいじくっている。書類、布袋、数を数える道具のようなもの。テーブルにはピッチャーとカップがある。祖父は手をそういった物のあいだで動かしながら、顔を俯けてぜいぜい息をしている。

ハムネットはごほんと咳をしてみせる。

祖父は振り返る、猛々（たけだけ）しい憤怒の形相で、襲撃者を寄せ付けまいとするかのように腕を宙に振りまわす。「そこにいるのは誰だ？」と祖父は叫ぶ。「誰なんだ？」

「僕だよ」

ジュディスが――」

「ごめんなさい」とハムネットは謝る。「何度も呼んだんだけど、誰も応えてくれなかったんだ。なんだって、そんなふうにこそこそ忍び寄ってくるんだ?」

祖父はどすんと腰を下ろす。「この子ときたら、驚かせやがって」と祖父はわめく。「いったい「僕」とハムネットは窓から差し込む細い光の帯のなかへ足を踏み出す。「ハムネットだよ」

「誰だ?」


「みんな出かけてる」祖父はさえぎってそう言い、素っ気なく手を振る。「だいたい、あの女どもになんの用があるっていうんだ?」祖父はピッチャーの首を摑むと、カップに傾ける。液体が――エールだ、とハムネットは思う――どっと出てきて、一部はカップのなかに、一部はテーブルの書類の上に注がれ、祖父は悪態をついてから、こぼれたところへ袖をぱたぱた押し当てる。ここで初めてハムネットは、祖父は酔っているのかもしれないと気づく。

「みんなどこへ行ったのか、知ってる?」ハムネットは訊ねる。

「ええ?」祖父は問い返しながら、まだ書類を拭いている。書類が台無しになった腹立ちをむき出しにして突きつけているように思える、細身の剣みたいに。その切っ先があたりをさまよって敵を探すのが感じられ、一瞬、母のハシバミの棒が、水のあるほうへ自ずと引き付けられる様が思い浮かぶが、彼自身は地下の水脈ではないし、祖父の怒りは揺れる水脈占い棒とは似ても似つかない。その怒りは切りつけるようで、鋭く、予測不能だ。つぎに何が起こるのか、自分はどうすればいいのか、ハムネットにはまるでわからない。

「そこでぽかんとつっ立ってるんじゃない」祖父が怒鳴る、「手伝え」。

ハムネットはおずおずと一歩ずつ前に進む。父の言葉が頭をめぐり、用心深くなっている。お前のじいさんが例の険悪な気分(ブラック・ユーモア)になってるときは近づくんじゃないぞ。離れていろ。ちゃんと距離をあけておくんだ、わかったな？

父はこのまえ帰ってきたときにそう言ったのだった、いっしょに皮なめし工場からの荷馬車の荷下ろしを手伝っていたときだ。祖父のジョンは皮の束を泥のなかへ落としてしまい、とつぜんかっとなって果物ナイフを庭の塀に投げつけた。父は直ちにハムネットを引き寄せて自分の背後へ、目につかないところへ隠したのだが、ジョンは一言も言わずに彼らの横をずんずん通り過ぎて家に入ってしまった。父はハムネットの顔を、指先を襟首に沿わせて両手で抱え、じっと探るように覗き込んだ。じいさんはお前の姉や妹には手を上げないだろう、でも心配なのはお前なんだ、と父は眉をひそめて呟いた。父さんの言う気分(ユーモア)は、わかるな？ ハムネットは頷いたが、この瞬間がもっと続いてほしかった、父にこんなふうに頭を抱えられていたかった。浮き浮きとした気持ち、なんの危険もなく、完全にわかってもらって大事にされているという感覚がこみ上げた。同時に、腹のなかで不安がごろごろ凝固していくのも感じた、胃が受け付けない食べ物みたいに。父と祖父とのあいだの、空気に穴を開けるようなとげとげした言葉のやり取りが思い出された、祖父母と食卓につくと父がひっきりなしに襟元へ手をやってゆるめようとする様が。約束してくれ、と父は言った、庭に立ったまま、しゃがれ声で。約束してくれ。父さんがここにいて気を付けてやれないあいだもお前が無事でいるって、わかっていたいんだ。

自分は約束を守っているとハムネットは思う。じゅうぶん離れている。自分は暖炉の反対側にいるのだから。ここなら祖父の手は届かない、たとえ手を上げようとしても。

祖父は片手でカップを摑んで飲み干しながら、もう片方の手で一枚の紙を振ってしずくを落とす。「ほら受け取れ」祖父は紙を差し出して命令する。

ハムネットは足は動かさずに身を乗り出して、指の先っちょでそれを受け取る。祖父の目が細くなり、じっと見ている。口の端から舌先が突き出す。祖父は椅子に腰を下ろす、背中を丸めて。石の上の老いた哀れなヒキガエルだ。

「そしてこれも」祖父はもう一枚紙を突き出す。

ハムネットは必要なだけ距離を保ちながら、さっきと同じように身を乗り出す。父のことを考える、きっと満足してくれるだろう、嬉しく思ってくれるだろう。

キツネのように素早く、祖父が突進してくる。何もかもあまりに早く起こるので、あとになって考えてもハムネットには何がどうなったのかよくわからない。紙が床にとんで二人のあいだに落ち、手首を祖父に摑まれ、ついで肘を、そして前へ引っ張られる、父から必ず保つように言われた距離、空間のほうへと、そしてまだカップを握っている祖父のもう一方の手が、さっと上がる。ハムネットは、視野に稲妻が——赤、オレンジ、炎の色が、目の隅から差し込んでくる——走るのに気付いてから、痛みを感じる。鋭い、殴られたような、突き刺されたような痛みだ。カップの縁が眉のすぐ下にあたったのだ。

「それでわかっただろう」祖父が落ち着き払った口調で言う、「人に忍び寄ったりするとどうなるか」。

ハムネットの目から涙があふれる、両目からだ、傷ついたほうだけではなく。

「泣いてるのか？　ちっちゃな女の子みたいに？　お前は父親と同じくらい駄目な奴だな」と祖父は言い、嫌悪感もあらわに孫を放す。ハムネットはぱっと後ろへ飛び退り、寝椅子の横に脛をぶつける。「いつも泣いたり愚痴をこぼしたり文句を言ったり」と祖父は呟く。「気骨がない。分別がない。それがいつもあいつの困ったところだった。こつこつやるってことができない」

ハムネットはまた外へと駆け出す、通りを駆ける、顔を拭い、袖で血を押さえながら。そのまま自分の家の玄関へ入り、階段を上って二階の部屋へ行く、そこには、両親の大きなカーテン付きベッドの横の寝床に横たわる姿がある。服を着ていて——茶色のスモック、白いボンネット、紐は結ばずに首に落ちかかっている——上掛けの上に寝ている。靴は蹴とばして脱いでいて、横の床に逆さになって、空になった容器みたいに転がっている。

「ジュディス」と男の子は呼びかけながら妹の手に触れる。「ちょっとは良くなった?」

女の子の瞼が開く。彼女は一瞬兄を、遠いところから見ているみたいにして見つめ、それからまた目を閉じる。「あたし、寝てるの」と呟く。

彼女は兄と同じハート形の顔で、額は同じく山形になっていて、同じトウモロコシ色の髪が上向きに生えている。兄の顔にほんのつかのま向けられた目も同じ色——温かい琥珀色に金色の斑点がある——で、まったく同じ顔立ちだ。これには理由がある。二人は誕生日が同じなのだ、母親の子宮にもいっしょにいた。男の子と女の子は双子なのだ、数分違いで生まれてきた。同じ羊膜をかぶって生まれてきたかのようにそっくりなのだ。

彼は妹の指を握る——同じ爪、同じ形の指関節、彼のはもっと大きくて幅が広くて薄汚れているが——そして妹の手はヌルヌルしていて熱いという思いを押しつぶそうとする。

「具合はどう?」と彼は訊ねる。「ましになった?」

妹は身動きする。彼の手の中で指が丸まる。顎が上がり、そして下がる。喉元にこぶができているのが男の子の目に映る。首と肩の境目あたりにもひとつ。彼はじっと見る。ジュディスの肌の下にウズラの卵が二個。青白い卵形のものが、まるで孵(かえ)るのを待っているかのようにそこにある。ひとつは妹の首に、ひとつは妹の肩に。

妹が何か言う、唇が開き、口のなかで舌が動く。

「なんて言ったんだ?」彼はかがみこんで訊く。

「その顔」と妹は言っている。「その顔、どうしたの?」

彼は手を額に当て、腫れてきているのを、また出てきた血で湿っているのを感じる。「なんでもない」と彼は答える。「なんでもないんだ。あのさ」彼は気ぜわしい口調になる。「医者をよんでくるからね。すぐ帰るから」

妹は何かほかのことを言う。

「ママ?」と彼は訊き返す。「ママは——ママも来るよ。そんなに遠くには行ってないから」


彼女は、じつのところ一マイル以上も離れたところにいる。

アグネスにはヒューランズに土地がある、弟から借りていて、彼女の生家から森まで続く一画だ。彼女はここで蜂を飼っている、蜂は麻の繊維で作った巣箱のなかにいて、ぶんぶんいいながらせっせと勤勉に暮らしている。薬草や花やさまざまな植物が何列も植えられ、支柱に蔓を巻きつかせている。アグネスの魔女の庭、と彼女の継母(ままはは)はあきれ顔で呼ぶ。

アグネスは、平日はたいていこの植物の畝を行き来して、雑草を抜いたり、とぐろを巻いたような形のミツバチの巣箱に手を当てたり、茎のそこここを刈りこんだり、花や葉や莢(さや)や花弁(はなびら)や種を腰の革袋にしまいこんだりしている。

今日は弟に呼ばれたのだ、羊飼いの少年を寄越して、蜂の様子が変だと知らせてきた——巣箱を出て木立に集まっていると。

アグネスは巣をまわりながら、蜂が何か教えてくれないかと耳を傾けている。果樹園の群れをじっと見つめる、黒っぽいシミが枝々に広がり、ぶるぶる怒りに震えている。何かが蜂を動転させたのだ。天候か。気温の変化か、それとも誰かが巣をかき乱した？　子どもたちの誰か、逃げ出した羊、継母？

彼女は手を滑らせて巣箱の中へ差し入れる、入口から、残っている蜜蠟のなかへ。彼女は涼しいシフトドレスを着て、川のような色の暗い木陰にいる、髪は太い三つ編みにして頭のてっぺんにピンでとめ、白い頭巾で覆っている。養蜂家が顔にかぶるベールはない――彼女はぜったい使わない。うんと傍まで寄れば、彼女の唇が動いているのがわかるだろう、頭のまわりを飛びまわり、袖にとまったりうっかり顔に降りたりしている昆虫相手に、小さな声で囁いたり舌を鳴らしたりしているのが。

彼女は巣箱から蜂の巣を取り出し、しゃがんで検分する。表面は、一体となって動いているように見えるものであふれかえり、覆われている。茶色くて、金色の縞があり、小さなハート形の羽がついている。何百匹もの蜂が、密集して、自分たちの巣にしがみついている、自分たちが得たもの、自分たちの作品に。

彼女はくすぶっているローズマリーの束を持ち上げると、巣の上でそっと振り、穏やかな八月の大気のなかへ煙がたなびく。蜂は一斉に飛びあがり、彼女の頭上に群がる、縁のない雲だ、勝手に投網（とあみ）を繰り返す空中の網だ。

白っぽい蜜蠟を、そっとそっとこそげとり、籠に入れる。巣から滴る蜂蜜はためらいがちで、いやいや落ちているかのようだ。樹液のようにねっとりしていて、オレンジっぽい金色で、タイムのつんとくる香りとラベンダーの花の甘い匂いがする、それがアグネスの持つ壺のなかに滴ってくる。蜂蜜の糸が巣から壺へと伸び、太くなり、ねじれる。

空気が変わる気配がする、動きが、鳥がそっと頭上を過ったかのような。アグネスはしゃがんだまま、見上げる。その動作で手がぶれ、蜂蜜が手首にかかり、指先へと伝って、壺の横に流れ落ちる。アグネスは眉をひそめ、蜂の巣を置いて立ち上がり、指先を舐める。

彼女は右手にあるヒューランズの藁葺きの庇を、頭上のちぎれ雲を、左手の木々の枝がそよぐ森を、林檎の木立の蜂の群れを眺める。遠くのほうで、下から二番目の弟が羊を追い立てて乗馬道を行く、鞭を手にしていて、犬が群れに駆け寄ったり離れたりしている。すべて問題ない。アグネスはちょっとの間羊たちのとぎれとぎれの列を見つめる、ちょこまか動く脚、泥がこびりついて汚れた毛皮。蜂が一匹頬にとまる。彼女は手で扇ぐようにして追い払う。

その後、生きているあいだずっと、あのときあそこを離れていたら、と彼女は思うことになる、いくつかの袋や植物や蜂蜜をまとめて、家路についていたなら、と。とつぜんの、名状しがたい不安に耳を貸していたら、つぎに起こることを変えられたかもしれない。群れる蜂を、なんとかなだめて巣箱に戻したりする代わりに、思うように、好きにさせておいたなら、起ころうとしていることを食い止められていたかもしれない。

だが彼女はそうしない。額の、首の汗を拭くと、ばかばかしい、と自分に言い聞かせる。いっぱいになった壺に蓋をし、蜂の巣を木の葉でくるみ、つぎの巣箱に両手を押し当て、読み取ろうとする、わかろうとする。巣箱に寄りかかり、内部のうなりを、振動を感じる。近づいてくる嵐のようなその力を、潜在力を感知する。

男の子、ハムネットは通りを小走りで進む、角を曲がり、荷馬車の轅のあいだに辛抱強く立っている馬を避け、ギルドホールの外に集まって互いに身を寄せ合って深刻そうな顔をしている男たちを迂回する。腕に赤ん坊を抱き、もっと早く歩いて、遅れないで、と上の子に言っている母親を追い越し、ロバの尻を叩いている男の横を、走るハムネットを食べていたものから目を上げて見つめる犬の横をすり抜ける。犬は一度警告するように大声で吠えると、食べるほうに戻る。

ハムネットは医者の家に着く——赤ん坊を抱いていた女に道筋を訊いたのだ——そしてドアを叩く。一瞬、自分の指の形が、爪が目に留まり、見つめているとジュディスのことが浮かぶ。彼はもっと強く叩く。どんどん、がんがん叩き、叫ぶ。

ドアがばたんと開き、細面で苛立った女の顔が現れる。「一体何やってんの？」女は、虫でも払いのけようとするかのように彼に向って布を振りながらわめく。「そんなに騒々しくされちゃ、死人でも目を覚ましてしまう。あっちへ行きな」

女はドアを閉めようとするが、ハムネットは前へ飛び出す。「だめ」と彼は言う。「お願いです。すいません、マダム。お医者さんが必要なんです。うちで必要なんです。妹が——具合が悪いんです。うちまで来てもらえますか？　今すぐ来てもらえますか？」

女は赤くなった手でしっかりドアを押さえながらも、ハムネットをしげしげと注意深く見る、その顔に浮かぶ問題の深刻さを読み取ろうとするかのように。「先生はここにはいない」しまいに女はそう言う。「患者さんのところへ行ってるよ」

ハムネットはごくんと唾を呑み込まないではいられない。「いつごろ帰ってくるんですか、よければ教えてください」

ドアにこめられた力が弱まる。彼は片方の足はそのままに、もう一方で一歩家のなかへ踏み込む。

「なんとも言えないね」女は彼の頭から足元へ、玄関へ侵入しかけている足へと視線を移す。

「あんたの妹はどこが悪いの？」

「さあ」彼はジュディスのことを改めてよく考えてみる、毛布の上に寝ていた妹の様子を、目を閉じて、肌は赤らんでいるのに青ざめて。「熱があるんです。ベッドで寝てます」

女は眉を顰める。「熱？　横痃はない？」

「横痃？」

「しこりだよ。皮膚の下に。首とか、わきの下とか」

ハムネットは女を見つめる、眉のあいだの小さな皺を、縁なし帽の端を、耳の横の帽子で擦れて赤くなっているところを、後ろからはみ出しているちりちりの巻き毛を。「横痃」という言葉を考えてみる、なんとなく植物みたいな響きだ、表しているものをなぞる、いかにも膨らんだ感じじゃないか。胸に冷たい恐怖が広がり、たちまち心臓をパリパリした霜で包んでしまう。

女はいっそう眉を顰める。片手をハムネットの胸の真ん中に置くと、家から押し出す。

「行きなさい」女は顔をゆがめて言う。「帰りなさい。すぐに。出てって」女はそのままドアを閉めようとするが、ふとうんと細く開いたところから、さほど不親切でもない声で言う。「先生に往診するよう頼んでおくよ。あんたが誰かは知っている。手袋屋の子だよね？　孫だ。ヘンリー通りの。あんたの家へ行ってくれって、先生が戻ってきたら言っておくよ。さあお行き。まっすぐ帰るんだよ」あとから思いついたように、付け足す。「神のお恵みを」

彼は駆け戻る。あたりがいっそうギラギラしているみたいだ、人々はいっそう騒々しく、通りは長く、空の色はかぶさってくるように青くきらめいている。馬はまだ荷馬車のところに立っている。犬は今では戸口の上がり段で丸まっている。横痃、と彼はまた考える。以前にもこの言葉を聞いたことがある。どういう意味かは知っている、何を意味するのかは。

そんなことあるもんか、と彼は考えながら、自分の家のある通りへ入る。そんなはずはない。そんなはずは。あれ——彼はあの名称を拒む、あの言葉を形にはしない、たとえ頭のなかであっても——はこの町ではもう何年も現れていないのだ。

誰かが家にいるだろう、と彼は思う、玄関に着くころには。ドアを開けるころには。戸口を入るころには。誰かに、誰でもいいから呼びかけるころには。返事があるだろう。誰かがいるはずだ。

彼は気づかないまま、医者の家に行く途中、女中と祖父母の両方と姉の横を通り過ぎていた。彼の祖母、メアリは、川の傍の路地を歩いているところだった、商品を届けようと、ひどく不機嫌そうな雄鶏が寄ってくるのを追い払うために杖を手に持って、スザンナを従えて。スザンナは手袋——鹿革、子山羊革、リスの毛皮の裏付き、ウールの裏付き、刺繍入り、無地——を入れたメアリの籠を持つために連れてこられたのだ。「いったいどうしてなのかしらね」とメアリが言っているときに、ハムネットは姿を見られないまま路地の外れをさっと通り過ぎていた。「挨拶されたら少なくとも目を合わせるくらいはしたっていいんじゃないの。あんたのおじいさんの一番の上得意の人たちなのよ、ちょっとした礼儀くらい見せたっていいでしょうに。こうなると本当に思うわねえ……」スザンナは手袋でいっぱいの重いバスケットを持ちながら、やれやれという顔で祖母の後ろから歩いていた。切り落とされた手みたいだ、と考えながら、溜息をついたり、家並みの上にのぞく空を眺めたりして、祖母の声をかき消していた。

ハムネットの祖父ジョンは、ギルドホールの外の男たちのなかにいた。ハムネットが二階のジュディスのところへ行っているあいだに計算を止めて居間を出ており、ハムネットが医者の家へ向かって走っていたときには孫に背を向けて立っていたのだ。通り過ぎるときに孫がそちらを向いていたら、祖父がこの集団に分け入ってほかの男たちに身を寄せ、嫌がる相手の腕を摑み、一緒に酒場へ行こうと、誘ったりせがんだり無理強いしたりするさまを目にしていたことだろう。

ジョンはこの会合に招かれてはいなかったのだが、行われるということを耳にして、散り散りになるまえに誰かつかまえられるんじゃないかと期待してやってきたのだ。彼の一番の望みは、また影響力を持つ重要人物に返り咲くこと、かつての地位を取り戻すことだ。自分にはそれができる、自分には可能だと彼は思っている。ただこの男たちが耳を貸してくれさえすれば、長年の付き合いのある、彼のことを知っている、彼の勤勉さやこの町への忠誠心を請け合ってくれるこの男たちが。というかすくなくとも、ギルドや市当局からの赦免さえあれば、あるいは目を瞑ってもらいさえすれば。彼はかつては郡代だった、それから主席参事会員となった。教会の信者席の最前列にすわり、緋色のローブを纏っていたものだった。この男たちはそれを忘れてしまったのだろうか？　この会合に自分を招待しないなどということが、どうしてできるのだ？　以前は影響力を持っていたのに——彼ら全員を牛耳っていたのに。彼は以前は大物だった。それが今では長男がロンドンから送ってよこす小銭が頼りの生活だ（それにしても、あいつはなんと腹の立つ若造だったことだろう、市場広場をうろうろして時間を無駄にして、ひとかどの人間になれるなどと誰が思ったろう？）。

ジョンの商売はなおも、曲りなりにも繁盛している、手袋は常に必要とされているのだ、そして、この男たちが、彼が密かにやっている羊毛取引のことや、礼拝に出席しなかったとして出頭命令をくらったことや、通りにゴミを投棄して罰金を科せられたことを知っているというのなら、好きにするがいい。非難や罰金や要求、彼の一家の没落についての嫌味な陰口、ギルドの会合に参加させてもらえないことなど、ジョンは冷静に受け流すことができる。彼の家は町で一番立派な家のひとつだ。そうではないか。ジョンが我慢できないのは、彼らの誰一人として一緒に一杯やろうとはせず、彼の家の食卓で食事しようとはせず、彼の炉端で温まろうとはしないことだ。ギルドホールの外で、男たちは彼と目を合わせようとせず、自分たちの会話を続ける。彼が考えてきた手袋商売の確実性や彼自身の成功や勝利の話、酒場への誘いや家へ食事に来てくれという招きには耳を貸してくれない。よそよそしく頷いて、背を向ける。一人が彼の腕を軽く叩いて、まあ、まあ、ジョン、と言う。

そこで彼はひとりで酒場へ行く。しばしのあいだ。一人でもいいじゃないか。彼はそこにすわっている、薄暗い、黄昏時のようななかで。前のテーブルには短くなったロウソクが一本あり、その光のなかで迷い込んだハエがぐるぐる飛ぶのを見つめる。

ジュディスがベッドに横になっていると、壁が内側にへこみ、またもとに戻るように見える。へこんで、戻って、へこんで、戻って。隅にある両親のベッドの支柱が蛇のように身をよじってねじれる。天井に湖の水面のようなさざ波が立つ。自分の両手がすぐ近くに、また同時にうんと遠くにあるようにも思える。白い漆喰壁と梁の黒っぽい木が接する線が揺らめき屈折する。顔と胸が熱く、燃えるようで、汗まみれなのに、足は氷のように冷たい。震えがくる、一度、二度、そしてひどく痙攣し、四方の壁がどんどん覆いかぶさってきて、それから離れていく。壁を、蛇になったベッドの支柱を、うごめく天井を見ないようにしようと、彼女は目を閉じる。

閉じたとたん、彼女はべつの場所にいる。同時にいろいろな場所に。彼女は草原を歩いている、誰かの手をしっかり握って。その手の主は姉のスザンナだ。指が長くて、薬指の関節のところにほくろがある。手は握られたがっていない、指はジュディスの指に絡みついてこようとせず、まっすぐに強張ったままだ。ジュディスはその手がするっと外れていかないようせいいっぱい握りしめなくてはならない。スザンナは草原の丈の高い草のなかをうんと大股で歩き、ひと足ごとにその手がジュディスの手のなかでぐいと動く。もし離したら、ジュディスは草のなかへ沈み込んでしまうかもしれない。見えなくなって、二度と見つけてもらえないかもしれない。心して――なんとしても――この手を握っていなくては。ぜったいに離してはならない。行く手には兄がいると、彼女にはわかっている。ハムネットの頭が草からひょこひょこ出たり入ったりしている。兄の髪は実った小麦の色だ。兄は草原を飛び跳ねていく、姉妹の前を、野兎のように、すい星のように。

するとジュディスは人混みのなかにいる。夜で、寒い。凍り付くような闇にランタンの明かりが点在している。聖燭節のフェアだ、と彼女は思う。人混みのなかにいるのだけれど、みんなより上だ、逞しい肩に乗っている。父の。両脚で父の首を挟み、父は彼女の足首を握っている。彼女は手を父の髪に埋めている。黒っぽい濃い髪、スザンナと同じだ。父の左耳の銀の輪を小指で軽く叩く。すると父は笑う――その響きが感じられる、雷のように父の体から自分の体に伝わってくるのが――そして首を振ってイヤリングをかちゃかちゃ彼女の爪にぶつける。母もそこにいる、それにハムネットとスザンナも、そして祖母も。父が肩に乗せようと選んだのはジュディス、彼女だけだ。

大きな光が広がっている。父の肩の上に乗った彼女と同じくらいの高さがある木の舞台の周りで、いくつもの火鉢が明るく燃え盛っている。舞台の上には二人の男、赤と金色の服を着て、房とリボンをたくさん付けている。頭には丈の高い帽子をかぶり、顔は白墨のように真っ白で、眉は黒く、唇は赤い。一人が耳障りな甲高い叫びをあげると金色のボールをもう一人に投げる、相手はぱっと逆立ちすると、足でボールを受け止める。父は拍手しようと娘の足首を放し、ジュディスは父の頭にしがみつく。落っこちるんじゃないかと怖くてしかたがない、父の肩から後ろ向けに、ジャガイモの皮の、濡れた犬の、汗や栗のにおいのするざわざわごった返す群衆のなかへ。舞台の男の叫びは彼女の心に恐怖を植え付ける。彼女は火鉢が好きじゃない。あの二人の男のぎざぎざ眉が好きじゃない。こんなのどれもちっとも好きじゃない。彼女はひっそり泣き始める、頬を伝った涙が父の髪にくっついて真珠みたいだ。

スザンナと祖母のメアリはまだ帰宅していない。メアリは教区の女としゃべろうと足を止めている。お世辞を言いあったり、いえいえと言ったり、互いの腕を軽く叩いたりしているが、スザンナは騙されない。相手の女は祖母に好意を持っていないとわかっている。女は絶えずあたりを見まわしたり振り返ったりして、メアリと、汚名を背負った手袋製造業者の妻と話しているのを誰かに見られやしないかと、気にしないではいられないのだ。以前は友人だったが今では一家を避けようと道の向こうへ行ってしまう人たちが町には大勢いるのを、スザンナは知っている。もう何年も続いていることだが、教会へ行かないことで祖父が罰金を科せられてからというもの、町の住民の多くが見せかけの礼節をかなぐり捨てて知らん顔で通り過ぎてしまうようになった。スザンナは祖母が相手の女の行く手をふさいで、通り過ぎることができないように、話しかけないわけにはいかないようにするのを目にする。こういうことをすべて見ている。目にしたことは彼女の頭のなかを焼き、黒い焦げ跡を残す。

ジュディスは一人でベッドに横たわり、目を閉じたり開けたりしている。今日という日がどうなっているのかよくわからない。いっときハムネットと、猫の新しい子どもたち相手に紐を引っ張っていた——祖母が来ないか注意しながら、というのも、ハムネットが宿題をしているあいだ、ジュディスは焚き付けを割って食卓を磨いておくよう言いつけられていたからだ——すると、とつぜん腕に力が入らなくなり、背中が痛くなり、喉がイガイガしてきた。気分が悪い、と兄に言うと、兄は子猫から目をあげてこちらを見て、妹の顔じゅうに視線をめぐらせた。今彼女はこうしてベッドに横たわりながら、どうやってここに来たのか、ハムネットはどこへ行ったのか、母はいつ帰ってくるのか、どうして誰もいないのか、さっぱりわからない。

女中は市場で遅い時間に搾られた牛乳を選ぶのにうんと時間をかけながら、乳製品の売店の男とふざけあっている。さてさて、と男は言いながら、バケツを渡そうとしない。あら、と女中は返しながら、持ち手を引っ張る。あたしにくれないつもり？　くれるって何を？　と酪農家の男は眉を上げながら訊き返す。

アグネスは蜂蜜を集めおわり、ずだ袋と燃えているローズマリーを持ち上げて蜂の群れにむかって進んでいく。袋に集めて巣箱に戻すつもりだ、でもそっと、うんとそっと。

父親は馬で二日かかるロンドンにいて、まさにこの瞬間、ビショップスゲイトをくぐって大股でテムズ川に向かっているところだ、屋台で売っているパン種の入っていない平たいパンケーキを買うつもりなのだ。今日はひどく腹が減っている。目が覚めたときからで、エールとお粥の朝食とパイのランチでもまだ満たされていない。彼は金には細かく、肌身離さず持ち歩き、けっして無駄遣いはしない。これはしょっちゅう仕事仲間のからかいの種にされている話題なのだ。借りている部屋の床板の下に金を詰めた袋を隠してあるんだと皆から言われている。彼はこれを聞いてにやっとした。もちろん、そんなことはない。稼ぎはすべてストラトフォードの家へ送るか、自分が帰るときに包んで鞍袋にしまい込んで運んでいた。だが確かに、本当に必要でないかぎり彼は一銭たりとも使わない。そして、この日、午後のパンケーキはそのような必要物なのである。

彼の横を歩く男は、家主の義理の息子だ。二人が家を出て以来、この男はしゃべり続けている。ハムネットの父は男の言うことをところどころしか聴いていない――義父に対する恨みみたいなことだ、支払われていない持参金、守られない約束。彼は聴く代わりに陽光の降り注ぐ様子について考えている、建物の狭い隙間から雨に濡れて光る通りを梯子みたいに照らしている。川のそばで彼を待っているパンケーキのことを考える、頭上にぶら下がってはためく洗濯物のつんとくる石鹼のにおいのことを、一瞬妻のことを、ずっしりした髪をピンでアップにするときに妻の左右の肩甲骨がぎゅっと寄ったり離れたりする様を。靴のつま先の縫い目がほつれかけているようだからこれは靴屋へ行かなくてはならない、なんならパンケーキを食べたあと、家主の義理の息子の不満たらたらの無駄話から逃げ出せたらすぐに。

そしてハムネットは？　彼はまた、隙間の空間に建てられた幅の狭い家に入っていく。きっとそろそろほかのみんなが帰っているだろうと彼は思う。彼とジュディスはもう二人きりではない。どうすればいいかわかっている人が今ごろきっと帰ってきている、この事態を引き受けてくれる人が、何も心配ないよと言ってくれる人が。彼はなかに入り、背後でドアがばたんと閉まるに任せる。彼は叫ぶ、ただいま、帰ったよ、と。立ち止まって返事を待つ、だが何も返ってこない。しんとしているだけだ。

ヒューランズの窓辺に立って首を横へ伸ばすと、森の端を見ることができよう。静止することのない、青々とした、常に移ろいゆく眺めだと思われるかもしれない。木の葉の集合体を風が愛撫し、波立たせ、かき乱す。荒天にはそれぞれ隣の木とは僅かに違うテンポで応え、曲がったり身を震わせたり、大気から、自らが養分を得ているまさにその大地から逃げようとするかのように枝を投げ出す。

ハムネットが医者の家へ駆けつけるよりも十五年かそこらまえのある早春の朝、一人のラテン語教師がその窓辺に立って、左耳の穴からぶら下がる輪っかをうわの空で引っ張っている。彼は木々を見つめている。みっしりと集まって、農場の端に沿って並んでいるその様に、彼は、劇場の背景幕を、するすると下りてくる描かれた仕掛け、ここは森の中だ、さっきの街や通りのシーンは終わったのだ、今は木々に覆われた、未開の、恐らくは不穏な場所にいるのだと観客に知らしめるためのあれを思い出す。

彼の顔に微かに眉をひそめる表情が浮かぶ。彼は窓から動かず、片手の指先をぎゅっとガラスに押し当てる。男の子たちがその背後にいる。動詞の活用を唱えているが、目下のところ家庭教師の耳には届いていない、くっきり青い春の空と森の新緑とのはっとするようなコントラストを一心に見つめているのだ。色同士が戦っているように見える、覇権を、活力を得ようと。緑対青が、互いに。子どもたちのラテン語動詞は彼の頭をすっと通り過ぎていく、木々のあいだを風が吹き抜けるように。この農家のどこかで鐘が鳴る、最初は短く、ついでもっと何度も。廊下で足音がする、ドアがばたんと閉まる音。男の子の一人——年下のジェイムズだと教師にはわかる、振り向かなくても——が溜息をつき、こんこん咳払いし、それからまた唱えるのに加わる。教師は襟元を直し、髪を撫でつける。

ラテン語動詞が彼のまわりで広がる、沼沢地の霧のように、足のあいだを、肩の上を、耳の横を、そして窓の鉛枠の隙間から漏れ出ていく。彼は、唱えられる言葉が混ざり合ってぼんやりした音になり、高い黒ずんだ屋根の垂木(たるき)に届くまで、部屋を満たすがままにしておく。そこで、火格子のなかでくすぶる煙突のない炉火からたなびき渦巻く煙とともに集まるのだ。彼は男の子たちに動詞「incarcerare」を変化させるよう言ってある、きついc音の繰り返しが部屋の壁をこすりつけるようだ、まるで言葉自体が逃げ出そうとしているかのように。

教師は手袋製造業者の父によって、週に二度ここへ派遣されている。父はヒューランズになんらかの債務を負っている、かつてこの農場の所有者だった富裕農民(ヨーマン)との契約だか取引だかが気まずいことになった結果だ。そのヨーマンはがっしりした体格の男で、ベルトにこん棒のような牧羊杖を挟んでいて、開けっぴろげで率直な顔には魅力があり、教師はかなり好感を持っていた。だがヨーマンは昨年とつぜん亡くなり、農場と羊、妻と八人か九人（正確には何人なのか教師はよく知らない）の子どもを残した。それは彼自身の父がほくそ笑みを隠し切れない出来事だった。だがしかし、教師はその債務がどんな性質のものか知っていた。夜更けに、誰にも聞かれないと思った父が自慢げに話すのを立ち聞きしたのだ(教師はこっそり立ち聞きするのがとてもうまい)。わからないか? あの後家は知らないだろうし、知っているとしても、あえて俺のところまで返せと言いには来んだろう、あの育ち過ぎのウスノロ長男にしてもな。

ところがどうやら、後家もしくは息子がまさにそうしたらしい。この取り決め(教師は、両親の寝室で行われている会話にドアの外から聞き耳をたてて知った)は、教師の父親がヨーマンの羊皮を委託されてやったことと関係している。父はヨーマンに皮は下処理に送りだすと話し、ヨーマンはそれを信じた。ところが父は、羊毛は付けたままにしておかなくてはならないと主張し、ヨーマンは疑心を抱き、それがなんらかの理由でこの問題すべての原因となっているのだ。この最後の点は教師にはよくわからない、母が末っ子のエドモンドの不満げな甲高い叫びに呼ばれて、ひそひそ話の会話をやめて行ってしまったので。

教師の、手袋製造業者の父親は、やや違法の新事業を始めていて、それについて子どもたちは誰も知らないことになっている。教師にわかるのはここまでだ。両親は彼らに、誰に訊かれても羊皮は手袋用だと答えるように言いつけた。彼もきょうだいも、皮を手袋以外に使うなど思いもよらなかったので困惑した。町一番の成功を収めている手袋製造業者である父に、いったいほかにどんな用途があるというのだろう?

債務だか罰金だかがあって、彼らの父には払えず——払う気がない?——そしてヨーマンの後家もしくは息子は取り立てを断念するつもりはなく、どうやら彼自身が返済らしいのだ。彼の時間、彼のラテン語文法、彼の頭脳が。週に二度、と彼は父に言いつけられた、町から一マイルかそこら水路に沿って歩いて、この羊に囲まれた低地の家へ行き、そこで年若い男の子たちに授業するように、と。

この話は、この彼のまわりに張りめぐらされた蜘蛛の巣は、なんの前触れもなくやってきた。ある夜、一家が寝支度をしていたときに、父が彼を工房へ呼んで、ヒューランズへ行って「そこの息子たちに教育を叩きこむ仕事を始めろ」と言いつけたのだ。教師は戸口に立って父親をまじまじと見つめた。いつ、と彼は訊ねた、決まったの？　父と母は翌日に備えて道具を拭いたり磨いたりしていた。お前には関係ない、と父は答えた。お前はただ、通うことになると知っておけばいい。もしも、と息子は返した、僕がやりたくなかったら？　父は長いナイフを革の鞘に納めていて、この返事を聞いていなかったように見えた。母親がちらと夫を見て、それから息子に目を向け、ちょっと首を振ってみせた。お前は行くんだ、しまいに父親がぼろ布を置きながらそう言い、それで話は終わりだった。

この二人のもとから立ち去りたい、ずんずん部屋を出て、玄関の戸をこじ開けて通りへ駆け出したいという欲望が、息子の心に木から樹液が出るように広がった。そして、そう、父親を殴りたい、その体を痛めつけてやりたい、自分の拳や腕や指で自分がされたことをすべてこの男にやり返したい、という欲望が。彼らは、六人全員が、折に触れてかっとなった父親から殴られたり摑まれたりはたかれたりしてきたが、もっとも頻繁に残酷な目に遭わされるのはこの長男だった。なぜかはわからないが、彼の何かがいつも父の怒りや不満を引き寄せてしまうのだ、磁石が蹄鉄を引き寄せるように。彼のなかにはいつも、父親のごつごつした手で上腕の柔らかい皮膚を摑まれる感触がこびりついていた、そうやって彼がその場から逃げられないよう捕まえておいて、もう片方のさらに頑丈な手で雨あられと拳を浴びせるのだ。上からいきなりぴしゃっと強くやられたときの衝撃、木の道具が脚の裏に当たるときの皮膚が剝けるような痛み。大人の手の骨がどれほど硬いことか、子どもの皮膚がどれほど柔らかくて敏感なことか、幼い未完成な骨がどれほど簡単に曲がったりねじれたりすることか。しばらく殴られるうちに、激しい怒りが、やり場のない屈辱が水を浴びせられたように鎮まっていく感覚。

　父親の怒りは突風のようにどこからともなくやってきて、さっと吹き抜けていく。パターンもなく、前兆もなく、なんの論拠もなかった。二度同じことで殴り倒されることはなかった。息子は年若いうちに、こういった爆発の徴候を察知することを学び、父親の拳骨を逃れるために、さまざまな牽制や回避の策を身につけた。天文学者が惑星や天体の連なりのほんの小さな転換や変化を読み取って何が待ち構えているのか知るように、この長男は父親の機嫌や表情を読むのに熟達した。通りから父親が入ってきたときの玄関ドアの音で、床石に響く足音のリズムで、殴打が待ち構えているかどうか見当がついた。柄杓（ひしゃく）から水をこぼす、床のあるべきでない場所に靴が片方置きっぱなしになっている、敬意が足りないと思われる表情――こういったことがなんでも、父親が求める口実になりかねないのだった。

　去年あたりから、息子は背が伸び、父親よりも高くなった。彼は父よりも力が強く、若く、素早い。地元のあちこちの市場や遠い農場へ歩いて行ったり、皮なめし工場へ行き来したり、皮や仕上がった手袋の袋をかついだりをしているおかげで、肩や首にみっしり筋肉がついた。父親が殴る回数が最近減ってきていることに息子は気が付いていた。数か月まえにこんなこともあった、夜遅く工房から出てきた父親が、廊下にいる息子を見つけて、一言も言わずに押さえつけ、手に持っていたワイン用革袋を振り上げると息子の顔面を打ったのだ。痛みは刺すような感じで、打撲傷のずきずき長引くものではなかった。鞭で打たれる、鋭い、切り裂くような性質のものだった。顔には赤い痕がついただろうと息子は思った。その痕を目にして父親はさらに激高したらしく、またも腕を上げてもう一度打とうとしたのだが、息子が手を伸ばした。息子は父の腕を摑んだ。全力で押し戻すと、驚いたことに父の体が自分に屈服するではないか。彼はこの男を、この怪物(レビヤタン)を、この子ども時代のモンスターを、なんの苦もなく壁に押し付けることができるのだ。彼はそうした。肘の先で父親をそこへ押さえつけておいた。父親の腕を人形の腕みたいに振り、するとワイン用革袋が床に落ちた。彼は顔を父親の顔に近づけ、そのとき父親を見下ろしていることに気が付いた。さっきのが、と彼は父親に言った、僕を殴る最後だからな。

ヒューランズの窓辺に立ちながら、出ていきたい、反抗したい、逃げ出したいという欲求がうんと高まり、全身の縁までその思いでいっぱいになる。農場主の後家が用意しておいてくれた皿のものは何も食べられない、出ていきたいという衝動で胸がいっぱいで。行ってしまいたい、両脚を動かしてどこか別の場所へ、ここからできるだけ遠く離れたところへ。

ラテン語はどんどん続き、動詞がまためぐってくる、過去完了形から現在形まで。振り向いて生徒たちと顔を合わせようとしたとき、木立のなかから人影が現れる。

一瞬、若い男だと家庭教師は思う。縁なし帽をかぶり、革のジャーキンに籠手(こて)を身につけている。男は木立から、独特の男らしい無頓着さというか我が物顔の風情で、靴を履いた足で大股に歩いてくる。男の伸ばした手には何かの種類の鳥が乗っている。栗色で胸はクリーム色、翼には黒い斑点がある。おとなしく体を丸めて、相棒の、親友の歩みに合わせて揺れている。

この人物、このタカを手懐けている若者は、農場の雑用係のような者ではないかと家庭教師は想像する。それとも一家の親戚、もしかしたら遊びにきている従兄弟かもしれない。すると長い三つ編みが目に留まる、肩から垂れて腰の下まで伸びていて、紐でぎゅっと締められたジャーキンは胴の真ん中あたりが妙にくびれている。スカートが目に入る、束のようになっていたのが、今やぱたぱたと靴下にまつわりついている。帽子の下の白い卵形の顔が見える、弧を描く眉が、ふっくらした赤い唇が。

彼はもっとガラスに身を寄せ、窓の張り出しに寄りかかって、女が窓枠の右から左へ、拳に鳥を乗せ、靴のまわりでスカートを翻しながら移動するのを見つめる。それから彼女は母屋の庭に入ってきて、鶏やガチョウのなかを突っ切り、家の横手をまわって姿を消す。

彼は上体を起こす、渋面は消えてまばらな顎ひげの生えた口元に笑みが浮かんでいる。彼の背後で、部屋は静かになっている。彼は我に返る。授業、男の子たち、動詞の活用。

彼は向き直る。両手の指先を合わせてアーチを作る、教師はこうすべきだと思って。まだそれほどまえではない学校時代に彼自身の先生たちがしていたように。

「よくできました」と彼は男の子たちに言う。

男の子たちは彼のほうを見る、植物が太陽のほうを向くように。彼はそのすべすべした未成熟な、窓から入る光のなかで膨らんでいないパン種のように生白い顔に、微笑みかける。食卓の下で弟のほうが皮をむいた棒でつつかれているのは、兄のほうが石板いっぱいにいくつも円を描いているのは、見えないふりをする。

「さて」と彼は兄弟に言う、「つぎの文章をラテン語に訳してもらおうかな。『ご親切なお手紙、ありがとうございます』」。

兄弟はせっせと石板に書き始める、兄のほう（そしてバカなほうだ、と教師は思っている）は口で息をし、弟は頭を腕に乗せる。それにしてもまったく、この子たちに教えたところでなんの意味があるのだろう？ この子たちは父親や兄たちのように農夫になるに決まっているのではないか？ でもならば、自分にとってどんな役に立ってるというのだ？ 何年も何年もグラマースクールに通ったあげく、どうなっているか見てみろ——煙でかすんだ部屋で、牧羊業者の息子たちをなだめすかして活用や語順を覚えさせている。

兄弟がこの練習問題を半分済ませるまで待ってから、彼は訊ねる。「あの使用人の女の子はなんて名前？　鳥を連れてる子だけど？」

弟のほうが彼をまっすぐにじっと見つめる。家庭教師は笑顔を返す。彼は、自認しているのだが、本心を偽るのが、他人の考えを読むのが、相手がどっちへ跳ぶか、つぎは何をするのか推測するのがうまい。かっとしやすい親と暮らすと、子どものころからこういう技が磨かれるのだ。自分の質問の裏にある意図に兄のほうは気が付かないだろうが、弟のほうは、たった九歳のこの子は気が付くだろうと家庭教師にはわかっている。

「鳥？」と年上のほうが言う。「あいつは鳥なんか飼ってないよ」兄は弟のほうを見る。「だよな？」

「飼ってない？」家庭教師は二人のぽかんとした顔を推し量る。束の間、黄褐色に斑点のあるタカの羽が脳裏に蘇る。「僕の見間違いかもしれないな」

弟のほうが慌てて言う。「ヘッティがいるよ、豚と鶏の世話をしてる」彼は額にしわを寄せる。「鶏は鳥だよね？」

家庭教師は頷いてみせる。「確かにね」

彼はまた窓を向く。外を見る。さっきと同じだ。風、木々、木の葉、薄汚い雌羊の群れ、耕された、管理されている土地が森の端まで伸びている。娘の姿は見えない。彼女の腕にとまっていたのが雌鶏だったなどということがあるだろうか？　彼にはそうは思えない。


その後しばらくして、授業が終わったあと、家庭教師は家の裏を歩きまわる。町へ行く道を歩いていなくてはならない、家までの長い距離を進みはじめなくてはならないのだが、もう一度あの娘を目にしたい、よく見たいのだ、できれば一言二言話してみたい。あの鳥を近くでよく見たくてたまらない、あの口からどんな声が出てくるのか聞いてみたい。あの三つ編みを手に持って重さを確かめてみたい、シルクのような髪の縄を指のあいだに滑らせてみたい。彼はちらと家の窓を見やりながら、壁をまわり込む。もちろん、彼が農家の庭のこんなところにいることについて弁解はできない。たちまち彼が何を探しているのか察知した男の子たちの母親に、追い出されるかもしれない。彼はここでの地位を失い、彼の父がヨーマンの後家と取りまとめた危うい合意を台無しにしてしまうかもしれない。こんな考えすら、家庭教師をためらわせることはない。

彼は水たまりや糞の塊を避けながら庭に入っていく。先刻、彼が仮定法を教えようとしていた頃に、雨が降っていた。高い藁葺き屋根にしとしと降る音が聞こえていた。空から光が失せはじめる。一日の終わりに向かって太陽の光が弱くなる。大気のなかにはなおも冬の冷気が残っている。鶏が一羽、低い声でぶつぶつ鳴きながら大地をせっせとひっかいている。

彼はあの娘のことを、三つ編みを、タカのことをあれこれ考える。この年季奉公みたいな訪問の負担を軽くする道が彼の前に開ける。この仕事、あの子どもたち相手の、こんな鬱陶しく不快な場所でのこれは、結局耐えられるものになるかもしれない。教えたあとの密通を彼は想像する、森のなかを歩いて、小屋や納屋の後ろで会って。

彼が見かけた女がじつはこの家の長女なのだ、などということは、一瞬たりとも思い浮かばない。

長女はこの辺りでは、なかなか悪名が高い。彼女は変わり者、ちょっと頭がおかしい、風変わり、たぶんいかれてる、と言われている。裏道や森をたった一人で勝手気ままにうろついて、植物を集めては怪しげな薬を作っていると彼は耳にしていた。彼女には逆らわないほうが賢明だ、なんとなれば彼女はしわくちゃの婆さんから技を学んだのだが、その婆さんは薬を作り糸を紡いでいて、ひと睨みで赤ん坊を殺すことができたからだ。継母はこの娘に呪いをかけられるのではないかと恐れながら暮らしていて、ヨーマンが死んだ今ではなおさらなのだという噂だ。だが父親は彼女を愛していたに違いない、遺言でかなりの持参金を残しているのだから。だからといって、もちろん、彼女と結婚したがる男などいるわけがないが。彼女はあまりに野性的で、どんな男でも手に余るだろうと言われている。実の母は――彼女の霊が安らかならんことを――ジプシーとか魔女とか森の精霊とかだったらしい。家庭教師は彼女に関するこうした途方もない話をいろいろ耳にしていた。この娘のことが話題にのぼると、彼の母は首を振って舌打ちする。

家庭教師は彼女に会ったことはないが、半分女で半分獣の姿を思い描いている。ふさふさした眉、よたよた歩き、髪は白髪混じり、泥や木の葉がこびりついた服を着ている。死んだ森の魔女の娘。ぶつぶつ独り言を言いながら脚を引きずって歩き、呪いや治療に使うものが入っている袋のなかを探るのだ。

彼はあたりをざっと見まわす、豚小屋の陰を、庭の外周にめぐらされた柵にのしかかっている葉の落ちた林檎の木の枝を。この家の娘とうっかり出くわしたくはない。彼は柵の門を通って小道に出る。肩越しに家の窓を確かめ、納屋の戸のなかを見ると、囲いのなかで牛がもぐもぐやったり頭を上下させたりしている。いったい彼女はどこにいるのだろう?

頭のおかしい魔女のような姉娘のことを考えていた彼の注意は、左のほうの動きに引き付けられる。戸が開く、スカートが翻り、蝶番(ちょうつがい)がきしむ。あの鳥の娘だ！　まさに同じ娘だ。粗雑な造りの納屋から出てきて、戸を閉める。この場に、彼の目の前に、まるで彼が思念だけで呼び出したかのように。

彼は口元に手を当てて咳をする。

「こんにちは」と彼は言う。

彼女は振り向く。一瞬彼を見つめ、ほんのわずか眉を上げる、まるでぐるぐる渦巻く彼の思考が見えたかのように、彼の頭が水みたいに透明であるかのように。彼女はずいっと彼の靴まで睨(ね)めまわし、また目を上げる。

「あの」と彼女はしばらくしてから返事をする、ほんのちょっとだけお辞儀っぽい動作をしながら。「ヒューランズへはなんのご用で？」

彼女の声は澄んで抑制が利いていて、歯切れがいい。その声はたちまち彼に影響を及ぼす。脈が速くなり、胸が熱くなる。

「僕はここの息子さんたちに教えてるんです」と彼は答える。「ラテン語を」

彼女は感心するだろうと彼は期待する、恭しく頷くだろう。彼は学のある男なのだ、文人、学識者なのだ。あなたの前に立っているのは粗野な田舎者じゃありませんよ、と言えたらいいのにと彼は思う、ただの農夫じゃありません、と。

ところが娘の表情は変わらない。「ああ」と彼女は言う。「ラテン語の家庭教師ね。なるほど」

彼女の返事のそっけなさに彼は戸惑う。彼女という人物はじつにわからない。年齢はちょっと見当がつかないし、この一家における彼女の立場も。たぶん彼よりもすこし年上だろう。服装は使用人みたいで、ごわごわした汚れた服を着ている、でも話しぶりは淑女みたいだ。直立した彼女の背丈は彼とほとんど変わらない、髪は彼の髪と同じく黒っぽい。彼女は男がするように彼とまともに目を合わせるが、あのぴったりしたジャーキンを着た姿形は明らかに女のものだ。

家庭教師はここでは大胆に振る舞うのが一番だと心を決める。「かまわなかったら君の……君の鳥を見せてもらえない？」

彼女は顔をしかめる。「わたしの鳥？」

「さっき君を見かけたんだ、森から出てくるところをさ？　腕に鳥を乗せていたよね？　タカを。すごく魅力的な――」

はじめて、彼女の顔に感情があらわれる、懸念、不安、わずかな恐れ。「言わないでね」彼女は農場のほうを身振りで示す。「ね？　今日はあの子を連れ出してはいけなかったの、でもね、あの子、ひどくそわそわして、お腹を空かせていて、午後じゅうずっと閉じ込めておくのはかわいそうで。わたしを見たことは言わないでね？　わたしが出かけてたことは？」

家庭教師は微笑む。彼女のほうへ近づく。「ぜったい話しませんよ」彼はなるべく重々しく、慰めるように答える。彼女の腕に片手を置く。「心配しないで」

彼女はぱっと視線を上げて彼の目を見る。二人は間近に見つめあう。彼が見ているのはほとんど金色の目だ、中心点の周囲には濃い琥珀色の輪がある。緑の斑点。黒く長いまつ毛。青白い肌には鼻と頬骨のあたりに雀斑が散っている。彼女は奇妙なことをする。自分の前腕に乗せられた彼の手に手を重ねるのだ。彼の親指と人差し指のあいだの皮膚と筋肉を摘んでぎゅっと力を込める。その摘み方は強く執拗で妙に親密なところがあり、ほとんど痛いくらいだ。そうされて、彼ははっと息を吸い込む。頭がくらくらする。その確かさ。これまで誰にもそんなところに、そんなふうに触れられた覚えはない。うんと強く引っ張らなくては手を引っ込められないだろう、たとえそうしたいと思ったとしても。彼女の力は驚くほどで、それに、妙に刺激的だと彼は思う。

「僕は……」と彼は切り出す、その先どんな言葉を続けるのか何も考えないまま、自分が何を言いたいのかわからないまま。「君は……」

　とつぜん、彼女は彼の手を離す。自分の腕を彼の手から離す。彼の手は、彼女に摘まれていた部分が熱く、そしてひどくむき出しになったように感じられる。彼はその手で額をこする、また正常に戻そうとするかのように。

「わたしの鳥を見たいのね」彼女は言う、今度は事務的できぱきした口調になっていて、スカートのなかのチェーンから鍵を一つ取り出し、戸を開錠すると押し開ける。彼女はなかへ入り、呆然としながら彼も続く。

　そこは小さな、薄暗くて狭い空間で、干からびたような馴染のあるにおいがする。彼は息を吸い込む。木とライムと何か甘いくっきりした香り。それに、どこか粉っぽい麝香のような香りが奥にある。そして横にいる女性。彼女の髪や肌のにおいもする。そのどちらかからは微かなローズマリーの香りが漂ってくる。彼はまた彼女に手を伸ばそうとする——彼女の肩、腰はじりじりするほど近いところにある、それに、いったいほかになんの目的があって彼女は自分をここに連れ込むんだ、彼女もまた同じことを考えていないとしたら——

「ほら、あの子よ」彼女は低い声で早口に言う。「見える？」

「誰？」ウエストに、ローズマリーの香りに、目が闇に慣れて暗がりに浮き上がってきている周囲の棚に気もそぞろな彼は問い返す。「何が？」

「わたしのハヤブサ」と彼女は言い、前へ進む、すると、納屋の向こう端の高い木の支柱にとまっている猛禽が家庭教師の目に映る。

　フードをかぶせられ翼をたたんで、鱗のある黄土色のかぎ爪で止まり木を摑んでいる。背中を丸めた、肩をすくめたような格好で、雨に降りこめられてでもいるかのようだ。翼の色は黒っぽいが、胸は白っぽくて樹皮のような波形模様だ。まったくべつの世界、風や空や、まさに神話の世界の生き物かもしれないものがこんなに近くにいるのは、またとないことのように彼には思える。

「なんとまあ」と彼は思わず口にし、すると彼女は振り向いて、初めてにっこりする。

「雌のチョウゲンボウよ」と彼女は小さな声で言う。「父のお友だちの司祭さんから、ひな鳥のときにもらったの。たいてい毎日外へ出して飛ばせるの。今はフードを外さないけど、あなたがここにいるのがあの子にはわかってる。あなたのこと、覚えるわ」

家庭教師はその言葉を疑わない。鳥の目とくちばしは小さなフード、革――羊か、もしかすると子山羊の革かもしれないなと彼はつい考えてしまい、そんな自分に腹が立つ――で作られたもので覆われているのだが、ふたりが一言しゃべるごとに、身動きするごとに、鳥は頭をぴくりとめぐらせる。自分が鳥の顔を見たいと思っていることに彼は気づく、その目を見たい、あのフードの向こうにどんなものがあるのか知りたいと。

「あの子、今日はネズミを二匹捕まえたの」と女は言う。「それに野ネズミ。あの子、飛ぶの」彼女は彼のほうを向いて言う。「まったく音を立てずにね。相手にはあの子が来るのが聞こえないの」

家庭教師は、彼女に見つめられて大胆になり、手を伸ばす。彼女の袖に触れ、ジャーキンに、そして最後にウエストへ。彼は手をそこへ沿わせ、彼女が彼に触れたのと同じくらい力を込めて、彼女を引き寄せようとする。

「君の名前は？」と彼は訊ねる。

彼女は身を引くが、彼はもっとしっかり彼女を摑む。

「教えてあげない」

「教えてよ」

「放して」

「先に教えて」

「そうしたら、放してくれる？」

「うん」

「あなたが約束を守ってくれるかどうかわからないじゃない、家庭教師さん？」

「僕はいつも、約束は守る。僕は言ったことは守る男だ」

「それに、手を器用に使う男。放してよ、教えるから」

「君の名前が先だ」

「それから放してくれるの？」

「うん」

「わかった」

「教えてくれる？」

「いいわ、あのね……」

「なんて名前？」

「アン」と彼女は言う、というか言ったように思えたと同時に彼も言っている。「知りたいんだ」

「アン？」と彼は繰り返す、発せられるその名前は彼の口のなかで馴染みがあると同時に奇妙な感じがする。これは彼の妹の名前だった、死んでまだ二年も経たない。妹が葬られた日以来この名前を口にしていなかったことに彼は気づく。一瞬、濡れた教会の庭が眼前に蘇る、雫を垂らすイチイの木々、黒々と地面に開いた口、白い布で包まれた遺体を受け取ろうと口を開いている、とてもきゃしゃで小さな体を。あまりに小さく思えた、そんなふうにたった一人で大地に埋められるには。

ハヤブサ娘は彼が混乱している隙に乗じて彼を突き飛ばす。彼は壁に沿った棚のほうへつんのめる。奇妙な、こだまのような音がする、無数のゲームの駒かボールが居場所を探しているような。彼は周囲を手探りして、いくつかの丸い物を見つける、肌がぴんと張っていて、ひんやりして、真ん中に釘のようなものが突き出している。不意に、この場の馴染みのあるにおいがなんなのか、彼は悟る。

「林檎だ」と彼は言う。

彼女は向こう側から短い笑い声をあげる、両手は後ろの棚に置き、ハヤブサが横にいる。「ここは林檎置場なの」

彼は一個を顔に近づけて、香りを吸い込む、つんとくる、特有の酸っぱいにおいを。どっと見たことのある光景が蘇る、落ち葉、びしょ濡れの草、燃える木の煙、母の台所。

「アン」と彼は林檎に噛り付きながら言う。

彼女はにっこりし、その唇のカーヴに彼はひどく苛立たしくなると同時に嬉しくもなる。「それはわたしの名前じゃない」と彼女は言う。

彼は林檎を下ろす、怒っているふりをしつつ、どこかでほっとしながら。「君がそう言ったんじゃないか」

「言ってない」

「言った」

「なら、聞いていなかったんだ」

彼は食べかけの林檎を投げ捨てると、彼女に近づく。「じゃあ教えてくれ」

「教えない」

「教えるさ」

彼は両手を彼女の肩に置き、それから指先を腕へとスキップさせながら、触れられた彼女が身を震わせるのを見つめる。

「君は教えるよ」と彼は言う。「僕たちがキスしたらね」

彼女は頭を一方へ傾げる。「ずうずうしい」と彼女は返す。「キスなんかしなかったら？」

「いや、するね」

またも彼女の手が彼の手を見つける。彼女の指が彼の親指と人さし指のあいだの肉を摘む。彼は眉を上げて彼女の顔を覗き込む。彼女の顔はとりわけ難しい文章を読んでいる女の表情になる、何かを解読しよう、何かを読み解こうとしている女の。

「ううん」と彼女は言う。

「何をやってるの？」と彼は訊ねる。「なんで僕の手をそんなふうに持つの？」

彼女は眉をひそめる。まっすぐ、探るように彼の顔を見る。

「なんなの？」彼は訊ねながら、急に彼女に、彼女の沈黙に、その集中している様子に、彼女に手を摘まれていることに不安を感じる。周囲では林檎が溝のなかに収まっている。鳥は止まり木でじっと動かず、聞き耳を立てている。

女は彼のほうへ身を寄せる。女は彼の手を離し、手はまた、むき出しで、皮が剝けて、むちゃくちゃになったように感じられる。なんの前兆もなしに、彼女は口を彼の口に押しつける。彼女の上下の唇のビロードのような感触を彼は感じる。　彼女の歯の硬さを、彼女の顔の肌のあり得ない滑らかさを。それから彼女は離れる。

「Agnes（アグネス）っていうの」と彼女は言う。そして彼はこの名前も知っている、この名の人には会ったことがないが。アグネス。紙の上に書かれるのとは、発音は違うかもしれない、あのほとんど隠れている、秘密のgがあるので。舌はそれに向かって丸まるが、ほとんど触れない。Ann-yis。Agn-yez。最初の音節に寄りかかり、それからつぎを飛び越えてしまう。

彼女は彼の体と棚とのあいだの空間からするっと抜け出す。彼女が戸を開けると、その向こうの光は白々と眩く、圧倒されるようだ。それから彼女の背後で戸がばたんと閉まり、彼は一人になる、ハヤブサと、林檎と、木と秋のにおいと、それに乾いた羽毛や肉を思わせる鳥のにおいとともに。

彼は、あのキスや、林檎置場、記憶に刻まれた彼女の肩の感触、つぎにヒューランズに来るときにはどうしようかという計画、あの女中がまた一人でいるところをつかまえる企みなどですっかりぼうっとしていて、町まであと半分のところまで行って初めて、ふと思いあたる。あの一家の例の長女はタカを飼ってるって話じゃなかったっけ？

このあたりにはかつて、森の端で暮らしている女の子の話があった。

人々は互いにこんなことを言い合ったものだ、森の端で暮らしてる女の子の話、聞いたことある？　と、夜、火を囲んで座りながら、粉をこねながら、紡ぐために羊毛を梳きながら。もちろん、そういう話は夜の時が経つのを早めてくれるし、手に負えない子どもをなだめてくれるし、心配事を抱える人の気持ちを紛らわしてくれる。

森の端の、女の子。

その出だしには、語り手から聞き手への約束事が隠されている、ポケットにしまい込まれた手紙のような、何かが起ころうとしているという仄めかしが。近在の人ならだれでも振り向いて聞き耳を立てるだろう、その脳裏にはすでに件の女の子の姿が描かれかけている、恐らく、木々のあいだを進んでいくところとか、森の緑の壁の横に立っているところとか。

そして、その森というのが。深くて植物が生い茂り、棘のある低木やツタがめちゃくちゃに絡まりあい、木々がひどく密生しているので、地面に光がまったく当たらないところもあると言われていた。かといって、迷子になる場所ではないのだが。まわっていっては元に戻る道や、旅人を道程から、行きたい方向から逸らせてしまう小道があった。どこからともなく吹きつける風。ある空き地では音楽や囁き声が聞こえたり、自分の名前が呟かれて、こんなふうに言う、**こっち、ここへおいで、こっちへおいでよ。**

森の近くに住む子どもたちは、けっして一人で入ってはならないと幼少時から教えられた。娘たちは、近づかないほうがいいと強く言われ、あの鬱蒼とした緑と茨のなかには何が潜んでいるかしれないと警告された。そこには人間に似た生き物――森の民、と呼ばれていた――がいて、歩いたりしゃべったりするが、森の外には一歩も出たことがなく、木の葉を透かして光が注ぎ、木の枝に囲まれた、湿ってもつれ合ったなかで暮らしていた。一匹の猟犬、非常に優秀な、光沢のある脇腹に光る牙のそいつが、鹿を追って茂みに飛び込んだきり二度と姿を見せることはなかったと言われていた。ちらと白く見えた動物を追いかけていったら、森が犬を閉じこめて、それっきり放さなかったのだ。

森を通り抜けなければならない人々は、足を止めて祈った。祭壇が、十字架があって、そこで立ち止まって、身の安全を神の手に委ね、神の耳に届いたことを願い、きっと神が見守ってくださる、自分の行く手がかの森の民や森の精霊や木の葉でできた生き物などの通り道と交わらないようにしてくださるはず、と思うのだ。十字架は締め付けんばかりにきつく巻き付いたツタで覆われている、と言う者もいた。もっと暗い力を信じる旅人もいた。森の周縁のあちこちに祠があり、人々はそこで、自分の服の切れ端を木の枝に結び、エールを入れたカップやパンやかりかりになった豚の皮、輝くビーズを糸に通したものを置いて、木々の精が満足して無事に通してくれることを願うのだった。

さて、森のすぐ端の家には、女の子とその弟が住んでいた。裏窓から木々が見えた、風の強い日には頭を落ち着きなく揺り動かし、冬にはむき出しの捩じれた拳を振る様が。女の子と弟は生まれたときから森に引き寄せられるのを、森に招かれるのを感じていた。

村に長く住んでいる人たちは、女の子の母親はこの森から出てきたのだと信じていた。どこから か、というのは誰も知らなかった。仲間から離れて迷子になった森の民だったのかもしれない、それとも何かほかのものだったのかもしれない。

誰も知らなかった。噂によると、彼女はある日茨をかき分けて現れ、緑のなかから薄明りの下へと出てきて、その瞬間、たまたまそこに立って羊の番をしていた農場主は彼女から目をそらすことができなくなった、ということだった。彼は彼女の髪から木の葉を、スカートからカタツムリを摘み上げた。彼女の袖から小枝や苔を払いのけ、足の泥をすすいでやった。彼は彼女を家に連れ帰り、食事させ、服を着せ、結婚し、ほどなく女の子が生まれた。

物語のこの部分で、語り手はたいてい、これほど子どもを溺愛する女はいなかったということを明言する。彼女は赤ん坊を背中にくくりつけてどこへでも連れていき、農場の家を、冬のいちばん寒い時期も裸足で歩きまわった。彼女は赤ん坊を、夜でさえ揺り籠に寝かせはせず、動物がするように自分の身近に引き寄せておいた。何時間ものあいだ、赤ん坊といっしょに森へ姿を消しては、暗くなってから家へ帰ってきた、皮付きの栗でエプロンをいっぱいにしたりして、火の気もなく食べ物もなく、夫の食事の支度など何も出来ていない家へ。近隣の家々の妻たちはひそひそと、男があんなこと我慢できるのかね、と互いに囁き交わした。そして、あの新米の母親には自分の母親がいなかったのだ、というかそんな風に見えると思い、女たちは農場へやってきて、家事のやり方、離乳の方法、病気の防ぎ方、最上の縫い方、結婚したからには女は頭巾で髪を覆わなくてはならないことなど、知恵を授けようとした。

女は皆に向かって頷いて、よそよそしい笑顔を浮かべた。髪を覆わずに両肩に垂らした彼女の姿が道でしばしば目撃された。農場では家の外の地面を掘り返して、風変わりな植物を育てていた——森林地帯に生えるシダ、這い上がる草、コショウのような風味の花や丈の低い見苦しい茂み。彼女のただ一人の話相手と思われるのが、村はずれに住む老いた寡婦だった。寡婦の塀をめぐらした小さな菜園で二人がおしゃべりしている姿がよく見かけられた、年取ったほうは杖で体を支え、若いほうは背中に赤ん坊を括りつけ、相変わらず裸足で、相変わらず髪はむきだしのまで、身を屈めて寡婦の薬草の世話をしている。

ほどなくして女はまたも床について、今回は男の子を産んだ、息を吸った瞬間から強い子だった。とても大きな子どもで、手は幅広く、足もどんどん歩けそうなほど大きかった。女はまえと同じく赤ん坊を自分の体に結わえ付け、男の子が生まれて一日か二日すると、森へ入っていった、女の子はよちよち横を歩かせて。

三度目に腹が膨らんだとき、女の運は尽きた。彼女は床について、三番目の子を産んだが、今回は二度と起き上がることができなかった。村の女たちがやってきて彼女の体を洗って埋葬支度をし、彼女がつぎの世へ旅立てるように準備した。そうしながら女たちは泣いた、女のことを好きだったからではない、森から現れて女たちの同族と結婚し、木の名で呼ばれていて、彼女たちにはほとんど話しかけず、親しくなろうとする彼女たちをはねつけたこの女のことを。そうではなくて、女の死に、自分たち自身も死ぬのだということを思い出させられるからだった。女たちは皆で泣きながら彼女の髪をきれいにして梳り、爪の泥をこそげ落とし、白いシフトドレスを頭からかぶせ、布で包んだ小さな死産児を遺体の両腕に抱かせた。

幼い女の子はすわったまま眺めていた、背中を壁にもたせかけ、あぐらをかいて、黙りこくったままで。泣きじゃくることはなかった、涙を流すことはなかった。一言も発しなかった。目はひたと母親の遺体に据えられていた。膝には弟を抱いていた、弟は泣きじゃくって鼻水を垂らし、姉の服で目を拭った。隣人たちの誰かが善意から近づくと、女の子は猫のように唾を吐いてひっかこうとした。どれだけの人が弟をもぎ放そうとしても、女の子は放さなかった。ああいう子を手助けするのは難しいね、と人々は言った、同情する気になれないよ、と。

女の子の傍へ寄れる唯一の人間があの寡婦だった、女の子の母親と特別な友人だった女だ。寡婦は子どもたちの近くの椅子にすわり、じっと動かずに膝に食べ物の鉢を乗せていた。女の子は寡婦がときおり男の子の口へスプーンで離乳食を運ぶのを嫌がらなかった。

隣人たちのひとりが、未婚の妹ジョーンのことを思い出した、若いが何人もの弟妹の世話をしてきていて、豚の面倒もみていたし、きつい仕事にも慣れている。農場主のところで働かせたらどうだろう？　誰かが家の切り盛りをしたり、子どもたちの世話をしたり、火の番をしたり、鍋をかきまわしたりしなければならないだろう。そのあとどうなるか、誰にわかる？　農夫は、誰もが知る資産家で、立派な家と何エーカーもの土地を持っている。子どもたちはまっとうな扱いを受けて、従うようになるだろう。

さて、嘘か本当かわからないが、ジョーンは農場で一か月も過ごさないうちに、耳を傾けてくれる人になら誰にでも女の子のことで愚痴をこぼすようになっていた。あの子のおかげで気も狂わんばかりだ。これまで二度、夜中に目を覚ますとあの女の子が横に立ってジョーンの片手を握っていたことがあった。あの子がポケットに何かを滑りこませるのを見かけて調べたら、小枝を鶏の羽根で結わえたものらしかった。自分の枕の下にツタの葉が何枚かあるのを見つけたことがあるのだが、ほかの誰がそんなところにそんなものを置くだろう？

村の女たちはどう言ったらいいものか、ジョーンの言うことを信じるべきかどうかわからなかったが、ジョーンの肌にシミやアバタができていることには多くの人が気づいていた。手に疣（いぼ）がいくつもできていることにも。ジョーンの紡ぐ糸がもつれたり切れたりすること、彼女のパンが膨らもうとしないことにも。とはいえ、あの女の子は子どもにすぎない、ほんの小さな子どもだ、なのにそんなことができるなんてことがあるものだろうか？

ジョーンは嫌になって、農場を出て家族のもとへ帰るのではないかと思うかもしれない。だがジョーンは、行儀の悪い言うことを聞かない子どもによってそう簡単に気持ちをくじかれたりはしなかった。険しい顔で踏ん張り、疣には豚の脂をなすりつけ、灰に浸した布で顔をこすった。

やがて、こういう場合よくあることだが、ジョーンの粘り強さは報われた。農場主は彼女を妻とし、彼女はつぎつぎと六人の子を産んだ、全員が色白でバラ色で丸っこかった、彼女自身のように、父親のように。

結婚すると、ジョーンは女の子のことで皆に愚痴をこぼすのをやめた、まるで誰かに口を縫われたかのようにとつぜんに。あの子にはどこも普通でないところはない、と彼女はぴしゃっと言うのだった。何一つ。あの女の子は人の心を覗きこむことができる、なんていうのは馬鹿げた噂だ。ジョーンの家族には、彼女の家には、何一つおかしなところはない。

もちろん噂は広がった、女の子の普通ではない能力について。暗闇に紛れて人々が訪れた。女の子は、成長するにつれて、自分を必要とする人たちと通り道で落ち合う方法を見つけた。近隣では、彼女が森の境目を、木立の縁を歩くことが知られていた、午後遅く、夕方に、ハヤブサをさっと木の枝に飛ばせてはまた革の籠手の上に戻らせながら。彼女はこの鳥を夕暮れ時に連れ出すので、その気があるならそのあたりを歩いていればいい。

頼んだら、女の子——今では女だが——は鷹匠の手袋を外して手を握ってくれる、ほんの一瞬親指と人差し指のあいだの肉、手の力のすべてがある部分を押さえて、何を感じたか教えてくれる。眩暈（めまい）がするような、力が抜けていくような感じだったと言う者もいた、力のすべてを彼女に吸い取られていくかのような。爽快になる、活気づけられるようだった、雨を浴びるみたいに、と言う者もいた。彼女の鳥が頭上の空に円を描く、翼を広げ、警告するかのような叫びをあげる。その女の子の名前はアグネスだということだった。

これがアグネスの子ども時代の物語、神話だ。彼女自身は違う話をするのではなかろうか。外には羊がいた、餌を与え、水をやり、世話をしなければならない、何があろうと。中に入れたり外に出したりこの野原からあの野原へと連れて行かねばならない。

中では火が燃えていた、そしてそれは絶やしてはならない。火の餌になるものをどんどん与え、世話をし、つつかなくてはならない、そして彼女の母親はときおり口をすぼめてふうふう吹かなければならない。

母親自身はといえば不確かな存在で、というのも、まずは一人の母がいて、ほっそりして、裸足のくるぶしは頑丈だった。足の裏は黒く汚れていて、床の敷石の模様の上をあちこち歩き、いっしょに家の外へ出て羊のそばを通り過ぎ、森へ入って木の葉や小枝や苔を踏んで歩いていくこともあった。手もあった、アグネスが転ばないよう捕まえてくれる手で、温かくてがっしりしていた。森の地面から抱き上げられてその母親におんぶされると、マントのような髪の下で気持ちよく落ち着くことができた。すると彼女には、黒糸の束を透かして木々が見える、ランタン・ショーみたいに。ほら、と母親が言う、リスだよ。すると赤みがかった目立つ尻尾が幹の上に消える、まるで母が自分で樹皮から呼び出したかのように。ほら、カワセミだ、宝石で裏打ちされた矢が小川の銀色の水面を貫く。ほら、ヘイゼルナッツ、母親が大枝によじのぼり、力のある両腕で揺すると、焦げ茶色の殻で覆われた珠がたくさん落ちてくる。

弟のバーソロミューは、大きな目をびっくりしたように見開いて、手の指を白い星のように開いて母親の胸に抱かれており、姉弟は進みながら互いの顔を見つめあい、母親の肩の丸い骨の上で互いの指を絡みあわせた。母親は二人のために緑のイグサを刈って、干して編んで人形を二つ作ってくれた。二つの人形はそっくりで、アグネスとバーソロミューが並べて箱に入れると、無表情な二つの緑の顔が信頼しきっているように屋根裏を見上げた。

それからこの母親はいなくなり、もう一人が火の傍に座を占め、薪を注ぎ足し、炎を吹き、暖炉石から火格子へと重い鍋を移しながら、触っちゃだめだからね、気を付けて、熱いよ、と言うようになった。この二番目の母親はもっと幅があって、髪の色は淡く、ぎゅっと丸めて汗まみれの頭巾の下に隠されていた。彼女は羊肉と油のにおいがした。赤らんだ肌は雀斑だらけで、泥のなかを進む馬車にしぶきをかけられたみたいだった。彼女には名前があった、「ジョーン」という名にアグネスは吠える犬を思い出した。彼女はナイフでアグネスの髪を切り落とした、毎日手入れしてやる暇はないからと言って。イグサの赤ん坊たちを手に取ると、悪魔みたいな子たちだと言って火にくべてしまった。焼けこげる人形を引っ張り出そうとしてアグネスが指を火傷すると、彼女は笑って、アグネスの火傷は自業自得だと言った。彼女は足に紐付きの靴を履いていた。この足は決して農場を出て森へは行かなかった。アグネスが断りなく一人で行くと、この母親は靴を片方脱いでアグネスのスカートをまくり上げ、脚の裏に靴を振り下ろした、ビシン、バシン、するとその痛みがびっくりするような馴染みのないものだったので、アグネスは泣き叫ぶのを忘れてしまった。代わりに頭上の高いところにある梁を見つめた、べつの母親が薬草の束を、真ん中に穴の開いた石に結わえ付けていた場所だ。不運を寄せ付けないためにね、とあの母親は言っていた。アグネスは母がそうしていたのを覚えていた。彼女は唇を噛んだ。泣くな、と自分に命じた。石の黒い穴を見つめた。あの母親はいつ帰ってくるのだろうと思った。彼女は泣かなかった。

この新しい母親はまた、アグネスが、あんたはわたしの母親じゃない、と言ったり、バーソロミューが犬の尻尾を踏んづけたり、アグネスがスープをこぼしたり、ガチョウを道に出してしまったり、豚の餌用バケツを餌入れまで運んでいかなかったりしたときも、靴を片方脱いだ。アグネスは機敏に素早く動くことを学んだ。見えない存在でいることの利点を学び、注意を引かずに部屋を通り抜ける術を身につけた。人のなかに隠れているものが、たとえば、少量のタヌキモをその人のカップに入れることができたなら明らかになる、ということを学んだ。オークの幹から剝がしてきた蔓植物をベッドリネンにこすりつけると、そこに横になった人は誰でも確実に眠れなくなる、ということを学んだ。父親の手をとって裏口の、森の植物をぜんぶジョーンが引っこ抜いてしまったところへ連れて行くと、父親は黙ってしまい、するとジョーンは泣きながら、悪気はなかったんだ、雑草だと思って抜いてしまったんだと父親に訴える、ということを学んだ。それにアグネスは、そのあとで食卓の下で手を伸ばしてきたジョーンに抓(つね)られて、肌に紫色の痕が残るということも学んだ。

混乱の時期だった、季節がどんどん変わっていった。どの部屋も煙でかすんでいた。羊がメエメエ鳴いたり唸ったりしていた。父親は一日の大半を炉辺から離れて動物の世話をして過ごしていた。外の泥が清潔な内側に入ってこないように努めた。バーソロミューが火に近づかないよう、ジョーンに近づかないよう、水車用貯水池や道を通る荷車や踏みつける馬の蹄や川や薙ぎ払う大鎌に近づかないようにした。病気の子羊は火の横の籠に入れられ、ぼろ布をミルクに浸して授乳され、甲高い鳴き声が部屋を切り裂いた。彼女の父親は庭で雌羊を両膝のあいだに押さえつけ、羊は怯えて目玉を天に向け、父親は刈り込み鋏で羊毛を刈っていった。羊の毛が雷雲のように地面に落ち、そのなかからまったく違う生き物が立ち上がった——か細い、乳白色の肌の、痩せこけた。

誰もがアグネスに、ほかの母親なんていなかった、と言った。あんたいったい、何言ってんの？　とみんな大声をあげた。彼女が言い張ると、やり方を変えた。本当のお母さんのことは覚えてないでしょ——覚えてるはずがない。そんなの嘘だ、と彼女は言った。地団太を踏んだ。拳を食卓に打ち付けた。鳥のような金切り声で叫んだ。どういうことよ？　どうしてそんな嘘ばっかり、ごまかしばっかり言うの？　彼女は覚えていた。何もかも覚えていた。彼女は村はずれに住んでいる薬剤師の寡婦に、羊毛を受け取って紡ぐ女にそう言った。女はペダルを踏み続けた、アグネスが何も言わなかったかのように、とは言っても、頷きはした。あんたのお母さんは、と女は言った、心のきれいな人だった。あの人の小指だけでも――そして寡婦は自分の節くれだった手をあげてみせた――ほかの人たちの手全体よりも優しさがあった。

彼女は何もかも覚えていた。母親がどこへ行ってしまったのか、なぜいなくなってしまったのかということ以外は何もかも。

夜になると、アグネスはバーソロミューにひそひそ声で、姉弟を連れて森を歩くのが好きだった女、穴の開いた石に薬草を結わえ付けた女、イグサのあかちゃんを作ってくれた女、裏口に菜園を作っていた女のことを話した。彼女はぜんぶ覚えていた。ほとんどぜんぶ。

するとある日、彼女は豚小屋の裏で父と出くわした、父は片膝で子羊の首を押さえ、ナイフを振り下ろしていた。そのにおい、光景、色に、彼女は、赤く染まったベッド、大虐殺のような、暴力的な、ぎょっとするほど真っ赤な部屋を思い出した。彼女は父親を見つめた、見つめて、見つめて、それなのにぜんぜん父のことは見えていなかった。代わりに見えていたのは真ん中に真っ赤な花が咲いたベッド、それに細長い箱。なかに入っているのは母親だと彼女にはわかっていたが、それまでの母親ではなかった。その母親はまたも違っていた。ロウのようで、冷たく、静かで、哀れにしなびた人形の顔がのぞいている包みを両腕で抱えていた。司祭は夜来なければならなかった、秘密だったからだ、そしてアグネスがそれまで見たことのない司祭だった。長いローブを羽織り、燃えている鉢を例の箱の上で揺らして、奇妙な、歌のような言葉をぶつぶつ唱えた。話してはいけないよ、と父親はアグネスに、すすり泣きながら言った、近所の人たちにも誰にも、司祭がやってきてロウの女と哀れな赤ん坊の上で魔法の言葉を唱えたことをしゃべってはならない、と。立ち去るまえに、司祭はアグネスの頭に一度軽く触れた、彼女の額に親指を押し付けながら、司祭はまっすぐ彼女の目を見て、聞き慣れた言葉で言った、哀れな子羊。

アグネスはこういうことをぜんぶ父に話す、このべつの子羊、首筋に引かれた線から赤いものを迸(ほとばし)らせているその上に膝をついている父に。彼女は叫ぶように話す——肺の底から、心臓の芯からわめく。彼女は言う、わたしは覚えてる、ぜんぶ知ってる。

大声を出すな、お前、と父は言いながら彼女を振り向く。覚えているはずがない。さあ、黙るんだ。そんなことは言っちゃいけない。夜に司祭など来なかった。お前の額に触れたりしなかった。そんなこと、誰かの前で言うんじゃないぞ。お前の母さんに聞かせるんじゃないぞ。

父が言っているのはジョーンの、家にいる女のことなのか、それとも天国へ行った彼女の実母のことなのか、アグネスにはわからない。彼女には、まるで世界が卵みたいにぱかっと割れたような気がする。頭上の空がいつなんどき裂けて、火や灰が皆の上に降り注ぐやもしれないような。視界の端に黒っぽい朧(おぼろ)なものがうろついているように思える。母家も、豚小屋も、庭にいる弟たちや妹たちも、すべてがうんと遠いと同時に耐えられないほど近いようにも思える。司祭がいたことは知っている。父さんはなんだってそうじゃなかったふりをするんだろう？　司祭が首に掛けていた十字架を口元へ持っていって口づけしたのを、司祭の鉢が彼女の母親と赤ん坊の上の大気のなかにうっすら煙を残した様子を、司祭が彼女の母親の名前を、謎めいた祈りのさなかに何度も何度も口にしたのを彼女は覚えている。ローワン(ナナカマド)、ローワンと。彼女は覚えている。哀れな子羊、と司祭は彼女に言った。父親は言う、しっ、そんなことぜったい言うんじゃない。そして彼女は父から、今やぐったりして血が出きってしまった、内臓と骨の袋同然になってしまった子羊から逃げ出して森の中へ駆け込み、そこでこういったことを木々に向かってわめく、木の葉に向かって、枝に向かって、誰にも聞こえないところで。棘のある茨の茎を肌に刺さるまで握りしめ、毎週日曜日に歩いて通う教会の神に叫ぶ、きちんと隊列を組んで、赤ん坊を背負って行くそこには、煙も鉢もなく、訳のわからない言葉が発せられることもない。彼女は神に呼びかける、神の名を大声で叫ぶ。あんた、と彼女は言う、あんた、聞いてるの、あんたとはもうおしまいだからね。この先、あんたの教会には行くよ、行かなきゃならないから、でも行っても一言だって言わない、あんたが死んだあとは何もないんだから。土があって、遺体があって、それはみんな無になってしまう。

彼女がこのことを薬剤師の寡婦に言うと、そんな言葉を聞いた老女は目を上げる。紡ぎ車がぶんぶん回るのが遅くなり、しだいにのろくなるなかで、女は子どもを見つめる。そんなことほかの誰にも言うんじゃないよ、と彼女はアグネスに、キイキイきしむ声で言う。ぜったいだめ。そうしないと、七種類もの厄介ごとが頭に降りかかってくるよ。

アグネスは、靴を履いている母親が色白で髪の色が淡いぽっちゃりした自分の子どもたちを抱きしめたり可愛がったりするのを見ながら育つ。いちばん新しいパンを、いちばんいい肉を彼らの皿に置いてやるのを見ている。アグネスは、自分は二番手だ、どこか欠けている、望まれていないのだと思いながら暮らさなくてはならない。床を掃いたり、赤ん坊のおむつを替えたり、揺すって寝かしつけたり、火格子から灰をかきだしてうまく火を熾したりしなくてはならないのは彼女だ。事故や不運——皿が落ちる、水差しが割れる、編み物がほつれる、パンが膨らまない——はすべてなぜか彼女のせいにされると、彼女はわかっている、悟っている。人生のあらゆる打撃からバーソロミューを守り、擁護しなくてはならないと思いながら成長する、ほかに誰もそうしてくれる人はいないからだ。彼は彼女の血縁だ、まったく完全に、ある意味ほかには一人もいない存在だ。彼女は心のなかに自分だけの炎を隠しながら成長する。その炎は彼女を舐め、温め、警告する。出て行かなくちゃだめだ、と炎は彼女に告げる。そうしなければ。

アグネスはめったに——たとえあるとしても——触れられることがない。彼女はただそれだけを切望しながら成長することとなる。手に手を重ねられる、髪に、肩に手を置かれる、腕を指先で撫でられる。思いやりの、仲間意識の人間らしい痕跡。彼女の継母はけっして近づいてこない。弟妹たちは叩いたり引っ掻いたりはしてくるが、それは数に入らない。

彼女は成長するにつれ他人の手に魅了されるようになる、いつも触りたくなる、自分の手のなかに感じてみたい。親指と人差し指のあいだのあの筋肉は、彼女にとって、たまらなくそそられるものなのだ。あの部分は鳥のくちばしのように開いたり閉じたりし、握る力のすべてがそこに見出せる、握力のありったけが。その人の能力、影響を及ぼせる範囲、彼らの本質を探り出すことができる。彼らが摑んできた、保持してきたすべて、彼らが摑みたいと願っているすべてがその部分にある。そこを押さえさえすれば、その人について知りたいすべてを見出すことができる、と彼女は気づく。

彼女がほんの七つか八つのとき、訪れてきたある女がアグネスにそんなふうに手を握らせ、するとアグネスが言う、一か月以内に死ぬでしょう、するとなんとそのとおり、かの訪問者はそのすぐ翌週、瘧（おこり）に襲われたではないか。羊飼いが倒れて脚を怪我するだろう、彼女の父親が嵐に遭うだろう、赤ん坊は二度目の誕生日に病気になるだろう、父親の羊皮を買おうと申し出る男は嘘つきだ、裏口にやってくる行商人は炊事場の女中に気がある、と彼女は言う。

ジョーンも父親も心配する。こういう能力はキリスト教徒らしくない。二人は彼女にやめてくれと頼む、他人の手に触れないでくれ、この奇妙な才能を隠しておいてくれ、と。そんなことをしているとろくなことにならない、と父親は、火の傍でうずくまるアグネスの前に立ちはだかって言う、ろくなことにならんぞ。彼女が手を伸ばして父の手を取ると、父親はその手を引きはがす。

自分はおかしい、場違いだ、暗すぎる、背が高すぎる、あまりに粗暴だ、意固地すぎる、寡黙すぎる、あまりに変わっている、と思いながら彼女は成長する。自分はただ我慢してもらっているだけで、人を苛立たせる役立たずだ、自分は愛されるに値しない人間だ、もし結婚するとしたら、自分を大幅に変える必要があるだろう、自分を叩き壊さなければ、と自覚しながら成長する。そしてまた、ちゃんと愛されるというのがどういうものか、あるべき自分ではなくありのままの自分を愛してもらった記憶を持ち続けて成長する。

この思い出がじゅうぶん生きていて、またそんな愛情に出会えたらそれとわかることを彼女は願っている。そしてもしわかったら、ためらいはしない。それを両手で摑んでやる、脱出の手段として、生き延びる手段として。ほかから抗議されようと、反対されようと、説得されようと、聞くものか。それは彼女にとってチャンスとなるだろう、石の真ん中の狭い穴を潜り抜ける手段だ、どんなものにも邪魔させるものか。

町を駆け抜けてきたハムネットははあはあ息を弾ませながら階段をのぼる。片足を前に出して一段ごとに足を乗せていくと、体力が吸い取られていくようだ。彼は手すりにつかまって体を引っ張り上げる。

二階へあがれば、きっと、ぜったいに母の姿があると彼は思っている。ジュディスの寝ているベッドにかがみこんで、身体を弓のように曲げているだろう。ジュディスは新しいシーツで寝ていて、顔は青白いけれど目は開けていて、生き生きした頼り切った表情になっているだろう。アグネスは娘にチンキ剤を飲ませている。ジュディスは苦さに顔をしかめるが、ちゃんと飲み込む。母の薬はなんでも治せる——誰もがそれを知っている。町じゅうから人々がやってくる、ウォリックシャー州じゅうとその向こうからも、幅の狭い家の窓越しに彼の母親と言葉を交わし、自分の症状を説明し、どんなことで苦しんでいるのか、何に耐えているのか訴えるために。母が家に招じ入れる人もいる。たいていは女性で、母は彼女たちを火の傍のいい椅子にすわらせ、相手の手を取って自分の手で包みこみ、何かの根っこや何かの植物の葉や少量の花弁をすりつぶす。布の包みや紙と蜜蠟で栓をした小瓶を持って帰る彼らの顔は、ほっとして明るくなっている。

母はここにいるだろう。ジュディスを元気にしてくれる。母はどんな病気も、どんな疾患も追い払うことができる。どうすればいいか知っている。

ハムネットは上の部屋へ入る。妹だけだ、一人でベッドに寝ている。

妹は、と近寄りながら彼は気づく、さらに青白くなり、ぐったりしている、彼が医者へ行っているあいだに。目のまわりの皮膚が青みがかった灰色になって、打ち身ができているみたいだ。息は浅く速く、閉じた瞼の下で目がぴくぴく動いていて、彼には見えない何かを見ているみたいだ。

ハムネットは両脚を折り曲げる。彼は寝床の横にすわりこむ。妹が息を吸ったり吐いたりするのが聞こえる。そこには慰められるものがある。小指を妹の小指に絡める。彼の目から涙が一滴こぼれてシーツに落ち、それから下のイグサにしみ込む。

もう一滴涙が落ちる。ハムネットはしくじった。彼にはそれがわかっている。誰かを呼んでこなくてはならなかったのだ、親、祖父母、大人、医者。どれもうまくいかなかった。彼は目を閉じて涙を押さえ、頭を膝に落とす。


半時間かそこら経って、スザンナが裏口から入ってくる。籠をどさっと椅子に置くと、食卓に向かってぐったり座りこむ。鬱陶しそうに一方を眺め、もう一方を眺める。火は消えている、ここには誰もいない。帰ってるからね、と母は約束したのにいない。彼女の母は、いるからねと言う場所にいたためしがない。

スザンナは帽子を脱いで横のベンチに放り投げる。帽子は滑って床に落ちる。スザンナはかがんで拾おうかと思うが、やめておく。代わりに、つま先でさらに遠くへ蹴とばす。彼女は溜息をつく。もうすぐ十四だ。何もかもが――食卓の上には鍋が積み重ねられ、薬草や花が垂木に結わえ付けられ、妹の藁人形がクッションの上にのっかり、炉辺には水差しが置かれているという光景――彼女の心に深い底なしの苛立ちをかきたてる。

彼女は立ち上がる。窓を押し開けてちょっと空気を入れようとするが、通りは馬や糞や何かが腐りかけたむかつくようなにおいがする。彼女はばたんと閉めてしまう。ほんの一瞬、二階から何か聞こえるように思う。ここに誰かいる？　ちょっと立ち上がって耳をすませる。だけど、いや。もう音はしない。

彼女はいい椅子にすわっている、母のところへやってくる人たちが使う椅子だ、人々は戸口にこっそり、たいてい夜遅くにやってきて小さな声で訴える、痛み、出血、出血がない、夢、前触れ、鈍痛、困難、不都合な愛、厄介な愛、予兆、月の周期、野兎が行く手を横切った、鳥が家に入ってきた、手足の感覚がなくなった、どこかの感覚が鋭くなりすぎた、発疹、咳、ひりひりする痛み、ここやあそこや耳のなかや脚や肺や心臓の痛み。母親は頭を垂れて聞き入り、頷き、同情するように舌を鳴らす。それから相手の手を取り、そうしながら視線を上に、天井のほうに、宙にさ迷わせ、焦点のあっていない目を半分閉じる。

お母さんはどんなふうにやるのかとスザンナは訊ねられたことがある。市場や通りでにじりよってきて、ある体に何が必要かとか何が不足しているかとか何があふれそうになっているのかとか、アグネスにはどうやって言い当てられるんだ、その人がイライラしているとか何かを切望しているとかいうことがどうしてわかるんだ、人が、心が隠しているものをどうして知っているんだ、と問いただすのだ。

スザンナは溜息をついて、何か投げつけたくなる。今では母親の普通ではない能力について訊かれそうになるとわかり、そうさせまいとする、立ち去ろうとするか、あるいは相手の家族のことや、天気や作柄のことを訊ねはじめたりする。ある種のためらい、独特の表情――好奇心半分、疑い半分の――があり、それがこうした会話の前置きとなることを彼女は学んだのだ。なんでみんなわからないのだろう、スザンナがこれほど話したくないことはないのだと。明白ではないか、スザンナにはなんの関係もないと――薬草も、植物も、部屋を糞の山みたいに臭くする粉や根っこや花びらの入った壺や瓶も、ひそひそ声の人たちや泣いたり手を握ったりとかも。スザンナがもっと幼かったころには、正直に答えていたものだった、さあわかりません、魔法みたいなんです、才能です、と。でも最近は、素っ気ない態度だ。何をおっしゃってるのかわかりませんけど、と彼女は言う、頭を高くあげて、空気を嗅いでいるみたいに鼻をつんと上に向けて。

それにしても、彼女の母親は今どこにいるのだ？　スザンナは足首を交差させてはまた組み替える。おおかた、田園をぶらぶら歩きまわっているのだろう、池にばしゃばしゃ入ってみたり、草を集めたり、何かの植物を採ろうと柵を乗り越えたり、服を破いたり靴を泥だらけにしたりして。町のよその母親は子どもたちのために、パンにバターを塗ったりシチューをよそってやったりしていることだろう。だけどスザンナの母親は？　恥をさらしているにちがいない、いつものように、足を止めてじっと雲を見上げたり、ラバの耳に何か囁いたり、スカートを広げてタンポポを集めたりして。

スザンナは窓をノックする音にびくっとする。一瞬椅子にすわったまま凍り付く。またノックだ。彼女は立ち上がって、窓のほうへ歩く。鉛の格子と向こうがはっきり見えないガラス越しに、白っぽい山形の頭巾と臙脂色の胴着が見分けられる、ならば金持ちだ。女はまたノックし、スザンナを見て、横柄に命令するような身振りをする。

スザンナは窓を開けようとする気配は見せない。「今はいません」代わりに彼女は体をまっすぐにしてそう叫ぶ。「あとでまた来てください」

彼女は踵を返して窓から離れ、椅子に戻る。女はさらに二度窓枠を叩き、それからスザンナの耳に足音が遠ざかっていくのが聞こえる。

人、人、いつも人、やってきては、立ち去る、来ては、去っていく。スザンナと双子たちと母親がスープでも飲もうと食卓につく、するとスプーンを持ち上げもしないうちにノックの音がして、母親が立ちあがる、スープのことなど無視だ、まるでスザンナが面倒な手間などかけていないかのように、鶏の骨と人参で作るには、人参をごしごし洗ってそれから皮を剝かなくてはならなかったのに、炊事場の熱気のなかで何時間もかき混ぜながら煮込んで裏ごししなければならなかったのは言うまでもなく。スザンナには、アグネスは自分の——それにもちろん双子たちの——母親であるだけでなく、町全体の、郡全体の母親であるかのように思えることがある。いったい終わりはあるんだろうか、この家へやってくる人々の流れには？　一家に本来の生活を送らせるべく、そっとしておいてくれる気にはならないんだろうか？　スザンナは祖母がこう言うのを耳にしたことがある、なんだってアグネスはこんな商売を続けてるんだろう、べつにお金が要るってわけでもないのにね、最近は。それに、と祖母は付け加えた、たいしたお金にもなってないのに。彼女の母親は何も言わず、縫物から顔をあげもしなかった。

スザンナは彫刻を施された椅子のひじ掛けの先端を指で包む、無数の掌で触られてすり減り、林檎のように滑らかだ。体を後ろにずらして背骨を背もたれにくっつける。これは彼女の父親が家に帰ってきたときに好んですわる椅子だ。一年に二回、三回、四回、五回。ときには一週間、ときにはもっと長く。日中、父はこの椅子を二階へ持って上がり、机で背中を丸めて仕事する。

夕方になると、また階下に持って降りて火の傍にすわる。帰れるときは帰るから、と父はスザンナに言った、このまえ帰ってきたときに、指先で彼女の頬に触れながら。ちゃんとそうしてるってわかってるだろ、と父は言った。父はまた出立の荷造りをしていた——びっしり書き込んである巻紙、着替えのシャツ、父が猫の腸で綴じた豚革表紙の本。母親はどこかへ行ってしまって姿が見えなかった、夫が旅立つところを見るのが嫌なのだ。

父は手紙を寄越し、母が読む、つっかえつっかえ、指で一語一語なぞって唇を動かしながら。母は多少は読めるが、書くのはごく初歩的なレベルだ。最近はハムネットが書いている。以前は叔母のイライザが返事を書いてくれていた——叔母は筆跡が美しい——だが、最近はハムネットが書いている。週に六日、夜明けから日暮れまで学校に通っている。しゃべるのと同じくらい速く書けるし、ラテン語やギリシャ語もわかり、計算もできる。羽ペンを軋ませながら書く音は土を踏む雌鶏の足音みたいだ。彼らの祖父は満足げに言う、ハムネットは祖父亡き後の手袋商売の後継者となるだろう、あの子は肩に上等な頭をのっけている、あの子は学者だ、生まれつきの商売人だ、一家のなかで唯一分別のある人間だ、と。ハムネットは教科書にかがみこみ、何も耳に入っていない様子で、頭のてっぺんを火の傍にすわっている皆のほうへ向けている、髪の分け目が川の流れのように曲がりくねって頭皮に走っている。

父の手紙に書いてあるのは、契約のことや長い一日のこと、聞こえてくるものが気に入らないと腐った物を投げつける群衆のこと、ロンドンの大きな川のこと、新しい芝居のクライマックスで、ライバル劇場のオーナーが袋に入れてきたネズミの群れを放ったこと、セリフをどんどんどんどん覚えること、衣装が紛失したこと、火事のこと、役者がロープで舞台に下ろされるシーンの稽古をしたこと、旅回りのときには食べ物を見つけるのが大変なこと、舞台装置が倒れたこと、支柱を置き忘れたか盗まれたかしたこと、荷馬車の車輪がはずれてそっくり泥の中へ倒れたこと、宿屋に宿泊を拒否されたこと、金を貯めていること、子どもたちの母親にしてもらいたいこと、妻に町のどの人と話をしてもらいたいか、彼が購入したいと思っている土地、売りに出されていると耳にした家、買って貸すといいと思う畑のことについて、家族が恋しくてたまらない、みんなに愛を送るよ、お前たちの顔に一人ずつキスできたらなあ、また家に帰るのが待ち遠しい。

もしあの疫病がロンドンへやってきたら、父親は家に帰って何か月も家族といられる。女王の命令によって劇場はすべて閉鎖され、誰も公の場所で集まることは許されない。疫病を願うなんて間違っている、と母からは言われたのだが、スザンナは夜何度か、お祈りをしたあと小声でこの願いを唱えたことがある。そのあとで必ず十字を切る。それでもやはり彼女は願ってしまう。父親が家で、何か月もいっしょにいてくれる。もしかして母も密かにそう願っているんじゃないかと思うこともある。

裏口の掛け金がかちゃっと開いて、祖母のメアリが部屋に入ってくる。赤い顔ではあはあいっていて、両方のわきの下に黒っぽい半月形の汗染みができている。

「そんなところですわりこんで、何やってるの?」とメアリは言う。怠け者ほど腹の立つものはないのだ。

スザンナは肩をすくめる。指先で椅子のすり減った接合部分を撫でる。

メアリは部屋に目を走らせる。「双子はどこなの?」と問いただす。

スザンナは片方の肩をあげて、落とす。「見かけてないの?」メアリは訊ねながらハンカチで額を拭う。

「うん」

「あの子たちに言いつけておいたのに」メアリは身をかがめてスザンナが落とした帽子を拾い上げ、食卓に乗せながらぶつくさ言う。「焚き付けを割って炊事場に火を熾しておくようにって。で、やってあったと思う？　やってないのよ。二人とも帰ってきたらひっぱたいてやらなくちゃ」

祖母はまたスザンナの前に立ちはだかり、両手を腰に当てる。「で、あんたの母さんはどこなの？」

「知らない」

メアリは溜息をつく。何か言いそうになる。でも言わない。スザンナはこれを見ていて、口にされなかった言葉が祖母とのあいだの空間で旗みたいに揺れている気がする。

「うん、ならおいで」とメアリは代わりにそう言いながら、自分のエプロンをスザンナに向かってはためかせる。「しゃきっとしなさい。夕食はひとりでにできるわけじゃないんだよ。手伝いにおいで、お嬢さん、そんなとこで卵を抱いてる雌鶏みたいにすわってないで」

メアリはスザンナの腕を取り、引っ張って立ち上がらせる。二人は裏口から出ていき、背後で戸がばたんと閉まる。

二階ではハムネットがはっと目を覚ます。

たちまち、ラテン語を教えるほど素晴らしいことはなくなる。ヒューランズへ行くことになっている日、ラテン語教師は最初の呼び声で起き上がり、寝具をたたんで、手桶の水でごしごし体を洗う。髪と顎ひげを丁寧に梳かす。朝食では皿にいっぱい盛り上げる割に、食べ終わらずに席を立つ。弟たちを手伝って教科書を見つけてやり、戸口まで連れていき、手を振って学校へ行くのを見送る。ハミングしたり、なんと父親に向かって行儀よく頷いてみせたりするのを気づかれている。一人で口笛を吹きながらジャーキンの締め方をああでもないこうでもないと工夫し、出かけるまえに窓ガラスに自分の姿を映して確かめて、髪を耳の後ろに撫でつけまた撫でつけし、戸をばたんと閉めて出ていく兄を、妹は横目で観察する。

ヒューランズに行かない日は、しゃきっとしないと尻をひっぱたくぞ、と父親に脅されるまでベッドに寝ている。いったん起きても、家でだらだらしながら溜息をつき、話しかけられても応えず、うわの空でパンの皮をかじり、何かを手にとってはまた置く。工房に姿を現すこともある、カウンターに寄りかかり、婦人用手袋をつぎからつぎへとひっくり返して、縫い目に、そのだらんとした指に、何かの意味が隠されているんじゃなかろうかと探してでもいるようだ。それからまた一つ溜息をつくと、手袋をぜんぶぞんざいに箱に戻す。ネッドの傍に立って、鷹匠のベルトを縫っているのを見つめる、あまりにまじまじと見つめるので、少年は気が散って仕事にならず、お前と通りとのあいだには戸板一枚しかないんだからな、とジョンに怒鳴られる仕儀となる。

「それに、お前だ」とジョンは息子のほうを向く。「ここから出ていけ。何か役に立つ仕事を見つけろ。見つけられるならな」ジョンは首を振り、リスの皮を使いやすい細長い形に切る作業へとまた注意を向ける。「あれだけの教育を受けて」と彼はぶつぶつと自分に、つるつるする長い皮に呟く。「だのに、これっぽっちも分別がない」


　やがて妹のイライザが、兄を探してくるよう母親に言われてやってくる。一階と、庭をうろうろしたあげく、彼女は階段をのぼって男の子たちの寝室から自分の寝室へ、両親の寝室へとまわって戻ってくる。彼女は兄の名を呼ぶ。

　しばらくして返事があるが、返ってきた声は元気がなく、苛立っているようで、不機嫌だ。

「どこにいるの？」彼女はいぶかしげに訊ねながら端から端まで見渡す。

　またも鬱陶しそうに長い間が空く。それから、「上のここだよ」。

「どこ？」彼女は当惑する。

「ここ」

　イライザは両親の寝室を出て、屋根裏へのぼる梯子の下に立つ。また兄の名を呼ぶ。

　溜息。得体のしれないかさかさいう音。「なんか用？」

　一瞬、兄は男の子たち――若い男たち――がときどきやることをやっているのかもしれないとイライザは考える。彼女には兄弟が何人もいるので、何かこっそり行われることがあって、邪魔されると男の子たちは不機嫌になると知っている。彼女は梯子の下で、片手を横木にかけてためらう。

「あの……のぼっていってもいい？」

沈黙。

「気分が悪いの？」

またも溜息。「そうじゃない」

「母さんが、皮なめし工場へ行ってきてくれないかって、それから――」

上から、押し殺した不明瞭な叫びが聞こえてくる、何かずっしりした物を壁に投げつける音、たぶん靴の片方かパンの塊、動く気配、それからドスン、誰かが立ちあがった拍子に垂木に頭をぶつけた音に似ていなくもない。「痛っ」兄が叫び、罵りが連発される、ぎょっとするような言葉もあり、イライザが聞いたことがなく、あとで兄のご機嫌がなおったら訊いてみようと思うものも。

「上がるからね」と彼女は声をかけ、梯子をのぼりはじめる。

上がって、まず頭から、温かく埃っぽい空間に入る、明かりは梱の上に立てられた二本のロウソクだけだ。兄は床にぐったりすわりこみ、両手で頭を抱えている。

「見せて」と彼女は言う。

兄は聞き取れないことをぶつぶつ言う、なにやら異端っぽい言葉だが、意味は明白だ。兄は彼女にあっちへ行ってもらいたい、放っておいてほしいのだ。

彼女は手を兄の手に重ねて指を引きはがしていく。もう片方の手でロウソクを取り、痛む場所を調べる。腫れている、赤くあざになっていて、生え際のすぐ下だ。端っこを押すと、兄は顔をしかめる。

「ふうん」と彼女は言う。「もっとひどくぶつけたこともあるじゃない」

兄は目を上げ、一瞬二人は互いに見つめあう。兄はかすかな笑みを浮かべる。「そうだな」と彼は言う。

彼女は片手を下ろし、まだロウソクを持ったまま、床から天井までぎっしり積まれている羊毛の梱のひとつにすわる。もう数年、ここにあるのだ。去年の冬に一度、庭で、皆で手袋を、指と手首、指と手首といった具合に重ねてリネンで包み、籠に入れて荷馬車に積んでいたとき、兄がずばっと訊いたことがあった、なぜ屋根裏に羊毛の梱がぎっしり詰まっているんだ、いったいどういう目的があるんだ？ と。父親は荷馬車から身を乗り出して息子のジャーキンを鷲掴みにした。この家には羊毛の梱なんか一つもない、と父親は言った、一言ごとに息子を揺さぶりながら。わかったか？ イライザの兄はじっと父親の目を見返していた、瞬きもせずに。よくわかりました、と兄はしまいに答えた。父親は相変わらず、息子の服を鷲掴みにしていた、こいつ人を小馬鹿にしているのか、と考えているかのように、それから、息子を離した。お前に関係ないことに口出しするんじゃない、と父親は低い声で言いながら、包む作業に戻り、庭にいた誰もが、詰めていた息をほっと吐いた。

イライザは羊毛の梱の上で体を弾ませてみる、常にその存在を否定しなければならない物体だ。兄はちょっとの間それを見ているが、何も言わない。兄は頭を後ろに傾けて垂木を見つめる。

この屋根裏がいつも彼らの場所――彼女と彼と、それに、生きていたときのアンの――だったことを思い出しているのだろうかとイライザは思う。三人は午後、兄が学校から帰ってくると、ここへ引きこもって、もっと年下の兄弟たちが泣きわめいたり頼んだりしても梯子を引き上げてしまうのだった。当時はほとんど空っぽで、父親がなんらかの理由でとっておいた駄目になった皮が何枚かあるくらいだった。そこにいると誰も入ってこられなかった。彼女と兄とアンだけ。そのうち母親に呼ばれる、何かの仕事をするように、あるいは年少の子たちの誰かを代わりに見てててくれと言われるのだった。

イライザは兄が今でもここへ上がってきていることに気づいていなかった。この場所をいまだに家族からの逃げ場にしていることを知らなかった。アンが死んでから、彼女は梯子をのぼったことがなかった。彼女は部屋じゅうをきょろきょろ見まわす。傾斜した天井、屋根瓦の下側、夥しい羊毛の梱、それはここに置いて、見えないようにしておかなくてはならない。古いロウソクの燃えさし、折り畳みナイフ、インク瓶。床の上に散らばっているのは何やら書き殴られた丸まった紙が数枚、線で消され、書き直し、また線で消され、それから丸めて投げ捨てられたのだ。兄の親指と人差し指、爪の縁が黒く汚れているのが目に映る。こんな屋根裏でこっそり、いったいなんの勉強をしているのだろう?

「何か心配事があるの?」

「なんでもない」と兄は妹を見もせずに答える。「ぜんぜん」

「どうかしたの?」と彼女は訊ねる。

「何も」

「じゃあ、こんな屋根裏で何してるの?」

「何も」

彼女は丸まった紙を眺める。「never(けっして)」「fire(火)」といった言葉が目に付く、それに「fly(飛ぶ)」か「try(やってみる)」かもしれない言葉も。また目を上げると、兄が眉をあげてじっと彼女を見つめている。彼女は思わずにやっとしてしまう。この家で――じつのところこの町全体で――ただ一人兄だけが、彼女は字がわかる、字が読めるということを知っている。そして、どうして知っているのかって？　それは彼女とアンに字を教えたのが兄だからだ。毎日午後になると、ここで、彼が学校から戻ってきたあとに。彼は床の埃のなかに字を書き、そして言う、見てごらん、イライザ、見てごらん、アン、これがdだよ、これはo、そして最後にgをつけたら、dog（犬）と読むんだ。わかるか？　音を混ぜなくちゃならない、音を一緒にするんだ、すると頭のなかに意味のある言葉が現れる。

「『何も』って言葉しか言いたくないの？」と彼女は問いかける。

兄の口元がぴくぴくするのを見て、学んだありったけのレトリックと論拠を駆使して問題の言葉を使ってこの質問に答えようとしているな、と彼女は思う。

「無理よ」とほくそ笑みながら彼女は言う。「『何も』とは答えられないんでしょ、どれだけ頭をひねってみたって？　無理だってば。認めなさい」

「何も認めない」兄はしてやったりと返事する。

二人はちょっとの間すわって互いを見つめる。イライザは片方の靴の踵をもう片方のつま先にのっける。

「みんなが噂してるよ」彼女は慎重に切り出す。「兄さんがヒューランズのあの子といっしょにいたって」

兄について聞いたもっとひどい中傷は口にしない、文無しで仕事もなく、もちろん言うまでもなくあんな女に言い寄るには若すぎる、女はもう大人で、持参金がたんまりつくことになっているのだ。あの男の子にとっちゃ渡りに船だ、と市場である女がひそひそ陰で言うのを彼女は耳にした。あの男の子が金目当てで結婚してあんな父親から逃げ出したいと思うのもわかるよね。

世間で例の娘がなんと言われているかは口にしちゃいけない、と彼女は自分に言い聞かせる。あの娘は気性が激しくて野生人だ、ひとに呪いをかける、なんでも治すことができるがまたどんなことでも引き起こすことができる。あの継母の頬の腫物は、と彼女は先日誰かが言うのを聞いた、継母にハヤブサを取り上げられたあの娘の仕業だ。あの娘は指で触れるだけで牛乳を酸っぱくできる。

通りで出会う人や隣人や手袋を買い求める客が目の前でこういうことを言うと、イライザは聞こえなかったふりをしたりはしない。彼女は足を止める。問題の噂好きとまっすぐ目を合わせる(彼女の凝視は相手を動揺させる、彼女はこれを心得ている――兄からしょっちゅう言われているのだ、これは兄に言わせると、彼女の目の色がじつに澄んでいるのと、虹彩全体が見えるほど目を大きく見開けることと関係しているらしい)。彼女はまだたった十三だが、年の割に背が高い。じっと視線を合わせていると、そのうち向こうが目をそらし、こそこそ離れていく、彼女の大胆さに、彼女の無言の痛烈さにたしなめられて。沈黙には大きな力があることを彼女は承知している。この彼女の兄がいっかな学ばないことだ。

「聞いたんだけど」彼女はぐっと自分を抑えながら続ける。「いっしょに歩いてるって。授業のあとに。ほんとなの?」

妹のほうは見ないで兄は答える。「で、それがどうかした?」

「森のなかへ行ってるの?」

彼は肩をすくめ、肯定も否定もしない。

「あの人のお母さんは知ってるの?」

「うん」と兄は答える、ぱっと、あまりにぱっと、それからこう言い直す。「わからない」

「だけどもし……?」兄に訊きたい質問があまりに手に負えないことにイライザは気づく。質問の内容、それにまつわる行為、問題となる事柄について、彼女はほんのうすぼんやりとしかわかっていないのだ。彼女はもう一度やってみる。「もし見つかったら? そういう散歩の最中に?」

兄は片方の肩を上げ、それから下げる。「そしたら見つかっちゃうな」

「そのことを考えても止める気にならない?」

「なんで止めるんだ?」

「あの弟……」と彼女は言いはじめる。「……羊飼いの。あの弟を見たことない? 大男だよ。もしあの弟が――」

イライザの兄は手を振る。「お前は心配し過ぎだよ。あの弟はいつも羊を連れてどっか行ってる。ヒューランズでは出くわしたことないよ、これまであそこに通ってるあいだずっと」

彼女は両の手を組み、また丸まった紙へちらっと目をやるが、何が書いてあるのかはぜんぜんわからない。「兄さんが知ってるかどうかわからないけど」と彼女はおずおずと言う。「彼女世間でいろいろ言われてて――」

「どんなことを言われてるかは知ってる」彼はぴしゃっと言う。

「たくさんの人が言ってるよ、彼女――」

彼は背筋を伸ばす、急に顔が赤みを帯びる。「そんなの、何一つ事実じゃない。何一つ。そんな根も葉もない噂にお前が耳を傾けるなんて驚きだな」

「ごめんなさい」イライザはしょげかえって謝る。「わたしはただ――」

「ぜんぶ嘘っぱちだよ」と彼は、イライザがしゃべっていないかのように続ける。「彼女の継母が言いふらしてるんだ。妬ましさのあまり蛇みたいにねじ曲がって――」

「――兄さんのために、心配してんの！」

兄はあっけにとられて妹をじっと見る。「僕のため？　どうして？」

「だって……」イライザは自分の考えをまとめようとする、あれこれ耳にしたことを取捨選択しようとする。「……だって、うちの父さんはそんなことぜったい承知しない。兄さんだってわかってるはずよ。うちはあの一家に借りがある。父さんはあの一家の名前をぜったいに口にさえしない。それに彼女についての世間の噂もあるし。わたしは信じてないけど」と彼女は慌てて付け加える。「もちろん、信じないよ。だけど、それでも、心配なの。兄さんたちの組み合わせはいいこと何もないってみんな言ってるよ」

彼はまた羊毛の梱にがっくり沈みこむ、目を閉じて、打ち負かされたように。全身が震えている、怒りのためだろうか、それともほかの理由か。イライザにはわからない。長い沈黙が続く。イライザは着ているスモックの布地をぎゅっと小さな襞に折りたたむ。それから、兄に訊きたいほかのことを思い出して身を乗り出す。

「あの人、ほんとうにタカを飼ってるの？」彼女はこれまでとは違う声音で訊ねる。

兄は目を開いて頭を上げる。兄と妹は一瞬見つめあう。

「飼ってるよ」と彼は答える。

「ほんとうに？　そう聞いたんだけど、どうなのかなあと思って――」

「チョウゲンボウなんだ、タカじゃなく」彼は堰を切ったように話す。「彼女が自分で訓練したんだ。司祭様から教えてもらったんだって。籠手を着けて鳥を飛び立たせるんだ、矢のように、木のあいだを抜けて。ちょっとない光景だよ。飛んでるときはぜんぜん違うんだ――ほとんど、べつの生き物かと思っちゃうくらい。地上にいるのと、空を飛んでるのとでは。呼ぶと、彼女のところへ戻ってくるんだよ、空に大きな輪を描いて、そしてすごい勢いで手袋の上に降りるんだ、わき目も振らずに」

「兄さんにもやらせてくれた？　手袋はめてタカを受け止めさせてくれた？」

「チョウゲンボウだってば」と彼は訂正し、頷く、誇らしさで輝かんばかりだ。「やらせてくれた」

「わたしも」イライザはすっと一息吸う、「見たいな」。

兄は妹の顔を見て、染みのついた指先で顎を撫でる。「そうだな」と彼はほとんど独り言のように言う。「そのうち連れてってやるよ」

イライザは服から手を離し、布地に畳まれた襞は消える。彼女はわくわくすると同時に不安に駆られている。「連れてってくれる？」

「もちろんだよ」

「そしてあの人、わたしにもタカを飛ばさせてくれると思う？　チョウゲンボウを？」

「飛ばさせてくれないわけないだろ」彼はちょっとの間妹をしげしげと見る。「きっと彼女のこと好きになるよ。お前と彼女は似ていなくもないし、どことなく」

イライザはこう聞かされてぎょっとする。世間からあんなにひどいことを言われている女と自分が似ていなくもないだって？　ついせんだって、彼女は教会でヒューランズの女主人の顔を観察する機会があった――あのおできだの腫れ物だのこぶだのを――そして、人間が他人にあんなことができると考えると、どうもぞっとしてしまう。でもそんなことは兄には言わないし、それにじつのところ、あの娘を近くで見たい、目を覗き込みたいと切望している部分が彼女の心にはあるのだ。だからイライザは何も言わない。兄は無理強いされたりせかされたりするのは好きではない。暴れ馬を扱うように、用心深く遠まわりしながら近づかなくてはならない人間なのだ。そっと兄を探ってみなくては、そうすればもっとわかってくるだろう。

「じゃあ、彼女はどんな感じの人なの？」とイライザは訊ねる。

兄はちょっと考えてから答える。「お前が会ったことないような人だよ。ひとからどう思われるか、なんてことは気にしないんだ。まるっきり我が道を行ってるね」彼は前へ身を乗り出し、両膝に肘をついて声を落とす。「彼女は人を見ただけで相手の心まで覗き込めるんだ。厳しいところはひとつもない。彼女は相手をありのまま受け入れる、肩書や職業とかどうあるべきか、なんてことじゃなく」兄はイライザをちらっと見る。「そういう人ってめったにいないだろ？」

自分がうんうん、うんうんと頷いていることにイライザは気づく。彼女はこの話のひとつひとつに驚嘆し、聞かせてもらえることに誇らしさを感じる。「彼女って……」イライザはしっくりくる言葉を探し、数週間まえに兄自身が教えてくれた言葉を思い出す。「……比類ない人だね」

兄はにっこりし、自分がこの言葉を教えたことを兄は覚えていたのだと妹は思う。「彼女はまさにそれだよ、イライザ。比類ない人だ」

「それと、兄さんの口ぶりは」イライザは用心深く、ひどく用心深く切り出す、兄を警戒させないように、また沈黙のなかに引きこもらせないようにと——兄がすでにこれだけ話してくれたのが信じられない思いなのだ。「なんだか……決心しちゃったみたいね。決めた、みたいな。彼女に」

兄は何も言わず、ただ手を伸ばして隣の羊毛梱を掌で叩く。一瞬、やりすぎたかと妹は思う、これ以上話すことを拒否するだろう、もう打ち明け話はせずに立ち上がって出ていくだろう、と。

「向こうのご家族には話したの？」妹は思い切って訊いてみる。

兄は首を振って肩をすくめる。

「話すつもりなの？」

「話すさ」兄は俯いて呟く。「だけど、きっと断られるだろうな。彼女にとっていい相手とは考えてもらえないだろう」

「もしかして――待ってみたら」イライザはためらいながらそう言って、片手を兄の袖に置く。「一年かそこら。そうしたら兄さんも成人になるし。地位だってもっと安定してるだろうし。父さんの商売がうまくいって、町での評判もまたよくなってるかもしれないし、それに説得できるかも、この羊毛――」

兄は腕をぐいと引き離し、さっと立ち上がる。「だけどいつ」と彼は問いただす。「父さんが説得に、道理に耳を貸したことがあるんだ？　父さんが考えを変えたことがあるのか、たとえ自分が間違ってたってさ？」

イライザも梱から立ち上がる。「わたしはただ――」

「いったいいつ」と兄は続ける。「僕が望むものや必要とするものを父さんが与えようとしてくれたことがあった？　父さんが僕のためになんかしてくれた覚えなんてあるか？　わざわざ無理してまで僕の邪魔をしなかったことがあるか？」

イライザは咳払いする。「待ってみたら、もしかして――」

「問題は」と兄は屋根裏を大股で横切りながら、床に散らばる言葉のあいだを、丸めた紙を靴で蹴散らして突っ切りながら言う。「僕にはそんなことできないってことだ。待つなんて僕には耐えられない」

彼は向きを変え、梯子に足をかけて視界から消える。イライザが見ていると、兄が一段降りるごとに梯子の二つの先端が振動し、やがて静止する。

何列もの林檎が動いている、棚の上でがたがた揺れている。林檎は一つずつ専用の溝のなかに並んでいる、この小さな倉庫の周囲の壁に沿った木製の棚に彫ってある溝だ。

ごろごろ、がたがた。

果物は注意深く、気を付けて置かれている。柄を下に、星形の尻を上にして。皮が隣と触れ合ってはいけない。そんな具合に置いておかなくてはならない、木の溝に軽く支えられて、指の幅の間隔を空けて、冬のあいだじゅう、でないとだめになってしまう。皮が触れ合っていると、茶色くたるんで朽ちていき、腐る。こんな具合に離して列にならべて、柄を下にして風通しの良いところで他のものとはべつに保存しておかなくてはならない。

一家の子どもたちは次のような仕事を与えられる。ねじ曲がった木の枝から林檎をもぎとって、籠に積み重ね、それからここへ、林檎置場へ持ってきて、気を付けて棚に等間隔に並べていく、空気に触れるようにして、保存するために、冬と春を越して、木々にまた実がなるまでもたせるために。

ところが何かが林檎を動かしている。何度も、何度も、何度も、繰り返し、繰り返し、がたごとつつくような執拗な動きで。

止まり木のチョウゲンボウはフードをかぶせられているが、警戒している、常に警戒している。斑点のあるふわふわした首毛に埋まった頭をきょろきょろ動かして、この繰り返される気になる音の源を突き止めようとしている。聴覚がひどく鋭いので、必要とあらば百フィート離れたネズミの心臓の鼓動だって、森の向こうのオコジョの足音だって、野原を飛ぶミソサザイの羽ばたきだって聞き取れるこの雌鳥の耳は、つぎのことを把握する。四百個の林檎が突きあったり押しあったり台座のなかでさんざんな目に遭っている。雌鳥が食欲を覚えるには大きすぎる哺乳類の呼吸が、どんどん激しくなる。掌のくぼみが筋肉と骨の上に軽く着地する。歯に舌がぶちゅっとあたってうごめく。二つの布地、異なる素材のものの表面が触れ合って動く。

林檎がひっくり返る。柄が下から現れ、尻が横を向き、それから後ろを、そして上を、ついで下を向く。打ち付けるペースは変化する。止まる。ゆっくりになる。激しくなる。また後退する。

アグネスの膝は持ち上げられて蝶の羽のように開いている。靴を履いたままの足は反対側の棚にのっかっている。両手は白漆喰塗りの壁に突っぱっている。背中はまっすぐになったり曲がったり自在に動いているようで、喉からは低い唸り声のようなものが発せられている。彼女は驚きに打たれる。自分の体がこんな具合に自己主張するだなんて。どうすべきか、どう反応するか、どうなればいいか、自らをどんな体勢にするか、ちゃんとわかっているのだ、薄明りのなかで白い両脚を折り曲げて、尻は棚の端にのせ、指は壁の石を握っている。

彼女と反対側の棚とのあいだの狭い空間にはラテン語教師がいる。彼は彼女の両脚が描く青白いVの字のなかに立っている。目を閉じ、指は彼女の背中のカーヴをしっかり摑んでいる。彼女の襟元の蝶結びを解いたのは彼の手だった、彼女のシフトドレスを引き下ろしたのは、乳房を光のなかにさらしたのは——そして、それはなんとはっとするほど白かったことだろう、そんな空気のなかで、昼日中に、他者の目の前で。茶色っぽいピンクの二つの目が驚いたように見返していた。だが、スカートをたくし上げたのは彼女の手だった、この棚に彼女の体を押し付けたのは、ラテン語教師の体を彼女のほうへ引き寄せたのは。あなたを、とその手は彼に言った、わたしはあなたを選ぶ。

そして今やこれだ——このぴったり感。これまで味わったどんな感覚ともまるで違う。これは彼女に、手が手袋をはめる様を連想させる、雌羊から濡れそぼった子羊がぬるぬる出てくるところを、斧が丸太を割るところを、油をさした鍵穴で鍵が回るところを。ラテン語教師の顔を覗き込みながら彼女は思う、こんなにしっくり合うだなんて、本当にぴったり、まさにこれが正しい、みたいに、ねえ？

彼女のいるところから両側にずらっと並んだ林檎が、溝のなかで回転し、ぶつかりあう。ラテン語教師が一瞬目を開く、瞳の黒い部分は大きく開き、ほとんど何も見ていない。彼は微笑んで両手で彼女の顔を挟み、何か呟く、何を言っているのか彼女にはよくわからないが、こんな時にそんなことはどうでもいい。二人の額が触れ合う。変な感じ、と彼女は思う、他人とこんなに近づくなんて。ものすごく大きく見えるまつ毛が、折りたたまれた瞼が、眉の毛が、どれもこっちを向いている。彼女は彼の手を取らない、習慣なのにもかかわらず。その必要がないのだ。

あの日、あの初めて彼に会った日、彼の手を取ったときに、彼女は感じたのだった——何？それまで覚えのないようなものを。きれいな靴を履いたグラマースクール出の町の男の子の手に見出すとは思いもよらなかったようなものを。それは遠大なものだった。それだけはわかった。重なりが、いくつもの地層があった、景色のように。空間が、空っぽのところが、密集した部分が、地下の洞窟が、起伏があった。そのすべてを感じ取るには時間が足りなかった——あまりに大きく、あまりに複雑だった。彼女には大部分が理解できなかった。自分が把握できる以上のものがあるのがわかった、彼ら二人よりも大きなものが。何かが彼を縛っている、抑えている、という感覚も。どこかに紐が、縄があり、解くなり切るなりする必要がある、そうすれば彼はこの風景を完全に住処(すみか)とすることができる、思うようにすることができるのだ。

　彼女は林檎が赤いシミのついた果肉をこちらに向けるのを見つめる、ついでむこうを向く、くぼんだヘタの部分が現れ、それから臍(へそ)のようなお尻がちらりと。

　このまえ彼が農場に来たとき、授業のあと二人でいっしょに歩いた、いちばん離れた畑まで、夕闇があたりを包み、木々が黒々と朧になるなか、刈られたばかりの干し草畑の畝間が谷のように深く見えてくるなか、ジョーンと出くわした、羊の群れのもこもこした胴体のあいだを歩いていたのだ。ジョーンはバーソロミューの仕事を検分するのが好きだった、あるいは、検分されているとバーソロミューに思わせるのが好きだった。どちらかだ。自分たちが来るのを見ていたんだ、とアグネスは思った。ジョーンの頭がこちらを向くのが見えた、いっしょに小道を歩いてくる二人をじっと見つめている。なぜ二人がやってくるのか気づいたことだろう、二人の繋いだ手が見えたことだろう。アグネスはラテン語教師の不安を感じた。たちまち彼の指が冷たくなり、震えているのがわかった。彼女は彼の手を一度、二度、ぎゅっと握ってから離し、自分の先を歩かせ、門を通り抜けさせた。

　まさか、というのがジョーンの言葉だった。あんたが？　それからジョーンは笑った、耳障りな甲高い笑い声はまわりの羊たちを驚かせ、羊たちは丸っこい頭をあげて蹄が割れている足を動かした。まさかね、と彼女はまた言った。あんた歳は？　彼女は返事を待たずに自分で答えた。歳が足りないね。あんたの家族なら知ってるよ、とジョーンは言った、顔をゆがめて軽蔑するように唇を突き出してラテン語教師を指さしながら。みんなが知ってるよ。あんたの父親の後ろ暗い取引のこと、恥さらしの父親だよね。郡代だったのに、と彼女は「だった」という言葉を吐き出すように言った。あたしたちみんなに威張ってみせるのが好きだったよね、あの赤いローブを着てもったいぶった顔して。だけどもうだめ。あんたの父親が町じゅうで幾ら借金してるか知ってるの？　あたしたちから幾ら借りてるか？　うちの息子たちがみんな大人になるまで教えたって、ここでの借金を清算するにはぜんぜん足りないんだよ。だから、だめだね、と彼女は言った、彼の後ろのアグネスを見ながら。あんたはあの娘とは結婚できないよ。アグネスは農場主と結婚するんだ、そのうちね——見込みのある、あの娘を養ってくれる人と。あの娘はそういう人生を送るように育ってる。あの娘は父親から遺言で持参金を貰ってるんだ——きっとあんたも知ってるんでしょ？　あの娘はあんたみたいな役立たずで仕事もない青二才とは結婚しないよ。

そして彼女は踵を返したのだった、これでおしまいと言わんばかりに。だけどわたしは農場主となんか結婚したくない、とアグネスは叫んだ。ジョーンはまた笑った。そうなの？　あんたその男と結婚したいの？　そうよ、とアグネスは言った。結婚したい。すごく。するとジョーンはまたも笑いながら頭を振った。

だって僕たちは婚約したんです、とラテン語教師は言った。僕は彼女に申し込んで、彼女は応えてくれて、だから僕たちは結ばれてます。

いや、あんたたちは結ばれてないね、とジョーンは言った。あたしがそう言わない限り。

ラテン語教師は畑を出ていった、小道をどんどん歩いて木立のあいだを進んでいく、顔は暗くて嵐がきそう、アグネスは継母と去っていった、馬鹿みたいにそこにつっ立ってないで家に戻って子どもたちの面倒をみるように、と言われたのだ。つぎに彼が農場に行くと、アグネスが手招きした。方法がある、と彼女は言った。答えが見つかった。わたしたち、と彼女は言った、自分たちの思いどおりにできるの。来て。一緒に来て。

この瞬間、彼女には林檎一つ一つがおそろしく違っているように思える、はっきり異なって、独特で、それぞれに真紅、金、緑とさまざまな筋がついている。どれもがその単眼を彼女に向けてはそらし、また向ける。手に負えない、あんまりだ、圧倒されてしまう、いったいいくつあることやら、揃ってたてている音、ごつごつ、律動的に、振動する音、どんどん続く、ますます速く。彼女は息ができなくなる、胸のなかで心臓がドキドキ鳴り響く、もうこれ以上は無理だ、無理、無理。林檎がいくつか転がり出て、床に落ちる、そしてたぶんラテン語教師が踏んだのだ、だって空気が甘酸っぱいにおいでいっぱいだもの、すると彼女は彼の両肩を摑む。彼女にはわかる、感じる、すべてうまくいくだろうと、何もかも思いどおりになるだろうと。彼は彼女を引き寄せ、彼が息を吐くのが、吸うのが、また吐くのが感じられる。

ジョーンは怠惰な女ではない。彼女には六人の子どもがいる（八人、結婚したときに引き受けざるを得なかった半分頭のおかしい義理の娘と阿呆なその弟を勘定に入れたなら）。彼女は寡婦だ、去年から。農場主は農場をバーソロミューに遺した、もちろん、だが遺言の条件として、彼女、ジョーンがここに住み続け、諸事監督するように、とある。だから彼女は監督するつもりだ。バーソロミューは自分の鼻より先は見えない人間だと彼女は思っている。台所と庭と果樹園のことは、娘たちに手伝わせて引き続き自分がやると彼女はバーソロミューに言ってある。バーソロミューは羊と畑の面倒を弟たちに手伝わせてみればいい、そしてジョーンは週に一度、彼と一緒に地所を歩いてすべてしかるべく行われているか確認する。だからジョーンは鶏と豚の世話をして、牛の乳を搾り、男たちの、農場の働き手や羊飼いたちの食事を作らなくてはならない、明けても暮れても。年少の息子二人にはなるべく良い教育を受けさせなくては——何しろ神様もご存じのとおりあの子たちには教育が必要なのだ、農場を受け継ぐことはないのだから、残念ながら。

彼女には娘が三人（もう一人を数に入れたら四人だが、ジョーンはふつうそうしない）いて、監視しておかなくてはならない。パンも焼かなくてはならないし、ビールの醸造も、服の繕いも、靴下かがりも、床磨きも、皿洗いも、布団干しも、絨毯叩きも、窓拭きも、食卓磨きも、髪のブラッシングも、通路を掃くことも、階段掃除もしなければならない。

だから大目に見てやってほしい、月々洗濯する布の数が足りないことに彼女が気づくまでにはぼ三か月かかってしまったとしても。

最初彼女は、自分の勘違いだと思う。洗濯は二週間に一度行われる、月曜の朝早く、そうすれば干してアイロンをかける時間の余裕ができるからだ。必ず一日は、毎月使う布を何枚か洗うことになる。もちろんもう一人は、自分だけべつの周期だ、ほかのことと同様に。彼女と娘たちは同時に出血する。彼女と娘たちはみんなリズムがわかっている、二週間ごとの洗濯日で彼女は自分と娘たちの布を洗う、乾いて錆色になったのをどっさり、それからもっと数の少ないアグネスのを洗う。ジョーンはそれを洗うときは、息を止めて木のトングで鍋に突っ込み、塩を振りかける。

十月下旬のある朝、ジョーンは洗濯場で大量の洗濯物をより分けていた。シフトドレスやカフスや帽子の山が熱湯と塩のなかに突っ込まれるのを待っている。靴下の山はあまり熱くない桶へ。汚れや泥がこびりついたズボン、泥水が飛び散った長衣（カートル）、水たまりの攻撃に耐えた外套。ジョーンが「汚れ物」としている山がいつもより小さい。

ジョーンは鼻を手で覆って汚れた布を一枚持ち上げる、つんと尿の臭いがするシーツだ（一番下の息子ウィリアムは、その点においてまだ完全には安心できない、脅したりすかしたりはしているのだが、とはいえまだたったの三つなのだ、しかたがない)。何か汚いものがついたシャツが帽子のなかに突っ込んである。ジョーンは眉をひそめてあたりを見まわす。しばし立ったまま考える。

彼女は外に出る、そこでは彼女の娘たち、カテリーナとジョーニーとマーガレットがシーツを両方から持って絞っている。カテリーナはウィリアムの胴に縄を結わえ、もう一方の端を自分の腰に巻き付けている。ウィリアムはぴんと張った向こう端をぐいぐい引っ張りながら低い声でぶつぶつ文句を言い、手には草を握りしめている。彼は豚小屋へ行こうとしているのだが、ジョーンは豚が子どもを踏みつけた話や食べてしまった話や押しつぶした話をさんざん聞いている。彼女は幼い子どもたちを好きなようにうろうろさせたりはしない。

「月のもののあれはどこ？」戸口に立って彼女は訊ねる。

みんな彼女のほうを振り向く、彼女の娘たち、捻じ曲げられて地面に水を滴らせているシーツで隔てられ且つ繋がっている。娘たちは肩をすくめる、ぽかんとした無邪気な顔だ。

ジョーンは洗濯場へ戻る。自分の間違いに違いない。ここのどこかにあるはずだ。彼女はひと山、またひと山と床から持ち上げる。シフトドレスや帽子や靴下をえり分ける。つかつかと外へ出て娘たちの横を通り過ぎ、家に入ってまっすぐ戸棚へ行く。そこで上の棚にある、洗って畳まれた厚手の布を数える。この家に何枚あるかは把握していて、ちゃんとその数だけ目の前にある。

ジョーンは足音も荒く廊下を行き、戸口を出てから叩きつけるように扉を閉める。段の上で一瞬立ち止まり、鼻孔から息を吸ったり吐いたりする。大気は冷たく、秋が冬に変わりかけていることを示すピリッとしたところがある。鶏がもったいぶった様子で鶏小屋へ入る梯子段をのぼっていく。綱に繋がれた山羊が考え込むように草をもぐもぐやりながら彼女をじっと見る。ジョーンの頭ははっきりしていて、たったひとつの思いだけが繰り返される。どの子、どの子、どの子が？

たぶん彼女はすでにわかっているのではないか、しかしそれでもなお彼女はずんずんと段を降りて庭を横切り、洗濯場へ行く、そこでは彼女の娘たちがまだ濡れたシーツを絞りながら何かのことで一緒にくすくす笑っている。彼女はまずカテリーナの腕を摑んで、娘の腹に手を当てながら目を覗き込む、娘の叫びは無視して。濡れた、落ち葉の散った地面にシーツが落ちて、それを彼女と仰天した娘が踏んづける。ジョーンは感じる、腹はぺちゃんこで、腰骨が突き出していて、容器は空っぽだ。彼女はカテリーナを放し、ジョーニーを捕まえる、まだ幼く、まだ少女だ、まったく、もしこの子だったら、誰かがそんなことをこの子にしたのなら、ジョーンはきっと、彼女はきっと、何か恐ろしいことをしてしまうだろう、何かとんでもない、ぞっとするような復讐を、そしてその男はヒューランズに足を踏み入れた日を後悔することになる、彼女の娘をものにした日を、どこでものにしたのであろうと、そして彼女はきっと――

ジョーンは手を下ろす。ジョーニーの腹はぺちゃんこで、へこんでいるくらいだ。たぶん、と自分が考えていることに彼女は気づく、この娘たちにもうちょっと食べさせたほうがいいのかもしれない、大きめの肉を取るよう言ってやったほうが。娘たちにじゅうぶん食べさせていなかったのだろうか？　そうなのか？　息子たちに本来の分以上に食べさせていたのだろうか？

彼女は首を振ってそんな考えを払いのける。マーガレット、と彼女は考える、末娘の滑らかな、不安げな顔を眺めながら。いや。あり得ない。この子はまだほんの子どもだ。

「アグネスはどこ？」と彼女は訊ねる。

びっくりして母親を見つめているジョーニーが、足元の泥だらけになったシーツにちらと目を落とす。カテリーナがそっぽを向いて横目使いしていることに、ジョーンは気が付く、これが何を意味しているのかわかっているみたいに。

「さあ」とカテリーナは言いながら、かがんでシーツを拾いあげる。「たぶん——」

「牛の乳搾りをしているよ」マーガレットがぽろっと言ってしまう。

ジョーンは牛小屋に着くまえにもう金切り声をあげている。言葉がスズメバチのように彼女の口から飛び出す、自分が知っているとは思いもよらなかった言葉が、矢のように飛ぶ、パチパチ音をたて、切り裂く言葉が、彼女の舌を捻じりずたずたにする言葉が。

「あんた」と彼女はわめきながら、暖かい牛小屋のなかに入っていく。「あんたどこにいるの?」

アグネスは顔を雌牛の滑らかな脇腹に押し当てながら乳を搾っている。乳がしゅっしゅっしゅっとバケツに噴射される音がジョーンの耳に聞こえる。ジョーンの怒鳴り声を聞いて、雌牛が体を動かし、アグネスは頬を離して継母のほうを向く、顔には用心するような表情が浮かんでいる。さあ、来たぞ、と思っているように見える。

ジョーンはアグネスの腕を摑み、乳搾り用のスツールから立たせて牛房の仕切りに押し付ける。息子のジェイムズが隣の房で立っているのが目に映るが、もう遅い。アグネスが乳を搾るのを手伝っていたに違いない。ジョーンは娘のカートルを手探りしなくてはならない、服の締め具を、そして娘は抵抗し、継母の指を押しのけ、自由になろうとする、だがジョーンは手をなかへ突っ込む、ほんの一瞬、そして感じる——なんだろう? 膨らみだ、布地のなかで固く、熱い。胎動の感じられる小山、パンのように膨らんでいる。

「売女(ばいた)」、とジョーンはアグネスに押しのけられながら唾を吐く。「尻軽女」

ジョーンは後ろへ押しやられる、雌牛のほうへ、雌牛はこの雰囲気の変化に、この訳の分からない搾乳の中断に不安を覚え、頭を振っている。彼女は雌牛の尻にぶつかってちょっとよろめき、アグネスは立ち去る、牛小屋を駆け抜ける、まどろむ雌羊たちの横を通り過ぎて戸口から出ていく、でもジョーンは娘が逃げるままにしてはおかない。体勢を立て直すと継娘を追いかける、そして怒りに駆り立てられてこれまでにない速さが出たらしく、やすやすと追いついてしまう。手を伸ばし、アグネスの髪の房を摑む。引っ張るのは簡単だ、引っ張って娘の足を止めさせるのは、娘の頭をぐいと引き寄せる感触を味わうのは、馬勒（ばろく）を引くようにして。その簡単さに彼女は驚き、煽られる。アグネスは地面に倒れる、無様に仰向けになり、ジョーンは髪をぐるぐる手に巻き付けてアグネスをその場に釘付けにできる。

母屋の庭の塀際で二人はこんな状態になったので、ジョーンはアグネスに自分の言うことをなんでもじっくり聞かせることができる。

「誰が」とジョーンは娘にむかって叫ぶ。「こんなことしたの？　あんたの腹に赤ん坊を仕込んだのは誰？」

ジョーンは、父親の遺言による持参金の詳細が知れ渡って以来アグネスに結婚を申し込んだ少なからぬ数の求婚者たちをざっと思い浮かべる。あのなかの誰かが？　車大工がいた、ショッテリー村の向こう側の農場主、鍛冶屋の見習い。だがこの娘はそのなかの誰にも気が向かないらしかった。ほかに誰が？　アグネスは手を伸ばしてジョーンの指を自分の髪から外そうとする。その顔は――いかにも傲慢な、頬骨が高くて青白い、本人がえらく鼻にかけているあの顔――痛みとくじかれた怒りとで歪んでいる。頬には涙が伝い、眼窩にもたまっている。

「言いなさい」ジョーンはこの顔に向かって言う、ここに来て以来、毎日見てこなければならなかった顔、無関心に、横柄にこちらを見返してくる顔だ。この顔が、最初の妻の顔と似ているのをジョーンは知っている、愛されていた妻、彼女の夫はこの女のことについて何も話そうとはせず、その髪をハンカチに挟んでシャツのポケットに入れていた、心臓のところに——夫の埋葬の準備をしていたときに彼女はそれを見つけたのだった。きっとずっとそこに入れてあったに違いない、彼女が夫のために洗濯や掃除をし、食事を作り、彼の子をつぎつぎ産んでいるあいだずっと、そこには、最初の妻の髪がしまってあったのだ。彼女、ジョーンは、あの屈辱の疼きを、鋭い痛みを決して忘れることはないだろう。

「羊飼いなの？」とジョーンは問いただし、そして目にする、こんな状況にもかかわらず、この問いかけにアグネスがにやっとするのを。

「いや」とアグネスは答える、「羊飼いじゃない」

「じゃあ、誰？」ジョーンが問い詰め、近隣の農場の息子の名前をあげようとしたそのとき、アグネスが身体をひねって彼女の向う脛に蹴りを入れる、なかなか強い蹴りだったので、ジョーンは後ろによろめき、両手をぱっと開いてしまう。

アグネスは身を起こして逃れ、さっと立ち上がってスカートをたくしあげる。ジョーンはよろよろと体を起こすと、後を追う。母屋の庭に入ったところでジョーンが追いつく。娘の手首を摑むと、ぐるっと向き直らせ、顔に平手打ちをくれる。

「誰なのか言いなさい——」と彼女は始めるが、言い終わらないうちに、彼女の顔の左側で音がする。耳を聾せんばかりの爆発、雷鳴のような。一瞬、何が起こったのかわからない、この音がどういうことなのか。それから痛みを感じる、肌がヒリヒリし、骨にはもっと深い痛み、そして彼女は悟る、アグネスに殴られたのだ。

ジョーンは片手を顔に当てる、愕然として。「よくもまあ」と彼女はわめく。「よくもあたしを殴ったね。娘が母親に手を上げるだなんて、誰が――」

　アグネスの唇は腫れあがって血が出ている、だから言葉は不明瞭ではっきりしないが、それでもジョーンにはこう言われるのが聞き取れる。「あんたはわたしの母親じゃない」

　激怒したジョーンはまたもひっぱたく。アグネスは、信じられないことにためらいもせずひっぱたき返す。ジョーンはもう一度手を上げるが、その手は後ろから摑まれる。誰かが彼女の腰に手をかけている――あの巨体で粗野なバーソロミューだ、彼はジョーンを抱え上げて遠ざけ、下ろさせた両手を苦も無く自分の手でぎゅっと握りこむ。彼女の息子トーマスもそこにいて、今や彼女とアグネスとのあいだに立ちはだかり、羊飼い用の杖を掲げていて、そしてバーソロミューはジョーンに、やめろ、頭を冷やせ、と言っている。彼女のほかの子どもたちは鶏小屋の横に立って、ぽかんと口を開けてびっくり仰天している。カテリーナは泣いているジョーニーを抱きしめている。マーガレットは小さなウィリアムを抱え、ウィリアムは顔を姉の襟元に埋めている。

　ジョーンは自分が庭の向こう側へ移動させられていくのを感じる、バーソロミューが彼女を動けないようにしながら、何が問題なんだ、どうしてこんなことになったんだ、と訊ね、彼女は、今やトーマスに支えられて立っているアグネスに指を突き付けながら話してきかせる。

　聞きながら、バーソロミューの顔は曇る。彼は目を閉じ、息を吸い、息を吐く。伸びてきた顎ひげのざらざらを手で撫で、ちょっとの間足元を眺める。

「ラテン語教師だな」と彼は言い、アグネスのほうを見る。

　アグネスは返事しないが、ちょっと顎を上げる。

　ジョーンは継息子から継娘へと視線を移す、息子たちへ、娘たちへと。継娘を除いて全員が視線を落とし、みんな、一人残らず、自分には見えていなかったものを見ていたのだとジョーンは悟る。「ラテン語教師だって?」と彼女は繰り返す。とつぜんあの姿が脳裏に浮かぶ、一番遠い畑の門のところに立って、口ごもりながらアグネスと結婚させてくれと頼んでいる。ジョーンはほとんど忘れていた。「あいつ?　あの——男の子?　あのろくでなし?　あの稼ぎのない、役立たずの、ひげも生えてない——」彼女は途中で笑いだす、耳障りなそらぞらしい笑い声をあげると、胸が空っぽになってヒリヒリするようだ。彼女は今やすっかり思い出す、そこに立っていた若者に、彼女はだめだと言ったのだ、彼に、あの若い青年にちくっとするような憐れみを一瞬感じたことを彼女は思い出す、ひどくしょげ返った顔をして、おまけにあんな父親を持って。だが、若者が視野から消えるや彼のことはジョーンの念頭から去っていたのだ。

ジョーンはバーソロミューの手を振り払う。彼女はほかのことは目に入らず、無情になっている。つかつかと家へ向かう、アグネスの横を通り過ぎ、自分の子どもたちの横を通り過ぎ、鶏たちの横を通り過ぎる。ばたんと戸を開け、いったんなかに入ると、やることは手早く徹底している。部屋を動きまわって継娘の持ち物をすべて集める。シフトドレス二枚、替えの帽子、エプロン。木の櫛、穴の開いた石、ベルト。

家族がまだ庭に集まっているところへジョーンが家のなかから出てきて、アグネスの足元に包みを投げつける。

「あんたは」と彼女は怒鳴る。「これ以上この家には置かないからね」

バーソロミューは視線をアグネスからジョーンに向け、また戻す。彼は腕を組んで前へ出る。

「これは俺の家だ」と彼は言う。「父さんの遺言で、俺に遺された。その俺が言っておく、アグネスはこの家にいてかまわない」

ジョーンは何も言えずにバーソロミューを見つめる、頬が紅潮する。「だけど……」彼女は考えをまとめようとしながら虚勢を張る。「……だけど……遺言状にはあたしはこの家にいられるって書いてあった、ずっと——」

「いてもかまわない」とバーソロミューは言う、「でも家は俺のものだ」。

「だけど、家を取り仕切るのはあたしに任されてる!」彼女は誇らかにこれに飛びつく、必死になって。「そしてあんたは農場の世話。だからその点から言うと、あたしにはあの娘を追い出す権限がある、だってこれは家のなかのことで、農場のことじゃないし——」

「家は俺のものだ」バーソロミューは穏やかに繰り返す。「だから姉さんはここで暮らす」

「暮らさせるわけにはいかない」ジョーンは金切り声をあげる、怒り狂って、無力に。「考えてちょうだいよ——弟や妹たちのことを、家族の世間体のことを、もちろんあんた自身の世間体だってね、うちの一家の立場が——」

「姉さんはここで暮らす」とバーソロミューは言う。

「あの子には出てってもらう、そうしなくちゃ」ジョーンは急いで考えようとする、継息子の考えを変えさせるものを探しまわる。「あんたの父さんのことを考えてみて。父さんならなんて言うかしら? 父さんが生きてたらさぞがっかりしたでしょうよ。父さんならぜったい——」

「姉さんはここで暮らす。ただし、もし——」

アグネスは片手を弟の袖に置く。二人は長いあいだみつめあう、何も言わずに。それからバーソロミューが地面に唾を吐き、片手をあげて姉の肩へもっていく。アグネスは弟に歪んだ笑みを見せる、何しろ唇が裂けて血が出ているのだ。バーソロミューはお返しに頷く。彼女は袖で顔を拭う、包みの結び目を解いて、何度も結びなおす。

バーソロミューは彼女が包みを背負うのを見守る。「俺がなんとかする」と弟は姉に言い、姉の手に触れる。「心配することないよ」

「心配なんかしない」とアグネスは答える。

彼女はほんのちょっとよろめきながら庭を横切っていく。林檎置場へ入り、すこし経ってからチョウゲンボウを手袋にのせて出てくる。鳥はフードをかぶせられ、羽を畳んでいるが、頭はきょときょと動いている、新しい状況をのみこもうとしているかのように。

アグネスは包みを担ぎ、さよならも言わずに庭を出ていき、家の脇を通る小道を進んで、行ってしまう。


彼は市場の父親の店の奥でカウンターにもたれかかっている。この日、大気は爽やかで、冬の初めのはっとさせられる金属のような冷たさがある。彼が、自分の吐く息が目に見える筋となって消えていくのを見つめながら、女客が裏にリスの毛皮がついたのとウサギで縁取りしたのとどちらの手袋にしようか悩むのを聞き流していると、イライザが傍らに現れる。

彼女は目を見開いて歯を食いしばった妙な笑顔を彼に向ける。

「家に帰って」と彼女は低い声で言う、強張った表情をぴくりとも変えずに。彼女はそれから品定めしている女に向き直ると、「はい、奥様?」と声をかける。

彼は背筋を伸ばす。「なんで帰らなくちゃならないんだ? 父さんに言われてるんだぞ、僕が――」

「とにかく帰って」と彼女は追い立てる、「さあ」、そして客にはもっと大きな声で、「ウサギの縁取りのものが一番暖かいと思いますが」。

彼は市場を大股でゆっくり横切っていく、露店のあいだを縫って、キャベツを積んだ荷車や葺き藁の束を運ぶ少年を避けながら。急ぐことはない。父親から何か文句を言われるのだろう、振る舞いとか、仕事のこととか、忘れっぽさとか、怠け癖とか、大事なことを覚えていられない性癖とか、父親が得手勝手に「まっとうな日々の仕事」と呼ぶものに励みたがらないこととか。注文を受け取るのを忘れたとか、なめし工場から革を取ってくるのを忘れたとか、母親が使う薪を割らなかったとか。彼は広いヘンリー通りを進みながら、足を止めてはさまざまな隣人たちと言葉を交わし、子どもの頭を撫で、しまいにやっと自分の家の玄関を入る。

マットで靴を拭い、なかに入って戸を閉め、父親の工房のほうをちらと見る。父親の椅子は空で、慌てたかのように後ろに押されたままだ。作業台に置かれたものの上にかがみこむ徒弟の痩せた肩が目に映る。掛け金がかかる音に、少年は顔をこちらに向け、丸い怯えたような目で彼を見る。

「やあ、ネッド」と彼は声をかける。「調子はどう?」

ネッドは、しゃべりたいんだけど口を閉じている、みたいな顔だ。頷いているのか首を振っているのかどっちつかずの仕草をすると、居間のほうを指す。

彼は徒弟に微笑みかけて、廊下から戸口をくぐる、食堂の四角い敷石の上を横切って、食卓を過ぎ、空っぽの火格子の前を通って居間に入る。

彼を迎える光景はなんとも不可解で、じつに混乱しており、何が起こっているのか飲み込んで見定めるまでちょっとかかる。彼は戸口の枠のなかで足を止める。すぐさま彼の目に明らかになったのは、自分の人生が新たな局面を迎えたということだ。

アグネスが低いスツールにすわっている、ぼろぼろの包みが足元に置かれ、彼の母親がその向かいの、火の横にすわっている。父親は窓辺で、室内に背を向けている。チョウゲンボウがラダーバック・チェアの一番上の横木にとまって鉤爪で木材を摑み、足から足緒と鈴を垂らしている。彼の一部は踵を返して逃げたいと思っている。べつの部分は笑い出したがっている、母の居間にチョウゲンボウが、アグネスがいる、母ご自慢の彩色された渦巻き模様の壁掛けに囲まれて、と思っただけで。

「ああ」と彼は言いながら、しゃんとしようと努め、そして三人全員が彼のほうを向く。「あの……」

言葉は口のなかでしぼんでしまう、アグネスの顔を見たからだ。左目が腫れあがって閉じ、赤く、あざになっている。眉の下の皮膚が裂けて血が出ている。

彼は彼女に近づく、二人のあいだの隔たりが狭まっていく。「なんてことだ」と彼は言い、片手を彼女の肩に置いて、肩甲骨がぴくんと引き寄せられるのを感じる、まるで飛び立とうとしているかのように、彼女の鳥のように空へ向かって、できるものならば。「何があったんだ？誰がこんなことを？」

彼女の頰には生々しい痣があり、唇は切れ、爪の跡がついていて、手首がすりむけている。

メアリが咳払いする。「この人のお母さんが」と切り出す。「この人を家から追い出したそうよ」

アグネスは首を振る。「継母です」と言う。

「ジョーンは」と彼は口を挟む。「アグネスの継母なんだ、だから――」

「知ってます」メアリはぴしゃっと返事する。「母親と言ったのはただ――」

「それに、追い出されたんじゃありません」とアグネスが言う。「あれはあの人の家じゃないんです。バーソロミューの家です。わたしが出ようと決めたんです」

メアリは息を吸い込み、一瞬目を閉じる、忍耐の最後の切れ端をかき集めようとするかのように。「アグネスは」開いた目を息子に据えて、彼女は切り出す。「身ごもってるの。あんたの子だって」

彼は頷いて肩をすくめる、同時に、父親の幅広い背中を見つめる、母親の背後にぬっと立って、相変わらず通りのほうを向いている。彼は、我知らず、結婚を誓った女の手を握っているという事実にもかかわらず、すべてを差し置いて、当然襲ってくる拳を避けるにはどっちへ身をかわしたら、フェイントをかけたら、逸らしたらいいか、来るとわかっている殴打からアグネスを守るためにはどうすべきか、考えている。こんなことは、彼の一家には前例がない。父親がどう出るか、あの禿げかかったごつごつした頭のなかでどんな感情が掻き立てられているのかは、想像するしかない。それから彼は気づく、深い恥辱感に襲われながら、父親と彼との関係がどんなものかこれでアグネスにもわかってしまうだろう、と。大騒動や争いをつぶさに見ることになるだろう。彼がどんな人間か見ることになるだろう、罠に脚を咥えこまれた男だ。ほんの一瞬で彼女はすべてを見てとって、察するだろう。

「そうなの？」と彼の母親が訊ねる、その顔は蒼白で、ひきつっている。

「そうなのって何が？」彼は問い返す、びくびくしていて、それにちょっと腹も立っているので、つい喧嘩腰の物言いになってしまう。

「あんたのってこと」

「何が僕のなんだよ？」と彼はほとんど陽気に訊き返す。

メアリは口元をぎゅっと引き結ぶ。「あんたがそこに仕込んだの？」

「僕がどこに何を仕込んだって？」

このとき彼は、アグネスが振り向いて自分を見つめていることに気づく——彼女の黒目がちの眼差しが自分に注がれているなと思う、見極めよう、情報を集めようとして、糸巻が糸を巻き取っていくように——だがそれでも彼はやめられない。何がふりかかってくるのであれ、さっさとそうなってほしい。棒でつついてやりたい、父親に行動を起こさせたい。片付けてしまいたいのだ、きっぱりと。この問題を遠巻きにしているのはもうたくさんだ。父親がどんな人間か、本当のところを明らかにすればいい。アグネスに見せてやればいい。

「子ども」メアリがゆっくりと、大きな声で言う、飲み込みの悪い人に言ってきかせるように。「その人のお腹の。あんたが仕込んだの？」

自分の顔に笑みが浮かぶのを彼は感じる。子ども。自分とアグネスとの、あの貯蔵庫の林檎のなかでできた。こうなったら結婚できないわけがない。こんな状況となったら、止めることなどできるはずがない。そうなるんだ、彼女が言ったように。結婚するんだ。彼は夫に、父親になる、自分の人生が始まり、こんなものを捨てて出ていけるのだ、こんなものすべて、この家も、この父親も、この母親も、工房も、手袋も、彼らの息子としての人生、単調で退屈なこの商売を捨てて。なんてことだ、まったく。アグネスの腹にいるこの子が、すべてを変えてくれる、彼が嫌でたまらない人生から、一緒には生きていけない父親から、彼にはもはや耐えられないこの家から自由にしてくれるのだ。彼とアグネスは逃げ出すのだ、べつの家へ、べつの町へ、べつの暮らしへ。

「僕だよ」と彼は答えながら、笑みが顔じゅうに広がるのを感じる。

いくつかのことが同時に起こる。彼の母親は立ち上がって息子に近づくと拳で打ちかかる。胸や肩を強打されるのを彼は感じる、太鼓を叩くような調子で。アグネスの声が聞こえる、もうたくさん、やめて、と言っている、そしてべつの声、彼自身の声が、僕たちは婚約しているんだ、罪を犯したわけじゃない、僕たちは結婚する、ぜったいする、と言っている。彼の母親は金切り声で、あんたはまだ成人じゃない、親の同意がいるでしょ、だけどぜったい同意なんかしないからね、とわめき、あんたは誑かされたんだ、みたいな言い方をし、なんてとんでもないことになったんだろう、あんたをどこか遠くへやるからね、こんなふしだら女と結婚するくらいなら船乗りになってくれるほうがましだ、なんて災難だろう、と言い募る。自分の背後であの鳥が椅子の上で落ち着かなげに体を動かしているのが彼にはわかる、羽毛を逆立て、広げた羽をパタパタ上下させて、鈴をちりちり鳴らしている。そして父親の黒っぽい大きな姿がすぐそこに、だけどこの混乱のさなかにアグネスはどこにいるのだ、背後にいるのだろうか、彼の父親の手のとどかない安全なところにいるだろうか、ああ何しろ、彼は神にかけて父親を殺すだろうから、きっと殺す、もしあいつが彼女の体に指一本でも触れようものなら。

彼の父親は片腕を伸ばし、筋肉を緊張させて今にも行動に出そうだ、ところが肉厚の手は彼を殴りはしない、拳に丸まりはしない、彼を傷つけはしない。代わりに、それは彼の肩に降りてくる。五本の指ぜんぶが肉に食いこむのを、シャツの布地越しに彼は感じる、お馴染みの革の、革細工のにおいが――酸っぱい、ひりひりする、尿のような――鼻をつく。

彼を椅子にすわらせようと押さえつける父親の手には、これまでにない感情がある。「すわれ」と父親は言う、その声は穏やかだ。父親は、二人の背後で鳥を宥めていたアグネスに身振りで促す。「すわんなさい、お嬢さん」

ちょっとしてから、彼は従う。アグネスもやってきて彼の隣に立つ、指の背でチョウゲンボウの首の羽を撫でつけながら。母親が信じられないという顔で、驚きを丸出しにして彼女をしげしげ眺めているのが彼の目に映る。それでまた笑いたくなる。すると父親が話しはじめ、彼の注意はそちらへ引き戻される。

「これは間違いなく」と父親は切り出す。「俺たちは……話をまとめられるぞ」

父親の顔にはおかしな表情が浮かんでいる。彼はそれを見つめながらその異様さに打たれる。ジョンの唇はまくれあがって歯が見え、目は妙に輝いている。何秒かしてやっと、ジョンはじつのところ笑っているのだと彼は気が付く。

「だけどジョン」と母親が叫ぶ、「同意できるわけがないじゃありませんか、こんな――」。

「女は黙ってろ」とジョンは返す。「息子は婚約したと言ったんだ。聞いてなかったのか？　俺には約束を翻したりする息子はおらんぞ、責任を取ろうとしない息子はな。こいつはこの娘を孕ませた。こいつには責任がある――」

「この子は十八ですよ！　職もないんですよ！　いったいどうやって――」

「黙れと言っただろ」父親はほんの一瞬いつもの荒々しい怒りのこもった口調になるが、また奇妙な、おだてるような調子に戻る。「うちの息子はあんたと約束したんだな？」と彼はアグネスを見ながら訊ねる。「それからあんたを森へ連れこんだんだな？」

アグネスは鳥を撫でる。ジョンの顔を落ち着いた眼差しで見つめる。「わたしたちはお互いに約束を交わしました」

「で、あんたの母親は――あんたの、その、継母は――この結婚になんと言ってるんだ？」

「あの人は……賛成しませんでした。以前は。そして今は」彼女は自分の腹を示す。「なんとも言えません」

「なるほど」彼の父親はちょっと黙る、あれこれ考えている。この父親の沈黙には、息子にはどこかお馴染みのものがある、そして、眉をひそめて考え込んでいる父親を眺めながら、それが何か彼は悟る。これは父親が商売上の取引のことを、得になる取引のことを真剣に考えているときの顔だ。その表情は、安い皮が、あるいは屋根裏に隠しておく羊毛の梱が余分に二つほど転がりこんできたときと、世慣れない商人が取引相手として寄越されたときと同じだ。これは取引で自分が利益を得ることを相手に悟らせまいとするときに父親が浮かべる表情だ。

強欲な表情だ。嬉々としている。息子は思わずすわっている椅子の座面の縁を両手で摑む。その表情は息子をぞっとさせる、骨の髄まで。

この結婚は、と息子はとつぜん悟る、まさかという思いに息が詰まりそうになりながら、彼の父親にとっては都合がいいのだと、父親が牧羊業者の寡婦とどんな取引をしているにせよ。父親はこれをそっくり——アグネスの血が流れている顔、アグネスがここへ来たこと、チョウゲンボウ、彼女の腹で育っている赤ん坊——自分のために利用しようとしているのだ。

こんなこと、彼には信じられない。とても信じられない。自分とアグネスが知らず知らず父親の思う壺となるようなことをやっていただなんて。そう考えただけでこの部屋から駆けだしたくなる。ヒューランズで二人のあいだに起こったこと、頭上でチョウゲンボウが木の葉の織物を縫う針のように急降下していたあの森で起こったことが、綯（な）われて綱となり、父親がその綱で彼をこれまでにも増してしっかりとこの家に、この場所に繫いでしまうようなことになるとは。こんなことは我慢できない。耐えられない。どうしても出ていけないのだろうか？　この男から、この家から、この商売から自由になれないのだろうか？

ジョンがまた話し始める、さっきと同じ甘ったるい声で、直ちにヒューランズへ行ってヨーマンの寡婦と、アグネスの弟と話をする、と言っている。俺がきっと、と父親は皆に言う、合意を取り付けるから、皆に有益な条件を考えるからな。うちの息子はこの娘と結婚したがっている、と彼は妻に言う、この娘は息子と結婚したがっている、こんな二人が結ばれるのを禁じることが誰にできる？　赤ん坊は婚姻のなかで生まれなくてはならん、庶子として生まれてくるなどもってのほかだ。俺たちの孫だぞ、そうだろ？　こういう成り行きで結婚するのはよくあることだ。自然なことだよ。

ここで父親は妻のほうを向いて笑い、手を伸ばして妻の尻を摑み、息子は床に目を落とさずにはいられない、胸をむかつかせながら。

ジョンはぴょんと立ち上がる、顔は赤らみ、やる気満々だ。「じゃあ、決まりだな。俺はヒューランズへ行って、俺の条件を……我が家の条件を提示してくる……この……このじつに……急な……そしてまた喜ばしいと言うべき両家の縁組を確定させるためのな。その娘はここにいればいい」父親は息子を手招きする。「ちょっと話がある、二人だけがいいな」

廊下に出ると、ジョンは見せかけの愛想のよさをかなぐり捨てる。彼は息子の襟首をひっつかみ、冷たい指が皮膚に触れる。息子の顔に自分の顔をぐっと近づける。

「言え」と父親は低いぶつぶつ声で脅すように言う。「これだけなんだろうな」

「これだけって何が？」

「さあ言え。これだけだって。そうだな？」

息子は、背中が、肩が壁に押し付けられるのを感じる。襟元を摑む指の力はものすごく、喉に空気が入ってこない。

「そうなんだな？」父親は息子に面と向かって小声で鋭く問いただす。父親の吐息はなんとなく魚くさく、土くさい。「うちの玄関口へよたよたやってきて、腹にお前の子がいるとぬかすウォ俺がなんとかしなくちゃならんのがほかにもいるのか？　さあ、本当のことを言え。何しろ、もしほかにもいて、それがあの娘の家族の耳に入ったら、きっと面倒なことになるからな。お前にとっても、俺たちみんなにとっても。わかったか？」

彼はあえぎ、父親を押し返そうとするが、肩は肘で、喉元は前腕で押さえつけられている。彼は言おうとする、いや、ぜったいいない、彼女だけだ、彼女はふしだら女なんかじゃない、よくもそんなことが言えるな、だがそんな言葉は彼の口から出てこない。

「いいか、お前がほかにも耕して植え付けていたら――ただの一人でもだ――ぶっ殺してやるからな。俺がそうしなくとも、あの娘の弟がやるだろう。わかったか？　俺は必ずお前の息の根を止めてやる、神に誓ってな。よく覚えておけ」

父親は最後にもう一度息子の気管をひと突きしてから離れ、戸口から出ていき、その背後で戸はまたばたんと閉まる。

息子は前かがみになって息を吸い、首を撫でる。体を伸ばすと徒弟のネッドが目に入る、こちらを見ている。一瞬互いに目を見交わし、それからネッドは顔を背けて視線を作業台に戻し、かがみこんで自分の作業を検分する。

ジョンはまっすぐヒューランズ目指して歩く。自分の店に立ち寄ってイライザにあれこれうるさく言ったり、非難したり決めつけたり、在庫を調べたりはしない。ロザー通りでギルド組合員に出会っても足を止めて言葉を交わしたりはしない。ショッテリー村へ向かう道を急ぎ足で進む、あの娘はいつ赤ん坊を産んでもおかしくない、そしてこのせっかくのチャンスがなんらかの形で台無しになってしまうかもしれない、とでもいわんばかりだ。自分の足取りが速いことが彼には嬉しく、浮き浮きと、こんな歳なのにどうだ、などと思う。前途に待ち受けるうまい取引への期待が高まり、その喜びがワインを一杯飲んだみたいに血管を駆けめぐるのを感じる。今が勝負だ、取引は先延ばしにせずやってしまわなくてはならない、さもないと状況が変わって有利な立場を失ってしまうというようなことにもなりかねないとジョンにはわかっている。自分は優位に立っている、そうだ、確かに。自分はあの娘を自分の家に確保している。自分の息子はまだ年若いために結婚するには特別な許諾が必要となる、両親の署名による同意が。両家のあいだには昔の借金問題がある、だが彼らにとってももっとも急を要する問題はあの娘だろう。あの状態なのだから娘は結婚させる必要がある、そして、自分、ジョンが同意しない限り、結婚は成立し得ないのだ。完璧な状況ではないか。自分はすべてのカードを握っている。彼は道を歩きながら高らかに口笛を吹き鳴らす、若いころのダンス曲の旋律を。

遠くの畑にあの弟の姿が見える。そこへ行くにはどろどろの汚い地面を通らなくてはならない、弟は羊飼いの杖にもたれて、彼が近づいてくるのを眺めているが、身動きはしない。

いくつかの群れになって弟のまわりで動きまわっている羊たちが、飛び出た目を彼に向け、彼を避けようと向きを変える、彼が大きな恐ろしい捕食動物であるかのように。手袋、と彼は羊たちにむかって呟く、小声で、笑みを浮かべたまま、お前ら、あっという間にみんな手袋になってるぞ。年が変わらないうちにウォリックシャーの紳士方の手にはめられてるだろうな、俺がかかわることができるなら。畑を歩いていく彼は、つい顔がにんまりするのを抑えかねている。

彼のタウンブーツの下の水たまりは白く凍り、でこぼこした泥の畝がカチカチになっている。ジョンは牧羊をやっている弟のところへたどり着く。彼は手を差し伸べる。弟はちょっとの間、その手を見つめる。弟は大男で、目のあたりはアグネスに似ており、黒い髪を後ろで括っている。父親が昔まとっていたような羊皮のケープを羽織り、彫刻を施した短い棒を持っている。もう一人、もっと色白で髪の色が薄く年下の青年が、こちらも杖を持って、警戒するように背後でうろうろしており、一瞬ジョンはちょっと不安を感じる。もしかしてこの男たちが、この兄弟が、この連中が俺に危害を加えるつもりだとしたら、彼らの姉の処女を奪ったろくでなし息子に対する報復を俺で果たすつもりだとしたら？　もしも俺が状況を読み違えていて、じつは俺は有利な立場にはなく、ここへ来たのは致命的な過ちだったとしたら？　一瞬彼は、この凍てつくショッテリー村の畑で、死が近づいてくるのを見る。死体となった自分を、羊飼いの杖で頭を割られ、脳みそが空しくまき散らされて凍った地面で湯気を立てている様を目に浮かべる。彼のメアリは寡婦となり、幼い子どもらは、小さなエドモンドとリチャードは父のいない子となる。すべては道を踏み外した息子のせいだ。

農場主はこん棒をもう一方の手に持ち替え、これ見よがしに地面に唾を吐き、ジョンの手を摑んで痛いほどぎゅっと握りしめる。ジョンは思わず甲高い、まるで女の子みたいな叫びをあげてしまう。

「さてさて」とジョンは、うんと低い、できるだけ男らしい含み笑いを響かせながら話しはじめる。「我々は話し合う必要があるように思うんだがね、バーソロミュー」

弟は長いあいだ彼を見つめる。そして頷きながら、ジョンの肩越しに後ろの何かを見やる。

「そうしよう」と彼は言い、指さす。「ジョーンが来た。あの人も話したいことがあるだろうからな、きっと」

ジョーンは急ぎ足で畑をやってくる、両側に娘たちを連れて、腰には小さな男の子をのっけている。

「あんた」と彼女は叫ぶ、まるで農場で働く男の子を相手にするように。「あんたに話があるんだけど」

ジョンは彼女にむかって、喜んで、というように手を振り、それから向き直ってバーソロミューににやっとしてみせ、首を傾げる。ジョンがやってみせるのは、いかにも訳知り顔の、斜に構えた、男がやる頷き、女ってものは、なあ？　という意味のやつだ。いつだって自分のやり方を通したがる。俺たち男は女たちに、仲間外れにはされていないって思わせといてやらないとな。

バーソロミューはちょっとの間じっと見つめる、彼の斑点のある目は姉とそっくりだが、無表情で、冷たい。それから彼は視線を落とし、感知できないほどの小さな身振りで弟に、行ってジョーンのために門を開けてこいと命じ、口笛を吹いて犬たちにいっしょに行かせる。

彼らは長いあいだ畑に立っている、バーソロミューとジョーンとジョン。ほかの子どもたちは塀の陰に姿を隠して見守る。しばらくすると、互いに訊ねはじめる、もう決まったのかな、これでおしまいなのかな、アグネスはあっちの家へ行ったのかな、結婚するのかな、もう二度と戻ってこないのかな？　一番下の弟がこの塀際に立ったままでいるゲームに飽きて下におろしてくれとぐずる。姉妹たちの目は羊の群れのなかに立っている三人からけっして離れない。犬たちは歩きまわってあくびし、頭を前足にのせ、ときどき上げてはトーマスのほうを確認して指示を待っている。

彼らの兄が首を振るのが見える、横を向くのが、話し合いの場から立ち去るかのように。手袋業者は懇願しているらしく、まず一方の手を広げ、ついでもう一方を広げる。右手の指で何かを数える。ジョーンが意気込んで長いあいだしゃべっている、両腕を振りまわし、家のほうを指さし、自分のエプロンを握りしめて。バーソロミューは長いあいだじっと羊を見つめ、それから手を伸ばして一匹の背中に触れ、手袋業者のほうへ目をやる、動物についての言い分を相手の男に証明してみせるかのように。手袋業者は元気よく頷き、長々としゃべり、それから勝利を収めたかのような笑みを浮かべる。バーソロミューはこん棒を靴に打ちつける、自分は不満だというはっきりした表明だ。ジョーンはそのまま動かない。手袋業者は片手をバーソロミューの肩に置く、手袋業者が歩み寄る、農場主はそれを振り払わない。

それから三人は握手する。手袋業者がジョーンと、それからバーソロミューと。ああ、と娘たちのひとりが言う。息子たちはほっと息を吐く。決まったんだね、カテリーナが囁く。

ハムネットははっと目を覚ます、体の下でマットレスがカサカサいう。何かが彼を眠りから覚ましたのだ──物音、バンという音、叫び──だがなんだったのかわからない。部屋に長く差し込む日差しから、もう夕暮れが近いにちがいないとわかる。自分はここで何をしているんだろう、ベッドで寝たりして？

首をねじる、すると何もかも思い出す。隣でぺたんと寝ている姿、頭を横に向けて。ジュディスの顔は青白く動かない、汗でガラスのような光沢がある。胸は不規則に上下している。

ハムネットは唾を飲み込む、喉がぎゅっと詰まったような感じだ。舌はコケが生えたようで不様に大きすぎて口に収まりきらない気がする。よろよろと立ち上がると、室内がぼやける。後頭部に痛みが入り込み、うずくまって、追い詰められたネズミみたいに唸る。

階下では、小さくハミングしながらアグネスが玄関を入ってくる。食卓の上にこんなものを置く。ローズマリー二束、自分の革袋、蜂蜜の壺、木の葉で包んだ蜜蠟の塊一つ、麦藁帽子、ヒレハリソウの花束、これは葉を摘んで乾かしてから温めたオイルに浸すつもりだ。

彼女は部屋を横切って炉辺の椅子を正しい位置に戻し、食卓にあったスザンナの帽子を戸の後ろのフックに掛ける。通りに面した窓を開け、自分のところへ客が来た場合に備える。外衣(ガウン)の紐をほどき、脱ぎ捨てる。それから裏口を開けると小道を炊事場へ向かう。

数歩先からでも熱気が感じられる。なかでは、メアリが鍋の湯をかきまわしていて、その横ではスザンナが、スツールにすわって玉ねぎの泥をこそげ落としている。

「帰ったのね」とメアリは振り向いて言う、熱気で顔が赤くなっている。「ずいぶんゆっくりだったのね」

アグネスはあいまいな笑顔を浮かべる。「蜂が果樹園に集まってて。うまく帰らせなくちゃならなかったんです」

「へええ」とメアリは言いながら、粗びき粉を一握り湯のなかに放り込む。メアリは蜂などお断りだ。油断ならない生き物だ。「で、ヒューランズの皆さんはお元気?」

「元気だと思います」とアグネスは答え、挨拶代わりにちょっと娘の髪の毛に触り、その朝自分で焼いたパンを取ると調理台に置く。「バーソロミューの脚はまだ具合が悪いみたいなんです、本人は認めようとしないけど。足を引きずってました。湿っぽい天気だと痛むだけだって言うんですけどね、わたしは言ってやったんです、必要なのは――」アグネスは言葉を切る、パン切ナイフを手に持って。「双子はどこ?」

メアリもスザンナも自分たちの作業から目を上げない。

「ハムネットとジュディス」とアグネスは続ける。「あの二人はどこ?」

「さあねえ」メアリは返事をして、味見しようとスプーンを口へもっていく。「だけど、あたしに見つかったらむち打ちをくらうことになるね。焚き付けはぜんぜん割ってないし。食卓の用意はできてないし。二人ともどこへ行ったんだか。もうすぐ晩御飯なのにまだどっちも姿が見えないんだから」

アグネスは鋸歯のナイフでパンの塊を切る、一切れ、二切れ、スライスが重なる。三切れ目を切ろうとしたとき、ナイフが手から滑り落ちる。

「ちょっと行かなくちゃ、そして……」彼女は尻切れトンボのまま炊事場のドアから出て、小道を母屋のほうへ行く。工房をのぞくと、そこではジョンが作業台にかがみこんで、邪魔するなという体勢だ。食堂を突っ切り、居間を抜ける。彼女は階段の上に向かって二人の名前を呼ぶ。返事はない。玄関からヘンリー通りへ出る。今日の暑さも薄れかけていて、通りの埃もおさまり、みんな夕食を食べようと家路を急いでいる。

アグネスは自分の家の玄関を入る、この夕方、これで二度目だ。

そして目にする、階段の下に息子が立っているのを。じっと動かず、顔は青白く、手は手すりを握りしめている。腫れている、額に切り傷があって、今朝はなかったのは確かだ。

彼女はさっと息子に近寄る、部屋を数歩で横切って。

「どうしたの？」と彼女は息子の肩を摑んで訊ねる。「それはどうしたの？　その顔はどういうこと？」

息子は声を出さない。首を振る。階段を指さす。アグネスはその階段を一度に二段ずつ駆け上がる。

イライザはアグネスに、結婚式の冠を作ってあげると申し出る。もし、と彼女は付け加える、アグネスさえいいなら。

この申し出はある朝早く、おずおずとためらいがちになされる。イライザは、まったく思いがけなくいきなりこの家にやってきた女と背中合わせで寝ている。まだ夜が明けたばかりで、通りから最初の荷馬車の音や足音が聞こえてきそうだ。

イライザはアグネスとベッドを分け合わなくてはならない、とメアリが言ったのだ、結婚式が執り行われる時が来るまで。彼女の母親は口元を厳めしく強張らせてこう言った、イライザと目をあわせないようにして予備の毛布をベッドに広げながら。イライザは寝床の窓側の半分に視線を落とした、妹のアンが死んで以来、空っぽだった部分だ。目をあげると、母親も同じようにしており、彼女はこう言いたくなった、母さんもアンのこと考えてしまうのかな、今でもついアンの足音がしないか、声がしないか、夜になると寝息が聞こえないか聞き耳をたててしまうのかな、だってわたしはそうなの、いつもそう。今でも、ある日目が覚めたらアンがそこにいるんじゃないか、またわたしの隣にいるんじゃないかって思うの。時間には皺とか襞みたいなものがあって昔に戻れるんじゃないか、アンが生きて呼吸してた頃に戻れるんじゃないかって。

だがそうはならず、イライザは毎日ベッドで独り目を覚ます。

でも今は、ここにはこの、彼女の兄と結婚する女がいる。アンの代わりにアグネスが。何もかも慌ただしく、あれこれ準備が大変で、兄は特別な許可が必要だし、それに——この点についてはイライザにはよくわからないのだが——金に関する時間のかかる（過熱した）話し合いがあった。アグネスの弟の友人数名が保証人を引き受けた。ここまでは彼女も知っている。アグネスの腹には赤ん坊がいる、とイライザは聞いている、だがドア越しに過ぎない。誰もはっきりとは言ってくれない。同様に、結婚式は明日、午前中だということも、誰も彼女に教えようとは思わなかったようだ。彼女の兄とアグネスはテンプル・グラフトンの教会へ歩いていく、そこの司祭が結婚式を執り行うことを承知してくれたのだ。一家の司祭ではないし、毎週日曜日に一家が通う教会でもない。アグネスは、自分はこの司祭をよく知っているのだと言っている。アグネスの家族の特別な友人なのだ。じつを言えば、チョウゲンボウをくれたのはこの司祭だという。卵から自分で育てたのだ、それに一度アグネスに、ハヤブサの肺の病気の治し方も教えてくれた。あの人に結婚式を執り行ってもらう、とメアリの糸車の踏み子を踏みながら、アグネスはさらりと言ったのだ、わたしを子どものころから知っているし、いつも優しかったから、と。アグネスは司祭に、ハヤブサの足緒をエール一樽と交換してもらったことがある。司祭は、と彼女は説明した、わたしを手伝って羊毛を集めてくれるし、鷹匠の技や醸造や養蜂といったことに熟練していて、そしてこの三つについてのすばらしい知識を分け与えてくれる、と。

居間の火の傍の糸車にすわっていたアグネスがこんな話をしたとき、イライザの母親は編針を取り落としてしまった、自分が耳にしていることが信じられないとでも言いたげに、そしてイライザの兄は手にカップを持って大笑いし、ついでそれが父親を怒らせた。でもイライザはすっかり心を奪われて一言残らず聞き入った。そんなことが口にされるのは聞いたことがなかった、それまでこの家で誰かがそんな話し方をしたことはなかったのだ、なんの堅苦しさもなく、あんなに率直に陽気に。

ともかくも、結婚式の準備は整った。タカを飼い、蜂蜜を生産し、エールを売買する司祭が翌日早くに二人の結婚式を執り行う、手早く密かに秘密裏に準備された儀式によって。

イライザとしては、結婚する際には花冠をかぶってヘンリー通りを歩いていきたい、明るい陽光のもと、自分の姿をみんなに見てもらえるように。町から何マイルも離れた小さな教会で、奇妙な司祭に、花婿とともにドアからこっそり中へ入れてもらっての式なんて、嫌だ、彼女は堂々と胸を張って町で結婚するのだ。ぜったいに。結婚予告を教会の玄関で大声で読み上げてもらうのだ。だが彼女の父親とアグネスの弟はこの件を二人のあいだでさっさと片付けてしまったので、もはや何も言えない。

でも彼女としてはアグネスのために花冠は作りたかった。ほかに誰がする？　アグネスの継母はやるはずがない、とイライザは思っている、それに妹たちも。妹たちは自分たちだけで閉じこもっている、ショッテリー村で。結婚式には来るかもしれない、とアグネスは肩をすくめた、それとも来ないかもしれない。

でもアグネスは冠をかぶらなくては。冠をかぶらずに結婚するなんてだめだ、赤ん坊がいようといまいと。そこでイライザは訊いてみる。まず咳払いをする。指をお祈りするかのように組み合わせる。

「よかったら……」と彼女は切り出す、部屋の凍てつくような空気のなかへ話しかける。「……

あの、どうかなと思ったんだけど、わたしが……花冠を作ろうかしらと？　明日のための？」

背後でアグネスが聞いているのが感じられる。イライザは彼女が息を吸い込むのを聞き、一瞬断られるのかと思う、要らない、イライザの提案は余計な口出しだと言われるだろうと。

寝床がカサカサ音をたてて揺れ、アグネスが寝がえりをうって顔をイライザのほうへ向ける。「冠？」とアグネスが訊ね、イライザはその声を聞いて相手が微笑んでいるのがわかる。「そうしてもらえたらとっても嬉しい。ありがとう」

イライザも向き直り、二人は互いの顔を見つめあい、とつぜん共謀者同士となる。

「どうかなあ」とイライザは言う。「どんな花が手に入るか、この季節だからね。ベリー類とか、それに――」

「ジュニパー」とアグネスが口を挟む。「それとか、ヒイラギ。シダでも。マツとかね」

「ツタもある」

「ヘイゼル・フラワーも。いっしょに川へ行ってもいいかも、あなたとわたしとで」とアグネスが、イライザの手を握って言う。「あとでね、どんなものが見つかるか見てみましょう」

「あそこで先週トリカブトを見かけたの。たぶん――」

「毒があるのよ」とアグネスは言い、仰向けになって、握ったままのイライザの手を自分の腹にぺたんと置く。「赤ちゃんを感じてみたくない？　このお嬢さん、朝早くに動きまわるの。朝ごはんがほしいのね」

「お嬢さん？」イライザはいきなり示された親密な態度に、女のぴんと張った皮膚の熱さに、手を握る力の強さに驚きながら訊ねる。

「女の子だと思うの」アグネスは素早く行儀のいいあくびをしながら答える。

イライザの手はアグネスの指のあいだでぎゅっと押されている。とても奇妙な感じがする、自分のなかから何かが吸いだされているかのような、皮膚に棘が刺さるとか傷口に黴菌がついたりしたときみたいな、同時に、何かほかのものが注ぎ込まれているかのような。自分が何かを提供させられているのか受け取っているのかわからない。手を引っ込めたいのだが、同時にそのままにしておきたくもある。

「あなたの姉妹」アグネスが優しく言う。「あなたよりも年下だったの？」

イライザはもうすぐ自分の義姉となる人の滑らかな額、白いこめかみ、黒い髪をまじまじと見つめる。イライザがアンのことを考えていたと、この人はどうしてわかるのだろう？

「そうなの」とイライザは答える。「ほとんど二歳違い」

「で、亡くなったときはいくつだったの？」

「八歳」

アグネスは同情をこめて舌打ちする。「かわいそうにねえ」と彼女は呟く。「妹を亡くして」

イライザは話さない、アンのことが心配なのだとは、まだあんなに小さいのに、姉もおらず独りぼっちなのだ、あの子がどこにいるにしろ。ずっと長いあいだ、夜になると眠れないまま妹の名前を囁いているのだとは話さない、どこだろうと今いるところであの子が聞いているかもしれないと思って、イライザの声が聞こえたら慰めになるかもしれないと思って。アンがどこかで辛い思いをしているのではないか、それなのに彼女、イライザには妹の声が聞こえないし、手を差し伸べることもできないと思う苦しさのことは。

アグネスはイライザの手の甲をよしよしと叩いて、堰を切ったように話す。「彼女にはべつのお姉さんたちがいるでしょ、思い出して。あなたが生まれるまえに死んだ二人。みんなお互いに支えあっているの。彼女はあなたに心配してもらいたいとは思っていない。彼女はあなたに……」アグネスは言葉を切ってイライザを見る、寒さからか衝撃からか、それともその両方か、震えている。「あのね」アグネスは新たに、慎重な口調で言う。「彼女はあなたに心配してほしくはないんじゃないかと思うの。あなたには安心していてもらいたいんじゃないかな」

二人はしばらく何も言わない。パッカパッカという馬の蹄の音が窓の横を通り過ぎて、通りを北へ向かう。

「なんでわかったの」とイライザは小声で訊ねる、「死んだほかの二人の女の子のこと？」

アグネスはちょっと考えるような顔をする。「あなたのお兄さんから聞いたの」彼女はイライザの顔を見ずに答える。

「片方はね」とイライザが小声で言う、「イライザって名前だったの。最初の子。それ、知ってた？」。

アグネスは頷きかけて、それから肩をすくめる。

「ときどきギルバートが言うの……」イライザは続けるまえにまず振り向いてみないではいられない。「……彼女、来るかもしれないって、真夜中に、わたしのベッドの横に立って、名前を返して欲しがるんじゃないかって。わたしが名前を取ったって言って怒るだろうって」

「ばかばかしい」アグネスははっきりと言う。「ギルバートはでたらめ言ってるの。真に受けちゃだめ。あなたのお姉さんは、あなたが名前を貰ってくれて喜んでる、あなたが受け継いでくれてね。それを忘れないで。ギルバートがあなたにこの先一度でもそんなこと言うのを聞いたら、ズボンにイラクサ入れてやるから」

イライザはけらけら笑い出す。「まさか」

「ぜったいやる。そうしたらあの子にも、人を怖がらせたりしちゃだめだってことがわかるでしょ」アグネスはイライザの手を離し、起き上がる。「さてと。一日を開始しなくちゃね」

イライザは自分の手を見る。皮膚にくぼみができている、アグネスの親指の爪で押されたところだ、周囲がバラ色の花のように赤くなっている。もう一方の手でそこをさすりながら、熱くなっているのに驚く、ロウソクに近づけていたかのようだ。

イライザが作る冠は、シダとカラマツとアスターでできている。彼女は食堂テーブルにすわって作る。作業しながら一番下の弟のエドモンドの子守をするという役目を与えられているので、弟にカラマツの葉やアスターの花びらを与える。弟は床にすわって両脚を伸ばし、葉っぱを一枚ずつ、重々しい顔つきで木のボウルに落とし、スプーンでかき混ぜる。かき混ぜている弟の口から吐息のように漏れてくる音の連なりに、彼女は耳を傾ける。「あっぱ」という音がある、「葉っぱ」だ、それに「イザ」は「イライザ」、そして「ウープ」は「スープ」だ。どうやって聞き分けたらいいか分かっていれば、言葉は存在するのだ。

彼女の指——強くてほっそりしていて、革を縫うほうが慣れている——は茎を合わせて輪に編んでいく。エドモンドが立ち上がる。よちよちと窓へ歩き、それから戻ってきて、今度は暖炉へ行き、近づきながら自分に警告する。「だあだあだあだあだあ」イライザは笑いながら言う。「だめよ、エドモンド、火のほうはだめ」弟は嬉しそうな顔を彼女に向ける、わかってもらえて大喜びなのだ。火、熱い、だめ、触らない。火のそばへ行ってはいけないのはわかっているのだが、近寄りたくてたまらない気持ちがこみあげる、あの明るい、飛び跳ねる色、顔に吹き付ける暖かさ、ずらりと並んだうっとりするような、掻き立てたりつついたり摑んだりするための道具。

家の裏手から、母親が炊事場のなかで鍋やフライパンをがちゃがちゃいわせる音が聞こえる。母親は不機嫌で、すでに女中を泣かせている。メアリは自分の憤懣やるかたない思いをすべて食べ物に向けている。塊肉は火が通らない。パイ皮は崩れる。ねり粉はなかなか膨らまない。砂糖菓子はざらざらする。イライザには炊事場がつむじ風の中心のような気がして、ここにいなくちゃ、あそこからは離れていなくちゃ、エドモンドといっしょに安全なところにいなくちゃと思う。

彼女の指先はどんどん編んでいく、どんどん編んでいく、切った茎の端を押しこみながら。もう一方の掌で冠の輪をまわして、彼女は作っていく。

頭上で、兄弟たちのドスン、ガタガタという足音が聞こえる。音から察するに、階段の上で取っ組み合いをしているらしい。唸り声、とつぜんの笑い、リチャードが離してくれと哀れっぽく頼み、ギルバートが離してやると嘘をつき、ドスンと音がして床板が軋み、それからくぐもった声が、「あいたっ！」。

「お前たち！」手袋工房から怒鳴り声が響く。「今すぐやめろ！ でないと、そこへ上がっていって泣くような目に遭わせてやるぞ、結婚式だろうとなんだろうとな」

三人の兄弟が戸口に現れる、お互いに押し合いへし合いしている。イライザの長兄である花婿はすっと部屋を横切って、彼女を捕まえ、頭のてっぺんにキスしてから、くるっと身を翻してエドモンドを宙に高く差し上げる。エドモンドはまだ片手には木のスプーン、もう一方の手には木の葉を握っている。長兄は弟を回転させる、一回、二回。エドモンドは眉を上げてにっこりし、髪がふわっと持ち上がる。彼はスプーンを横向きに口にくわえようとする。それから床に下ろされ、三人の兄たちは揃ってさっとドアの向こうの通りへ姿を消す。エドモンドはスプーンを落とし、兄たちを寂しそうに見送りながら、とつぜん見捨てられたのを納得できないでいる。

イライザは笑う。「みんな戻ってくるよ、エド」と彼女は声をかける。「そのうちね。兄さんの結婚式には。見てなさいって」

アグネスが戸口に現れる。髪はすっかり解いて梳いてある。肩から背中に広がる髪は黒い水のようだ。イライザが見たことのないドレスを着ている、淡い緑黄色で、前の部分がごくわずかにせり出している。

「わあ」イライザは両手を握りしめる。「その黄色でアスターの芯の黄色が引き立つね」彼女はさっと立ち上がると冠を差し出す。アグネスは身をかがめ、イライザに冠をかぶせてもらう。

前夜霜が降りている。木の葉も草の葉も小枝も、教会へいく道のすべてが霜に覆われ、霜でできているみたいだ。踏みしめる地面はパリパリ固い。花婿とその付き添いたちは前方を歩いている、この集団から聞こえてくるのは、やじや叫び声やきれぎれの歌、笛の音色、吹いている友人は路肩を半分踏み外しながらスキップしている。バーソロミューはしんがりだ、背が高いので前を行く者たちがよく見えない、彼は俯いている。

花嫁はまっすぐ歩いている、右も左も見ずに。いっしょにいるのはイライザと腰に抱えられたエドモンド、メアリ、アグネスの友人が何人か、パン屋のおかみさん。脇のほうにいるのはジョーンと三人の娘たち。ジョーンは一番下の息子の手を引いている。姉妹たちはきちんと並んで、三人が腕を組んで横一列になってくすくす笑ったり囁き交わしたりしながら歩いている。イライザはちらと横目で何度かそっちを見てはまた顔を背ける。

アグネスはこれを見ている、イライザの心のなかに霧のように悲しみがたちこめるのを見ている。彼女はなんでも見ている。生垣のローズヒップの先端が茶色くなりかけている。うんと高いところにあるので摘まれていないブラックベリー。道端の樫の木の枝からツグミが一羽さっと舞い降りて急降下する。一番下の息子をおんぶする継母の口から吐息が白く漏れている、奇妙に無色の髪の房がネッカチーフからこぼれ、尻が大きく揺れている。カテリーナの鼻が母親譲りなのをアグネスは認める、平べったくて鼻梁が幅広い、ジョーニーは髪の生え際の位置が低いところを母親から受けついでいるし、マーガレットは首の太いところと長い耳たぶ。カテリーナには楽しく暮らす才能というか能力があり、マーガレットにも少しあるが、ジョーニーにはないとアグネスは見て取る。彼女は父親の面影を一番下の男の子に見る、今は歩いていて、カテリーナの手を握っている。あの子の金髪、ほぼ真四角の頭、唇の両端が上向きになった口元。長靴下を結わえたリボンを感じる、脚の筋肉が身体の下部で動くにつれて締まったり緩んだりする。頭の冠の草やベリーや花がちくっとしたりずれたりするのを感じる、茎や葉の葉脈に水がわずかに流れるのを感じる。自分の体のなかで呼応する動きを感じる、草木に、水や空気や潮の流れに、彼女から腹の子どもへ血が流れるのに合わせて。彼女はひとつの暮らしを離れる、べつの暮らしを始める。どんなことになるやら。

彼女はまた、どこか左のほうに自分の母親がいるのも感じる。人生が違う方向へ行っていたなら、母はここに一緒にいてくれただろうに。結婚式へ向かうアグネスの手を握っていてくれるのは母だっただろう、母の指が娘の指を包んでいてくれたことだろうに。母の足音が彼女と歩調を合わせてくれていただろう。一緒に並んでこの道を歩いていたことだろう。母が冠を作ってくれていただろう、アグネスの頭にのせて、髪を梳いてまわりにぐるっと垂れるようにしてくれただろう。青いリボンを取り出して、娘の靴下に結わえ付けてくれたことだろう、髪に編みこんでくれたことだろう。母がしてくれただろうに。

だからもちろん、母は今ここに来ているだろう、なんらかの可能な形で。アグネスは振り向く必要はない、母を驚かせて追い払いたくはない。ここにいるとわかったらそれでいい、明らかなしるしがあれば、宙に浮いている、実体のないものが。見えてるからね、と彼女は心で思う。ここにいるのはわかってるから。

代わりに彼女は前方を見る、道に沿ってずっと、先頭の男たちにまじって父がいたであろう場所を、そして自分の夫となる人を見る。黒っぽい梳毛（そもう）ウールの彼の帽子、彼の歩き方、まわりのほかの男たち――彼の弟たち、彼の父親、彼の友人たち、彼女の弟たち――よりも足取りが軽い。振り返って、と彼女は彼に念を送る、歩きながら。振り返ってわたしを見て。

彼がそのとおりにしても彼女は驚かない、彼の頭がこちらを向き、彼が彼女を見ようと髪を払いのけると、彼女には彼の顔が見える。一瞬彼は彼女の眼差しを捉え、道で立ち止まって、それから笑みを浮かべる。何かの身振りをする、片手を上げ、もう一方の手をそちらへ動かす。彼女は問いかけるように首を傾げる。彼はその動作をもう一度繰り返す、まだ笑みを浮かべたまま。指に指輪がはまるところをやってみせているのかと彼女は思う――何かそんなことを。すると彼の弟の一人、ギルバートだとアグネスは思うが、確かではない、その弟が横から飛びかかって肩に手をまわし、ぐいっと押す。彼も同じようにやり返し、ギルバートに立ち向かって頭を腕で抱えこみ、弟に怒りの唸り声をあげさせる。

司祭は教会の入口で待っている、黒っぽい祭服が霜で白くなった石にくっきり映えている。男や少年たちは静かになって小道を近づいていく。司祭の近くに集まった彼らは、落ち着かなげに黙りこくり、顔が朝日に照らされて紅潮している。アグネスが教会の小道を進んでいくと、司祭は笑顔を向け、それから息を吸う。

司祭は目を閉じて言う。「私はここにこの男とこの女の結婚の予告を公示する」全員がしんとする、子どもたちでさえも。だがアグネスは心のなかで自分だけの嘆願をしている。もしここにいるのなら、と彼女は心のなかで頼む、今示してください、知らせてください、さあ、お願い、わたしは待っています、わたしはここにいます。「汝らのなかにこの二人が聖なる絆で結ばれるべからざる理由もしくは正当な障害を知る者あらば、それを申し立てるべし。これが第一回の予告なり」

司祭の瞼が開き、全員を一人ずつ見まわす。トーマスはジェイムズの首をヒイラギの葉でつつく。バーソロミューが素早く彼に平手打ちをくらわす、後頭部に手際よく。リチャードはジグを踊るように左右の足に交互に体重をかけている、用を足したくてたまらないように見える。カテリーナとマーガレットはこっそり花婿の弟たちを眺めて、品定めしている。ジョンはにやにやしながら上着(ダブレット)の結び目に親指を押し込んでいる。メアリは地面を見つめている、表情は動かず、打ちひしがれているかのようだ。

司祭はまた息を吸う。二度目の言葉を繰り返す。アグネスは息を吸う、一度、二度、すると腹の赤ん坊が回転する、声を聞いたかのように、叫びを、自分の名前を初めて聞いたかのように。見せてください、アグネスは心のなかで繰り返す、よく考えて慎重に脳裏に言葉を並べていきながら。息子が口の動きで伝えようとしていることを聞きとろうとジョーンが身をかがめる。彼女は人差し指を自分の口に当てて息子を黙らせる。ジョンは重心を片方の足に移した拍子に妻にぶつかる。メアリは手に持っていた手袋を落とし、身をかがめて拾わなければならないが、まずは夫をにらみつける。

三度目の結婚予告がなされ、司祭は全員をじっと見つめる、全員を抱きしめようとするかのように両手を広げて。司祭が最後の言葉を言い終わらないうちに、花婿が教会のポーチに進み出て、司祭の横に陣取る、さあ始めましょう、と言わんばかりに。集団のなかに笑いのさざ波が走る、緊張が解け、アグネスの右側で、何かがちらと目の隅に映る、色がはじける、顔に髪が落ちかかったかのような、鳥が飛んだかのような。何かが頭上の木から落ちてくる。それはアグネスの肩に、ドレスの黄色い布地に着地し、それから胸に、やや膨らんだ腹に。彼女はそれをちゃんと捉える、手をくぼませて体に押し付けて。それはナナカマド（ローワン）の小枝だ、火のように赤く、裏が銀色の細い葉がまだついている。

　彼女はちょっとの間、それを指先で持っている。すると弟が歩み寄る。彼はアグネスが持っているナナカマドに気づく。彼は頭上の木を見上げる。弟と姉は互いに目を見交わす。それからアグネスはバーソロミューの手を取る。

　彼は強く握る、強すぎるかもしれない。彼は自分の並外れた力の強さを知らないというか気づいていない。彼の指先は冷たく、肌は荒れてざらざらしている。彼は彼女を連れて教会の入口へ向かう。花婿はすでに彼女に手を差し伸べている、伸ばした腕はじりじりしている。バーソロミューは立ち止まり、アグネスを引き戻して止まらせる。花婿は待っている、手を差し出し、顔に笑みを浮かべて。バーソロミューは身を乗り出す、アグネスを手で押しとどめたまま。彼はもう片方の手を伸ばして夫となる男の肩を摑む。弟が姉に聞かせるつもりでないことはわかっているが、アグネスには聞こえてしまう。彼女の聴力はタカのように鋭い。バーソロミューは身を乗り出して夫となる男の耳元に囁く。「姉さんを大事にしろよ、ラテン語坊や、ちゃんと大事にするんだぞ、そうすればお前は痛い目に遭わずにすむ」

　また背筋を伸ばしたバーソロミューは、姉を見て、歯をむき出してにやっとする、集まった人たちの面前で。彼はアグネスの手を離し、アグネスは花婿のほうへ歩く、花婿はちょっと青ざめている。

司祭は指輪を聖水に浸し、祝福の言葉をつぶやき、それから花婿がそれを受け取る。イン・ノーミネ・パトリス（父の御名によって）、彼ははっきりした声で言う、全員に、後ろにいる人たちにも聞こえるような声で言いながら、彼女の親指に指輪を滑らせ、ついでまた抜く、イン・ノーミネ・フィーリー（子の御名によって）、指輪は彼女の人差し指にはめられる、イン・ノーミネ・スピーリトゥース・サーンクティー（聖霊の御名によって）、彼女の中指へ。アメン、で指輪は薬指にはめられ、そこは、先日二人が果樹園に隠れていたときに花婿が彼女に言ったように、彼女の心臓へ直接続く血管が走っている場所だ。一瞬肌に冷たく感じる、聖水で湿っているが、それから血が、心臓から直接流れてくる血が、指輪を温め、彼女の体温と同じにする。

彼女は教会のなかへ進む、自分が持っている三つのものを意識しながら。指にはまった指輪、手のひらに握りこんでいるナナカマドの小枝、そして夫の手。二人はいっしょに通路を歩き、人の波が後に従う、石の上に足音が響き、それぞれ席に着いてゆく。アグネスは祭壇に跪く、夫の左側に、そしてミサを聴く。二人はいっしょに頭を下げ、司祭は二人の頭に亜麻布をのせる、悪霊から、悪魔から、この世のあらゆる悪しきもの、好ましからざるものから守られるように。

アグネスは二階の部屋を横切る、幾筋もの光が集まり無数の小さな塵が漂うなかを。彼女の娘はイグサの寝床に寝ている、服を着たままで、靴は傍らに脱いである。

息はしている、とアグネスは自分に言い聞かせる、震える心臓に、ドキドキいう鼓動に言い聞かせながら、近寄る、そして、よかったじゃないの？　娘の胸は上がったり下がったりしている、ほら、頰っぺたは赤い、両手は体の横に投げ出され、指は丸まっている。これならまずまずだ。そう。娘はここにいるしハムネットもここにいる。

アグネスはベッドのところへ来てしゃがむ、スカートをまわりに広げて。

「ジュディス？」彼女は声をかけ、少女の額に手を当てる、それから手首に、それから頰に。

ハムネットが部屋に、自分のすぐ後ろにいることを承知しながら、アグネスは俯いて考える。熱、と独りごちる、声に出さないその声は、ひどく冷静で落ち着いている。それから自分の言葉を訂正する。高熱、肌は汗ばんで火のように熱い。せわしなくて浅い呼吸。脈は弱く、不安定で速い。

「この子はいつからこんななの？」彼女は振り向かずに声に出して訊ねる。

「僕が学校から帰ってから」とハムネットは甲高い声で答える。「子猫たちと遊んでたら、ジュードが言ったんだ……その、おばあちゃんから薪を割れって頼まれているからそろそろ始めなくちゃって、薪割りを、でも僕たち子猫とリボンの切れ端で遊んでて。薪はそこにあって、僕は――」

「薪のことはいいから」アグネスは自分を抑えて言う。「そんなのどうでもいいの。ジュディスのことを話して」

「あいつは喉が痛いって言ったんだけど、僕たちはそのままちょっと遊んでて、で、僕が薪を割るからって言ったら、あいつはなんだかすごくだるいって言いだして、ここへ上がってベッドに横になったんだ。それで僕は薪をいくつか割って――ぜんぶじゃないよ――それからここへあいつの様子を見に来たら、すごく具合が悪そうで。だからママやおばあちゃんやみんなを探しに行ったんだ」彼の声は今やどんどん大きくなっている。「だけど、この家には誰もいなくて。あちこち行ってママを探して、ママを呼んだんだよ。それにお医者さんのところへもひとっ走りしたんだけど、お医者さんもいなかったんだ、それでどうしたらいいかわからなくなっちゃった。どうしたもんだか……わかんなくて……」

アグネスは立ち上がり、息子のほうへ行く。「ほらほら」彼女は息子に手を伸ばす。息子の滑らかな金髪の頭を自分の肩に引き寄せ、息子の体の震えを、呼吸のなかの怯えを感じる。「あんたはよくやった。とってもよくやった。何もあんたのせいじゃ――」

息子は母親から身を引き離す、彼の顔は強張り、濡れている。「どこへ行ってたんだよ？」彼はわめく、不安が怒りに変わって、声が震えている、先ほどからだ、二言目は低くなり、三言目にはまた高くなる。「どこもかしこも探したんだよ！」

アグネスは息子をじっと見つめ、それからジュディスを振り返る。「ヒューランズへ行ってたの。蜂が群れて移動してるから来てくれってバーソロミューから使いが来てね。思ってたより長くいることになっちゃったの。ごめんなさい」と彼女は言う。「ここにいなくてごめんね」彼女はまた息子に手を伸ばすが、だが彼は母の手を避けてベッドのほうへ行く。

二人はいっしょに少女の横に跪く。アグネスは娘の手を取る。

「罹っちゃったんだね……あれに」ハムネットがしゃがれ声で囁く。「そうじゃないの？」

アグネスは息子の顔を見ない。頭の回転が速くて人の気持ちをさっと読み取る息子は母の考えも読めるだろう、と彼女は思う、紙に書かれた言葉のように。だから、考えていることは胸に秘めておかなくてはならない、俯いて。彼女は色が変わっていないか指先を一本ずつ調べている、灰色か黒に変わってきてはいないかと。何もない。どの指もバラ色で、爪は青白く、半月形が見えている。アグネスは足を調べる、指を一本ずつ、足首の丸い無防備な骨を。

「罹ったんだ……ペストに」ハムネットが囁き声で言う。「そうじゃないの？　ママ？　そうじゃないの？　そう思ってるんでしょ、違う？」

彼女はジュディスの手首を握っている、脈はどくどくと不安定で、強まったり弱まったり、衰えるかと思うと速くなる。アグネスの目がジュディスの首の腫れを捉える。生みたての鶏の卵の大きさだ。手を伸ばして指先でそっと触る。じっとり水っぽく感じられる、沼地みたいだ。ジュディスのシフトドレスの結び目を解いて脱がせる。ほかにも卵がある、腋の下にできかけている、小さいのもあれば大きいのもあり、不気味にころころと皮膚を突き上げている。

彼女はこういうのを以前に見たことがある、この町にしろ、州全体にしたところで、人生のどこかの時点で目にしたことのない者などほとんどいない。これは人々がもっとも恐れるものだ、自分の体や愛する者たちの体にこれが見つかることがけっしてありませんようにと誰もが願うものだ。あらゆる人々の恐怖心のなかであまりに大きな位置を占めているので、実際にそれを目にしているのが信じられないくらいだ、自分の想像が作り出した空想の産物、幻影ではないのだということが。

それなのに、それらはここにある。丸く膨らんで、彼女の娘の皮膚を下から突き上げている。

アグネスは二つに裂けてしまったような気がする。片方の自分はぐりぐりを目にして恐怖にあえいでいる。もう片方はそのあえぎを聞き、観察し、メモしている。あえぎ、けっこう。前者のアグネスの目に涙が湧きあがり、心臓が胸のなかでどすんと大きな音をたてる、動物が、骨でできた檻に体当たりしたみたいに。もう一方のアグネスは徴候を列挙している。リンパ節のぐりぐり、熱、深い眠り。前者のアグネスは娘にキスしている、額に、頬に、こめかみの髪と皮膚との境目に。もう一方のアグネスは考えている、パンくずと焼いた玉ねぎと沸かした牛乳と羊の脂を混ぜた湿布、ローズヒップとヘンルーダの粉末とルリチシャとニオイエンドウの飲み薬。

彼女は立ち上がる、部屋を横切って階段を降りる。彼女の動きには、妙に精通したようなところがある、ほとんど覚えがあるかのような。彼女がいつも恐れていたものがここにいる。やってきたのだ。彼女がもっとも恐れていた瞬間、彼女が考え、ああだこうだと検討し、心のなかで何度もやってみていたことが、眠れない暗い夜に、やることがないときに、一人でいるときに考えていた出来事が。ペストが彼女の家へやってきたのだ。彼女の子どもの首に跡をつけたのだ。

気が付くと、おばあちゃんを見つけておいでとハムネットに言いつけている、お姉ちゃんも、そう、二人は帰っている、炊事場にいる、行って呼んでおいで、さあ行って、そう、まっすぐにね。それから彼女は自分の棚の前へ行き、手を伸ばしては栓をした壺を探す。ヘンルーダがあるし、シナモンがある、熱を引かせるのにいい、そしてここにはヒルガオの根とタイム。

彼女は棚に目をやる。ルバーブ？　乾燥した茎を、ちょっと手に持つ。うん、ルバーブ、胃を空にする、ペストを追い出す。

その言葉に、彼女はつい小さな声を漏らす、犬がくんくんいうような。彼女は頭を壁の漆喰にもたせ掛ける。彼女は思う、わたしの娘が。彼女は思う、あの腫れ。彼女は思う、まさかこんなこと。わたしは認めない、許しておけるもんか。

彼女は乳棒を摑むとすり鉢にドスンと叩きつけ、粉や葉や根を食卓にまき散らす。

ハムネットは外に出て小道を進み、裏庭の炊事場の戸口へ行く、そこでは祖母が玉ねぎの樽をあさっていて、女中がその横に立ってエプロンを広げ、メアリがそのなかへ投げ込むにふさわしいと思ったものを受け止めようと控えている。火格子のなかでは火が爆ぜてパチパチ音をたて、炎が上に伸びて、いくつかの鍋の底をなぶったり撫でたりしている。スザンナはバターの攪拌機の横に立って、片手で大儀そうにハンドルを握っている。

彼女が最初に弟に気づく。ハムネットは彼女を見ている、彼女はちょっと口を開けて弟を見返す。彼女は眉をひそめる、何か言いたい、弟に何か忠告したいとでも言いたげだ。それから彼女は顔を祖母のほうへ向ける、祖母は女中に玉ねぎの皮を剝いてみじん切りにするよう指示している。部屋の熱気はハムネットには耐えがたい――感じられるのだ、こっちに息を吹きかけてくるのが、地獄の門の噴煙みたいに。ほとんど入口を塞いでいるといってもいい、部屋の空間を満たし、凄まじい質量で周囲の壁を押している。女たちがどうやって耐えていられるのか彼にはわからない。額のあたりで片手を横に振ると、熱気の外側が揺らめいているように思え、彼には見える、というか見える気がする、ほんの一瞬、暗闇の無数のロウソクが、その炎がチラチラ燃えたり大きく揺らめいたりするのが、小さな光、ゴブリンのロウソクが。瞬きするとロウソクの群れは消える。目の前の光景は先ほどのままだ。彼の祖母、女中、玉ねぎ、彼の姉、バター攪拌機、食卓の上の頭のないキジ、鱗のある両脚をきちんと引き上げていて、足に泥がつくのを鳥が心配しているかのようだ、図らずも鳥は頭を刎ねられ、まず間違いなく死んでいるのだが。

「おばあちゃん？」スザンナが曖昧な口調で言う、目はまだ弟に釘付けだ。あとになって、スザンナはこの瞬間を思い出すこととなる、何度も何度も、とりわけ早朝、目が覚めたときに。彼女の弟がそこに、入口の枠のなかに収まって立っている。弟の顔が青ざめて、動揺していて、まるでいつもの弟らしくなく、眉毛の下には切り傷があるな、と考えたのを思い出すこととなる。それを祖母に話していたら、その後の成り行きは変わっていただろうか？　母か祖母の注意をそのことに向けていたら？　何かが変わっただろうか？　彼女には決してわからないだろう、何しろあのとき彼女が言ったのはただ「おばあちゃん？」だけだったのだから。

　メアリは女中に話しかけている最中だった。「それから、言っとくけど、今度は焦がすんじゃないよ、端っこがちょっと焦げただけでもだめだよ――焦げ始めたらすぐ鍋を火からおろす、わかったね？」彼女は振り向く、最初は孫娘のほうへ、つぎに、スザンナの視線を追って戸口へ、そしてハムネットのほうへ。

　メアリはびくっとして片手を胸に当てる。「ああ」と言う。「びっくりするじゃないの！　あんたったら、いったい何してんのよ？　まるで幽霊みたい、そこでそんなふうにつっ立って」

　何日も何週間も経ってから、メアリは自分に言い聞かせることとなる、自分はあんなこと言わなかったと。あんなこと言うはずがない。あの子に向かって「幽霊」だなんて言うわけがない、あの子の様子に何かぎょっとするようなところ、何か変なところがあるなんてこと言うわけがない。あの子はまったく元気そうに見えた。自分はぜったいにあんなことは言わなかった。

アグネスは震える手で散らばった花びらや根っこを寄せ集めて乳鉢に入れ、擂り始める、手首を捻じって、捻じって、指の関節が白っぽくなるくらい指でぎゅっと木の乳棒を握っている。乾燥させたルバーブの茎、ヘンルーダ、シナモンがいっしょに擂りつぶされて、香りが混ざりあう、甘みと辛みと苦みが。

擂りつぶしながら、彼女はこの混合物で救った人の数を頭のなかで数えてみる。粉屋のおかみさんがいた、苦しみ悶え、服を引き裂いていた。この薬を二服飲んだらその翌日にはもう、ベッドで上体を起こし、子羊のように穏やかにスープを飲んでいた。スニターフィールドの地主の甥もいた、地主が迎えを寄越して、アグネスは真夜中にその家へ連れていかれた。この薬と湿布とで、若者は元気になったのだ。コプトンの鍛冶屋、ビショップトンの老嬢。みんな回復したじゃないか？　不可能なわけではない。

すっかり集中しているので、誰かに肘を触られた彼女は飛びあがる。その指先から花びらが食卓に落ちる。彼女の義理の母、メアリが横にいる、炊事場にいたので頬が赤く、袖をまくりあげて、両の眉をくっつけて顔をしかめている。

「ほんとなの？」とメアリは訊ねる。

アグネスは息を吸い込む、舌にはシナモンのちょっとぴりっとくる味や粉になったルバーブの酸味が残っていて、話すと泣いてしまうと思ったアグネスは、頷く。

「ぐりぐりがあるのね？　熱も？　ほんとなのね？」

アグネスはもう一度頷く。メアリの顔が歪み、目が燃えるように輝く。怒っているように見えるかもしれないが、アグネスはちゃんとわかっている。二人の女は見つめあい、メアリが自分の娘、アンのことを思い出しているのがアグネスにはわかる、八歳で、ペストで死んだのだ、腫れものだらけになって、高い熱が出て、指は黒くなって臭いを放ち、腐って手から落ちていったのだ。アグネスがこんなことを知っているのは以前イライザに聞いたからだが、どちらにしろ彼女にはわかっていた。アグネスは振り向かない、メアリと合わせた視線を逸らすことはしない、でも、あの小さなアンがこの部屋にいっしょにいるのだろうということはわかっている、戸口のそばに、巻いたシーツを肩のところで留めて、髪はほどいて、痛む指は使い物にならず、首は腫れて気道を塞いでいる。アグネスは脳裏で思いを言葉にする、アン、わたしたち、あなたがそこにいるのはわかってる、あなたは忘れられてはいないからね。アグネスにとって、彼らの世界と彼女の世界を隔てるヴェールはなんと脆いことか。ジュディスには境界を越えさせはしない。彼女には、二つの世界は互いに区別しがたく、くっつきあっていて、行き来が可能なのだ。

メアリは小声で何かつらつら唱えている、祈りのようなもの、懇願だ、それからアグネスを引き寄せる。ほとんど荒々しいくらいの手つきで、指はアグネスの肘を摑み、前腕はアグネスの肩に強く押し付けられている。アグネスの顔はメアリの頭巾に押し当てられる。そこから石鹼のにおいがする、アグネス自身が作ったものだ——灰と獣脂と小さなラベンダーの蕾とで——その下で髪が布地に擦れる音がする。目を閉じて抱擁に身を委ねてしまうまえに、スザンナとハムネットが裏口から入ってくるのが目に入る。

するとメアリがアグネスを離して身を翻し、二人のあいだに流れた一時は終わる。メアリは今やすっかり作業態勢になっていて、かけているエプロンを撫でおろすと、乳鉢の中身を確認し、火を熾すからねと言いながら暖炉のほうへ行き、ハムネットに薪を持ってくるよう指示する、さっさとするんだよ、うんと大きな火を熾さなくちゃ、熱を追い出すには熱い火ほど効果のあるものはないんだからね。メアリは暖炉の前を片付け、イグサのマットレスを持ってくるつもりだな、とアグネスは思う。清潔な毛布を持ってきて、そこに寝床を設えるつもりだ、火の横に、そしてジュディスを炎の前に連れてくるつもりだ。

アグネスとメアリのあいだにどのような争いがあろうが――そしてもちろん、いろいろある、こんな狭苦しい場所で暮らしていて、しなくてはならないことがどっさり、子どもが何人もいて、食べさせる口は多い、食事の支度に衣服の洗濯と繕い、男たちを見張って評価を下し、なだめたり指導したりする――任務を前にしたら消えてしまう。二人はぶつくさ言ったりちくっと刺したり、互いの神経を逆撫ですることもある、異議を唱えたり言い争ったり溜息をつくこともある、塩辛いとか粉の挽き方が粗いとか香辛料が効きすぎているとか言って相手が作った料理を豚小屋に投げ込むこともある、互いがかがったものや縫ったものや刺繍したものを見てあきれ顔をして見せることもある。だがこんなときには、二人は一人の人間の二つの手みたいに活動できるのだ。

ほら。アグネスは浅鍋に水を注いでそこへ粉を散らしている。メアリはふいごを動かしている、ハムネットから薪を受け取り、スザンナに隣の母屋の収納箱からシーツを持ってくるよう言いつける。メアリは今度はロウソクを何本か点ける、炎が燃え上がり、長く伸びて、光の円を部屋の暗い隅々に広げる。アグネスは鍋をメアリに渡し、メアリはそれを火にかけて温める。今度は、話し合いもしないのに、二人はそろって階段を上っていき、メアリはきっとジュディスに笑顔を向けるとアグネスにはわかっている、励ますような、呑気な言葉をかけるのだろうと。二人は力を合わせてこの女の子の面倒を見るのだ、寝床を抱えおろして、あの子に薬を飲ませるのだ。二人でこの件に対処するのだ。

アグネスの結婚式の日の真夜中過ぎのこと。もう夜明けに近いかもしれない。とても寒くて呼吸するたびに彼女の吐息が目に見える、小さな雫となって彼女が巻き付けている毛布にくっつく。

彼女が窓からのぞくと、ヘンリー通りは漆黒の闇に包まれている。外には誰もいない。一羽のフクロウが途切れ途切れに鳴いているのが聞こえる、家の裏のどこかから、震える鳴き声を闇に放っている。

なかには、とアグネスは考える、窓辺に立って毛布を体にぎゅっと巻き付けながら、この声を縁起が悪いと取る人もいるかもしれない、フクロウの鳴き声を死の前触れと取る人も、と。だがアグネスはこの生き物を恐れてはいない。彼女はフクロウが好きだ、あの目が好きだ、マリゴールドの花の芯みたいで。重なり合った斑点のある羽も、謎めいた表情も好きだ。彼女にはフクロウが二重の存在のように思える、半分精霊で、半分鳥の。

アグネスは結婚の床から起き上がって、自分の新居の部屋から部屋へ歩いている。眠りが訪れてその羽毛のなかに包みこんでくれそうもないからだ。頭にあまりにさまざまな思いが湧いて混みあい、場所を求めて争っているからだ。吸収するものが多すぎ、反芻するものが多すぎる一日だったからだ。ベッドで寝るのも二階で寝るのも彼女には初めてのことだからだ。

だから彼女はこの住まいを歩きまわり、移動しながらいろんな物に手を触れている。椅子の背、空っぽの棚、暖炉の道具類、ドアノブ、階段の手すり。彼女は家の正面へ行く、裏へ行く、そしてまた正面へ行く。階段を下りる、また上る。ベッドを囲むカーテンを撫でる、ベッドは彼の両親からの結婚祝いだ。カーテンを脇へ寄せてなかにいる男の姿をじっと見つめる、彼女の夫、深海の底にいるみたいにぐっすり眠っている、ベッドの真ん中で体を伸ばして、両腕を広げて、流れに漂っているかのように。彼女は天井を見上げる、その向こうには、狭い、天井の傾斜した屋根裏部屋がある。

今や彼女の家となったこの住まいは、夫の実家の横に建てられている。二階建てで、階下には暖炉と長椅子、食卓と食器類、上のこちらにはベッドがある。ジョンはここを倉庫として使っていた――なんのための倉庫だったのか詳しいことは口にされなかったが、アグネスは初めてここに足を踏み入れたときに空気を嗅いで、紛れもない毛皮のにおいを、巻いて何年も置いてあったウールの梱のにおいを捉えた。なんであったにせよ、それはどこかほかへ運び出されてしまった。

アグネスはこの手配に弟が関係しているのではないかと強く感じている、それに、たぶん弟が結婚につけた条件の一部だったのではないかと。二人が初めて敷居をまたぐとき、バーソロミューもその場にいた。彼は狭い部屋を見渡し、階段を上ってまた下りてきて、壁から壁へと歩き、それからジョンに頷いた、ジョンはずっとドアのところに立っていたのだ。

バーソロミューが二度頷いてやっとジョンは鍵を息子に渡した。奇妙な瞬間で、アグネスの興味を引いた。父親がゆっくり、ゆっくり息子に鍵を差し出すのをアグネスは見守った。父親が手放し難そうにしているのと同じくらい――たぶんそれ以上に――息子は受け取るのが嫌そうだった。彼の指先は気乗り薄で、動きが緩慢だった。彼はためらい、父親の手の鉄製の鍵をじっと見つめた、まるでそれが何かよくわからないとでも言いたげに。それから、親指と人差し指だけで父親の手から引き抜いて、腕をいっぱいに伸ばして持った、自分に害を及ぼすものかどうか判断しているかのように。

ジョンは気まずさを取り繕おうと、家庭と幸せと妻について何か言って、手を伸ばして息子の背中を叩いた。父親らしく荒っぽい優しさを示すつもりの動作だったのだが、そこには、とアグネスはあとになって思うこととなった、何か気になるものがなかっただろうか？　何か不自然なところが？　叩き方はちょっと強すぎて、力が入りすぎていた。不意をつかれた息子は横へよろめき、バランスを失う。彼は素早く体勢を立て直した、あまりにも素早く、まるで拳闘士か剣士のように、つま先立ちになった。一瞬父子は、二人は、拳固をやりとりするかに見えた、鍵ではなく。

彼女とバーソロミューはこれを部屋の両端から見守っていた。息子が体の向きを変え、鍵を腰の巾着に入れる代わりに鈍い金属音を響かせて食卓に置くと、彼女とバーソロミューは顔を見合わせた。彼女の弟の顔は無表情で、片方の眉がほんのちょっとだけ動いた。アグネスにとって、この動きは多くを語っていた。ほらわかっただろ、と弟が言っているのが彼女にはわかった、自分がどんな家に嫁ごうとしているか？　これでわかっただろ、とあの眉の動きは言っていた、俺がなんで別居を主張したか？

アグネスが窓ガラスに身を寄せると、ガラスに呼気があたる。ここは、この部屋部屋（へやべや）は、彼女に自分の頭文字を連想させる、父が形を教えてくれた文字、とがった棒で泥に書いてくれた文字を。A。（彼女はこのときのことをありありと覚えている、両親といっしょに地面に、母の脚のあいだにすわり、母の膝の筋肉に頭をもたせかけていた。手を伸ばせば母の足を握ることができた。肩に母の髪が落ちかかってきたときの感触が蘇る、父の棒の動きを見ようと身を乗り出したときだ、「ほら、アグネス、見てごらん」と父に言われて。その文字は黒ずんだ先っぽ、台所の火で固く炭化した先端の下から現れた。「A」彼女の文字、常に彼女のものだ）

この住まいはこの文字のような形をしている、傾斜が最上部で合わさり、中間を床が横切っている。アグネスはこれを自分にとってのしるしと取る――土に刻まれたあの文字、母の力強い脚、母の髪の感触の記憶――フクロウではなく、義母の苦々しげな凝視ではなく、夫の若さではなく、この家の狭苦しさ、空虚で無気力な雰囲気、あの義父による背中への強い平手打ち、そんなものではなく。

布包みを解いて中身を床に並べていると、ベッドから声が聞こえてぎょっとする。

「どこにいるの？」彼の声はどのみち低いのだが、眠いせいで、カーテンにさえぎられているせいで、なおさら低くなっている。

「ここよ」と彼女は答えながらもなお床にうずくまって、巾着袋を、本を、冠――しおれてくしゃくしゃになっているが、結わえて花を乾燥させ、何もなくならないようにするつもりだ――を持っている。

「戻っておいでよ」

彼女は立ち上がり、まだ自分の持ち物を手にしたまま、ベッドのほうへ行き、カーテンを脇へ寄せて彼を見下ろす。「目が覚めたのね」と彼女は話しかける。

「そうしたら君は遠くにいるんだもの」と彼は答えて、目を細めて彼女を見上げる。「あんなところへ行って何してるんだよ、ここにいなくちゃいけないだろ？」彼は自分の傍らを指さす。

「眠れないの」

「なんで？」

「この家はAの字ね」

ちょっと間があき、聞こえなかったのかな、と彼女は思う。「ええ？」彼は片肘をついて体を起こしながら訊ねる。

「Aの字」と彼女は繰り返し、持っているものをぜんぶ片手にまとめて、二人のあいだの冷たい冬の空気に文字を刻む。「これがAでしょ、ね？」

彼は重々しく頷いてみせる。「そうだよ。だけど、それがこの家となんの関係があるの？」

彼女には自分に見えているものが彼に見えないのが信じられない。「この家は傾斜がてっぺんで合わさっていて、中間を床が横切ってるでしょ。こんな上のところで、わたし、眠れるかしら」

「どこの上？」と彼は訊ねる。

「ここ」彼女は身振りで周囲を指し示す。「この部屋」

「どうしてだめなの？」

「だって、床が宙に浮いてるじゃない、Aの横棒みたいに。下に地面がないのよ。空っぽの空間だけで、空っぽの空間がずっと」

彼の顔にぱっと笑みが浮かび、目は彼女をじっと見つめ、それからまたベッドにばたんと寝ころぶ。「知ってる？」と掛け布団の下から問いかける。「これが僕が君を愛してる一番の理由なんだ」

「わたしが空中では眠れないってこと？」

「違うよ。君がほかには誰もしないような見方で世界を見てるってこと」彼は両腕を差し伸べる。

「ベッドに戻っておいで。もういいからさ。言っとくけど、僕たちはしばらく寝る必要ないよ」

「そうなの？」

「うん、そうだよ」

彼は立ち上がると彼女を抱き上げ、そっとベッドに横たえる。「僕は僕のアグネスを抱くんだ」彼はそう言って彼女の横にもぐりこむ。「僕たちのAのなかで。そして、何度も何度も何度もね」彼は一言一言強調するために彼女にキスし、彼女は笑い、彼女の髪が二人の体に降りかかる、二人のあいだに、彼の唇にはさまる、彼の顎ひげに、彼の指に。

「このベッドではあんまり眠ることはないだろうな」と彼は言う。「しばらくのあいだは」それから、「いったいなんだって君はそんなものぜんぶ持ってるんだよ？　なんのために？　今はそんなもののどれも必要ないんじゃないか」。

彼はぜんぶ取り上げる、ひとつずつ——彼女の手袋、彼女の冠、彼女の巾着袋——彼女の手から取って、床に置いていく。彼は彼女の手から聖書を取り、それからべつの本を取る、だが下に置くまえに手を止め、本を眺める。

「これは何？」本をめくりながら彼は訊ねる。

「近所の女の人が亡くなったときにわたしに遺してくれたの」とアグネスは答え、指先で口絵に触れる。「うちはその人に紡いでもらっていて、わたしは羊毛を持っていっては、紡がれたものを受け取ってきてたの。いつもわたしに優しくしてくれて、遺言でその本をわたしにって。その人のお連れ合いのものだったんだけど、お連れ合いは薬剤師でね。わたし、子どものころはその畑を手伝ってたの。いつだったかその人から聞かされたんだけど……」彼女はここで言葉を切る。「……いつもわたしの母といっしょにその本を調べていたんだって」

彼は彼女の体にまわしていた腕を外して、両手で本を持ち、ページを繰る。「じゃあ君は子どものころからこの本を持ってたんだね？」そう訊ねながら、彼の目はぎっしり並んだ文字を追う。「これはラテン語だ」と彼は眉をひそめながら言う。「植物について書いてある。利用法とか。見分け方とか。ある種の病気やジステンパーに効くとか」

アグネスは彼の肩越しに覗き込む。花びらが涙の形で、黒っぽくて長い根っこがもつれている植物の絵が、ずっしり漿果（しょうか）のついた大枝の挿絵が見える。「それは知ってる」と彼女は言う。「しょっちゅう見てたもの、だけど、もちろん読めないの。わたしに読んでくれる？」彼女は頼む。彼ははっと我に返ったらしい。彼は本を置く。彼女を見やる。「もちろん読んであげるよ」彼は答え、指先は彼女のシフトドレスの結び目を解こうとする。「だけど今じゃない」

この時期、アグネスには不思議に思える、一か月で、田舎を町と、農場を新居と、継母を義母と、ひとつの家族をべつの家族と交換してしまったことが。

家というのは、と彼女は学ぶ、それぞれまるで違うやり方で運営されている。広がっていく何世代もがみんな一緒に動物や土地の世話をするのではなく、ヘンリー通りの家にははっきりした体系がある。両親がいて、それから息子たち、それから娘、それから豚小屋の豚と鶏小屋の鶏、それから徒弟、そして一番下が女中たちだ。新たな義理の娘としての曖昧な自分の地位は、徒弟と鶏のあいだくらいじゃないかとアグネスは思う。

アグネスは人々が出入りするのを観察する。この時期の彼女は収集しているのだ、情報を、秘密を、日々の決まりごとを、人柄や相互の関係を。彼女は壁にかかった絵のようなものだ、その目は何も見逃さない。彼女には自分の家が、狭い小さな住まいがある、だが彼女は自分の家の裏口から共用の庭へ出られる。彼女と夫は家庭菜園と炊事場と豚小屋と鶏小屋と洗濯場と醸造小屋を共有することになる。だから、彼女は自分の家に引きこもることもできるが、ほかの人たちと混じりあって話をすることもできる。観察者であると同時に参加者でもあるのだ。

　女中たちは早く起きる、アグネスと同じくらい早く。町の人たちは田舎の人たちより遅くまでベッドにいるのだが、アグネスは日が昇るまえに一日を始めるのに慣れている。女中たちは薪を運び込んで、食堂と炊事場に火を熾す。鶏を外に出して庭に種や穀物をまいてやる。残飯を豚小屋に運ぶ。醸造小屋からエールを持ってくる。炊事場の壺のなかで一晩膨らませておいたパン生地を取り出して叩いて形を整え、温かいオーブンの横に置いておく。家族の者の誰かが自室から出てくるまでにたっぷり一時間かそこらはある。

　ここ町では、修理すべき柵はない。靴からこそげ落とす泥もない。服には土や毛や糞の汚れはつかない。男たちは誰一人、昼日中に恐ろしく腹を空かせて骨まで凍えて帰ってきたりはしない。炉辺で温めてやる子羊はいないし、疝痛（せんつう）を起こしたり虫がいたり腐蹄症にかかったりする動物はいない。朝早くに餌を与えなくてはならない動物はいないし、チョウゲンボウもいない、彼女の鳥は結婚式を執り行ってくれた司祭に貰われていった。アグネスはいつでも好きなときに見にくればいい、と司祭からは言われている。柵の向こうへ逃げ出そうとする羊もいない。カラスやハトやヤマシギが藁葺き屋根に降りてきて、煙突から鳴き声を響かせることもない。

　代わりに、外では一日じゅう荷馬車が行き交い、通りで人々が互いに大声を張り上げ、人の群れが、集団が通り過ぎていく。配達がある、届けたり、受け取ったり。裏には手袋工房の倉庫があり、森の生き物たちの中身のない皮が悔悟者のように枠の上で手足を引き伸ばされている。女中たちが食堂を出入りしている、敷石の上で靴をぱたぱたいわせながら。女中たちはアグネスを、値踏みしてやろう、あらさがしをしてやろうとでもいうように上から下まで睨めまわす。アグネスがたまたま彼女たちの通り道に立っていると、ほんのかすかな溜息をつくが、メアリが現れようものなら、ぴんと背筋を伸ばし、帽子を直して言う、はい、奥様、いいえ、奥様、わかりません、奥様。

田舎では、みんな家畜や作物の世話にかかりきりで人を訪問するどころではないのだが、この家では、昼となく夜となく話し相手を求めて誰かがやってくる。メアリの親戚、ジョンの仕事仲間。前者は居間へ通され、後者はまず工房へ案内されて、そこでジョンがどの部屋を使うか決める。メアリはたいてい家にいて、使用人や徒弟に目を光らせるか、すわって針仕事をしている、訪問に出かけていなければ。ジョンはしょっちゅう姿が見えなくなる。年下の男の子たちは学校に行っている。アグネスの夫はいるときもあればいないときもある。彼は教えている、夜になると酒場へ出かける、父親のために使いにやられることもある。それ以外の時間、彼は自分たちの住まいの二階でだらだらと、本を読んだり窓の外を眺めたりしている。

工房の窓には顧客が四六時中やってくる、手袋を買いに、いろいろ訊ねに。ジョンが客をなかに入れることもあり、いっしょに工房じゅうを見てまわり、特製のものを注文されたりすることもある。

アグネスは三日か四日のあいだこういうことをぜんぶ観察する。五日目、彼女は女中たちよりも早く起き、自分たちの住まいの裏口から外へ出る、そこは共有の庭につながっている。女中たちが姿を現すころには、彼女は炊事場のオーブンに火を入れて、パン生地を丸め、家庭菜園のハーブを細かくしたものをひとつかみ加えている。女中たちは不安げに顔を見合わせる。

朝食の食卓で、一家が丸パンを手に取ると、いつもより柔らかくて平たくて艶がある。バターは渦巻きのような形になっている。パンを割ると、タイムの、マージョラムの香りがぷんとたちのぼる。それはジョンの心に自分の祖母の思い出を蘇らせる、ベルトにハーブの束を結わえ付けていた女を。それはメアリに自分が育った農場の、戸口のところにあった塀を四角くめぐらせた家庭菜園を思い出させる、押し入ってタイムの茂みをついばむガチョウを母が箒で追い払わなければならなかったときのことを。メアリは顔をほころばせる、母親のスカートが露と泥に濡れていたこと、腹を立てたガチョウががあがあいっていたことを思い出して。そしてもう一切れとって、バターにナイフを突っ込む。

アグネスは義父の顔と義母の顔にちらと視線を走らせ、それから夫を見る。夫は彼女と目を合わせ、かろうじてそれとわかる程度にパンに向かって頷きながら、眉をあげてみせる。

家のなかの変化にメアリが気づくには一週間くらいかかる。メアリが女中たちに注意しなくとも、ロウソクの芯は切って整えられている。食卓用リネンは取り換えられている、これまた注意しなくても、カーテンには埃がついていない。食器類は汚れ一つなく輝いている。彼女はこれらのことを個別に見ていて、あわせて考えてみようとはしない。ある日、近所の人をもてなしていて居間の蜜蠟のはっきりそれとわかる強い花粉のにおいを嗅いだときに初めて、怪訝に思いはじめる。

近所の人が去ったあと、メアリは家じゅうを歩きまわる。食堂の壺にはヒイラギの枝がいけてある。炊事場の砂糖菓子には丁子が刺さり、メアリには見覚えのない香草が一鉢ある。醸造小屋の軒にはごつごつして土のついた根っこがいくつか干してあり、ベリーの入ったトレイがある。糊付けしてアイロンをかけたカラーが階段のところに重ねて置いてある。豚小屋の豚はどれもいやにごしごし洗われてピンク色で、鶏の餌入れは清潔で、水がちゃんと満たされている。

話し声を聞いて、メアリは小道を洗濯場のほうへ行く。

「そう、そんな感じ」アグネスの低い声が聞こえる。「掌と掌のあいだで塩をこするみたいにして。そっとね。ほんのちょっと動かすようにして。そうすると頭花が潰れないの」

べつの声がする——メアリには聞き取れない——それからどっと笑い声。

メアリはドアを押し開ける。アグネス、イライザ、それに女中二人が、洗濯場でひしめきあっている、エプロンを着けていて、空気は熱く、灰汁の鼻をつく刺激臭が漂っている。エドモンドは床の桶のなかに、いくつもの小石とともに入れられている。

「マ」メアリを見た彼は叫ぶ。「マーマーマ！」

「あら」振り向いたイライザが言う、その顔は熱気と笑いとで火照っている。「わたしたち……あのね、わたしたち……」彼女はまた笑いだし、前腕で顔にかかる髪を払いのける。「わたしたちね、アグネスから石鹸にラベンダーを混ぜるやり方を教えてもらってたの、そしたらこの人ったら……でね、わたしたち……」イライザはまた笑いだし、おかげで片方の女中まで身分もわきまえずにくすくす笑いはじめる。

「あんたたち、石鹸を作ってるの？」メアリが訊ねる。

アグネスは前に進む。彼女は落ち着き払っている、平静で、ぜんぜん火照ってはいない。居間の椅子から立ち上がったところであるかのように見える、湿気の多い暑くてたまらない洗濯場でどろどろの石鹸をかき混ぜていたのではなく。エプロンの前は腹の膨らみで外に突き出している。

メアリは目をやり、目を逸らす。もう二度とあんな感覚を味わうことはないのだ、自分にはもう縁のない経験なのだ、と思うのは初めてではない、この歳では、人生のこんな時期となっては。あの可能性を失ったという思いは、メアリを焼き焦がすことがある。女にとってあれを諦めるのは辛いことだ、同じ屋根の下にそういう段階に入ったばかりのべつの女がいるとなおさら辛い。あの娘の腹を見ると、そのたびにメアリは自分の腹が空っぽなこと、静まり返っていることを思ってしまう。

「わたしたち」とアグネスは言いながら、小さなやや尖った歯をのぞかせて微笑む。「ラベンダーを使ってるんです。目先が変わっていいんじゃないかと思って。かまわなかったでしょうか？」

「もちろん」とメアリはぴしゃっと答える。メアリはかがみこんでエドモンドを桶からさっと抱き上げる。彼はひどくびっくりして泣き出す。「ぜんぜんかまいませんとも」とメアリは言い、泣きじゃくる息子を抱きしめて出ていき、その背後でドアがばたんと閉まる。

結婚したばかりの何週間か、アグネスは羊毛集めが羊毛をためこんでいくように印象を集めていく。ここでひと房、あそこでちょっと、柵にくっついたのをいくつか、木の枝から少し、しまいに、しまいに、しまいに腕いっぱいになる、紡いで糸にできるくらいに。

ジョンが息子たちのなかでギルバートを一番愛しているのを彼女は見て取る——ギルバートは力が強いし、面白半分に人を競わせたがるからだ——だがメアリはリチャードのほうが好きだということも。リチャードが何か言うと、メアリはさっと顔をあげる。彼の言葉を聞き取ろうと、ほかの者たちをシッと制する。メアリはエドモンドを深く愛しているものの、世話のほとんどはイライザが担っているという事実を甘受しているということを見て取る。アグネスは、エドモンドが彼には長兄にあたる彼女の夫にいつも注目しているのを見て取る。エドモンドの目は長兄が部屋のどこへ行こうが追いかける。長兄が横を通ると手を伸ばす。エドモンドは楽天的かつ幸せに成長するだろうと、アグネスにはわかる。彼は求められないまま、ほとんど気づいてもらえないまま、どうしたって長兄を追い続けるだろう。長生きはしないが、良い人生を送るだろう。女たちから好かれるだろう。短い人生のあいだにたくさんの子どもを儲けることだろう。彼が最期に、死の直前に思い浮かべるのは、イライザだろう。アグネスの夫は彼の葬儀の費用を支払い、墓の前で泣くだろう。アグネスにはそれが見えるが、口には出さない。

彼女はまた、ジョンがとつぜん立ち上がると、六人の子どもたち全員がぎくっとすることも見て取る、捕食動物の接近を察知した動物のように。メアリがゆっくりと瞬きするのを彼女は見て取る、まるで起こるかもしれないことに対して目を瞑ってしまおうとするかのように。

ある日のディナーで、エドモンドが疲れて、ぐずって、腹が減っているのになぜか食べることができない、皿の食べ物となんとも言えない腹の不快感との繋がりを見出すことができない。彼はぐずぐずむずかり、頭を左右に振る。隣にすわっているアグネスは、食べ物を小さくして彼の口に入れてやる。彼の歯茎は赤くなって痛そうで、何本かの新しい歯のてっぺんがのぞきかけていて、頰は土気色で熱い。彼はぐずり、パイを握りつぶす、カップをひっくり返し、アグネスの肩に寄りかかって、彼女のナプキンを摑んで床に落とす。反対側の隣にすわっているアグネスの夫は悲しげな顔をしてみせながら訊ねる、今日はご機嫌が悪いんだな、ええ？　だが彼らの父親はどんどん険悪な表情になり、ぶつぶつ言う、あの子は何でそんなに機嫌が悪いんだ、向こうへ連れていったらどうだ？　食事に業を煮やしたエドモンドがパイ皮を食卓に投げると、ジョンの袖に当たり、茶色いしみがつき、長い沈黙が続く。メアリは膝の何かに興味を引かれたかのように俯き、イライザの目には涙がたまりはじめ、そしてジョンが椅子からよろめくように立ち上がって怒鳴る、まったく、その坊主ときたら、俺は——

アグネスの夫がぱっと立ち上がり、食卓をまわる、何が起ころうとしているのかアグネスが気づかないうちに。彼は父親と男の子とのあいだに立ちふさがる、男の子は今や、雰囲気が変わったのを察したかのように大口を開けて泣きわめいている。小競り合いが起こる、彼女の夫が父親を押し戻している、罵り言葉がいくつか吐かれ、胸と胸がぶつかりあい、手が腕を押さえつける。アグネスにはよく見えない、男の子を食卓から抱き上げようとしているからだ、長椅子から足を引き抜き、抱きかかえて部屋から駆けだす。

しばらくしてから、夫が彼女を探しに来る。彼女はエドモンドを庭に連れ出し、小さな体に自分のショールを二重に巻き付けてやっていて、彼は機嫌を直し、鶏に穀物を与えている。彼女は穀物のボウルを彼に差し出しながら、ちょっとだけよ、それでじゅうぶん、と声をかけ、鶏たちは矢のように素早く地面を突進する。彼女の夫は横へ来て立ち止まり、眺める。それから頭を彼女の頭に寄せて、腕を彼女の体にまわす。穀物のボウルを持ちながら、彼女は彼の心に感知した洞窟やくぼみのあるあの風景のことを思い出す。手袋の縫い目のことを考える、上へ下へ隣へとそれぞれの指を縫い合わせ、肌にぴったりついているのに着けている人の体の一部ではない。手袋がいかに手をぴったりと覆い拘束していることか。彼女は倉庫にある皮のことを考える、ほとんど――だが完全にというわけではない――裂ける限界まで引き伸ばされている。工房の道具のことを考える、切って形を整えたり、ピン留めしたり突き刺したり。手袋製造業者の用に供するために動物から奪われ捨てられなければならないもののことを考える。心臓、骨、魂、霊、血、内臓。手袋業者が欲しいのは皮、表面、外層だけだ。ほかはすべて用なし、迷惑で不必要な汚物だ。手袋のような美しく完璧なものの裏にある、外には現れない残酷さを彼女は考える。今夫の手を取って指で摘んだら、まえに見た景色を見られるかもしれないけれど、暗い朧な存在も見えるのではないかと彼女は思う、臓物を抜き出して皮をはぎ、生き物の本質を奪う道具を持った。エドモンドが鶏に餌を撒いている傍らで、自分たち夫婦はこの住まいに長くは暮らさないかもしれないと彼女は思う。すぐに二人で出ていかなくてはならなくなるだろう、逃げだして、べつの場所を見つけなければならなくなるだろう。

イライザが庭に出てきて、食事は終わったと合図する。彼女の表情は硬く、目は濡れている。

彼女はエドモンドを抱き上げると家へ連れて入る。アグネスと夫は顔を見合わせ、それから自分たちの住まいの裏口へ向かう。

いっしょに台所に入って、夫が火をかきたてて薪をくべるのを見ながら、今やアグネスにははっきりしている、自分の夫は二つに引き裂かれているのだということが。この家にいる男と両親の家にいる男はまったく違う。自分たちの住まいでは、彼は彼女の知っている、彼女がそれと認識している人間、彼女が結婚した男だ。

その彼を、隣の、あの大きな家に連れていくと、不機嫌で憂鬱そうな顔をし、イライラしてつっけんどんになる。火口と火打石さながら、点火し燃え上がらせるべく火花を発する。なんでだよ？ と母親につっかかる。いったいなんのためだよ？ と嚙みつく。嫌だね、と父親に言い返す。どうしてそんなふうなのか彼女にはわからなかったのだが、椅子から立ち上がったときのジョンのなかに目の当たりにしたとぐろを巻く怒りが、彼女が知る必要のあるすべてを教えてくれた。

自分たちの住まいで、彼は彼女に手を取られるがまま、火のところから椅子へと導かれ、ぼうっとした目つきになって彼女の指で髪を梳かれるにまかせ、そして彼女は彼がべつの人格に切り替わるのを感じる。あの、あっちの大きな家が、火のついたロウソクからロウが滴り落ちていくように彼から溶け落ちていき、なかの男が現れてくるのがわかる。

離れのドアが三度、強くノックされる、ドン、ドン、ドン。

ハムネットが一番近いので、ドアのところへ行く。ばたんと開けるや、彼はすくんで悲鳴を上げる。上がり段には恐ろしいものがいる、悪夢から出てきた、地獄からやってきた、悪魔の使いだ。背が高く、黒いマントを纏い、顔には見るも恐ろしいのっぺりした、巨大な鳥の嘴のように尖った仮面をつけている。

「やだ」とハムネットは叫ぶ、「あっちいけ」。彼はドアを閉めようとするが、そいつは手で押し戻す、凄まじい、尋常ではない力で。「あっちいけ」ハムネットは足を蹴り上げながらまた叫ぶ。

すると祖母がやってきて彼を押しのけ、相手に変なところなど何もないかのように件の妖怪に謝り、患者を診てやってくれと家のなかへ招じ入れる。

妖怪は口がないのにしゃべり、入るつもりはない、それはできないと言い、ここに命じるが、お前たち住人は外に出てはならない、通りを歩いてはならない、ペストが過ぎ去るまで家にいるように、と告げる。

ハムネットは一歩後ずさり、そしてもう一歩下がる。彼は母親とぶつかる、母は窓のところへ行って通りに面したハッチを開ける。身を乗り出してこの人物をしげしげと見る。

ハムネットはさっと母の横へ行き、何年かぶりで母の手を握る。母は彼のほうは見ないまま、息子の指をぎゅっと握り返す。「怖がらなくていいの」と母は囁く。「ただの医者よ」

「い……？」ハムネットは男を見つめる、まだ戸口で、祖母としゃべっている。「だけど、なんで……？」ハムネットは男の顔を、とがった鼻を身振りで示す。

「あれが身を守ってくれると思ってあんなマスクをつけてるの」と母は答える。

「ペストから？」

彼の母親は頷く。

「で、効き目あるの？」

母親は唇をすぼめ、それから首を振る。「そうは思わない。だけど、家へ入らないこととか患者と会って診察するのを断ることは、たぶん」と母親はつぶやく。

ハムネットはもう一方の手も母親の力強くて長い指に委ねる、母に触れていると安全だとでもいいたげに。医者が袋から包みを出して祖母に渡すのが目に入る。

「娘さんの腹に亜麻糸で結わえ付けておきなさい」と医者は告げ、青白い手でメアリから硬貨を何枚か受け取る。「三日のあいだ結わえ付けておきなさい。それから、玉ねぎを一個、浸しても――」

「それはなんですか？」彼の母がハッチから身を乗り出して口をはさむ。

医者は母のほうを振り向き、あの恐ろしげな尖った嘴が親子のほうへと揺れる。ハムネットは母の脇へ身を縮める。この男には見られたくない、この男の視線にさらされるのは嫌だ。男の目で見られるのは、男に気づかれたり記憶されたりするのはひどく悪い兆しのような、一家全員に何か恐ろしい運命が降りかかるような気がしてならないのだ。彼は逃げ出したい、母を引き離したい、ドアも窓も密閉して男が入ってこられないように、家族の誰も男の目にさらされないようにしたい。

　だが母はすこしも恐れてはいない。ハムネットの母親と医者はちょっとの間、母親が薬を売るハッチ越しに見つめあう。ハムネットは気が付く、大人になりかけの子どもの刃のような明晰さで見て取る、この男が母を好ましく思っていないことを。男は母を恨んでいる、母は薬を売っている、母は自分の薬物を育てている、母は木の葉や花弁、樹皮や搾り汁を採集し、どうやってそれで人々を助けたらいいか心得ている。この男は、ととつぜんハムネットは悟る、彼の母親が病気になればいいと思っている。母は彼の患者を奪っている、彼の収益を、仕事を横取りしている。その瞬間、大人の世界はハムネットにとって、あまりに不可解に思える、あまりに複雑で、摑みにくく。そんな世界を、自分はどうやって渡っていけるのだろう？　どうすればやっていけるのだろう？

　医者は嘴を傾ける、一度、それからまたハムネットの祖母のほうを向く、まるで彼の母親は何もしゃべらなかったかのように。

「それはヒキガエルの干したのですか？」アグネスははっきりしたよくとおる声で訊ねる。「もしそうなら、わたしたちはそんなもの要りませんから」

　ハムネットは母の腰に抱きつく。ことの緊急性を母に伝えたくてたまらない、この会話を終わらせなくてはならないと、この男から離れなくてはならないと。母は動かないが、片手を彼の手首に当てる、わかってる、わかってる、わたしはここにいるからね、とでも言うように。

「奥さん」と医者は言い、またしてもあの嘴がこちらに向けられる。「こういうことに関しては私のほうがあなたよりもずっと知識が豊富だと思っていただかなくては。干したヒキガエルを何日か腹にあてておくと、こういった症例に非常に効き目があると証明されています。お嬢さんがペストに罹っているのであれば、残念ながらできることはほとんど――」

言葉はそこで中断され、残りは切り取られて聞こえない、アグネスがハッチをばたんと閉めてしまったからだ。ハムネットは母がわななく手で鍵をかけるのを見守る。母の顔は怒りに燃え、悲壮感があふれ、紅潮している。小声で何か呟いている。彼の耳には「男」という言葉が聞こえる、「よくもまあ」と「バカ」という言葉が。

彼は母の体から腕をほどき、母が部屋を横切っていくのを見ている、そわそわと椅子をまっすぐにし、ボウルを持ち上げてから置き、それからジュディスが寝かされている火のそばの寝床の横にしゃがみこむのを。

「ヒキガエルだって、まったく」と母親はつぶやきながら、濡らした布でジュディスの額を拭う。

部屋の向こうでは、祖母が玄関のドアを閉め、閂を差し込んでいる。ハムネットが見ていると、祖母は干したヒキガエルの包みを高い棚に置く。

祖母は口だけ動かしてハムネットに何か言いながら頷くが、なんと言っているのかわからない。

一五八三年春のある朝、じゅうぶん早く起きたならば、ヘンリー通りの住人はジョンとメアリの新しい義理の娘が新婚夫婦の暮らす小さな狭い家のドアから出てくる姿を目にしたことだろう。彼女が籠を担いで服を整え、北西の方向へ向かって出発するのを目にしたことだろう。

二階では、彼女の若い夫がベッドで寝がえりをうっている。彼はぐっすり眠っている、いつもそうなのだ。ベッドの妻の側が空っぽで、急速に温かみが失せていることに気づいてはいない。彼の頭はさらに深く枕に沈み、片腕は上掛けを搔いこみ、髪で顔の大半が隠れている。彼は若者特有の深く安らかな眠りのなかにいる。邪魔されなければ、何時間も眠り続けていられるのだ。口がわずかに開いて空気を吸い込み、そして彼は低くいびきをかきはじめる。

アグネスはロザー市場を横切っていく、ここでは露店の店主たちが集まりはじめている。ラベンダーの束を売る男、柳細工の材料を手押し車に積んで持ってきている女。アグネスは立ち止まって友人であるパン屋のおかみさんと言葉を交わす。二人は、この日が好天に恵まれていること、雨の兆し、パン屋の店はオーブンで暑いこと、アグネスの妊娠の進み具合や、アグネスの骨組みのなかで赤ん坊が下がっているように感じられることについて話しあう。パン屋のおかみさんは丸パンをアグネスの手に押し付けようとする。アグネスは断る。パン屋のおかみさんはなおも貰ってくれと言って、アグネスの籠のカバーを持ち上げると中へ押し込んでしまう。きちんと畳んだ清潔な布、鋏、栓をした瓶といったものがおかみさんの目に入るが、特になんとも思わない。アグネスはにっこり笑って会釈し、もう行かなくちゃ、と言う。

パン屋のおかみさんはちょっとの間、空っぽの屋台の前に立って友人が歩み去るのを見送る。アグネスは市場の端で一瞬立ち止まって片手を壁に支える。パン屋のおかみさんは眉をひそめ、呼びかけようとするが、アグネスは背筋を伸ばすとそのまま行ってしまう。

夜のあいだ、アグネスは母親の夢を見ていた、ときどき見るのだ。アグネスはヒューランズの家の庭に立っていて、スカートの裾を土に引きずっていた。なんだか体が重たく、服が水浸しになっているような感じがあった。下を見ると、スカートの裾に鳥が立ったりのしのし踏みつけたりしている。アヒル、ニワトリ、ヤマウズラ、ハト、小さなミソサザイ。鳥たちは互いに押し合いへし合い、翼を広げて不様な格好でスカートの縁に立ったままでいる。アグネスが追い払おうと、自由になろうとしていると、誰かがやってくるのに気付いた。振り向くと、母が通り過ぎていく。髪を編んで垂らし、青いスモックのうえに赤いショールを結わえて。母は微笑んだが立ち止まりはせず、腰を振りながら歩み去っていった。

アグネスは自分のなかに計り知れない深淵を感じた、激しい切望がこみ上げるのを、車輪がぶんぶん回るような。「母さん」と彼女は呼んだ、「待って、行くから待っててよ」。彼女は足を前へ出そうとした、母についていこうとした、だが鳥たちが相変わらずスカートの上を歩いている、羽毛に包まれた低い腹が、水かきや鉤爪のついた足が踏んづけている。「待って！」アグネスは叫んだ、夢のなかで、去っていく母親の背中に向かって。

母親は立ち止まらなかったが、顔をこちらへ向けて言った、というか言ったように思えた。「森は枝が密生しているから、雨は感じないわ」それからまた、森へ向かってどんどん歩いていった。

アグネスはもう一度背後から呼びかけ、よろよろ前へ進もうとして、羽をばたばたやっているしつこい鳥たちの集団につまずいて泥のなかに倒れた。地面に体を打ち付けたところで、ぎょっとして喘ぎながら目が覚め、上体を起こすと、とつぜんもうヒューランズの庭で母に呼びかけているのではなかった。彼女は、自分の家のベッドのなかで、シフトドレスが肩からずり落ち、皮膚の内側では赤ん坊が丸くなり、夫が横にいて眠ったまま腕で彼女を抱き寄せようとしていた。

彼女は横になり、夫に体を寄り添わせた。夫は顔を彼女の背中に押し付けた。彼女は夫の髪の毛を見つけ、撫でつけて、指のあいだでくるくる捩じった。夫の考えていることがその髪を伝って彼女の指先に吸い取られるさまを思い描いた、葦が空洞になった茎で水を吸い上げるようにして。

夫が心配してくれているのを彼女は感じていた、妻の出産が近づくと男はそうなる。彼の心はこんな懸念のまわりをぐるぐる回っている、彼女は乗り切れるだろうか？　無事に終えられるだろうか？　彼の手足が彼女をぎゅっと締め付けた、彼女をここに、この安全なベッドに留めておきたがっているかのように。夫に告げることができればいいのに、と彼女は思った。心配しなくていいの。あなたとわたしには二人の子どもができる、そして二人とも長生きするんだから。だが彼女は言わずにいた。人はそういうことを聞きたがらないから。

しばらくして彼女は立ち上がり、ベッドにめぐらせてあるカーテンをかき分けて外へ出た。窓辺へ歩いていて、手を広げてガラスに当てた。枝が密生している、と彼女は考えた。枝。雨は感じない。

彼女は炉辺の小卓へ行った、そこには夫が紙と羽ペンを置いている。インク壺の蓋を開けて羽ペンを浸し、鉤爪のような先端にインクを含ませる。彼女は一応字が書ける、小さな読みにくい字だし、恐らく大部分の人には判読しづらい書き方かもしれないが（彼女の夫とは違う、夫はグラマースクールへ通い、そのあとはオラトリースクールに行き、くるくる丸くなった続き文字を書くことができる、羽ペンの先で刺繡糸のように。夫は夜遅くまで起きていて、机に向かって書いている。何を書いているのか、彼女は知らない。神経を集中してすごい速さで書くので、アグネスはついていけず、読み取れない）。だが、つぎのような文章に近いものを書ける程度の知識はある。森の枝は密生しているので、雨は感じない。

アグネスは火を確かめ、薪を何本かくべて蘇らせ、クリームの壺とパンの塊を食卓に置いた。籠を取って、玄関を出た。友人と、パン屋のおかみさんとおしゃべりした、そして今こうして川の横の道を、籠を持って歩いている。

五月の半ば。陽光がチラチラ形を変えながら地面を輝かせている。こんなときでもアグネスは気づく、こういうことに気づかないではいられないのだ、端のほうでどんな花が開いているか。カノコソウ、キャンピオン、ノイバラ、カタバミ、野ニラ、ショウブ。ほかのときなら、彼女は四つん這いになって、草の先っぽや花を摘んでいたことだろう。今日はだめだ。

まだ朝早いにもかかわらず、彼女はヒューランズの境界柵を迂回する。道中で誰かと出くわす危険を冒したくはない。ジョーンとも、バーソロミューとも、弟妹の誰とも。もし姿を見られたら、警報が発せられる、誰かを呼んだり、アグネスの夫を連れてきたり、アグネスを家のなかへ、農場の母屋へ押し込もうとするだろう。今このとき、彼女が一番いたくない場所だ。森の枝が密生したところ、彼女の母はそう彼女に告げたのだ。

乗馬道を進みながら、彼女は遠くに弟のトーマスの姿を認める、家から庭のほうへ向かっている、そしてバーソロミューが犬たちに向かって吹く甲高い口笛が聞こえる。藁葺き屋根が見える。豚小屋が見える。林檎置場の背面を見た彼女の顔に笑みが浮かぶ。

彼女はヒューランズから半マイルかそこら離れたところで森に入る。この頃には、痛みは定期的に訪れている。その合間になんとか息を整えて、次の痛みに備えて気を取り直す。ニレの巨木のところで、畝のあるざらざらした樹皮に掌を押し当てて、腰から、脚のあいだの奥深いところから、あの感覚が始まって上へ噴きあがり、彼女をひっつかみ、揺さぶるのをやり過ごさなくてはならない。

また歩けるようになると、荷物を背負って進み続ける。森の目指していた部分にたどり着く。びっしり絡み合う枝やイバラやジュニパーをかき分けて進む。小川を越え、冬の何か月か、唯一の彩りを与えてくれるヒイラギの藪を過ぎる。すると、ちょっとした空き地がある、陽の光が差し込むので、緑の草が羊の毛皮のように円形に厚く生い茂り、シダの葉が弓なりになっている。ほぼ水平になっている木がここにある、巨大なモミの木で、お話に出てくる巨人のように倒れていて、根っこが広がり、赤みがかった幹はほかの木々の枝分かれしているところに引っ掛かって、自分より小さな隣人たちに支えられている。

そして端っこ部分の下側、かつて大地に立っていたところには、空洞がある——乾いていて、風雨から守られ、何人か入れるくらい広い。アグネスとバーソロミューは、昔、子どものころにここへ来ていた、ジョーンに怒鳴られたり、あんまりたくさん用事を言いつけられたりすると。パンとチーズを入れた布袋を持って、木の根っこの下からもぐりこみ、もうずっとここにいようね、妖精みたいに森で暮らそうね、と互いに言い交したものだった。二度と戻らないでおこう、と。

アグネスは地面に身を横たえる。乾いていて、根こそぎ倒れた木の陰になる部分には松葉のカーペットが敷きつめられている。また痛みがやってくるのを感じる、こちらに向かってくる、どんどん近づいてくる、向こうのほうから雷がやってくるように。彼女は転がり、しゃがみこみ、はあはあ息をする、そうしなければならないとわかっているからだ、木の根をぎゅっと摑んで。激痛のさなかでさえ、痛みに摑まれ、いつこれが終わるのかというその一点以外のことは頭から消し飛んでいてさえ、痛みがどんどん強くなっていると彼女は気づく。本気なのだ、この痛みは。ほうっておいてはくれない。すぐに、一息つくことも、気力を奮い起こすこともできなくなるだろう。彼女を彼女のなかから追い出すつもりなのだ、内側を外側にひっくり返すつもりなのだ。

彼女は女たちがこれを経験するのを見てきた。母親のときのことを覚えている。戸口から見ていた。家の外で聞いていた、彼女はバーソロミューといっしょに外へ行かされたのだ。ジョーンが出産するたびに付き添い、弟妹がこの世に生まれ出るときに両手で受け止め、口と鼻から脂や血を拭ってやった。近所の女たちが出産するのを見てきたし、彼女たちの叫び声が悲鳴になるのを聞き、誕生の際の錆びたコインのようなにおいも嗅いできた。豚や牛や羊が子を産むのも見てきた。子羊が途中で出てこなくなると、父やバーソロミューに呼ばれるのは彼女だった。彼女のほっそりして先細の女の指をあの狭くて温かくてぬるぬるした産道に突っ込んで、柔らかい蹄、ねばねばする鼻、べったり貼りついた耳にひっかけて出してくれというのだ。そして、いつものように彼女にはわかっている、自分は出産の向こう側にたどり着ける、自分もこの子も生き延びられる、と。

とはいえ、この情け容赦のない痛みに対する覚悟など、できようはずがない。まるで嵐のなかに立とうとするかのようだ、氾濫した川の流れに逆らって泳ごうとするかのようだ、倒木を持ち上げようとするかのようだ。これほど自分の弱さを、力不足を感じたことはない。彼女はいつも自分を強い人間だと思っていた。彼女は牛を搾乳の位置まで押しやることができる、山盛りの洗濯物を水に突っ込んでかきまわすことができる、小さな弟妹たちを抱え上げて運ぶことができる、皮の梱も、水のバケツも、薪一抱えだって。彼女の体には回復力があり、体力がある、滑らかな皮膚の下はすべて筋肉だ。だが、これはまたべつだ。また違う。制圧しよう、鎮めよう、克服しようとする彼女の試みを笑い飛ばす。痛みにねじ伏せられるのではないかとアグネスは不安だ。首根っこをひっつかまれて、水のなかへ押し込まれるのではないか。

頭をあげると、空き地の向こうにローワン(ナナカマド)の銀色の幹と繊細な葉が見える。こんな状況にもかかわらず彼女は微笑む。その言葉を独りごちる――ローワン、ローワン――二つの音節を。秋に赤くなる実は、煮て胃痛に使われる。それに胸がぜいぜいいうときにも。家の玄関わきに植えると、悪霊が住人のところへやってこないようにしてくれる。最初の女はこの木の枝から作られたと言われている。これは彼女の母親の名前だった、父親は決してその名を口にのぼせなかったが。羊飼いが教えてくれたのだ、彼女が訊ねたら。森の密生した枝。

アグネスは両手を前につき、オオカミのように四つん這いになって、つぎの痛みを受け入れる。

ヘンリー通りでは、彼が目覚める。彼は頭上の臙脂色のカーテンをしばらく眺める。それから起き上がり、窓辺にいって通りを見下ろしながら、ぼうっとあごひげのあたりを掻く。この午後はラテン語の家庭教師の仕事が二件ある、どちらも街なかの家だ。息が詰まるほど退屈なのはわかっている、近くの死骸から悪臭が漂ってくるのがわかるように。眠たげな男の子たち、石板のキイキイいう音、読本をぱらぱらめくって折り目をつける、動詞と活用を唱える声。この朝、彼は父親の配達と集金を手伝うことになっている。彼はあくびをし、頭を窓の木枠にもたせかけ、ロバの轡(くつわ)をぐいぐい引いている男を睨めつける、泣き叫ぶ子どもの上着をひっぱる女を、薪の束を小脇に抱えて反対のほうへ走る少年を。

結局、と彼は自分に問いかける、自分たちはここにとどまることになるんだろうか、この町に、ずっと？　自分はほかの場所を見ることはないんだろうか、どこかほかで暮らすことは？　彼はアグネスと赤ん坊を連れていっしょに逃げ出したくてたまらない、できるだけ遠くへ。結婚したとき、彼はもっと大きくて自由な生活が、大人の男としての生活が始まるのだと思っていた、でも彼はまだここにいる、少年時代の家とは、彼の実家家族とは、彼の父親とは、父親の気まぐれな癇癪の予測のつかない暴発とは、壁一枚で隔てられているにすぎない。赤ん坊を待たなければならないのは、もちろんわかっていた、二人のあいだの子どもが無事生まれてくるまでは何もできないということは。だが今やその時は近づいているのに、彼の脱出計画はまったく進んでいない。いったいどうやったら出ていけるのだろう？　両親の家の狭い別棟で、このままこんなふうに暮らしていかなくちゃならないんだろうか？　逃れるすべはないんだろうか？　アグネスに言わせると、彼は――

アグネスのことを考えたとたん、彼は背筋を伸ばす。ベッドの彼女の側を見る、藁がまだくぼんでいる、彼女の形に。彼は彼女の名前を呼ぶ。返答はない。もう一度呼ぶ。やっぱり返事はない。一瞬彼の頭に、現在の驚嘆すべき彼女の姿形が過る、昨夜目にしたばかりの。手足、形のいい胸郭、背骨が背中に長い刻み目をつけている、雪のなかを進む手押し車の轍のように、そしてあの正面の丸々とした球体。まるで月を呑み込んだ女みたいだ。

彼は窓の傍らの椅子から自分の服を取り上げて肩をすぼめながら羽織る。靴下だけの足で部屋を横切り、髪を振って襟から出す。空腹感が胃のなかで唸っている、体のなかに犬がうずくまっているかのように、低く、脅かす。階下に行けばパンと牛乳が、オート麦と卵があるだろう、雌鶏が産んでいれば。こんなことを思い浮かべて彼はほとんど笑顔になっている。隅にある自分の机の横を通ると、視野の端の机がいつもと違う気がする。何かが変えられている。彼は立ち止まる。羽ペンはインク壺に収まっている、ペン先を下に、羽を上にして。彼は眉をひそめる。これは彼がけっしてしないことだ。羽ペンをこんなふうにそのままにしておくなんて、一晩じゅうインク壺の黒いべとべとのなかに。なんたる無駄、なんたる浪費。これじゃ駄目になってしまうじゃないか。

彼は前へ出て羽ペンを持ち上げ、丸まった紙に雫がかからないようそっと振る。そのとき気付く、前夜書いたものに何かが付け足されている。

一連の斜めになった文字が書かれている。紙の上をずるずる滑り落ちているみたいだ、文の始まりより終わりのほうが重いかのように。彼はかがみこんで見てみる。句読点はないし、始まりや終わりもわからない。「branches（枝）」と「rain（雨）」（「rayne」と書かれている）という言葉はわかる、ほかにも大文字のBで始まるのとか、Fあるいはたぶん Sで始まる言葉も。

何かの枝がなにかで……rayne（雨）。彼には文字が追えない。彼は指先で紙を平らに押さえる。もう一方の手で、羽ペンの端を頬に擦り付ける。枝、枝。

彼の妻がこんなことをしたのは初めてだ、彼の机で羽ペンを取り上げて、何か書くなんて。夫へのメッセージなんだろうか？ 彼がこれを理解するのは大事なことなんだろうか？ いったいどういう意味なんだ？

彼は羽ペンを置く。振り向く。また妻の名前を呼ぶ、問いかけるように。彼は狭い階段を降りていく。

彼女は階下にもいないし、外の通りにもいない。ときどきやっているように、司祭のところへチョウゲンボウを飛ばしに行ったのだろうか？　だがあんなに遠くまで歩こうとするはずがない、出産が間近なんだぞ？　彼は裏口を抜けて庭に出る、そこでは彼の母親が、赤い染料に布を浸したり出したりしているイライザのそばに立って見降ろしている。

「アグネスを見なかった？」

「そうじゃないってば」と母は叱る。「昨日やってみせたでしょ、さっと手早く。手早く、って言ったのよ」母親は顔をあげて彼を見る。「アグネス？」と繰り返す。


赤ん坊は生きている。そうなると感じてはいたものの、そうならないんじゃないかと自分がどれほど恐れていたか、赤ん坊が首を曲げ、顔をくしゃくしゃにしてオギャーと喚くのを見て初めて彼女は悟る。娘の顔は濡れて土気色で、動揺した表情だ。頭の両側に拳を突きあげ、泣き声を発する——こんなに小さいのに驚くほど大きくはっきりと。アグネスは父親がいつも子羊にしていたように娘を横向きにし、水——この何か月ものあいだ娘がいたあのべつの場所からの——が娘の口からこぼれるのを見守る。赤ん坊の唇がぽっと赤みを帯び、それからその色が頬に、顎に、目元に、額に広がる。とつぜん、すっかり人間に見える。もはや出てきたときの水生の人魚の子（マーチャイルド）ではなく、小さな人間、この子そのものだ、父親の高い額と、下唇、頭のてっぺんには父親の巻き毛、そしてアグネスのくっきりとした頬骨と大きな目。

彼女は空いているほうの手を伸ばして籠から毛布と鋏を取り出す。赤ん坊を毛布に寝かせ、鋏でへその緒を切る。へその緒がこんなに太く、こんなに強く、まるで長い縞模様の心臓のようにまだ脈打っているだなんて、誰が思うだろう？　誕生の色彩がアグネスの目に飛び込んでくる、この赤、この青、この白。

彼女は着ているシフトドレスをまくりあげ、胸をむき出しにして赤ん坊を抱き上げ、娘の口が大きく開いて咥えこみ、吸い始めるのを、畏れに近い感情で見つめる。アグネスは笑い声をたてる。すべてうまくいっている。赤ん坊はどうすればいいかわかっている、母親以上に。

家では、そしてちょっとあとになると町全体で、大騒ぎが起こる、うろたえたり嘆いたり。イライザは涙にくれる、メアリは金切り声をあげながら小さな別棟の階段を駆け上がったり駆け下りたりする、アグネスが戸棚に隠れているかのように。ちゃんと準備してやっておいたのに、とメアリは叫び続ける、産室や、必要なものも全部、ちゃんとここに。ジョンは大きな音をたてて工房を出たり入ったりし、こんな騒ぎじゃ仕事なんてできやしない、と怒鳴ったり、いったいあの娘はどこへ行ったんだ？　と喚いたりしている。

見習いのネッドはヒューランズへ、アグネスのことを何か知らないか確かめに行かされる。誰もバーソロミューを見つけられない、朝早く出かけたっきりなのだ、でもたちまち妹たち全員とジョーン、隣人たちや村人たちが外に出てアグネスを探しはじめる。子どもが生まれそうな大きな腹をした、籠を持った女の人を見なかった？　妹たちは道を行ったり来たりしながら、出会った人に片端から訊ねた。でも誰も見かけてはいなかった、アグネスはショッテリー道のほうへ行ったと告げたパン屋のおかみさん以外は。おかみさんは両手を揉みしだき、エプロンで顔を隠すと、こう言ったのだ。どうしてあの人を行かせちゃったんだろう、どうして、何かおかしいと思っていたのに？　ギルバートとリチャードは、通行人をつかまえて誰か何か知らないか訊いてこいと通りへ行かされる。

　そして夫は？　彼はバーソロミューを見つける。

　自分の土地の外縁を通る道に彼の姿を見かけるや、バーソロミューは持っていた藁の梱を投げ出して、大股でやってくる。若造（ラッド）——バーソロミューはこの男のことをラッドとしか考えられない、柔な手をした町の男の子だ、髪をきれいに撫でつけ、耳に耳輪をつけている——は、彼が畑をやってくるのを見て青ざめる。犬たちがまず先に着き、まわりで跳びはねながら吠えたてる。

「どうしたんだ？」バーソロミューは声の聞こえるところまで来ると問いただす。「お産が始まったのか？　すべて問題ないのか？」

「あの」と夫は答える。「状況が、何しろこんなで、ほんとにそう呼んでいいものなら——」

　バーソロミューの手が夫のジャーキンの胸元を掴む。「わかるように話せ」と彼は言う。「さあ」

「彼女、いなくなったんだ。どこにいるのか僕たちにはわからない。今朝早くに見かけた人はいるんだけど、こっちのほうへ向かってたって。君、見かけなかった？　彼女がどこにいるか、何か知らないかな——」

「どこにいるかわからない？」バーソロミューは繰り返す。彼は義兄を長いあいだ見つめる、ジャーキンを掴んだ手に力がこめられる、それから、静かな、脅すような声で言う。「はっきり言っといたはずだけどな。俺は姉さんの面倒を見ろと言ったんだぞ。そうじゃなかったか？　ちゃんと面倒をみろと言ったんだ。十分な面倒を」

「見たよ！　見てるよ！」夫は摑まれたままもがくが、彼はバーソロミューよりたっぷり頭と肩の分だけ背が低い、相手は巨像のような男で、手は鉢くらいあって、肩はオークの木みたいなのだ。

どこからともなく、いきなり、蜂が一匹二人のあいだにぶーんと飛んでくる。顔の表面に蜂の動きが感じられる。バーソロミューは本能的に手を上げて追い払おうとし、夫はその機に乗じてバーソロミューに捕まえられていた体を引き離す。

彼はさっと横に跳び、素早く体勢を立て直して身構える。

「聞いてくれ」と彼は新たな距離から、両手をあげて左右に体を揺らしながら呼びかける。「君と戦いたくはないんだ――」

こんな状況にもかかわらず、バーソロミューは笑いたくなる。このなまっちろい顔の学者が素手で自分と戦うなど、ばかばかしいにもほどがある。「そりゃそうだろうよ」と彼は応える。

「ここにいる僕たちの目的は同じだ」前後に体を動かしながら夫は言う。「君も僕も。そうじゃないか？」

「目的ってなんだ？」

「僕たちは二人とも、彼女を見つけたいと思ってる。そうだろ？　彼女の安全を確かめたいと。それに赤ん坊の」

アグネスの身の安全のこと――それに赤ん坊の――を考えただけで、バーソロミューの怒りがまた沸きあがる、煮えたぎっている鍋のように。

「あのなあ」と彼は低い声で言う。「なんで姉さんがよりにもよってお前を選んだのか、どうもわからないんだ。『いったいなんだってあいつと結婚したいんだ？』って俺は訊いたんだ。『あんなやつ、なんの役に立つ?』」バーソロミューは羊飼い用の杖を取ると、それをえいとばかりに両足のあいだに突き立てる。「姉さんがなんて答えたかわかるか?」

今や葦のようにまっすぐに立って、腕を組んで、唇を引き結んでいる夫は、首を振る。「彼女、なんて答えたの?」

「あんたは、姉さんがこれまで会った誰よりもたくさんのものを内側に隠してるんだとさ」

夫は自分が耳にしていることが信じられないと言いたげにまじまじと見つめる。その顔は苦しみと痛みと驚きに満ちている。「彼女、そう言ったの?」

バーソロミューは頷く。「あんたと結婚するという姉さんの選択に納得してるふりはできないけどな、姉さんのことでひとつだけ俺に確かにわかってることがある。どんなことか知りたいか?」

「ああ」

「姉さんが間違うことはめったにない。何事に関しても。特別な力というか呪いというか、誰に訊くかによるけどな。だから、姉さんがあんたのことをそう考えるなら、それは当たってるのかもしれない」

「僕にはわからない」と夫は言う、「いったい――」。

バーソロミューは相手をさえぎって続ける。「どっちにしろ、今はそんなことどうでもいい。俺たちが今しなきゃならないのは、姉さんを見つけることだ」

夫は何も応えず、地面に身を沈めると両手で頭を抱える。話し始めたその声はくぐもっている。「彼女は家を出るまえに紙に何か書いてたんだ。たぶん僕宛のメッセージみたいなものだったんだろう」

「なんて書いてあった？」

「雨のことが何か。それに枝。だけどよくわからなくて」

バーソロミューはちょっとの間相手を眺めながら頭のなかでそれらの言葉を何度も転がす。雨と枝。枝。雨。それから杖を持ち上げるとベルトに挟む。

「立て」と彼は言う。

夫はまだしゃべっている、誰かに聞かせるというより自分に向かって。「彼女は今朝あそこにいたのに、いなくなった」彼はしゃべっている。「運命の三女神がやってきて僕から彼女をさらっていったんだ、引き潮がさらうようにして、そしてどうやって彼女を見つけたらいいのか僕にはさっぱりわからない、どこを探せばいいのかさっぱり——」

「俺にはわかる」

「——彼女が見つかるまで僕は体を休めないぞ、僕たちが——」夫はとつぜん言葉を切り、顔をあげる。「わかるの？」

「ああ」

「なんで？」と彼は問いただす。「なんで君には彼女の考えがそんなにすぐにわかるのに、僕ときたら、彼女の夫である僕には、さっぱり——」

バーソロミューは、これ以上相手する気はない。彼は自分の靴で夫の脚をつつく。「立てって言ってるんだ」と彼は言う。「行こう」

若造（ラッド）はぱっと立ち上がり、バーソロミューを用心深く見つめる。「どこへ？」

「森だ」

バーソロミューは指を二本口に入れ、若造の顔から目を離さずに口笛で犬たちを呼ぶ。

アグネスはまどろんでいる、赤ん坊を胸に抱き寄せて目覚めと眠りの中間くらいにいるときに、バーソロミューが母子を見つける。

彼は犬たちを従え、なおもぶつぶつ泣き言を並べている夫をそのあとからついてこさせて野原を歩き、そしてここで彼女を見つけたのだ、いるんじゃないかと思ったまさにその場所で。

「さあ」彼は声をかけながら身をかがめて姉を腕に抱き上げる――汚れや臭い、出産の排泄物など彼にはなんでもない。「こんなところにはいられないよ」

彼女は眠たげにちょっと抗議する、でもそれから弟の胸に頭をもたせかける。赤ん坊は生きていて、頬がふくらんだりひっこんだりしているのを彼は認める。なら、吸ってるんだな。バーソロミューはひとり頷く。

夫がやっと追いついてきて、ここでわあわあ騒ぎ立て、身振りで何か訴えながら自分の髪をひっつかみ、まだ震えている声でつぎつぎと言葉を、さらに言葉を、緑のなかに発する。自分が彼女を運ぶ、と彼は言っている、それから、赤ん坊はどっちだ、女の子か男の子か、そして、いったいアグネスは何を考えていたんだ、あんなふうに逃げ出すなんて、おかげでみんな半狂乱だったんだぞ、どこへ行ってしまったのか、自分にはさっぱりわからなかったんだ、と。バーソロミューは、蹴とばして黙らせようか、肥沃な、じっとり湿った木の葉の重なる地面に倒してやろうかと思うが、我慢する。夫はアグネスを彼から受け取ろうとするが、バーソロミューはうるさいハエでも相手にするように払いのける。

「あんたは籠を持て」と彼は若者に言う。それから、大股で歩きだしながら肩越しに付け加える。

「重すぎないならな」

一五九六年の夏、ペストがイングランドのウォリックシャーに到達するには、二人のべつべつの人間に二つのことが起こり、それからこの二人が出会う必要がある。

まず最初は、ヴェネツィア共和国はムラーノ島のガラス職人だ。二人目は、季節はずれの暖かい朝、東風を受けながらアレクサンドリアに向かって航行する商船のキャビンボーイ。

ジュディスが床に臥す日の数か月まえ、一五九五年が一五九六年に変わろうとするころ、ガラス細工の名人、五色か六色を重ねてミッレフィオーリとして知られる星や花の模様のガラスビーズを作る技に熟達しているこの人物が、束の間、ガラス工房の向こう側で缶焚き同士のあいだで勃発した喧嘩に気を取られる。手が滑って指を二本、白く燃え上がる炎に突っ込んでしまう、一瞬まえまでその炎で、伸ばして形作れるよう柔らかくするためにガラス球を熱していたのだ。あまりの痛みに感覚がなくなり、彼は最初何も感じない、何が起きたのかわからない、なぜ皆が見つめているのか、それから自分のほうへ駆け寄るのか。肉が焼けるにおいがたちこめる、あまりの凄まじさにほとんど犬の鳴き声みたいに聞こえる叫び、彼の周囲は大騒動。

その結果、即日二本の指は切断される。

るこそこで仲間の職人のひとりが、赤と黄と青と緑と紫の小さなビーズを翌日いくつかの箱に詰めることとなる。この男は、件のガラス細工の名人――今は家で、包帯を巻かれ、ケシの実の汁を飲まされて意識が朦朧としている――が、箱詰めの際はいつもビーズが破損しないよう木くずと砂を詰め物にしていることを知らなかった。彼は代わりにガラス工房の床にあったぼろ布を摑んで、無数の小さくて油断のない文句ありげな目がこちらを見つめているようなビーズの周囲やあいだに詰め込む。

地中海を隔てた遠いアレクサンドリアでは、そのまったく同じ瞬間に、キャビンボーイが船を離れなければならない、地球のずっと向こうでジュディスをペストに罹らせ、悲劇の幕を開けるために。彼はこき使われて腹ペコの水夫仲間たちのために上陸して何か食料を見つけてこいと命じられなければならない。

そこで、彼は上陸する。

渡り板を降りていく彼は、水夫長から渡された財布を握りしめている、その際尻をさっと強く蹴られたので、それで体を傾け足を引きずって歩いているというわけだ。

彼の乗員仲間たちはマレーシアのクローヴやインドの藍の木箱を船から下ろしていて、そのあとコーヒー豆の袋や布地を積み込むのだ。

キャビンボーイが踏みしめる波止場周辺は、海で何週間も過ごしたあとでは戸惑いを感じるくらい固くしっかりしている。にもかかわらず、彼はよろめきながら、酒場らしく見える建物へ向かって歩く、香辛料をまぶしたナッツを売る屋台がある、女が首に蛇をかけている。彼は立ち止まって、金鎖で繫いだ猿を連れている男を眺める。なぜかって？ 彼はそれまで猿を見たことがないからだ。彼はどんな動物でも好きだからだ。彼は、じつのところ、ハムネットとたいして変わらない歳だからで、そちらのほうはまさにこの瞬間、寒い冬の教室にすわって、教師がギリシャ詩の教科書(ホーンブック)を配るのを眺めている。

アレクサンドリアの港の猿は、小さな赤い上着を着て、それとおそろいの帽子をかぶっている。背中は湾曲して柔らかく、子犬みたいだが、顔は表情豊かで、少年をじっと見つめる様は妙に人間くさい。

キャビンボーイ――マン島出身の少年――は猿を見つめ、猿も少年を見つめる。その動物は頭を一方に傾げ、目をビーズのように輝かせて小さな声でぶつぶつ言っている、ちょっと震えるその声は、軽やかでフルートの音色みたいだ。その声に少年は、マン島の集会でおじが演奏していた楽器を思い出し、束の間、姉の子どもの誕生感謝の祈りやいとこの結婚式を思い出し、実家の台所の安らぎへと引き戻される、そこでは母親が魚のはらわたを抜きながら、靴を脱ぎなさい、シャツの胸元を拭きなさい、さあ食べてしまいなさい、とあれこれ言う。そこでは、おじがフルートを吹き、みんな、彼が聞きながら育った言葉をしゃべっている、そして誰も彼を怒鳴りつけたりしないし、蹴とばしたり、ああしろこうしろと命令したりもしない、そしてそのあとはダンスや歌が始まったりする。

キャビンボーイの目に涙がこみあげ、相変わらず少年を、ちゃんとわかっているような眼差しで見つめていた猿が、片手を伸ばす。

猿の手の指は、少年には、よく知っていると同時に見たことがないようにも思える。黒くてつやつやしていて、靴の革みたいで、林檎の種のような小さな爪がついている。だが掌は、筋がついていて少年のと同じで、そして両者のあいだに、その場で、波止場に並ぶ椰子の木の下で、人間と動物とのあいだに流れることが可能な共感が行きかう。少年は自分の首にあの金色の鎖が巻かれているかのように感じる、猿は少年の悲しみを見て取る、望郷の思いを、少年の脚のあざを、指の火ぶくれや胼胝（たこ）を、何か月も海の日差しに容赦なく焼かれて剝けている肩の皮膚を。

　少年は猿に手を差し伸べ、猿はそれを握る。その手は驚くほど力が強い。その手は、切羽詰まった状態を、ひどい扱いを、窮状を、優しい仲間が欲しくてたまらない思いを語っている。猿は少年の腕にのぼる、四本の足をぜんぶ使って、肩を越えて頭にのぼり、そこですわりこんで、両手を少年の髪に埋める。

　少年は笑いながら片手をあげてどうなっているのか確かめる。そうだ、猿が頭にすわっている。少年は、いくつもの相争う衝動がこみあげるのを感じる。波止場を駆けまわりながら水夫仲間に叫びたい、ほら見てくれよ、見ろよ。妹に教えてやりたい、こう言って。俺に何が起こったか、おまえにはぜったいわかんないだろうな、猿が俺の頭にのっかったんだぞ。猿を自分のものにしてしまいたい、駆け出したい、鎖をあの男の手からぐいと引き抜いて、渡り板を駆けあがって船のなかに逃げ込みたい。そしてこの生き物をずっと腕に抱いて、ぜったい離さないんだ。

　男は立ち上がり、少年に身振りで話しかける。男の顔にはあばたと傷があり、歯は黒ずみ、両目がどこかちぐはぐで、向く方向か色がそれぞれ違うみたいだ。男は指先をくっつけてこすり合わせる、その仕草が世界共通で意味するのは。金。

　少年は首を振る。猿はいっそう強くしがみつき、尻尾を少年の首に巻き付ける。

傷とあばたのある男は、脅すように近づいて少年の腕を掴む。男はまたあの仕草を繰り返す。金、と要求する、金。男は猿を指さし、それからまたあの仕草をする。

　またも少年は首を振る、口を引き結んで、ベルトに結わえた財布を守るように手で押さえて。食べ物なしで、エールなしで船に戻ったらどうなるか、少年にはわかっている。水夫長の鞭の記憶を引きずることになるだろう——マラッカでは十二回打たれた、ゴールでは七回、モガディシュでは十回——この先ずっと。

「駄目だ」と少年は言う。「駄目」

男は少年の顔めがけて一連の怒りの言葉を吐き出す。このアレクサンドリアと呼ばれる土地で使われている言葉は、ナイフの切っ先のように突き刺したり切りつけたりしてくる。男が手を伸ばして猿を摑むと、猿は何か言い、ついで金切り声をあげる、つんざくような甲高い悲嘆の叫びを、少年の髪を摑んで、少年のシャツの襟元を摑んで、小さな黒い爪を少年の首の皮膚に食いこませながら。

少年は今や泣きそうになって、新しい友だちを離すまいとする。束の間、彼は猿の前足を握る、肘のところの温かい毛皮が掌にぴったりくっつく、でもそれから男が鎖をぐいと引き、猿は金切り声をあげながら少年の手から波止場の丸石舗装の上に落ち、そこで直立し、それからまた引っ張られて、哀れっぽく鳴きながら男の後からついてゆく。

少年は愕然としながら、去っていく動物を見つめる、丸まった背中を、主(あるじ)に遅れまいと臀部を動かす様子を。少年は顔を、目を拭う、頭がむきだしで物足りなく感じる、あの一瞬を取り戻せたらいいのにと思う、なんとかあの男に頼み込んで猿を自分のものにできたらよかったのに、と。あの猿は自分のものだったのだ、誰にだってわかるはずじゃないか？

少年が気づかずにいるのは——気づけるはずがない——猿が自分の一部を残しているということだ。もみ合うなかで、猿はノミを三匹落としていた。

三匹のノミのうちの一匹は、気づかれないまま地面に落ち、少年が知らずにそれを足の裏で潰してしまうことになる。二匹目はしばらく少年の砂色の髪のなかにいて、頭の正面へ移動する。

少年が酒場で瓶に入った地酒の代金を払っているときに、ノミはぴょんと跳ぶ――敏捷に弧を描いて跳ねる――少年の額から宿屋の主人の肩へ。

猿のノミの三匹目は落ちたところにそのままいる、少年の首に結わえられた、故郷の恋人からもらった赤い布の折り目のなかだ。

その夜、少年が船に戻って、スパイスで味付けしたナッツとパンケーキのような形をした珍しいパンの夕食を食べたあと、彼は、船の猫のなかのお気に入りを抱き上げる、大部分は白なのだが尻尾が縞になっているそいつを、自分の首に擦り寄せる。ノミは、新しい宿主の出現を見逃さず、少年のネッカチーフから猫の首のふさふさした乳白色の毛皮に移動する。

体調がすぐれなくなったこの猫は、自分を嫌う人間を見分けるネコ科の確かな目でもって、翌日、水夫長のハンモックに居を定める。その夜自分のハンモックに帰ってきた水夫長は、今や死んでいる動物を見つけて悪態をつき、無造作に放り出すと部屋の向こうへ蹴とばす。

四、五匹のノミが、そのうち一匹はかつてあの猿にくっついていたものだが、猫が寝ていたところに残る。猿のノミは賢いやつで、生き延びること、うまくやっていくことに余念がない。飛んだり跳ねたりしながら進んで、鼾をかいて眠っている水夫長の湿った肥沃な脇の下のくぼみへ行って、アルコールの混じったこってりした船乗りの血を貪る。

三日後、ダマスカスを過ぎてアレッポに向かっているときに、操舵手が船長室に入ってきて、水夫長の体調が優れず、下で閉じこもっていると報告する。船長は頷きながらも、相変わらず海図と六分儀を調べていて、その件についてはそれ以上なんとも思わない。

翌日、船長が上甲板に立っていると、水夫長が口から泡を吹いて譫言（うわごと）を言っている、首に腫瘍ができて頭がまるで横倒しになっている、との知らせを受ける。操舵手が耳元でこういうことを伝えるのを、船長は眉をひそめて聞き、それから船医に患者を診にいってもらうよう指示する。

ああ、と操舵手は付け加える、それから、船の猫が何匹か死んだようです。

船長は振り向いて操舵手を見つめる。その表情は嫌悪感を、困惑を表すものだ。猫だと？　操舵手は頷く、敬意を表すべく視線は下げて。それはなんとも奇妙だな。

船長はしばし考え込み、それから指先を海へ振る。船端（ふなばた）から投げ込め。

死んだ猫は三匹とも縞模様の尻尾を摑まれて地中海に投げ込まれる。キャビンボーイは甲板の昇降口からそれを見守り、赤いスカーフで目元を拭う。

そのちょっとあと、船はアレッポに停泊し、さらにクローヴとコーヒーの一部、それに何十匹かのネズミを下ろし、ネズミはたちまち陸地へ駆けこむ。船医が船長室のドアをノックする、なかでは船長が二等航海士と、天候や帆のことを話している。

「ああ」と船長が言う。「あの男……あの、ええっと、水夫長の具合はどうかね？」

船医は鬘（かつら）の下を掻き、げっぷをのみこむ。「死にました」

船長は眉をひそめ、相手の男を観察して、鬘が曲がっていることと強いラム酒のにおいを発散させているのを認める。「原因はなんだ？」

船医は、接骨や歯を抜くほうに向いている男で、船室の低い板張りの天井に答えがあるとでも言いたげに上を向く。「熱ですな」と彼は酔っ払いの歯切れの良さで答える。

「熱？」

「アフリカ熱でしょう」と船医はろれつのまわらない舌で言う。「私の意見では。あの男は真っ黒になってます、ところどころがね、手足のあちこち、それにここでは、こういう健康的な場所では口にするのが憚られるほかの場所も、ですから、私の結論としてはやはり、あの男はきっと病気に罹り——」

「わかった」船長は船医から身を翻して海図のほうを、彼にとっての対処すべき問題のほうを向くことで話を打ち切る。

二等航海士が咳払いする。「我々は」と彼は言う、「水葬の手配をしなくては」。

水夫長はシーツに包まれて甲板へ運びあげられる。近くにいる水夫たちは鼻と口を布で覆う。遺体は恐ろしく臭うのだ。船長は聖書の短い一節を朗読する。船長もまた死んだ男の臭いに辟易している、二十五年も海上で過ごし、思い出せないくらい何度も水葬に立ち会ってきたというのに。

「父と」と船長は述べ、後ろのほうで目立たないようえずく音にかき消されまいと声を張り上げる。「子と聖霊の御名において、この遺体を波に委ねる」

「お前たち」船長は一番近くにいる二人の水夫に身振りで命じる。「持ち上げて……その……ああ……そう……海のなかへ」

二人はぱっと前へ出て、青い顔で遺体を持ち上げて船端の向こうへ落とす。

三角波の立った地中海の襞状の海面が水夫長の体を包みこむ。

北からの毛皮の委託品を受け取るべしという指示を受けてコンスタンチノープルに着くころには、猫はすべて死に、ネズミの集団が問題となってくる。木箱を食い破って干し肉をあさっている、と二等航海士は船長に告げる。今朝は十五匹か十六匹が厨房にいた。みんな士気が低下しています、と彼は話す、窓の外の水平線に目を据えながら、それに一晩のうちにまた何人か病気になりました、と。

さらに二人が死に、それから三人目も、そして四人目も。すべて同じアフリカ熱で、首が腫れ、肌がところどころ赤くなったり発疹ができたり黒くなったりする。船長は予定にはなかったもののラグーザに立ち寄らざるを得なくなる、水夫をもっと雇うためだが、身元保証や推薦状のない、彼としては避けたい類の急場しのぎのいい加減な乗組員だ。

この新しい水夫たちは胡散臭い目つきで乱杭歯だ。自分たちだけでかたまって、ほとんどしゃべらず、しゃべるのはポーランド系の言葉だけだ。マン島の乗組員たちは見ただけで不信感を抱き、話しかけようとはしないし、快く居場所を共有しようともしない。

だがポーランド人どもはネズミを殺すのはうまい。彼らはこれを娯楽としてやる、餌をつけた紐を仕掛け、巨大なシャベルを持って寝ころんで待つ。ネズミが近づいてくると――船員たちの食べ物でまるまる太って腹を垂らしながら――ポーランド人どもは飛びかかり、怒鳴ったり歌ったりしながら叩き殺す、ネズミの脳みそやはらわたが壁や天井に飛び散る。彼らはそれから尾を切り取ってベルトに結わえ、瓶に入った透明な液体をまわして皆で飲む。

胸がむかつくよ、とマン島出身の船員のひとりがキャビンボーイに言う、船室のむこうから見てるとな。だろ？　それから彼は首を、肩をぴしゃっと叩く、ノミだらけなのだ。ネズミどもめ、と彼はブツクサ言い、ハンモックで寝返りをうつ。

ヴェネツィアでは、長く停泊するつもりはない――船長はとにかく船荷をイングランドに持ち帰って、報酬を受け取りたい、この最悪の航海を終わらせたい――だが、荷下ろしと積み込みが行われているあいだ、船長はキャビンボーイに猫を何匹か船用に見つけてくるよう命じる。キャビンボーイはいそいそと波止場へとんでいく、船を離れたくてたまらないのだ、窮屈で、天井が低くて、ネズミと熱と死の臭いのする船内から。今日はさらに二人が発熱して船室にこもっている、一人は少年のようなマン島の男で、もう一人はポーランド野郎、ネズミの尻尾で飾られたべルトが横に掛かっている。

少年は以前に一度ヴェネツィアに来たことがある、最初の航海のときだ、そして町は記憶通りだ。奇妙な混ざり合った場所で、半分海で半分陸地、家々の上がり段には翡翠色の水が打ち寄せ、窓々にはちらちら燃えるロウソクの光が灯り、通りはなく狭い路地だけで、眩暈がするような迷路となって繋がり、それに弓なりになった橋がいくつも。霧や真四角ではない広場や高い建物や鳴り響く教会の鐘の音のなかで、すぐ迷子になってしまう場所だ。

ちょっとの間、彼は乗組員たちを眺める、木箱や袋を力を合わせて運んでいる、マン島の言葉とポーランド語と英語をまぜこぜにして叫びながら。ヴェネツィア人の男がそっちへ荷車を押していく、箱をいくつも積んで。彼もまた、ヴェネト語で叫びはじめる。彼は船員たちに身振りで話しかけ、荷車を引き寄せながら自分の箱を示し、少年はその手の人差し指と中指がないこと、手の残りの部分が溶けたロウのように妙に皺が寄った感じになっていることに気づく。男は船員たちに呼びかけ、良いほうの手で船を指し示し、箱のほうを示し、そして少年は荷車が傾きかけているのを見て取る、あれではたちまち箱はあたり一面に散らばるだろう。

少年は前へ飛び出し、荷車をまっすぐにして、驚いた表情の手を怪我した男ににっこりしてみせ、それから駆けていく、魚を売る屋台の下にひげの生えた三角形の猫の顔がいくつかのぞいているのを見かけたのだ。

二人とも気づかないうちに、アレクサンドリアの猿のノミ――ここ一週間かそこらはとあるネズミに棲みついていて、そのまえはコックだったのだがコックはアレッポの近くで死んだ――が少年からガラス細工名人の袖に飛び移り、そこから左耳に上がって名人を噛んだ、耳たぶの裏のところを。霧に包まれた運河の冷たい空気が名人の四肢の感覚を鈍らせていたので彼は何も感じず、とにかくこのビーズの箱を船に積み込んでもらって報酬を受け取り、ムラーノ島へ戻りたい一心なのだ、たくさんの注文が待っているし、きっとまた缶焚きたちが、名人がいない隙に喧嘩していることだろうし。

船がイタリア半島の踵シチリアをまわるころには、二等航海士がアフリカ熱に罹り、指が紫と黒になって、体がひどく熱く、汗がハンモックの結び目を通って下の床までしたたり落ちる。ナポリの沖合で、彼は二人のポーランド野郎とともに水葬に付される。

ヴェネツィアの猫たちは、ネズミを殺していないときは自分たちの血統に忠実に、船倉のムラーノ島のビーズの箱の上を寝場所に選ぶ。その木の表面の、その紐の結び目の、横にヴェネト語で書かれたチョークの印の何かが、どうやら猫を惹きつけるらしい。

航海のあいだ船倉へ降りていく者はあまりいないので、猫が死んでも——死ぬのだ、一匹ずつ、つぎつぎと——死体は発見されずそのままになる、あのいくつもの箱の上で。死んでいくネズミから猫の縞模様の毛皮に飛び移ったノミは、箱のなかにもぐりこみ、無数の小さな、さまざまな色合いのミッレフィオーリ・ビーズの詰め物となっているぼろ布のなかに棲みつく(ガラス細工名人の仕事仲間によって詰め込まれたあのぼろ布である、現在ムラーノ島にいるあのガラス細工名人の。島ではガラス細工が休止している、じつに大勢の職人たちが不可解なたちの悪い熱の出る病気に罹っているのだ)。

バルセロナで、残っていたポーランド人どもが船を飛び出して港の雑踏に姿を消す。船長は覚悟を決め、このまま進み続けると部下たちに告げる、人員が不足してはいるが。クローヴの木箱や織物やコーヒーを引き渡し、出航すると。

部下たちは言われたとおりにする。船はカディスに入港し、それからポルトト、ついでラロシェルに停泊し、途中でさらに何人かを失う、それから北へ、やっとコーンウォールへ。ロンドンへ入港したときには、乗員は五人になっている。

キャビンボーイはマン島へ向かう船を探す、かつては赤かったスカーフをなおも首のまわりに結わえ、唯一生き残ったヴェネツィアの雌猫を腕に抱えている。ほかの三人はロンドン橋の一番向こう側の居酒屋へ向かう、船長は妻や家族の待つ家に帰るために馬を注文する。

荷下ろしされて税関に積み上げられた船荷は、しだいにロンドンのいたるところへ運ばれていく。クローヴや香辛料や布地やコーヒーは商人のところへ、販売用に。絹は宮殿へ、ガラス製品はバーモンドジーの販売業者へ、布地の梱はアルドゲイトの縫製業者と雑貨小間物商へ。

ムラーノ島のガラス細工師が手を傷める直前に作ったガラスビーズの箱は、ほぼ一か月のあいだ倉庫の棚に置かれている。それから一つはシュルーズベリーの婦人服の仕立て屋へ、もう一つはヨークへ、オックスフォードの宝石商へ。最後の、一番小さい、ヴェネツィアのガラス工房の床にあったぼろ布で包まれたままのものは、使い走りの手でこの都市の北端にある宿屋へ届けられ、そこに一週間留め置かれる。それから宿の主人によって運び出され、手紙やレースの包みとともに、馬でウォリックシャーへ向かう男に託される。

男の革の鞍袋は進むにつれてかちゃかちゃとリズミカルに揺れ、ビーズも馬の動きに合わせてぶつかりあい、六つの色がくるくる回り、互いにこすれあう。二日にわたる旅路のあいだ、男はぼんやりと、あの包まれた箱には何が入っているんだろう、と考える。あんなに小さな澄んだ音をたてるのはなんだろう？

ビーズのうち二つが、同じビーズの重みに押しつぶされて割れる。五つは表面に補修できない傷がつく。ほかより重いものは馬に揺られるうちにだんだん底のほうへ行く。

ぼろ布のなかのノミたちは、波止場の倉庫で宿主のいないまま過ごしたせいで腹を空かせて消耗しながら這い出す。だがたちまち回復して元気になり、馬から男へと飛び跳ねてはまた戻り、それから道中で乗り手が出会うさまざまな人々に飛び移る——男に牛乳を一クォート渡す女、馬を撫でに来た子ども、路傍の宿屋の若い男。

乗り手がストラトフォードに着くころには、ノミは卵を産んでいる、男のダブレットの縫い目、馬のたてがみのなか、鞍の縫い目、レースの金線細工や編み目、ビーズを包んであるぼろ布。これらの卵は猿のノミのひ孫にあたる。

男は手紙やレースの包みやビーズの箱を町はずれの宿屋の主に届ける。手紙は一人の少年によって一通ずつ宛先に届けられ、代わりに少年は一ペニーを受け取る（ちなみに一通はヘンリー通りに届けられる、ロンドンにいる夫が家族に手紙を寄越したのだ、階段を数段落ちて手首を捻挫したこと、大家が飼っている犬のこと、これからはるばるケントまで旅回りに出かける芝居のことが書いてある）。レースの包みは一日か二日後、イプシャムの女が取りに来る。

乗り手は馬でまたロンドンへと戻りながら、こうして馬に乗っていると不快感を覚えることに気づく、どうも腋の下のどこかが感じやすくなって、痛むようなのだ。だが男はそれを無視してそのまま進んでいく。

ビーズの箱は、同じ配達の少年によって、イーリー通りの裁縫師のもとへ届けられる。彼女はギルド組合員の妻の新しいドレスの注文を受けている、収穫祭で着るのだという。妻は若いころロンドンとそれにバースも訪れたことがあり、ドレスについては洗練された知識を持っているとの評判だ。妻は裁縫師に、胴着はヴェネツィアン・ビーズで飾ってもらいたい、そうでなければ、ドレスはなんの価値もないものになってしまうから、と伝えていた。なんの価値もないものに。

そこで裁縫師はロンドンに注文を出し、そこが今度はヴェネツィアに注文を出し、待ちに待って、ギルド組合員の妻はビーズの到着が間に合わないのではないかとやきもきし、そこで二度目の手紙がロンドンに送られたものの、何も返事がなかった、ところが荷物が届いたのだ。

裁縫師はハッチから手を差し伸べて少年から箱を受け取る。開けかけたときに、近所の子ども、縫ったり色付きのより糸を整理したり布を裁断したりするのを手伝ってくれるジュディスが、戸口を入ってくる。

裁縫師は箱を掲げる。「見て」と彼女は女の子に声をかける、年の割には小さく、天使のように美しく、性格もそれに見合っている子だ。

女の子は両手を握りしめる。「ヴェネツィアのビーズ？　ここにあるの？」

裁縫師は笑う。「そうみたい」

「見てもいい？　見せてくれる？　待ちきれない」

裁縫師は箱をカウンターに置く。「見るだけじゃなくもっといいことさせてあげる。あなたがそれを開けるのよ。その汚いぼろきれを切ってすっかり取り除かなくちゃね。ほら、そこの鋏で」

彼女は女の子にミッレフィオーリ・ビーズの箱を渡し、ジュディスは受け取る、待ちきれない様子でさっと手を出して、顔を笑みで輝かせて。

スザンナが生まれた年の夏のある午後のこと、アグネスは家のなかに新しいにおいを嗅ぎつける。

彼女は待ち構えるスザンナの口にスプーンで食事を与えている、ほうら食べてね、はいもう一口、と言いながら。スプーンは食べ物を運んで入っては、ぴかぴか輝いたところに何かが筋になってくっついたまま出てくる。スザンナは食卓の隅に、椅子にクッションを重ねて高くしてすわらされている。アグネスはこの玉座の上に娘をショールで結わえ付けて固定している。子どもは食べるのに夢中で、小さな手をカタツムリの殻みたいに丸めて、目は鉢から口元へやってきてはまた戻っていくスプーンにじっと注がれている。

「ダット」とスザンナは叫ぶ、その口には四本の青白い歯が、下の歯茎に並んでいる。

アグネスはその言葉をそのまま娘に繰り返す。自分がしょっちゅうこの子から目が逸らせなくなることに彼女は気づいている、娘の顔から視線を外せなくなることに。ほかに何を見守りたいと思ったりするものか、スザンナの耳を見ていられるのに、あのバラみたいな淡い色の襞、翼のように湾曲した小さな眉、黒っぽい髪は筆で描いたように頭頂に張り付いている。彼女にとって、我が子ほど素晴らしいものはない。この世にこれ以上完璧な存在があろうはずがない、どこにもぜったいに。

「ディート」スザンナは大声をあげる、そして、手際よく決然と手を突き出してスプーンを摑み、食べ物を食卓に、自分の服の前面に、顔に、アグネスの服に飛び散らせる。

アグネスは布を見つけて食卓を、椅子を、スザンナの信じられないという表情を浮かべた顔を拭き、憤慨の泣きわめきを鎮めようとしながら、ふと顔をあげて空気を嗅ぐ。

湿った、強い、つんと鼻をつくにおいだ、悪くなった食べ物や湿った亜麻布のような。こんなにおいを嗅ぐのは初めてだ。もし色がついているなら、灰色がかった緑だろう。

まだ手に布を持ったまま、彼女は娘のほうを振りむく。スザンナはスプーンを握って、それで食卓をリズミカルに叩いている、一打ちごとに瞬きし、唇をきゅっと結んで、この打楽器演奏にはうんと神経を集中してかからなくてはならないのだと言わんばかりだ。

アグネスは布を嗅ぐ。空気を嗅ぐ。自分の袖に鼻を押し付け、それからスザンナのスモックに。彼女は部屋を歩きまわる。なんだろう？　枯れかけている花みたいなにおいだ、水にうんと長いあいだ差しっぱなしになっていた植物みたいな、淀んだ池のような、湿った地衣類のような。この家に何かじめじめ腐りかけているものがあるのだろうか？

彼女は食卓の下を確かめる、ギルバートの犬のどれかが何かを引きずってきてやしないかと。膝をついて貴重品箱の下をのぞく。両手を腰に当てて部屋の中央に立ち、深く息を吸い込む。

とつぜん、二つのことがわかる。どうしてわかるのかはわからないが。とにかくわかるのだ。アグネスはこうした一瞬にして物事を見抜く力に疑問を持ったことはない、情報がこんなふうに自分の頭に飛び込んでくることについては。アグネスはこれを、思いがけない贈り物でも貰うように受け入れる、穏やかな微笑みと気持ちの良い驚きでもって。

子どもができたんだ、と彼女は悟る。冬の終わりにはこの家にもう一人の赤ん坊がやってくる。自分が子どもを何人持つことになるか、アグネスにはずっとわかっていた。このことを予知していた。自分の死の床の傍らには実子が二人立っているだろうとわかっている。そしてここにこうして二番目がいる、その最初のしるしだ、まさに始まりの。

彼女はまた、このにおい、この腐ったにおいは、実際のものではないことも承知している。これは何かを意味しているのだ。何かの徴候——何か悪いこと、何か変なところ、彼女の家のなかの何か調子の悪いもの。それがどこかにあるのが感じられる、冬場に漆喰から生える黒いカビのように育ち、増殖していくのが。

この二つの感覚の対立する性格が彼女を困惑させる。自分が二つの方向に伸びていくような気がする。赤ん坊、良い。におい、悪い。

アグネスは食卓へ戻る。何よりまず気になるのは娘しかない。この悲しみのにおいは、暗黒物質のにおいは、この子から発しているのだろうか？　アグネスは我が子の温かい首に顔をくっつけて息を吸い込む。この子なの？　我が子、我が娘が、何か暗い、膨れ上がる力に脅かされているのだろうか？

スザンナはこんなふうに注意を向けられて、びっくりしてきゃあきゃあ声をあげ、ママ、ママと言いながらアグネスの首に両腕を絡める。子の腕は、首にちゃんと回せるほど長くないのがアグネスにはわかる、そこでアグネスの肩にぎゅっと指がくいこむこととなる。

アグネスは犬が臭跡を追うように娘を嗅ぐ、娘のエッセンスを吸い込もうとするかのように両方の鼻腔で。スザンナの肌の梨の花のような香りを嗅ぐ、温かい髪を、寝具と食事のにおいを。

ほかには何もない。

　娘の小さな丸い体を抱き上げて、パンを一切れ食べようね、ミルクを一杯飲もうね、と言いながら、腹のなかに木の実のように小さく丸まっている新しい赤ん坊のことを考える、きっとスザンナは可愛がるだろう、二人でいっしょに遊ぶだろう、自分にとってのバーソロミューのようになるだろう、常に変わらぬ友だちに、仲間に、協力者に。男の子なんだろうか、女の子なんだろうか？　アグネスは自分に訊ねてみるが、おかしなことに答えがさっぱり見つからない。

　スザンナを足元に置いて、彼女はパンを一切れ切り、蜂蜜をたっぷり塗る。スザンナは今度は母親の膝にすわって食卓に向かう、アグネスが娘を引き寄せておきたいからだ、すぐそばに、このにおいが、この闇が、近づいてこようとするといけないから。そしてアグネスは話しかける、娘の気をそらしておくために、娘を世の中から安全に守っておくために。子どもはアグネスの口からつらつら出てくるおしゃべりを聞いていて、自分の知っている言葉を捉えては、大声で叫ぶ。パン、カップ、足、目。

　二人でいっしょに、巣作りする鳥やぶんぶん飛ぶ蜂の歌を歌っていると、スザンナの父親が階段を降りてきて、部屋に入ってくる。アグネスは夫がカップを持ち上げ、水差しの水を満たし、それを飲み、もう一杯、もう一杯と飲むのに気付いている。彼は二人の周りを歩いて反対側の椅子に沈みこむ。

　アグネスは夫を見る。自分が息を吸って、それから吐いて、吸って、吐いて、木が風で満たされるようになっているのを感じる。あの酸っぱい湿ったにおいがまたする。強くなっている。まさにここの、彼らの前にある。それは彼から漂ってくる、煙のように、彼の頭上に集まって灰緑色の雲となっている。彼が引き寄せているのだ、このにおいを、まるでその霧のなかにすっぽり包みこまれているかのように。彼の皮膚から発散しているように思える。

アグネスは夫を観察する。変わりないように見える。いや、そうだろうか？　彼の顔、顎ひげの下の肌は血色が悪く、羊皮紙のように白っぽい。目は半眼になっているみたいで、下には紫色がかったクマができている。窓の外をじっと見ているのに、見ていない。目の前のものを何も見ていないようだ。彼のもう一方の手、彼女とのあいだの食卓に置かれている手は、空っぽの空気で満たされている。彼は絵に描かれた男のようだ、カンヴァスみたいに薄っぺらで、その後ろには何もない。彼は夜のあいだに魂を吸いだされてしまったか盗まれたかした人間みたいだ。

どうしてこんなことになってしまったのだろう、アグネスの目の前で？　なんだって夫はこんな状態になったんだろう、なんの前触れもなく、アグネスが徴候に気づくこともないままに？　徴候があったのだろうか？　彼女は考えてみる。彼はいつもより長く寝ている、それは本当だ、それに夜は外で過ごすことが増えている、友人たちと酒場で。もうずいぶん長いあいだ、夜、ベッドのなかで、ロウソクの明かりで本を読んでくれたことはない——夫が最後にそうしてくれたのがいつだったか、彼女は思い出せない。以前やっていたように、夜の炉端で夫婦で語り合っているだろうか？　していると思うが、たぶん、いつもよりは少なくなっている。とはいえ、彼女は忙しい、子どもがいるし、家のことがあるし、菜園や、窓のところへやってくる訪問者、それに彼は午後は家庭教師を続けているし、午前中は父親の用事で走りまわっている。ずっといっしょに手を携えて人生に流されてきたと彼女は思っていた。そして、ここへきてこれだ。

スザンナはまだ歌っている、手を叩きながら。どの指にも関節のところに窪みが、骨の上に刻み目ができている。歌はぐるぐる繰り返される、同じ四つの音色、同じ響きがぐるぐるぐるぐる。明らかにこれは彼を楽しませてはおらず、彼は顔をしかめて片方の耳を手で蓋する。

アグネスは眉をひそめる。赤ん坊のことを考える、自分の腹のなかで、水のなかで丸まって、周囲で起こっていることをぜんぶ聞いている、この不快な空気を吸い込んでいる。膝に乗っているスザンナの温かい重みのことを考える。夫から発しているこの灰色の腐った雲のことを考える。

この結婚が、この子どもが、二人がいっしょに暮していることが、彼の不調を引き起こしているのだろうか？　この住まいでの家庭生活が、こんなふうに彼の生気を失わせているのだろうか？　彼女にはさっぱりわからない。そんなことを考えると不安で胸がいっぱいになる。こんな状態の彼に、腹に新しい子どもがいることをどう伝えればいいのだろう？　彼の憂鬱がいっそうひどくなるだけかもしれない、そして彼女は、この知らせが悲しみで迎えられる、歓喜以外の感情で迎えられるのを見るのは、耐えられない。

彼女は彼の名前を呼ぶ。返事はない。もう一度呼ぶ。彼は顎をあげて彼女を見る、彼の顔に彼女はぞっとする。灰色で、腫れぼったく、顎ひげはほつれて整えられていない。どうしてこんなふうになってしまったのだろう？　なんでこんなことに？　こんな変化が訪れていることにどうして気づかなかったのだろう？　彼女は何を見逃していたのか、何に目をつむっていたのだろうか？

「あなた、病気なの？」彼女は訊ねる。

「僕が？」と彼は問い返し、彼女の言ったことがしみこむまでずいぶん時間がかかるように思える、はっきり返事ができるようになるまで。「いや。どうしてそんなこと訊くの？」

「具合が悪そうに見えるから」

彼は溜息をつく。額を、目を、手で撫でる。「そんなふうに見える？」と彼は言う。

彼女は立ち上がり、スザンナを腰に移動させる。彼の額に触る、じっとりして冷たい、カエルの皮膚みたいだ。彼は苛立たしげに身をよじって彼女の手を振り払う。

「なんともないよ」と彼は言うが、その言葉は重く、小石を吐き出しているようなしゃべり方だ。

「気にしないでくれよ」

「何を悩んでるの？」と彼女は訊ねる。スザンナは両脚をばたばたして母の顔を自分のほうへ向けさせようとし、歌ってとせがむ。

「なんでもない」と彼は答える。「疲れてるんだ。それだけ」彼は立ち上がり、椅子をずらす。

「またベッドで寝るよ」

「何か食べたら？」アグネスはスザンナを黙らせようと上下に揺らしながら問いかける。「パンは？　蜂蜜は？」

彼は首を振る。「腹は減ってない」

「覚えてる？　お父さんがあなたに早めに行ってほしいって――」

彼はぶっきらぼうに手を振って彼女の言葉を遮る。「ギルバートに行かせろって言っといてくれ。僕は今日はどこへも行かない」彼は階段に向かう、足を床に引きずりながら、霧のようなにおいを、洗っていない古い布みたいにずるずる漂わせて。「眠いんだ」と彼は言う。

アグネスは夫が階段を、手すりにすがりながらあがっていくのを見守る。振り向いて、娘の丸くて黒い、賢い目を見つめる。

「歌って、ママ」とスザンナは助言する。

夜のしじまのなかで、彼女は彼に小声で訊ねる、いったいどうしたのか、何が気になっているのか、自分に何か手助けができないだろうか？　彼女は彼の胸に手を置き、彼の心臓が掌を叩くのを感じる、繰り返し繰り返し、繰り返し繰り返し、同じ質問をしては答えが返ってこないのを繰り返しているかのように。

「何もないってば」というのが彼の答えだ。

「何かあるんでしょ」と彼女は言う。「言えないの？」

彼は溜息をつき、彼女の手の下で胸が上下する。彼はシーツの端をいじくり、脚をもぞもぞ動かす。彼の向こう脛が彼女のを擦るのが感じられ、シーツがそわそわと引っ張られる。二人の周囲にはベッドカーテンがめぐらされ、洞窟のなかで二人いっしょに寝ているような具合だ、スザンナは自分の寝床で腕を広げ、口を閉じて、髪を頬に貼り付けて寝ている。

「それって……」と彼女は話し始める。「……あなたは……あなた、しなかったほうが良かったと思ってるの……結婚を？　そうなの？」

彼は彼女のほうを向く、それはここ何日もなかったことのように感じられる、そして彼の顔は傷ついている、愕然としている。彼は手を彼女の手に重ねる。「違うよ」と彼は答える。「ぜったいない。よくそんなこと言えるね？　君とスザンナだけが僕の生き甲斐なんだ。ほかのことなんかどうでもいい」

「なら、なんなの？」と彼女は問いかける。

彼は彼女の指を、一本ずつ口元へ持っていって指先にキスする。「さあ」と彼は答える。「べつに何も。気が重いんだ。憂鬱で。なんでもないよ」

彼女が眠りかけたときに、彼が言う、というか、言ったように思える。「僕は迷子になった。道を見失ったんだ」

それから彼は彼女に擦り寄り、彼女の腰を捕まえる、まるで彼女が漂っていってしまいそうだとでもいうように、広大な海のなかへと。

そのあとしばらく、彼女は彼を注意深く観察する、医者が患者を見守るようにして。彼が夜眠れずにいるのに、朝になると起き上がれないのを目にする。彼は昼日中に、ぼうっと青白い顔で起きてきて、元気がなく暗い雰囲気だ。そして彼から発散するにおいはさらにひどくなり、酸っぱい嫌なにおいが彼の服や髪にしみつく。彼の父親は戸口にやってきて、怒鳴り、叫び、しゃんとしろ、一日の仕事を始めろと命じる。自分、アグネスは、落ち着いてしっかりしていなくてはならない、と彼女は思う、ある意味自分をもっと大きくしなくては、この家の安定を保って、あの闇に乗っ取られないようにするために、闇に立ち向かうために、スザンナを闇から守るために、彼女自身の隙間を塞ぐために、闇に入りこまれないために。

生徒を教えに行くときに、彼が足を引きずり、溜息をつく様を彼女は目にする。弟のリチャードが学校から帰ってくるときに彼が窓の外を見つめているのを観察する。両親と食卓に着いているときの彼が、しかめっ面で、手は食べ物や皿をおもちゃにしているのを目にする。皮なめし工場でのある労働者に対するギルバートの対応を父親が褒めると、彼がエールの水差しに手を伸ばすのを目にする。エドモンドがやってきて彼の横に立ち、頭を彼の袖に乗っけるのを彼女は見ている。男の子は額で何度かつついてようやく、そこにいることを兄に気づいてもらえる。彼が子どもを膝に乗せるときのぼうっとした疲れた様子を彼女は目に留める。エドモンドがじっと兄の顔をのぞきこみながら、小さな手を無精ひげのある頬に押し当てているのを彼女は見る。エドモンドだけが、自分以外にただ一人、彼の様子がどこかおかしいのに気付いていることを彼女は見て取る。

猫が食卓に飛びあがると夫が自分の席でぎくっとするのを彼女は目にする、風でドアがばたんと閉まると、皿がひどく乱暴に置かれると。ジョンが彼にがみがみ言い、嘲笑い、ギルバートもこれに加わらせようとするのを彼女は目にする。お前は役立たずだ、とジョンが、テーブルクロスにエールをこぼした彼に言うのを彼女は耳にする。自分のエールも注げないのか、なあ、なあ、ギルバート、見たか？

彼の頭上の雲がどんどん暗くなり、忌まわしい嫌なにおいが濃くなっていることを見て取る。すると食卓越しに手を伸ばして彼の腕に手を置きたくなる。彼女は言いたい。わたしがここにいるでしょ。だけど、彼女の言葉ではじゅうぶんじゃなかったら？　どうやったら相手を助けられるのかわからない。彼の説明できない苦しみに彼女ではじゅうぶんな慰めにならないとしたら？　どうしたらいいのかわからないのは生まれて初めてだ。どうしたらいいのかわからない。それに、どちらにしろ彼女は彼の手を取れない、ここでは、この食卓では。二人のあいだには皿やカップや燭台があり、今はイライザが立ち上がって肉の皿を片付け、メアリはスザンナに、この子には大きすぎる肉片を食べさせようとしている。こんな大きさの家族となるとやるべきことがいっぱいだ、見ていなければならないことがたくさん、いろんな人がいろいろ違ったことを必要としている。なんて簡単なんだろう、とアグネスは皿を持ち上げながら思う、一人の人間の苦悩や苦痛を見逃してしまうことは、その人が黙っていたなら、彼が何もかも心のうちにため込んでいたなら、うんと固く栓をした瓶みたいにため込んでいたなら、内部の圧力がどんどん高まって、しまいに――どうなる？

アグネスにはわからない。

彼はやたらと飲む、夜遅くまで、友人と外で飲むのではなく、寝所の小卓に向かってすわって。

羽根をつぎつぎ切って羽ペンにするが、どれも今一つだと彼は言う。一本は長すぎ、べつのは短すぎ、三番目のは彼の指には細すぎる。紙が裂けたりひっかかったり、滲んだり染みになったりする。男がまともに書ける羽ペンを望むのは無理な注文なのか？　アグネスがある夜目を覚ますと、彼がこう叫んで、すべていっしょくたに壁に投げつける、インク壺も何もかも、おかげでスザンナが泣きだす。泣きわめく子どもを脇に抱えたアグネスには、そのときの夫が夫と思えない。土気色の顔、ぼさぼさの髪、喚く口、飛び散ったインクが壁の上で黒い島みたいだ。

朝になると、夫がまだ横になって寝ているうちに、彼女はスザンナを背中にくくりつけてヒューランズへ続く道を歩いていく、途中足を止めて羽根やケシの頭やイラクサの小枝を集める。繰り返し聞こえるドスンという音を頼りに、バーソロミューを見つける。彼は一番近い囲いで、ハンマーを振り上げて柵の支柱を地面に打ち込んでいる。バシン、カーン。新しい子羊たちのために囲いを作っているのだ。ほかの誰かに言いつけてこの仕事をやらせたってよかったのだと彼女にはわかっている、だが彼は柵を作るのがうまいのだ。背が高いし、並外れて力が強く、仕事に対して確かな、惜しまぬ努力を払う。

彼女が近づくと、彼はハンマーを足元に投げ出す。彼は顔を拭って待ちながら、自分のほうへと歩いてくる姉を見つめる。

「これを持ってきてあげたよ」アグネスはそう言って、パンの塊と自分で作ったチーズの包みを差し出す、ヘンリー通りの納屋で、雌羊の乳を綿モスリンで漉して作ったものだ。

バーソロミューは頷いて、食料を受け取り、一口齧って嚙む、この間ずっとアグネスの顔から視線を外さない。彼はスザンナのボンネットの隅を持ち上げ、眠っている頬を指で撫でる。それから彼の目はアグネスに戻る。彼女は微笑みかける。彼は咀嚼を続ける。

「で？」というのが彼が初めて発する言葉だ。

「べつに」とアグネスは話し始める。「たいしたことじゃないんだけど」

バーソロミューは歯でパンの皮を嚙みちぎる。「話せよ」

「ただね……」アグネスはスザンナの重心を移動させる。「……あの人眠れないの。一晩じゅう起きていて、あげくに起きられない。暗くて不機嫌で。話をしないの、あの人の父親と言い争う以外は。あの人にはものすごい重苦しさがあるの。わたし、どうしていいかわからなくて」

バーソロミューは姉の言葉を考える、きっとそうしてくれると彼女が思っていたように、首を傾げ、目は遠くの何かをじっと見つめながら。彼は黙々と嚙む、頰とこめかみの筋肉がきゅっきゅっと緊張する。彼はパンとチーズの残りを口に滑りこませるが、それでも何も言わない。呑みくだすと、彼は息を吐く。腰を曲げる。ハンマーを拾い上げる。アグネスは横の、打ち振られる範囲から外れたところに立つ。

彼は支柱の先端を二度叩く、どちらも正確でまっすぐだ。支柱は震え、ひるんで、沈んでいくように見える。「男には」と彼は言い、それからもう一撃加える。「仕事が必要だ」彼はまたハンマーを振り上げて、支柱の上へ振り下ろす。「まともな仕事が」

バーソロミューは手で支柱を揺すってみてしっかりしていることを確かめる。彼は次に移る、すでに土がざっと掘られている。「あいつは頭でっかちだ」彼は言いながらハンマーを振り上げる。「あの男。頭でっかちで、あまり分別がない。あいつがしゃんとするためには仕事が必要だ、あいつに目的を持たせるためにには。このままじゃいけない、父親の使い走りとあちこちで家庭教師するんじゃな。あいつみたいな頭だと、気が変になる」

彼は手を支柱に置くが、気に入らなかったらしく、またもハンマーを振るう、一度、二度、すると支柱はさらに深く刺さる。

「噂を聞いてる」バーソロミューは呟く、「あの父親はやたら拳固を使うって、とりわけ姉さんのラテン語坊やには。本当か？」。

アグネスは溜息をつく。「自分の目では見てないけど、きっとそうなんだと思う」

バーソロミューはハンマーを振り上げようとして、止める。「あの父親は姉さんに対して癇癪を起したことある？」

「一度も」

「その子にも？」

「ないわ」

「もしどっちかに手をあげたら」とバーソロミューは言い始める。「もしそんなことしようとでもしたら、そしたら――」

「わかってる」とアグネスは笑顔で遮る。「まさかそんなことはしないと思う」

「ふうむ」バーソロミューは呟く。「そう願いたいね」彼はハンマーを投げ捨てると、支柱を重ねて山にしてあるところへ行く。一本選んで手で重さを計り、縦にして目をこらし、輪郭を確かめる。

「きついだろうなあ」と彼は彼女の顔を見ずに言う。「そんなひどい男にいつも怯えて暮らすのは。たとえ家は隣で別だとは言っても。息もしにくい。人生の進路を見つけるのも難しい」

アグネスは頷く、言葉が出てこない。「わたしはわかってなかった」と彼女は小声で言う。「どれほどひどいことなのか」

「あいつには仕事が必要だ」バーソロミューはまた言う。彼は支柱を肩にかつぎ、彼女のほうへやってくる。「それとたぶん、父親との距離も」

アグネスは目をそらし、道のほうに、陰で寝そべっている犬に、だらんと伸びたピンクの布みたいな舌に視線を向ける。

「考えてたの」と彼女は話し始める。「どこかほかでも始めるっていうのは、ジョンの関心を引くんじゃないかって。ロンドンとかで」

バーソロミューは顔を上げ、目を細める。「ロンドン」と彼は繰り返し、その言葉を舌の上で転がす。

「向こうで家業の手を広げるの」

彼女の弟は立ち止まり、顎を撫でる。「なるほど」と彼は言う。「つまり、ジョンは誰かをあの街に送り出すんじゃないかってことだな、しばらくのあいだ。信頼できる人間を。息子とか」

アグネスは頷く。「しばらくのあいだね」と彼女は言う。

「姉さんもいっしょに行くの？」

「もちろん」

「ストラトフォードを離れるの？」

「最初は行かないけどね。あの人が家を見つけて落ち着いたら、そうしたらわたしも追いかける、スザンナを連れて」

弟と姉は互いに見つめあう。スザンナはアグネスの背中でもぞもぞし、小さな泣き声をあげて、それからまた眠ってしまう。

「ロンドンはそんなに遠くない」とバーソロミューが言う。

「確かにね」

「大勢行ってる、仕事を見つけに」

「それも、確かに」

「向こうで好機を摑めるかもしれない」

「そうね」

「あいつにとっての。商売にとっての」

「そう思う」

「あいつは自分の仕事を見つけられるかもしれない。父親から離れたら」

アグネスは手を伸ばしてバーソロミューが持っている支柱の切断された端に触り、そこにある円を指でぐるぐるなぞる。

「こういうことで、ジョンが女の言うことを聞くとは思えないの。誰かよく知っている人がジョンの頭にその考えを植え付けてくれたら――誰かジョンの商売に興味を持っている人、利害関係がある人が――それがそもそもジョンの思い付きだったみたいにしてくれたら、そうしたら……」

「その考えが根を下ろす」バーソロミューが代わりに締めくくる。彼は姉の腕に手を置く。「姉さんは？」と低い声で問いかける。「姉さんは構わないの、あいつが……先に行ってしまっても？　あいつが地歩を固めるまでにしばらくかかるかもしれないよ」

「嫌かもしれない」と彼女は答える。「ものすごく。だけど、ほかに道がある？　あの人、このままじゃやっていけない。ロンドンがあの人をこんな惨めな生活から救ってくれるなら、わたしはそれでいい」

「姉さんはここへ戻って来たっていいんだ」彼は親指をぐいとヒューランズのほうへ動かす。

「そのあいだ、スザンナを連れて、そうすれば――」

　アグネスは首を振る。「そんなの、ジョーンが嫌がるに決まってるでしょ。それにすぐ人数が増えるし」

　バーソロミューは眉をひそめる。「どういうこと？　また子どもができるの？」

「そう。冬の終わりには」

「あいつに話した？」

「まだ。話すのは、段取りがぜんぶ整ってからにするつもり」

　バーソロミューは姉に向かって頷き、それから彼にしては珍しく満面の笑みを見せて、逞しい腕を姉の肩にまわす。「ジョンを探しにいくよ。あいつがどこで飲んでるか知ってるんだ。今夜行ってみる」

アグネスは寝床の横の床にすわっている、ジュディスの隣に、手に布を持って。一晩じゅうそこにいたのだ。立ち上がろうとはしない、食事もしないし、眠ったり休んだりもしない。メアリにできるのは、ちょっと水を飲ませることだけだ。暖炉の熱気が強いので、アグネスの頬は真っ赤になっている。頭巾からはみ出た髪の毛が首に殴り書きしたようにじっとり貼り付いている。

見守るメアリの前で、アグネスは布を鉢の水に浸してはジュディスの額を、腕を首筋を拭く。娘に向かって何か呟く、優しく慰めるようなことを。

あの子に聞こえているのだろうかとメアリは思う。ジュディスの熱は下がらない。首の腫れ物はひどく膨らんで張りつめ、破裂しそうだ。そうなったらすべて失われる。孫娘は死ぬだろう。メアリはこのことを知っている。それは今夜かもしれない、深夜かも、それは病人にとってもっとも危険な時間帯なのだ。明日かもしれないし、もしかしたら明後日かも。だがその時は来るのだ。

こうなったらできることは何もない。メアリ自身の娘のうち三人がそうなったように、そのうち二人はほんの赤ん坊だったが、ジュディスも家族のもとから去っていくのだ。もうこの子を引き留めておくことはできない。

アグネスが我が子のぐったりした指を握っているのをメアリは目にする、生へ繋ぎとめておこうとするかのように。ここへ留めておきたいのだ、引き戻したいのだ、意志の力のみでもって、そうできるものならば。メアリはこの駆り立てられるような気持ちに覚えがある——自分も感じている、その気持ちを味わってきた。それが彼女なのだ、今もこれから先も。メアリはあの寝床の上の母だった、何度も何度も、我が子にしがみつき、手放すまいとする女。すべて無駄だった。与えられるものはまた奪われるかもしれない、いつ何時でも。残酷な打撃がすぐそこで、貴重品箱のなかで、ドアの陰で待ち構えている、いつ何時飛びかかってくるやもしれないのだ、泥棒や追剝みたいに。うまくやっていこうと思うなら、決して隙を見せないことだ。自分は安全だなどと考えないこと。子どもたちの心臓が鼓動して、乳を飲んで、息をして、歩いてしゃべって笑って口げんかして遊んでいるのを、当然だとは思わないことだ。一瞬たりとも忘れてはいけない、いなくなってしまうかもしれない、奪われるかもしれないのだということを、あっという間にアザミの綿毛みたいに飛んでいってしまうかもしれないのだということを。

メアリは目に涙がたまるのを感じる、喉が詰まるのを感じる。まだ編まれたままのジュディスの髪、顎や首の線を見ていると。この子がこの先いなくなってしまうなんてこと、あるはずがないじゃないか？　すぐにアグネスと二人でこの子の体を洗い、あの三つ編みを解いて、埋葬の支度をするようになるなんてことが？　メアリはきびきびと向きを変えて、水差しやら布やら皿やら、なんでも取り上げて食卓へ運び、また戻ってくる。

食卓にすわっていたイライザは、片手で顎を支えて、小声で訊ねる。「手紙を書かなくちゃ。そう思わない、ママ？」

メアリは寝床にちらと目をやる、アグネスはそこで、祈っているかのように頭(こうべ)を垂れている。一日じゅう、アグネスはイライザがジュディスの父親に手紙を書くというのを拒んでいたのだ。ちゃんとよくなるから、と彼女は言い続けていた、どんどん半狂乱になって薬草をすりつぶしたり、ジュディスにチンキ剤やハーブ茶を飲ませようとしたり、肌に軟膏をすりこんでやったりしながら。あの人を心配させてはだめ。そんな必要ありません。

メアリはイライザのほうを向き、すばやく一度頷く。イライザが戸棚からインクと紙と羽ペンを取り出すのを見守る。帰宅したとき用に、彼女の兄がそこへ置いているのだ。彼女は食卓に腰をおろすと羽ペンをインクに浸し、ほんの一瞬ためらってから、書く。

兄さま、

残ねんなお知らせですが、あなたのむすめのジュディスが、重いびょおきです。もお長くないのではないかと思ます。どうか、できれば返ってきてください。それも急で。

どうかつつがなく、兄さま。

あなたのいもうとより、

イライザ

メアリはロウソクの火で封蠟を溶かす。畳んだ紙に落としているのをアグネスが見つめていることに、メアリは気づく。イライザは表に兄の下宿先の住所を書き、それからメアリが手紙を取り上げて隣の自分の家へ持っていく。硬貨を見つけて窓を開け、通りにいる誰かに声をかけて、ストラトフォードの街道沿いにある宿屋へ持っていって宿の主になるべく早くロンドンへ、息子のもとへ届けてもらってくれ、と頼むつもりだ。

メアリが硬貨を見つけて通行人に声をかけようと出ていってからそれほど経たないころ、ハムネットは眠りの表面へと浮上する。しばらく上掛けの下で横になったまま、どうして何もかもが変な感じなんだろうと考える、どうして世界がちょっと傾いているような気がするんだろう、どうして口がこんなに乾いてるんだろう、胸が重くて、頭が痛いんだろう。

暗い部屋の一方を向くと、両親のベッドが見える。空っぽだ。反対側を見ると、姉妹が寝ている寝床がある。ただし、上掛けの下には一つの体しかなく、それから思い出す。ジュディスは病気なんだ。いったいなんだって忘れていたんだ?

彼はよろよろと上体を起こし、寝具をひっぱりあげる、すると二つのことがわかる。頭がやけどするような熱湯であふれんばかりの鉢みたいで、痛みでいっぱいなのだ。奇妙な、気持ちを乱す痛みだ――まともに考えたり何かしたりがまるでできなくなってしまう。頭が痛みでいっぱいになり、それが筋肉に広がり、目の焦点にも影響している。歯の付け根をいじくりまわす、耳の横道も、鼻の通り道も、髪の毛そのものも。それは巨大で、ものすごい気がする、彼よりも大きいみたいな。

ハムネットはベッドから這い出る、シーツもいっしょに引きずってしまうが、かまやしない。彼は母を見つけなくてはならないのだ。この本能の強さときたら、驚くばかりだ、今でもなお、十一にもなった男の子が。彼はこの気持ちを、この衝動を思い出す――まさに――うんと小さかったころの。母といっしょにいたいという駆り立てられるような欲求、母に見ていてもらいたい、母の横にいたい、手を伸ばしたら触れるくらい近くにいたいという欲求を、だって、ほかの人ではだめなのだ。

もう明け方近いのだろう、新しい陽の光が部屋に差し込んでいるのだから、淡い、牛乳のように白々した光が。彼は階段を下りる、目の前でぐらぐら揺れているみたいな段々を一段ずつ。彼は壁のほうを向かなくてはならない、まわりの何もかもが動いているのだから。

階下にはつぎのような情景が。叔母のイライザは食卓で寝ている、両腕に頭をのせて。ロウソクはどれも燃え尽きて、自分のロウが溜まったなかで溺れている。炉の火はくすぶる灰の山になっている。彼の母親は前かがみになっている、頭を寝床にのせて眠っている、手に布を握りしめて。そしてジュディスはまっすぐ彼を見ている。

「ジュード」と彼は言う、というか、言おうとする、どうも声が出ないみたいなのだ。かすれる。チクチク痛い。乾いてヒリヒリする喉から声は出せないようだ。

彼は膝をつき、藁の縁を這って妹のところへ行く。

彼女の目は奇妙な銀色の光で輝いている。妹はさらに具合が悪くなっている。彼にはわかる。頬はくぼみ、青白く、唇はひび割れて血の気がない、首の腫れ物は赤くつやつやしている。彼は双子の片割れの隣にうずくまる、母を起こさないように気をつけながら。彼の手は彼女の手を見つける。二人の指が絡み合う。

彼はジュディスが白目をむくのを目にする、一度、二度。それからぱっちり開き、彼のほうへと滑る。そうするには大変な努力が必要みたいだ。

妹の唇が上向きにカーヴする、笑みのようだ。彼は指先に力が加えられるのを感じる。「泣かないで」と彼女がささやく。

彼は生まれてこのかたずっと抱いてきた感覚をまたも感じる、妹は自分の片側だ、二人は組み合わさっている、彼と彼女は、クルミの半分同士みたいに。妹がいなければ彼は完全ではない、失われてしまう。開いたままの傷口を抱えることとなるだろう、片側に、生きている限りずっと、妹がもぎ取られた傷跡を。妹なしでどうやって生きられようか？　生きられはしない。肺なしで生きてくれと心臓に頼むようなもの、空から月をはぎとっておいて星々には仕事を続けてくれと言うようなもの、雨なしで育ってくれと大麦に期待するようなものだ。今度は妹の頰に涙が現れている、銀色の種のような涙が、魔法のように。それが自分の涙だと彼にはわかっている、彼の目から妹の顔にこぼれ落ちたのだ、だがそれはまた妹のものであってもおかしくはない。二人は一つで、まったく同じなのだ。

「あんたはだいじょうぶ」と妹は呟く。

彼は妹の指先を怒りをこめて握る。「だいじょうぶじゃない」彼は唇に舌を這わせる、塩辛い。

「僕もお前と行くよ。いっしょに行こう」

またも笑みがちらつき、彼女の指の力が強まる。「だめ」と彼女が言う、彼の涙が彼女の顔で輝いている。「あんたは残って。あんたはこの家に必要だもの」

死神が部屋にいるのを彼は感じる、闇のなかをうろついている、向こうのドアの横で、顔を背けながらそれでもじっと見ている、ずっと見ている。待っているのだ、時機をうかがっている。皮のない足で、そっとやってくるのだ、湿った灰の吐息とともに、彼女を連れに、その冷たい腕で彼女を抱きしめに、そして彼、ハムネットは、力ずくで妹を自由にすることはできないだろう。僕も連れてってくれと頼んだらいいのだろうか？　いつもしてきたように、二人いっしょに行けばいいんだろうか？

すると彼は思いつく。なぜそれまで考えてみなかったのだろう。ハムネットは気づく、そこに、妹の隣にうずくまりながら、死神をだませるんじゃないか、小さなころから彼とジュディスがみんなを騙してきた手口をうまく使って、場所と服を取り換えて、それぞれを違うほうだと思わせるのだ。二人の顔はそっくりだ。みんないつもそのことを口にする、少なくとも一日に一度は。ハムネットがジュディスのショールをかけるか、彼女がハムネットの帽子をかぶりさえすればいいのだ、そんなふうにして食卓に着く、伏し目がちに、笑わないようにしながら、すると彼らの母親はジュディスの肩に手を置いて言う、ねえハムネット、薪を持ってきてくれない？ あるいは彼らの父親が部屋に入ってきて、ジャーキンを身につけた子がいるのを見て息子だと思い、ラテン語の動詞の活用を言ってごらん、と声をかける、するとそれは勘違いを面白がって笑いをかみ殺している娘だとわかり、彼女がドアを押しやると、隠れていた本物の息子が現れる。

二人のあのいたずらを、おふざけを、もう一回だけできないだろうか？ できる、と彼は思う。やろうと思う。彼は肩越しにドアの脇の闇のトンネルをちらと見る。その暗さは果てしなく、滑らかで、絶対的だ。あっちを向いてくれ、と彼は死神に言う。目をつむっててくれ。ちょっとのあいだ。

彼はジュディスの体の下に手を上向きに差し入れる、片手は肩の下に、もう片方は腰の下に、そして彼女を横にずらす、暖炉のほうへ。彼女は思ったより軽く、横向きになって、姿勢を直そうとしながら目をちょっとだけ開ける。妹が眉をひそめて見守るなか、彼は彼女の体でできたくぼみに横になる、妹の場所に身を置く、顔の両側に髪を撫でつける、上掛けのシーツを二人の体の上へ、顎までひっぱりあげる。

二人はそっくりに見えるはずだ、と彼は思う。どっちがどっちか誰にもわからない。死神はつい間違えるだろう、妹の代わりに彼を連れていくだろう。

彼の横で妹が身動きしている、体を起こそうとしている。「だめ」と彼女はまた言う。「ハムネット、だめだよ」

自分が何をやっているのか妹はすぐさま悟るだろうとハムネットにはわかっていた。彼女はいつもそうなのだ。彼女は首を振っているが、あまりに弱っていて寝床で体を起こすことはできない。ハムネットは二人の体の上に掛けたシーツをしっかり押さえる。

彼は息を吸う。彼は息を吐く。頭をめぐらせて、妹の耳のうずまきのなかに息を吹き込む。自分の力を、健康を、自分のすべてを吹き込む。お前は生きるんだ、と彼はささやく、そして僕はいく。彼はこんな言葉を彼女に吹き込む。僕の命をお前のものにしてほしいんだ。それはお前の命になる。お前にあげるよ。

二人とも生きることはできない、彼にはそれがわかっているし、彼女にもそれがわかっている。じゅうぶんなだけの命はないのだ、じゅうぶんな空気は、二人ともにじゅうぶんなだけの血は。もしかしたらあったことなどけっしてなかったのかもしれない。そして、二人のどちらかが生きるとするなら、それは彼女でなければならない。彼がそうしたいのだ。彼はシーツをぎゅっと両手で握る。彼、ハムネットはそう決める。そうしなければならない。

あとすこしで二度目の誕生日を迎えるスザンナは、祖母の居間の床に置かれた籠のなかにすわっている、あぐらをかいて、広げたスカートにふわっと空気を孕ませて。両手にひとつずつ木のスプーンを持って、全速力で漕いでいる。ボートで川を下っているのだ。流れは急で曲がりくねっている。草が漂い、解ける。浮いているためには、漕ぎに漕がなくてはならない——漕ぐのをやめたら、いったいどんなことになるのやらわかったものではない。アヒルと白鳥もいっしょに漂っている、見たところ静かに落ち着いているけれど、水かきのついた足をさかんに動かしているのをスザンナは知っている、水中でせっせと。この鳥たちはスザンナにしか見えない。窓のところに立っている彼女の母親には見えていない、室内に背を向けて窓の出っ張りに種をまき散らしているのだ。食卓にすわって裁縫箱を前に広げている祖母にも見えていない、父親にも見えていない、こちらは黒っぽい靴下に包まれた二本の脚が壁から壁へと行き来している。父親の靴底がスザンナの川の水面に擦れたりぶつかったりする。父親はアヒルのそばを通り過ぎ、白鳥をすり抜けて葦の茂る岸辺を横切る。気を付けて、とスザンナは声をかけたくなる、泳げるかどうかちゃんと確かめてね、と。父親の頭が目に浮かぶ——履いている靴下とおなじく黒っぽい——打ち寄せる茶色がかった緑色の水の下に消えていくのが。そんな光景を思い浮かべると喉が詰まり、目から涙が出そうになる。

父親を見上げると、歩みを止めている。じっと動かないまっすぐな脚は二本の木の幹みたいだ。父親は自分の母親である祖母の前に立っていて、こちらは相変わらず縫物をしている、針が布地のなかに消えてはまた現れる。スザンナには魚みたいに見える、ほっそりした銀色の魚で、たぶんヒメハヤかカワヒメマス、水面から飛びあがってはまた飛び込み、飛びあがっては飛び込みしていて、また自分の川のことを考えていると、祖母が縫物を投げだして立ち上がり、スザンナの父親に大声をあげ始める、面と向かって。スザンナはびっくりして見つめる、スプーンの櫂を持ち上げたまま。この尋常ではない光景をしっかりと心に刻む。彼女の祖母は怒りに顔を歪め、片手は息子の腕を摑んでいる。彼女の父親は摑まれた腕をもぎ離そうとしながら、低い声で脅すようにしゃべっている。すると祖母はスザンナの母親のほうを身振りで示し、大声でその名を呼び——祖母の言い方だとアニスみたいに聞こえる——母は振り向く。母の服は前の部分が膨らんでいる、また赤ん坊が入っているのだ。あんたの弟か妹だよ、とスザンナは言われている。母はまた、腕にリスを乗っけている。こんなことってあるだろうか？　あるとスザンナにはわかっている。その動物の尻尾はガラス越しに差し込む陽の光に照らされて炎のように赤い。リスは母の袖を駆けのぼり、帽子の下、スザンナが時折解いてブラシをかけて編ませてもらう髪の横に落ち着く。

彼女の母親の顔は穏やかだ。居間を、祖母を、男を、籠のボートに乗った子どもを、じっと見る。リスの尻尾を撫でる。スザンナは同じことをしたくてたまらなくなるが、リスは近寄らせてくれないだろう。彼女の母親は尻尾を撫で、何やら自分に言われていることに対して肩をすくめる。曖昧な笑顔を浮かべるとむこうを向き、リスを肩から降ろして開いている窓から外へ逃がしてやる。

スザンナはこれをずっと眺めている。アヒルや白鳥がどんどん傍へ泳いできて、群がる。

メアリは縫いに縫う、縫い目から針を突き出し、また突き入れる。自分が何をやっているのかほとんどわかっていないが、見えてはいる、息子の言っていることに耳を傾けながら、縫い目はどんどん大きく雑になり、これがとりわけ彼女を苛立たせる、針仕事の名手として知られているのに——確かにそのとおりなのだ、自分でも知っている。彼女はうろたえまいとする、冷静でいようと努める、だが息子は、この計画はきっとうまくいく、自分はきっとロンドンでジョンの商売を拡大できる、などとしゃべっている。メアリは怒りを、軽蔑を抑え込みかねている。彼女の義理の娘はこの会話には当然のことながら一切加わらず、窓辺にたたずんでいるだけで、宙にむかって何やらバカみたいなことを言っている。

赤みがかった色のネズミみたいな顔をしたリスが家の外の木に棲んでいる。アグネスはときおりそのリスに餌を与えて可愛がっている。なぜそんなことをするのかメアリにはさっぱりわからず、義理の娘に、あんなものを家に入れてはいけない、どんな病気や疫病を持ってくるかわかったもんじゃないから、と言ったのだが、アグネスは聞こうとしない。アグネスはけっして聞こうとしない。今でさえ、自分の夫が家を離れると、出ていくと、姿を消すと言っているのに、本当ならあの息子は跪いて母に許しを請うていなくてはならないのに、まだ三年にもならないあのときに自分と花嫁と腹の赤ん坊を我が家へ迎え入れてくれた母親に、神もご存じのとおり欠点はあるものの家族に対してはいつも精一杯のことをしている父親に。言うことを聞かないというのは、アグネスのいつもの態度だ。

メアリは息子に目を向けられない。義理の娘に目を向けられない、そこに立って、またも腹を膨らませて、あの忌々しいリスを抱えてちやほやして、この家ではどんな事件も起こってはいないみたいな顔をしている。

ジョンはアグネスを馬鹿扱い、阿呆な田舎者扱いしている。家のなかで横を通ったり食卓で顔を合わせたりするときには頷いてみせる。今日はどんなぐあいだね、アグネス？　とまるで子どもを相手にするように声をかける。絡み合った汚らしい根っこをポケットから出したり、両手を開いて集めてきた艶やかなドングリを見せたりすると、優しい目を向ける。風変わりなところにも、夜ほっつき歩くことにも、身なりがだらしなかったりすることにも、時おり口にする馬鹿げた想像や予言にも、家へ連れ込むいろんな動物やその他の生き物（イモリを、彼女は水差しに入れ、羽の抜けたハトは看病して健康体に戻した）にも寛容だ。夜ベッドのなかでメアリが不満を漏らすと、夫は妻の手を撫でながら言う、あの子をそっとしておいてやろうじゃないか。あの子は田舎育ちなんだ、わかってるだろ、町の子じゃない。これに対してメアリが言えることは三つ。アグネスは子どもではない。成熟した女でうんと年下の男の子、あたしたちの息子を誘惑して結婚した、最悪の口実をつけて。それに、あなたはあの人に甘すぎます、それもただただあの人の持参金のためにね。あたしがわかってないだなんて思わないで。それと、あたしだって田舎出で農場育ちだけど、あたしが夜、外を走りまわって野生の動物を家に連れこんだりする？　あたしはそんなことしません。メアリは夫にふんと鼻を鳴らしてみせる、どう振る舞ったらいいか弁えてる女だっているんですよ。

「状況を改善する助けになるよ」と息子が言っている、浮き浮きと、しつこく、「みんなの助けになる、こんなふうに父さんの商売を拡張するのはね。この父さんの考えは素晴らしいよ。この町の状況が父さんにはうんと厳しくなっているのは確かなんだ。もし僕がロンドンで取引できれば、きっとやれるんじゃないかな――」。

足の下の氷のように忍耐力がするっと抜け落ちていくのに気づくより早く、メアリは立ち上がる、立ちはだかって息子の腕を摑んでいる、揺すぶって、息子にこう言っている。「こんな考えは何から何まで馬鹿げてる。あんたの父さんがどこからこんなことを思いついたんだか。あんたこれまで父さんの商売にほんのちょっとでも関心を持ったことなんてあった？　こういう責任を負えるってことを見せてくれたことあった？　ロンドンとはね！　覚えてる？　あんたにチャールコートまで鹿革をとりにいかせたら、帰りになくしちゃったじゃないの？　手袋一ダースを本一冊と取り換えちゃったときのことは？　覚えてる？　あんたも父さんも、よくまあロンドンで商売するなんてこと考えたわよね？　ロンドンには手袋業者がいないとでも思ってるの？　あんたなんて、会ったとたん生きたまま食べられちゃう」

メアリが本当に言いたいのは、行かないで。メアリが本当に望んでいるのは、息子がこの野生の血が流れる端女との結婚をなかったことにできないだろうかということ、息子がこの森の女、風変わりで結婚相手なんか見つからないと皆に思われていた女に出会ったりしなければよかったのに、ということだ。なんだってあの女はメアリの息子に目をつけたのだろう、仕事もなく、財産もないのに？　息子をあの森の横の農園へ家庭教師に行かせようなんてことを思いつかなければよかったとメアリは悔やむ。過去へ戻って取り消せるものなら、そうしたい。メアリはあの女がこの家にいるのが嫌でたまらない、あの女がなんの物音も立てずに部屋に現れることができるのも、こちらをじっと見つめる様子、まっすぐ目を向けてくる、まるでこちらを水か空気としか思っていないように見透かす様子も、子どもに歌を口ずさんでやる様子も。メアリが本当に望んでいるのは、ロンドンに手を広げようなんぞというジョンの考えが息子の耳に入らなければよかったのにということだ。あの都会のことを、人混みだの病気だののことを思っただけで、メアリは胸が詰まる。

「アグネス」と、メアリは呼びかけ、息子は腹立たしそうに腕をもぎ離す。「あんたはきっとあたしの言うことに賛成してくれるよね。この子を行かせちゃだめ。こんなふうに出ていくなんてだめ」

アグネスはやっと、窓から振り向く。メアリにとっては腹立たしくてたまらないことに、手のなかにはまだリスがいる。指のあいだから尻尾がはみ出て滑り落ち、黒い穴のあいた金色のビーズみたいな目がじっとメアリに向けられている。きれいな指をアグネスは持っている、とメアリは忌々しいながらも思う。すっと先細で、白く、ほっそりしている。アグネスは、とメアリは認めないわけにはいかない、人目を引く女だ。でもそれは、人の心をかき乱す、悪い種類の美しさだ。黒髪は金色がかった緑の目とは調和せず、肌はミルクよりも白く、歯は等間隔だがキツネみたいに尖っている。この義理の娘を長く見ていられないことにメアリは気づく、相手の視線を受け止められないことに。この生き物、この女、この妖精、この魔女、この森の精——何しろそうなのだから、皆がそうだと言っている、メアリはそれが本当だと知っている——は、メアリの息子を誑かし、誘惑した、結婚へと誘いこんだのだ。このことを、メアリはけっして許せない。

メアリは今やアグネスに訴えかける。きっとこのことでは、手を結べるのではないか。きっと義理の娘はこの件については自分の側についてくれるはずだ、あの子をそばに、この家に安全に、目の届くところに引き留めておくというこの任務については。

グネス?」。

「アグネス」とメアリは呼びかける、「あたしたちは同じ考えよね? こんなの、なんの分別もない馬鹿げた思いつきよ。あの子はここに、あたしたちと一緒にいなくちゃ。ここにいるべきよ、赤ん坊が生まれるんだから。あの子の居場所はあんたや子どもたちのいるところ。このストラトフォードで仕事に取り組まなくちゃ。こんなふうに出ていくなんてだめ。そうでしょ? ねえアグネス?」。

アグネスは顔を上げ、ちょっとの間、帽子の下の顔が見える。笑っている、あのどうにも得体のしれない、癪に障る笑顔で、メアリは気持ちがすとんと沈むのを感じる、自分の過ちを悟って、アグネスはけっして味方になってはくれないとわかって。

「だって理由がないですもの」とアグネスはあの明るいフルートのような声で答える。「その人が行きたがっているのに引き留めるだなんて」

メアリの喉元に怒りがこみあげる。この女を殴ってやりたい、腹に子どもがいたってかまうものか。この針でこの女の白い体を突き刺してやりたい、息子が触れて、引き寄せて、キスして、ほかにもいろんなことをした体に。考えただけでメアリは胸が悪くなる、胃がでんぐりがえる、自分の息子が、我が子が、こんなやつと。

メアリは言葉にならない声をあげる、半分すすり泣きで半分喚き声の。針仕事を床へ投げつけると、足音荒く食卓を離れる、針仕事から離れる、息子から離れる、両手に大きなスプーンを一本ずつ持って炉辺の籠のなかにすわっている子どもをまたぎ越して。

廊下に向かいながらも、メアリにはちゃんと聞こえている、アグネスと自分の息子が笑いはじめるのが、最初は低く、それから大きくなり、互いにしーっと言い合いながら二人の足音が敷石に響く、きっと双方が歩み寄っているところなのだ。

何週間かあと、アグネスはストラトフォードの通りを歩いている、片手を夫の腕にかけて。腹が大きくなっているのであまり速くは歩けない。赤ん坊がどんどん場所をとっているので、じゅうぶんに息を吸い込むことができない。夫が気をつかって歩みをのろくしようとしているのがわかる、本来の力を、動きを、速さを押さえつけようとするせいで夫の筋肉が震えるのが感じられる。夫にとっては、喉が渇いてたまらないのにがぶ飲みしないようにしているようなものなのだ。夫は行く気まんまんだ、彼女にはわかる。たくさんの準備があり、さんざん話し合いがなされ、さまざまな手筈が整えられ、手紙が書かれ、荷造りが行われ、衣類はメアリが断固自分の手で洗いに洗い、誰にもやらせない。ジョンが確認しなければならない手袋の見本がいくつもあり、それから梱包され、開けられ、また梱包される。

そして今やその時が来た。アグネスは活用させてみる。彼は行く予定だ、彼は行ってしまうだろう、彼は行くのだ。彼女はこういう状況を計画した、それを始動させた、人形遣いみたいに、衝立の陰に隠れて、そっと木の人間たちの糸を引いてそろそろと行くべきところへ導いてきたのだ。バーソロミューに頼んでジョンに話してもらい、それからジョンが彼女の夫に話してくれるのを待った。ジョンの頭にこの思い付きを植え付けてくれと彼女がバーソロミューに頼まなかったら、こんなことは何も起こらなかっただろう。こんな事態を作り出したのは彼女なのだ――ほかの誰でもない――それなのに、いざこうなってみると、自分が望んでいることとはまるで違うという気がする。

彼女が望んでいるのは彼が自分のそばにいてくれること、彼の手をこのまま握っていられることだ。この赤ん坊を産み落とすときに家にいてくれること。自分たちがいっしょにいられることだ。だが、彼女の望みなどどうでもいい。彼は旅立つ。表に現れてはいないが、彼女が彼を送り出すのだ。

彼の荷物は結わえて本人の背に負われている。商品の入ったいくつもの箱は彼が向こうで落ち着いてから送られる。靴はきれいに磨かれている。彼女は縫い目に獣脂をすりこんでロンドンの通りの湿気が沁みこまないようにした。

アグネスは横目でちらと夫を見る。彼の横顔はかたい表情で、ひげは整えられてオイルが塗られている（これまた昨夜彼女が自分でやった、刃を革砥(かわと)にこすりつけてから、その凶器ともなる刃を愛する人の肌へ——なんという信頼、なんという服従）。彼の目は伏せられている。誰かに挨拶したり長話したりしたくないのだ。彼の手はぎゅっと彼女の手を握っている、彼の指が強く押し付けられている。先へ進みたくてじりじりしているのだ。この一時を終わらせたくて。新生活に乗り出したくて。

彼はロンドンで訪れることになっている従兄弟のことを話している、その従兄弟が部屋を手配してくれていることを。

「その部屋は川のそばなの？」などと彼女は訊ねている、答えは知っているのに、もう何もかも彼から聞かされているのだから。話し続けていなくてはならないという気がする、どうでもいいようなことを。ストラトフォードじゅうの人たちが二人のまわりにいる。眺めて、観察して、聞き耳をたてている。仲良く、歩調を合わせて、意見が一致しているところを見せるのが、彼にとっても彼女にとっても家族にとっても商売にとっても肝要なのだ。まさにこの行動で広がっている噂を否定することが。いっしょには暮らせないんだ、ジョンの商売は落ち目だ、何か不名誉なことが原因でロンドンへ行くんだ。

アグネスは顎をちょっと上げる。不名誉なことなんて何もない、と彼女のまっすぐな背中が言っている。わたしたちの結婚に何も問題はない、と彼女の突き出た腹の誇らかな曲線が言っている。商売にはなんの陰りもない、と彼女の夫のピカピカの靴が言っている。

「そうだよ」と夫は答える。「それに、皮なめし工場が集まってるところからも遠くなさそうなんだ。だから父さんのために見てまわって、どの工場がいちばんいいか決められる」

「なるほど」と彼女は返事する、夫は手袋の商売にあまり長くかかわっていないだろうというはっきりした予感があるのだが。

「川はね」と夫は続ける。「危険な潮の干満があるらしい」

「へえ?」と彼女、夫がこのことを母親に話すのを聞いていたのだが。

「従兄弟が言うには、川を渡るときには毎回必ず熟練した船頭を確保しなくちゃいけないそうだ」

「そりゃそうよね」

彼は話し続ける、川のそれぞれの岸辺について、桟橋について、一日のうちでも時間によって安全さが違うことについて。彼女は幅の広い大きな川を思い浮かべる、曲がりくねっていて、危険な流れがあり、ドレスにビーズを縫いこんだように小さな船がちりばめられている。そんな船のひとつに夫が乗っているところを想像してみる、下流へ流されていくなかで、黒い頭をむき出しにして、服は川の水でぐっしょり、泥で汚れていて、靴には沈泥がべったり。彼女は首を振ってしっかりした夫の腕にしがみつかずにいられない、こんな想像を追い払うために。これは本当じゃない、本当にはならない。彼女の心のいたずらにすぎない。

彼女は郵便物を扱う宿屋(ポスティング・イン)まで彼といっしょに歩く、彼は今度は下宿のことを話している、あっという間に帰ってくるからね、と、彼女のこと、スザンナのことを毎日思っているからね、と。できるだけ早くロンドンで皆で暮らす住まいを見つける、そうすればやがてまたみんな一緒に暮らせる、と。「London」(彼女はこの言葉を知っている、大きな自信に満ちたLという文字、二つの目玉みたいな丸いoに、繰り返されるnのアーチ)のほうを向いた矢印が刻まれた里程標の横で、二人は足を止める。

「手紙くれる?」と彼は顔をくしゃくしゃにして言う。「そのときが来たら?」彼の両手が彼女のほうへ伸びて腹の膨らみの下のほうを覆う。

「もちろん」と彼女は答える。

「うちの父親は」彼は悲しげな微笑みを浮かべる。「男の子を期待してる」

「知ってる」

「だけど僕はかまわない。男の子でも女の子でも。娘でも息子でも。僕にとっては同じことだ。知らせを受けたらすぐに、みんなを連れに来る手筈を整えるから。そうしたら僕たちはロンドンでいっしょに暮らすんだ」

彼は彼女を抱きよせる、腹の子どもをあいだに挟んでできるかぎりぴったりと、両腕で彼女を抱きしめる。「何も感じないの?」と彼女の耳元で囁く。「今回は予感はないの? どっちなのか?」

彼女は頭を彼にくっつける、彼のシャツの合わせ目近くに。「ないの」と彼女は答え、自分の声に困惑が現れていることに気づく。彼女には意外なのだ、腹の子のことが浮かんでこない、予知できないのは。女の子なのか男の子なのかわからないのだ。はっきりとした予兆が得られない。先日、食卓からナイフを落とすと、火のほうを向いて落ちた。ならば女の子だ、と彼女は考えた。

ところがそのあと同じ日に林檎のすりおろしをスプーンで食べていたら、口のなかにきりりと爽やかな酸味を感じて思ったのだ、男の子だ、と。まったくわけがわからない。髪を梳かすと乾いてぱさぱさしている、これは女の子ということだ、ところが、肌は滑らかで爪はしっかりしていて、これは男の子を意味する。このまえはオスのタゲリが彼女の行く手に飛んできたかと思ったら、それからメスのキジが藪のなかから鳴きながら出てきた。

「わからないの」と彼女は話す。「それに、どうしてなのかも。こんなこと――」

「心配しないで」彼はそう言いながら彼女の顔を手で挟んで持ち上げ、目を合わせる。「すべてうまくいくよ」

彼女は頷いて、目を伏せる。

「いつも言ってなかったっけ、子どもは二人になるって？」

「言ってた」と彼女は答える。

「それならさ。ここに」彼は手のひらを彼女の腹にあてる。「二番目がいる。準備して待っている。すべてうまくいくよ」と彼はまた言う。「僕にはわかる」

彼は彼女にキスする、しっかりと口に、それから体を離して彼女を見つめる。彼女は微笑みながら、町の人が誰かしら見ていないかと自分が期待していることに気づく。ほらね、と彼女は思いながら、片手を彼の頬に当て、そしてほら、と夫の髪に触れる。彼はまた彼女にキスする、今度はもっと長く。それから溜息をつき、彼女の頭の後ろを包みこんで、顔を彼女の首筋に埋める。

「僕は行かない」と彼は呟くが、彼女はその言葉に無理があるのを感じる、そうは言いながら、一方でその言葉が彼の本当の気持ちから剥がれているのを。

「行くのよ」と彼女は言う。

「行かない」

「行かなくちゃ」

彼はまた溜息をつく、彼の吐息が彼女の糊の効いた頭巾をカサカサ揺らす。「今は君を置いていっちゃいけないのかもしれない、こんなときに……ことによったら――」

「そうしなくちゃいけないの」彼女はそう言って、彼の荷物の帆布地に触れる、父親から渡された手袋の見本の一部を彼がそこから出して代わりに本と紙を入れたのを、彼女は知っている。彼女は彼に、ちょっとからかうような半笑いの顔を向ける。もしかしたら彼は彼女がこの行為を知っていることに気がついているのかもしれない、気がついていないのかもしれない。

「わたしにはあなたのお母さんも妹もいるんだから」と彼女は続けながら、夫の荷物に手を押しつける。「あなたの家族全員がね。もちろんわたしの家族も。あなたは行かなくちゃ。ロンドンで新しい家を見つけてくれたらわたしたちも合流するから、なるべく早くに」

「どうなんだろう」と彼は呟く。「君と離れるのは嫌なんだ。それに、もし僕が失敗したら？」

「失敗？」

「もしも向こうで仕事が見つからなかったら？　商売を拡張できなかったら？　もしも――」

「あなたは失敗なんかしない」と彼女は答える、「わたしにはわかる」。

彼は眉をひそめ、彼女の顔をもっとしげしげと見る。「君にはわかるの？　どんなことがわかるの？　教えてくれよ。何か予感があるの？　君は――」

「わたしに何がわかってるかなんてことは気にしないで。あなたは行かなくちゃいけないの」彼女は彼の胸を押して間隔をあけ、自分の体から彼の腕がすうっと解けていくのを感じる。彼の顔はくしゃくしゃで、緊張して自信なさげだ。彼女は微笑みかけて、息を吸い込む。

「さよならは言わないから」と彼女は努めて落ち着いた口調で言う。

「僕も言わない」

「あなたが行ってしまうところは見送らないからね」

「僕は後ろ向きに歩くよ」と彼は言い、後ろ向きに去っていく。「こうすればずっと君を見ていられる」

「ロンドンまでずっと?」

「そうしなくちゃならないんなら」

彼女は笑う。「溝に落っこちちゃうよ。荷馬車にぶつかっちゃう」

「仕方ないよ」

彼はぱっと前に飛び出すと、彼女を抱き寄せてまたキスをする。「これは君に」と彼は言い、もう一度キスする。「これはスザンナに」そしてまた、「それからこれは赤ん坊に」。

「このキスは必ず届けるから」と彼女は言いながら、笑顔を崩すまいとする。「そのときが来たらね。さあ、行って」

「行くよ」と彼は返事して歩み去っていく、相変わらず彼女のほうを向きながら。「こんなふうに歩いてると、行っちゃうって気がしないな」

彼女は両手を大きく振る。「行って」と彼に言う。

「行くよ。だけどすぐに君たちみんなを連れに戻ってくるからね」

彼が道が曲がっているところまで行くまえに彼女は身を翻す。彼がロンドンに着くまで四日はかかるだろう、道中で親切な農夫の荷馬車に乗せてもらいでもしたらもっと早く着けるが。彼に行けと勧めはしても、去っていくのを見送るつもりはない。

彼女はさっきよりもさらにゆっくりと、来た道を引き返す。なんて変な気分なのだろう、同じ通りを逆にたどるのは。古くなった文字をインクでなぞるように、彼女の足を羽ペンにしてなぞっていく、書き直していく、拭い去っていく。別れというのは奇妙なものだ。ひどく単純に思える。一分まえには、四分、五分まえには、彼はここにいた、彼女の傍らに。今、彼はいない。彼女は彼といっしょだった。彼女はひとりだ。自分が寒々とむき出しになった気がする、玉ねぎみたいに剝かれて。

さっき二人で通り過ぎた露店がある、ブリキのポットとヒマラヤスギの削り屑を積み上げて売っている。さっき見かけた女が、まだ決めかねている、両手にそれぞれポットを持って品定めしているが、いったいどうしてまだいるんだろう、なんだって相変わらず同じことをしていられるのだろう、ポットを選ぶなんてことを、こんな変化が、アグネスの生活にこんな転換があったというのに？　彼女にとってまさに世界が真っ二つになったというのに、ここでは同じ犬が戸口でうとうとしている。ここでは若い女が衣類を束ねて結わえている、二人で通ったときにやっていたのと同じように。ここでは彼女の隣人が、髪に白いものが混じった細面で黄色っぽい顔色の男が（今年いっぱいもたないだろう、とアグネスは考える、空を横切るツバメのように彼女の脳裏を過る事実だ）、彼女に重々しく会釈しながら通り過ぎていく。あの男には見て取れないのだろうか、彼女の知っている生活は終わってしまった、彼が行ってしまったということがわからないのだろうか？

赤ん坊が、さっと肩をすくめるような動きをする、片方の掌を、足を、肩を皮膚の壁に押し付ける。彼女は片手をそこに置く――外側に手を、内側の手に接するように――何も変わっていないかのように、世界はさっきのままであるかのように。

イライザの手紙は数軒先の家の若者の手に委ねられる。彼は日の出まえに起きて出かけ、ヘンリー通りを歩いている、父親から川向こうの子を孕んだ雌牛を見に行くよう言われたのだ。メアリは窓から彼に声を掛け、手紙を渡してポスティング・インへ持っていってくれと頼み、彼の手に硬貨を押しつけた。

若者は表面の斜めになった文字を確かめてから手紙を袖にたくしこむ。読むすべは身に着けていないので意味はないのだが、それでもやっぱり、輪っかになったところや文字の形、黒っぽいインクが交差しているのを見るのは好きだ、凍りついた窓ガラスに木の枝がこすれてできた跡みたいで。

彼は手紙を橋の近くの宿屋(イン)へ持っていき、それからそのまま雌牛のところへ向かう、雌牛はまだ子を産んでおらず、怯えているように見える大きな目で彼を見つめながら、顎を動かして反芻する。その朝それから宿の主人が手紙をほかのものといっしょに穀物商人に託し、商人はその日、馬でロンドンへ向かう。

兄に宛てたイライザの手紙は穀物商人の革鞄に収められてバンベリーまで運ばれる。そこから荷馬車でストークンチャーチへ、そして下宿屋の戸口に届けられる。家主は廊下に斜めに射しこむ陽光にかざしながら目を細めて手紙を見る。家主は目がよくない。下宿人の名前が記されているが、当人は昨日ケントへ発ってしまった。劇場はペスト発生のために王宮の命令ですべて閉鎖となり、件の下宿人は自分の劇団を引き連れて近くの町々へ巡業に出かけたのだ、人が大勢集まることが許されているところへ。

家主はチープサイドへ所用で出かけている息子が帰ってくるのを待たなくてはならない。帰ってくると——不機嫌な顔で、というのも会うことになっていた人物が来ず、雨がひどかったので息子はずぶ濡れなのだ——数時間たってからインクと羽ペンを出してきて、炉棚からあの手紙を取り、口の端から舌先をのぞかせながら苦労しいしいケントの宿屋の住所を書く、件の下宿人がそこに滞在すると言い置いたのだ。

手紙はその後手から手へと渡されてこの都市の外れにある宿屋へ届けられ、そこでケントへ向かう旅人を待つ——この場合は、女と犬と鶏を乗せた荷車を押している男だ。

手紙が届いたとき、彼——下宿人、兄、夫、父親、そしてここでは役者——はケントの東端にある小さな町のギルドホールに立っている。ホールは塩漬け肉の、茹でたビートのにおいがする。片隅には農具や袋用の麻布が山になっている。狭い光の帯がいく筋か、高いところにある点々とカビのついた窓から差し込んでいる。

彼は背をそらせてこの弱々しい光の筋を見ながら、光がホールを半分横切ったところで集まって光のアーチ道を作り出し、この場全体に水面下のような雰囲気を醸し出して、彼や劇団員たちが魚で、緑色がかった池の薄暗い深みを泳ぎまわっているみたいに見えるな、と考えている。

小さな子どもが——男の子だ、と彼は思う——駆け込んでくる、裸足で、頭もむき出しで、みすぼらしいスモックを着て、腺病病みみたいな顔で、はっきりした甲高い声で彼の名前らしきものを叫びながら高く掲げた手紙を旗みたいに振っている。

「それは僕だ」彼はげんなりした口調で言いながら、手を差し出す。金の要求か、苦情、後援者からの指示だろう。「聞いてくれ」と彼は仲間たちに言う、みんな演壇をなんとなくうろうろしており、とても三時間も経たないうちに芝居をやるとは思えないな、と彼は考える、この埃っぽいホールでは特に何も行われる予定はないみたいじゃないか。「左から右へ歩数を数えておいてくれよ、こんな具合に」彼は実演しようと、裸足の子どものほうへ歩く。「でないと、誰かが舞台から観客のなかへ落っこちることになる。ここは僕たちが慣れているのより狭いからね、だけどそれに慣れなくちゃいけない」彼は子どもの前で立ち止まる。妙に白茶けた髪で、両目の間隔が離れている。下唇が爛れている。汚い爪だ。六、七歳か、たぶんもっと上かな。

彼は子どもが握っていた手紙をひったくる。「僕に？」と言いながら指を財布に差し入れて硬貨を一枚取り出す。「これはお前に」彼はコインを子どもとのあいだの空間にひょいと投げる。とたんに子どもは活気づき、痩せこけた体が生き生きと跳ねる。

彼は笑い、向きを変えると、彼の家の紋がちょっとずれて押された赤い封蠟をはがす。妹の筆跡だなと思いながら、顔をあげる。舞台では、若者がぎこちない足取りで年上の俳優に向かって歩いている、下の床では溶けた鉛が沸き返っているとでも言いたげに、舞台の縁をそろそろと伝って。

「まったく」と彼は怒鳴る、彼の声が木の支柱に、壁の漆喰に広がる。彼は声の出し方を心得ている、どんなふうに張り上げて巨人の声を出せばいいかわかっている。俳優たちは凍り付く、口をぽかんと開けて。「あとほんの数時間したらこのホールはケントの善男善女でいっぱいになるんだぞ。その人たちに道化芝居でも見せるつもりか？　我々は観客を笑わせようとしているのか それとも悲劇を上演しようとしているのか、どっちだ？　それをしっかり心得ておかないと、明日は飯の食い上げだぞ」

彼は持っている手紙を宙で打ち振りながら、ちょっと長めに皆を睨む、効果を狙って。効き目はあったようだ。若者は泣きそうな顔で着ている衣装に指をねじ込んでいる。彼は笑みを隠そうと向きを変え、それから手紙にちらと目を走らせる。

「兄さま」とある。それから「重いびょおき」、そして「あなたのむすめ」。「どうか、できれば返ってきてください」と書いてある。「もお長くないのではないかと思ます」

とつぜん、息ができないような気がしてくる。ホールの空気は灼熱の暑さで埃が舞っている。胸がやたらと上下している気がするのに、空気をぜんぜん吸いこめていないように思える。彼は文面を見つめ、もう一度、またもう一度文字を読む。紙の白さが脈打ち、ぎらぎらむき出しに光っているような気がしたと思うと、つぎの瞬間文字の黒い連なりの後ろに退く。一瞬、娘が見える、顔をあげて彼を見ている、両手を握りしめ、ひたと父と目を合わせている。彼は服をゆるめたい、締め具を引きちぎりたい。外へ出なくては、この建物から出ていかなくては。

手紙を握りしめたまま、彼はドアへ走り、全体重を掛けて押す。外へ出ると、さまざまな色彩が目に飛び込んでくる。きらめく青い空、屋根のでっぱり部分の毒々しい緑、木に咲いているクリーム色の花、老いぼれた馬を引いて道を行く女のピンクの服。馬の両脇腹には編んだ籠がぶらさがっている。彼にはたちまち片方の籠のほうがずっと重いことがわかる、バスケットはつり合いがとれておらず、片側が下がっているのだ。

道のむこうのほうだというのに、彼は女に怒鳴りたくなる、たった今ホールのなかで俳優たちに怒鳴ったのと同じように。だが息が切れている。彼の肺はまだ苦しげに上下し、心臓は今や肋骨の内側でどきどきいっている、どきどきいってはためらい、どきどきいってはまたためらう。視界の端が揺らめくような気がする、木に咲いた白っぽい花が揺れている、炎の熱気を透かして見ているみたいだ。

重いびょおき、と彼は考える、もお長くない。

彼は空を引きはがしたい、あの木から花をひとつ残らずもぎ取りたい、燃えている枝を持って追い立てて、あのピンクをまとった娘と老いぼれ馬を崖から落としてやりたい、ただ取り除くために、自分の行く手からすべて取り去ってしまうために。彼は子どもから何マイルもの距離で、長い道のりで隔てられているのに、残り時間はわずかしかない。

肩に手が掛けられ、顔に誰かの顔が寄せられ、腕がもう一つの手で摑まれていることに彼は気づいている。友人が二人この場にいて、言っている。なんだ、どうしたんだ、何が起こったんだ？　二人の片方、ヘミングが、彼の手から手紙を取ろうとしている、指を引きはがして、そして彼は放すまいとする、放すまいと。他の人間に読まれたら、あの言葉が本当になりそうだからだ、起こってしまいそうだからだ。彼は男たちを振り払おうとする、二人を、全員を、人数が増えているのだ、彼の俳優たちがまわりに集まっている、だがなぜか両膝の下に砂利を撒かれた地面が感じられ、友人の、ヘミングの声が手紙に記された言葉を読み上げている。今やいくつかの手が彼の肩を叩いている。彼は助け起こされる。誰かが誰かに馬を見つけてこいと言っている、どんな馬でもいいから、できるだけ早く彼をストラトフォードへ行かせないといけないと。行け、とヘミングが若い男の子を急き立てている、ついさっき、舞台の端で落っこちやしないかとびくびくしていた子に、馬を連れてこいと。若い男の子は道を駆けていく、踵で土埃を舞い上げて、衣装――ブロケードとベルベットでできた馬鹿みたいな、若者の姿を女に見せかけるために作られたものだ――をはためかせながら。
彼は男の子が駆けていくのを見つめる、周囲で交錯する脚のあいだから。

アグネスの二度目の妊娠が臨月に近づくにつれ、メアリは監視を怠らなくなる。アグネスを長く一人にはしておかない。義理の娘の腹がどんどん大きく、可能とは思えないほど丸く膨らんでいることに気が付いている。メアリはアグネスがこっそりいろいろな物を食卓の下の袋に隠しているのを見ている。布、鋏、より糸、薬草や干した樹皮の包み。アグネスはびっくりするような体形になっていて、カボチャをいくつも服の下に隠しているみたいだ。よくまああれで歩けるもんだな、とジョンはある夜、カーテンをぴったり閉めた夫婦のベッドに横になってそう呟く。どうやって立っていられるんだろう?

メアリは義理の娘から目を離さず、イライザと使用人たちにも同様にするよう言ってある。今度の孫——男の子を、皆が期待している——は可哀そうなスザンナのように森の茂みで産ませるわけにはいかない。だけどあの頃は、とメアリは自分を慰める、アグネスがどこまで奇矯な振舞いをするかまだよくわかっていなかったから。

「あの人からスザンナをみててと頼まれたらすぐに、あの人があの袋に手を伸ばすのを見たらすぐに、あたしに知らせるんだよ」メアリは女中にきつく命じる。「すぐにだよ。わかった?」

娘は頷く、目を大きく見開いて。

アグネスは火で蜂蜜を温めている、そこへカノコソウのエッセンスとハコベのチンキを混ぜこむつもりだ。スプーンを突っ込んで一方へ寄せ、つぎにもう一方へ寄せ、蜂蜜が木の先端部分を滑り、まつわりつくのを眺める。熱に負けてかたさを失い、柔らかく溶けて液状になり、形状を変えていく。その週のもっとまえに夫から届いた手紙のことを、彼女は考えている。イライザに頼んで二度読んでもらったのだが、今日もう一度、彼女を見つけ次第読んでもらおうと思っている。手紙で、夫はアグネスに劇場の俳優たちのために手袋を作る契約が取れたと書いていた。アグネスはイライザに、後戻りしてこれらの言葉をもう一度読んでくれと頼まなくてはならなかった、自分がちゃんと理解できていて文面のそこのところを指し示せるよう、あとになってもその言葉がどれかわかるよう。俳優たち。劇場。手袋。彼らが必要としているのはこういう手袋だ、とイライザはたどたどしく読む、知らない言葉を顔をしかめて発音しながら。戦うとき用の長い装甲手袋、王や王妃や宮廷の場面用の宝石やビーズのついた美しい手袋、ご婦人用の柔らかい手袋、ただしサイズは大きくしなければならない、若い男の俳優たちの手にはめられるのだから。

この手紙には考えなければならないことがたくさんある。すみずみまですっかりのみこむのに、アグネスは何日もかかった。言葉を何度も頭のなかで繰り返し、指でなぞり、そして今では記憶している。宝石やビーズ。宮廷の場面。若い男の俳優たちの手。それにご婦人用の柔らかい手袋。こういうことをいろいろ記す彼の書き方には何かがあった、やたら詳しく、俳優たちのための手袋について記している長い一節は、アグネスに何かを警告している。なんなのかまだはっきりとはわからないが。彼にはなんらかの変化が起こっている、修正とか転換が。こんな些細なことについてこんなにいろいろ書いてきたのは初めてだ。手袋の契約。ただの契約だ、ほかのたくさんの契約と同じく、それならなぜ彼女は、遠くから聞こえる何かの音を気にする小動物のような気分になるのだろう？

彼女は身を乗り出してハコベチンキを取り、蜂蜜に加えようとする、ゆっくりと一滴ずつ落として、と思っていると下腹に奇妙な、でも馴染みのある強張りを感じる。下へ引っ張りながらぎゅっと締め付けてくる。しつこく、独特だ。彼女は動きを止める。そんなはずはない。早すぎる。赤ん坊が生まれてくるまでにまだ少なくともあと一度は満月を迎えなくてはならないはずだ。きっと仮性陣痛というやつだ、どんなことが待ち構えているか体に警告するためのもの。彼女は暖炉を支えに立ち上がる。腹が大きすぎて——前回のときよりもずっと大きい——危うく炎のなかにひっくり返りそうになる。

彼女は炉棚を摑み、いつになくぼうっと自分の指の関節が白くなるのを眺める。どうなっているのだろう？　彼女はイライザに頼むつもりだった——今日か明日——彼に手紙を書いてくれと、家族の元に帰ってきてくれと伝えるために。お産のときには彼にここにいてほしい、と彼女は思ったのだ。また彼の姿を見たい、彼の手を握りたい、この子がこの世に生まれてくるまでに。彼の顔を覗き込みたい、彼の生活に何が起こっているのか確かめたい、王や王妃や俳優たちのための手袋のことを彼に訊いてみたい。火の傍に立ちながら、彼が以前と同じ彼なのか、ロンドンが彼を見分けがつかないほど変えてしまったのかどうか、自分は確かめたいと思っているのだと彼女は気が付く。

彼女は息を吸い込む。蜂蜜の甘い花の香り、カノコソウのつんと鼻をつくにおい、ハコベの酸っぱい麝香のような香り。痛みは和らぐどころか強まる。腹が締め付けられるのを感じる、鉄の帯を巻かれたみたいだ。仮性陣痛ではない、これは。ぎゅうぎゅう絞って、彼女の体からこの赤ん坊を産み落とさせようというのだ。数時間かかるか、数日かかるか。どのくらいかかるのか自分にはわからないことに彼女は気づく。アグネスは息を吐く、ゆっくり、ゆっくり、片手を暖炉に置いて。こんなことになろうとは。なんの予兆もなかったのだ。

彼に知らせる時間はあると思っていた。ところがこうなると、時間などない。あまりに早すぎる。それはわかっている。しかし、こんな痛みに逆らうことはできない、回避することはできないということもまたわかっている。

アグネスは部屋のほうを向く。まわりの何もかもが急に違って見える、これまで見たことがなかったかのように、この食卓やあの椅子を毎日拭いたり艶出ししたりなどしていないかのように、この敷石を掃いたり、あの壁掛けや敷物の埃をはたいたりなどしていないかのように。ここに、この狭い部屋に、端には鉛枠の窓があり、鍋や粉が並ぶ長い棚のあるここで暮らしているのは誰？　水差しにハシバミの枝を何本か差して、固い芽が早めにほころびてしわくちゃで鮮やかな色の葉が出てくるようにしたのは誰？

あらゆる確信がなくなってしまう。何も思ったようにはいかない。もっと時間があると思っていた、この赤ん坊が生まれてくるのはもっとずっとあとだと思っていた、ところがそうではないらしい。彼女はいつもわかっていたのに、起こるまえに何が起こるかいつもわかっていたのに、何もかも見通して落ち着き払って世の中を渡ってきたのに、そんな彼女が不意打ちを食らわされた、隙を突かれたのだ。いったいどうしてこんなことに？

アグネスは腹に触れる、なかの子どもと意思疎通しようとするかのように。けっこう、と彼女はこの子に言ってやりたい、そうならなければならないものはそうなる、と。あんたの言うことは聞いてあげるから。あんたを迎える準備をしておくからね。

急がなくてはならない。なるべく早くこの家を出なくては。この子をここで産むつもりはない、この屋根の下では。メアリに見張られているのはわかっている。早くしなくては、そっと、抜け目なく。今出ていかなくては。

彼女の横で、スザンナが床にうずくまり、人形の片脚を摑んで何やら一人で叫んでいる。「おいで」アグネスはきびきびと陽気な声を出そうとしながら言う。手を差し出す。「イライザを探しに行こうよ、ね？」

逆さまになった人形との遊びに夢中になっていたスザンナは、頭上から降ってきた大人の手を見てびっくりしている。人形がいて、その人形は空を飛べる人で、ただし羽は目に見えないんだけど、スザンナ自身も空が飛べて、人形と二人で空へ飛びあがって、鳥たちに混じって木々の上を飛ぶつもりだったのに。それが今はこうだ。手が。

顔を上に向けると、母親がぬっと立っている、腹しか見えず、遠くにある顔が、何かイライザのことを言っている、行こうと言っている。

スザンナの顔が引っ込み、しかめっ面になる。「いや」と答える、両手で人形の脚を握りながら。

「お願い」と母親は言う、なんだかいつもの声とは違う。縮こまって苦しそうな、着られなくなったスモックみたいな声だ。

「いや」とスザンナはまた言う、今度は怒っている、ごっこ遊びの世界が消えてしまった、どこかへ行ってしまったからだ、こんなふうに頭上からいろいろ言われるせいで。「やだやだやだ！」

「いいわ」とアグネスは答え、スザンナは自分の体が持ち上げられるのを感じてびっくりする、炉の前の敷物が下がっていき、火がさっと遠ざかって、彼女は運ばれていく、しごく無造作に、部屋から連れ出され、床に落ちた人形から引き離され、ドアをくぐって通路を洗濯場へ、そこには女中が立っていて、鉢のなかのものをごしごし洗っている。

「ねえ」アグネスはそう言って泣きわめく子どもを女中の腕に押し付ける。「この子をイライザのところへ連れていってくれる？」アグネスはかがみこんでスザンナの頬にキスし、それから額に、それからまた頬にキスする。「ごめんね、いい子ちゃん。帰ってくるからね。うんと早く」

アグネスが足早に、うんと足早に通路を急ぎ、自分の炉辺へたどり着いたちょうどそのときに次の痛みがやってくる。こうなったら、何が起こっているのかはなんの疑いもない。前回のことはすべて覚えている、だがなぜか今回は違っているように思える。急速に進むし、時機が早いし、しつこい。彼女はまだいるべき場所に行っていないのだ、森のなかで一人、頭上を木々に囲まれた場所に。彼女は一人ではない。まだここにいる、この町に、この離れに。一瞬たりとも無駄にはできない。はあ、はあ、はあ、自分のあえぎが聞こえる。椅子の背を摑んで過ぎ去るのを待つ。それから部屋を横切って食卓へ行く、そこに袋を置いてあるのだ。

指先で革ひもを摑み、さっと戸口へ行って通り抜け、外に出る。ドアを閉めるまえに一瞬耳をすませ、それから頷く、大丈夫だ。スザンナの泣き叫びは止んでいる、きっとあの子の叔母といっしょにいるのだろう。

アグネスは通りを横切りはじめる、馬が通り過ぎるのを待とうと立ち止まると、誰かが横に現れる。振り向くと義弟のギルバートが傍でにやにやしている。

「どっかへ行くの？」と彼は眉をあげて問いかける。

「いいえ」アグネスは答えながら恐慌が心臓の鼓動のように頭のなかでどきどき脈打つのを感じ

る。森へ行かなくてはならないのだ、ぜったいに。このままここに引き留められたら、どうなるか自分でもわからない。ろくなことにならない。何か悪いことが起こるだろう。このことについては確信がある、なぜなのか説明はできないのだが。「つまりその、そうなの。じつは……」彼女はギルバートに焦点を合わせようとするのだが、彼の顔は、ひげは、ぼやけてよくわからない。彼女はまたも思う、この人はなんと兄と似ていないのだろうと。「じつは……」彼女はそれらしい場所を求めてきょろきょろする。「……パン屋へ」

彼はアグネスの肘をしっかりと摑む。「さあ来て」と彼は言う。

「どこへ？」

「家へ帰るんだよ」

「だめ」彼女は言って、肘を引き戻す。「帰らない。わたしはパン屋へ行くの、あなたは——あなたはわたしを行かせてくれなくちゃ。止めないで」

「いや、止めなくちゃ」

「だめ、止めちゃいけない」

このとき、メアリが息を切らして駆け寄ってくる。「アグネス」と言いながら、もう片方の腕を取る。「家へ帰るのよ。準備はぜんぶしてあるから。心配ないからね」それから、口の端でギルバートに向かって、「産婆さんを連れてきて」と。

「だめ」アグネスは今や叫んでいる。「行かせて」自分はここにはいられないのだとこの人たちにどう説明すればいいのだろう、自分は、こんなふうに子どもを産むことはできないのだということを？　どうしたらわかってもらえるのだろう、自分の心がどんどん不安でいっぱいになっているのだということを、あの手紙に書かれた言葉を耳にして以来？

アグネスは半ば抱えられ、半ば引きずられるようにして連れていかれる、自分の狭い小さな家ではなく、彼らの家へ、広い戸口を抜けて廊下へ、そして狭い階段を上がって。ドアが押し開けられ、彼女はなんなく中へ入れられる、両の足首をくっつけられて、犯罪人のように、狂人のように。

だめ、だめ、だめ、と言っている声が聞こえる、痛みがやってくるのがわかる、雨雲が近づいてくるのが見えるまえにわかるように。立ち上がりたい、しゃがみたい、態勢を整えられるように、準備して、果敢に立ち向かえるように、ところが、誰かが彼女の両肩をベッドに押し付けている。べつの誰かが彼女の額にしっかり手を当てている。産婆がいる、見てみなくてはと言いながら彼女のスカートをまくりあげ、男の人たちは出て行ってください、女の人たちだけ残ってね、と指示する。

アグネスに必要なのは緑の森だけだ。地面をまだら模様にして生き生きと動く光が、木の葉の天蓋の慈悲深い木陰が、完全にしーんとしているわけではない、木の幹で何重にも隠された場所が、遠くへ身を隠すことがどうしても必要なのだ。森へは行けない。もう時間がない。この家にはあまりにたくさんの戸口がある、彼女もそれは知っている。

彼がここにいてくれさえしたら。彼ならこの人たちを寄せ付けずにおいてくれただろう。彼女の訴えに耳を傾けてくれただろう、いつもの彼らしく、相手の言葉を飲み干すかのようにこちらへ身を寄せて。彼ならきっと彼女を森へ行かせてくれただろう、彼女はこんなところへ来させられることはなかっただろう。彼女はなんてことをしてしまったのだ？　なぜ彼を送り出してしまったのだろう？　自分たちはどうなるのだろう、こんなふうに別れ別れになって、彼は劇場相手に取引して、若者が女性に見せかけようとしてはめる手袋を作っていて、彼女は遠く離れたこの部屋に押し込められて出してもらえず、味方になってくれる人は誰もいないという状態で？　自分はなんてことをしてしまったのだ？

アグネスは彼らを押しのけ、ベッドから降りる。木々のあいだの閉じられた道なき道の代わりに壁から壁へ、そしてまた元のところへと歩く。考えがなかなかちゃんとまとまらない。ちょっとの間自分だけに、一人になりたい、痛みなしで、そうすればなんでもはっきりと考えられる。彼女は両手をもみ合わせる。自分が、それとも誰かが泣き叫んでいるのが聞こえる、わたしはどうしてあんなことしちゃったの？「あんなこと」が何を指しているのか彼女はわからない。この部屋は彼女の夫が生まれた場所だと、彼女は知っている――それに彼の弟たちや妹たち、あの幼くして死んだ子たちも。彼は最初の息をここで吸いこんだのだ、このカーテンの奥で、この窓辺で。

混乱した頭で、彼女が話しかけるのは彼だ、木々にでもなければ魔法の十字架でもなく、地衣類が描く模様や印に向かってでもない、子を産もうとしながら死んだ自分の母親にでさえない。お願い、と彼女は彼に話しかける、頭骨のなかの空間で、お願い戻ってきて、と。あなたが必要なの。お願い。あなたを送り出そうと画策したりするんじゃなかった。この子が無事に生まれてくるようにしてちょうだい、ちゃんと生きているように、わたしが生き延びてこの子を育てられるようにしてちょうだい。わたしたちが親子で乗り切ることができるように。お願い。わたしを死なせないで。血まみれのベッドで冷たく硬くなるなんて終わり方をさせないで。

何かがおかしい、変な感じだ、そぐわない。なんなのかはわからない。弦が一本合っていない楽器の音色を聴いているみたいだ。すべてがあるべき状態ではないようで、どうも気になる。何もかもがあまりにどんどん進みすぎ、あまりに早い。こうなる予感はまったくなかった。彼女は間違った場所にいる。彼は間違った場所にいる。無事にやりとおせないかもしれない、できないかもしれない。彼女の母が、まさに今この瞬間、あの、そこからは誰も帰ってこない場所から彼女を呼んでいるのかもしれない。

産婆とメアリが今や彼女の体に手をかけている。二人は彼女をスツールに導いているが、ただしそれはちゃんとしたスツールではない。オイルが塗ってある黒ずんだ木製で、三本の脚が広がっていて、下には盥が置かれ、座面はない——大きな穴が開いているだけだ。アグネスは気に入らない、あの何もない座面は嫌だ、あの空間は、だから体を伸ばし、摑まれていた両腕をもぎはなす。あの黒いスツールにはすわるもんか。

あの手紙。あの手紙のどこが違っていたんだろう？　詳細ではない、注文のあった手袋のリストではない。婦人用の長手袋について書いてあるところだったのだろうか？　婦人という言葉が気になるのだろうか、引っ掛かるのだろうか？　そうは思わない。紙面から発散される感触だ。たちのぼってくる歓喜、湯気のように、彼が書いた文字のあいだから。自分たち二人がこんなに遠いところに離れ離れになっているのは、別々になっているのは間違っているような気がする。彼が手袋の長さやビーズの付け方や王様役にはどんな刺繡が最適か決めている一方で、彼女は苦しさに締め付けられ、死にそうになっている。

自分は死ぬのだ、と彼女は思う。こんなことが起きるという予兆がひとつもなかったという理由がほかにあるだろうか？　自分は死ぬのだ、永眠する、この世を去るのだ。もう彼には会えない、スザンナには二度と会えないのだ。

アグネスは床に倒れる。この予感に打ち倒される。二度と会えない。床板にぺたんと手をついて体を支え、脚を両横へ折り曲げてうずくまる。死がやってくるというのなら、さっさとしてください、と彼女は祈る。腹のなかの子どもは生かしてください。彼を家に戻して、子どもたちの傍にいさせてください。彼が彼女をいい女だったと思ってくれますよう、いつまでも。

産婆が彼女の袖を引っ張っている、だがメアリは彼女をスツールへ行かせようとするのはあきらめたようだ。アグネスは断固連れていかれはしない。今やメアリにはそれがわかっているのが感じられる。メアリはあの忌まわしいスツールに腰掛け、モスリンの布を差し出して赤ん坊を受けとめる態勢を整える。

彼が手紙に書いていた劇場は、ショーディッチというところにあった。イライザは一字一字発音して全体の感じを摑まなくてはならなかった。「ショー」と彼女は言ってみて、それから「ディッチ」と。岸辺(ショー)――溝(ディッチ)? アグネスは繰り返した。川岸を思い浮かべた、沈泥が溜まり、葦がひだ飾りのように生え、黄菖蒲が伸びていたり、鳥が巣を作っていたりする場所だ、それから溝、油断ならないつるつる滑る傾斜した穴で、底にはどろどろした水が溜まっている。「ショー」それから「ディッチ」。最初の部分は素敵な場所みたいに聞こえるけれど、後の部分はおぞましい。いったいどうして岸辺に溝があるのだろう? イライザに訊いてみようとしたのだが、イライザはそのまま読み進めていた、彼がそこで観た芝居の説明を、手袋の契約を結ぶ男を待っているあいだに観た、嫉妬深い公爵とその不実な息子たちについての。

産婆は不機嫌な様子でスカートやエプロンを気にしながら床に身をかがめ、特別料金を払ってもらわなければ、と言う、これじゃ膝がたまったもんじゃない、と。産婆は敷物の上に体をほとんど平たく伏せるようにして覗き込む。

「すぐ終わりますよ」というのが産婆の判定だ。「いきんで」と、ちょっとぶっきらぼうに言う。

メアリはアグネスの肩に片手を置き、もう一方の手を腕に置く。「さあさあ」と呟く。「すぐに終わるから」
アグネスの耳には二人の言うことがうんと遠くから聞こえる。彼女の思考は今では簡潔で、短く切られ、骨までそぎ落とされている。夫、と彼女は考える。手袋。俳優。ビーズ。劇場。嫉妬深い公爵。死。いい女だったと思う。彼女にはわかってくるものがある、言葉で、ではないかもしれないが、感覚で、彼のあの手紙の文面は違っていたのではない、戻ったのだと。彼は自分に戻ったのだ。回復した。良くなった。戻ったのだ。

彼女は見つめる、ある種超然とした興味を持って、何か丸い物が自分の脚のあいだに現れるのを。彼女はそれを見ようと頭を下へ屈める、自分の体のほうへ。頭頂が彼女のなかからゆっくりと出てくる、回ったり、ねじれたりしながら、ずるずると、水生生物のように、肩が、長い背中が、背骨がビーズのように並んでいる。産婆とメアリが両側から受け止める、メアリが言う、男の子だ、男の子だ、そしてアグネスは夫の顎を目にする、夫のちょっととがらせた口元を。自分の父親の金髪を再び目にする、この額の上に山形に生えているのを。自分の母親の長いほっそりとした指を目にする。彼女は自分の息子を目にする。

アグネスと男の子はベッドにいる、子どもは乳を飲んでいる、自分のものだと言いたげに小さな拳を母親の乳房に押し当てて。彼女は何よりもまず乳を与えたい、自分の体をきれいにするよりもまず、と言ったのだ。臍の緒と羊膜は布に包んで縛ってくれと言い張った。彼女は頭を上げて、メアリと産婆がこの作業を行うのを見守った。子どもが一か月を過ぎたらそれを木の下に埋めるのだと彼女は二人に告げる。産婆は道具を集めて袋に入れ、敷布を畳み、鉢の中身を窓から空ける。メアリはベッドにすわって、赤ん坊を布で包ませてちょうだいとアグネスに言っている、そうするのが正しいやり方なのだ、自分の赤ん坊はみんな布で包んだ、そうしたらどうなったか見てごらん、大きな強い若者になった、一人残らず、それにイライザも、するとアグネスは首を振る。布で包むのはお断りします、と彼女は言う、そして産婆は隅で一人にやにやする、メアリの最後の三回のお産の世話をしたのだが、並外れて独りよがりだという印象を受けたのだ。

　産婆は布を鉢でゆすぎながら、顔を伏せなければならない、なんといってもこの義理の娘は、誰に聞いても風変わりだというこの娘は、メアリといい勝負なのだ。産婆にはそれがわかる。有り金すべて（陶器の壺に入れて小さな我が家の漆喰壁の裏に隠してあって、誰一人知る者はいない）賭けたっていいが、この赤ん坊は布で包まれることはないだろう。

　何かが産婆を振り向かせる、濡れた布を手に持ったまま。のちに一ダースかそこらの町の人たちにこの話を聞かせる際、どうして自分が振り向いたのかわからない、と産婆は話すことになる。ただそうしたのだ。産婆の直感だね、と彼女はのちに言う、鼻を指で叩きながら（内緒だけどね、の意）。

　アグネスはベッドで上体を起こし、片手で腹を押さえている、もう片方の手はまだ赤ん坊を支えて乳を吸わせている。

「どうしたの？」メアリがベッドから立ち上がりながら訊ねる。

　アグネスは首を振り、それからまた体を二つ折りにして低いうめき声をあげる。

「その子を寄越しなさい」メアリは言いながら腕を差し伸べる。その顔は心配そうだが優しい。あの子が欲しいんだ、と産婆は見て取る、何を差し置いても、自分の子を八人も産んでいるのに、あの歳なのに。あの赤ん坊が欲しいんだ、抱き寄せる感覚を味わいたいんだ、包みこまれた、みっしりした温かさを抱いていたいんだ。

「そんな」とアグネスは食いしばった歯のあいだから言う、体を丸めながら。その表情は、戸惑い、張りつめて、怯えている。「どうなってるの？」しゃがれた、怖がっている子どものような声で囁くように言う。

産婆が前へ出る。片手を娘の腹に当てて押す。皮膚がぴんと張り、引っ込むのが感じられる。スカートをまくり上げて覗き込む。ほらあった。二番目の頭の濡れた曲線が。間違いない。

「また始まった」と産婆は言う。

「どういうことなの？」メアリがいつものちょっと横柄な口調で訊ねる。

「また始まったんですよ」と産婆は繰り返す。「もう一人生まれてくるんです」産婆はアグネスの脚を撫でる。「双子なんですよ、ねえあんた」

アグネスはこの知らせを黙って受け取る。ベッドに仰向けになって、息子を抱きしめ、疲れ果て、顔色が悪く、手足はぐったりして、顔を俯けている。痛みの印は顔の青白さと引き結ばれた唇だけだ。アグネスは二人が赤ん坊を取り上げて火の傍の揺り籠に寝かすに任せる。

メアリと産婆はベッドの両側に立つ。アグネスは二人を見上げる、その目はうつろに見開かれ、顔はぞっとするほど青白い。彼女は人差し指を上げて最初はメアリを、つぎに産婆を指す。

「あなたたち二人」と彼女はがらがら声で言う。

「なんて言ったんです？」産婆がメアリに訊ねる。

メアリは首を振る。「さあ」それから娘に呼びかける。「アグネス、スツールにおいで。もう出てくる。ここまで来てるのよ。あたしたちが手を貸すから。始まるよ」

アグネスは痛みに摑まれる、体がまず一方にねじれ、つぎにまたねじれる。指は敷布を摑み、マットレスから引きはがし、それからそれを口に押し付ける。彼女から漏れてくる叫びは耳障りでくぐもっている。

「あなたたち二人」彼女はまた呟く。「ずっと、わたしの子どもたちだと思ってた、ベッドのところに立ってるのは、でもそれはあなたたちだったんだ」

「なんなんですか？」産婆は訊ねながら、またもアグネスのシフトドレスの裾の下へ姿を消す。

「あたしにはさっぱり」とメアリは答える、実際の気持ちよりは明るい声で。

「うわごとを言ってるんですね」産婆は肩をすくめながら言う。「自分がどうなってるのかわかってない。そんなふうになる人もいるんです。さてと」産婆はそう言って、また体を伸ばす。「この赤ん坊は出かかってます、だからあの人をベッドから起き上がらせなくちゃ」

両側からそれぞれ腕を掴んで、二人はアグネスを起こす。彼女は導かれるがままにベッドから出てスツールへ行き、何も言わずにそこへ崩れるようにすわりこむ。メアリはアグネスの後ろに立ってぐったりした体を支える。

しばらくすると、アグネスは話しはじめる、あの声と、とぎれとぎれの言葉をそう呼べるものならば。「すべきじゃなかった……」と彼女は呟くが、その声は喘ぎながらの、ほんの囁きだ。

「……すべきじゃなかった……間違ってた……あの人はいない……わたしできない――」

「できますよ」と産婆は床の上の持ち場から言う。「やるんです」

「できない……」アグネスはメアリの腕を握る、その顔は濡れていて、目は見開かれて光っているが何も見ておらず、ひたすらメアリにわかってもらいたがっている。「……あのね、わたしの母さんは死んだ……そして……そしてわたしはあの人を行かせてしまった……できない――」

「あんたは――」と産婆が言いかけるが、メアリが遮る。

「黙って」メアリはぴしゃっと言う。「自分の仕事をしててちょうだい」メアリは手をアグネスの血の気の失せた顔に当てる。「いったいなんなの？」と囁く。

アグネスはメアリを見つめ、そしてその斑点のある目は懇願していて、怯えている。メアリはそれまで義理の娘の顔にそんな表情を見たことがない。

「あのね……」とアグネスは小声で答える。「……わたしなの……わたしがあの人を行かせたの……それに、わたしの母さんは死んだし」

「お母さんが死んだのは知ってますよ」メアリはそう返事しながら動く。「でもあんたは死にませんよ。ぜったいにね。あんたは強いもの」

「母さん……母さんも強かった」

メアリは義理の娘の手を握る。「あんたはだいじょうぶ、まあ見てなさい」

「だけど問題……」アグネスは言う。「……なのは……すべきじゃなかった……すべきじゃなかった……」

「なんなの？　あんたは何をすべきじゃなかったの？」

「あの人を行かせるべきじゃなかった……ロ……ロンドンへ……あれは間違ってた……わたしは――」

「あんたじゃないでしょ」メアリはなだめる。「ジョンが行かせたのよ」

首の上でぐらぐらしていたアグネスの頭がぱっとメアリのほうを向く。「わたしです」彼女は歯を食いしばりながら呟く。

「ジョンですよ」メアリはきっぱりと言う。

アグネスは首を振る。「とっても無理」彼女はうめく。彼女はメアリの手を握る、指先を痛いほど肉に食いこませて。「面倒をみてもらえますか？　イライザと二人で。お願いできますか？」

「誰の面倒をみるの？」

「子どもたちの。お願いできますか?」

「もちろんよ、でも——」

「わたしの継母に渡さないでください」

「とんでもない。そんなことぜったいに」

「ジョーンはだめ。ジョーンにだけはぜったい。約束して」彼女の表情には狂気がみなぎり、憔悴しきっていて、その指はメアリの手を締め付けている。「約束してください、子どもたちの面倒を見るって」

「約束しますよ」メアリは応えながら、眉をひそめて義理の娘の顔を見つめる。この娘には何が見えたのだろう? 何を知っているのだろう? メアリはぞくっとして不安を覚え、怖気が肌を這う。彼女は大体において、世間でアグネスについて言われていることを信じないようにしている、ひとの未来が見えるとか、手相を見ることができるとかいった、彼女がやると言われているあれこれを。ところが今初めて、世間で言われているのがどういうことかわかった気がする。アグネスは別世界の人間なのだ。この世界に完全に属しているわけではないのだ。とはいえ、アグネスが自分の目の前で死んでいくなどと思うとたまらない気持ちでいっぱいになる。そんなことになってたまるものか。息子になんと言えばいいのだ?

「約束するわ」彼女はまたそう言いながら、義理の娘の顔をまっすぐ見る。アグネスは手を離す。二人はいっしょに膨らんだ腹に目をやる、その下に見えている産婆の両肩に。

二度目の出産は短く、速く、きつい。陣痛は間隔を空けずにどんどんやってきて、アグネスが水中に潜った泳ぎ手のように息継ぎができないでいるのがメアリにはわかる。最後のころにはその叫び声は荒々しくしわがれて自暴自棄になっている。メアリは涙で顔を濡らしながら抱きかかえる。頭のなかでは息子に告げる言葉を考えはじめている。あたしたちは最善を尽くしたんだよ。できることはなんでもやってみた。それでも、救うことはできなかった。

赤ん坊が姿を現すと、彼らが恐れていた死は結局アグネスに訪れるものではなかったことが皆にはっきりわかる。赤ん坊は青ざめていて、首には臍の緒が固く巻き付いている。

誰も何も言わないまま、産婆が片手で赤ん坊をそろそろと引っ張り出してもう一方の手で受ける。女の子だ、最初の子の半分の大きさで、声をあげない。目はかたく閉じて、手を握りしめ、唇をすぼめている、まるで謝るかのように。

産婆は素早く巧みに臍の緒を解き、その小さな人形を逆さまにする。産婆は赤ん坊の尻を叩く、一回、二回、だが何も起こらない。なんの音も、泣き声も、生命の揺らめきは何もない。産婆は三度目の平手打ちをと手をあげる。

「もうたくさん」とアグネスが言い、両腕を差し伸べる。「その子を抱かせて」

産婆は、見ないほうがいい、不吉だ、みたいなことをぶつぶつ言う。見ないのがいちばん、と彼女は言う。あたしが連れていきますから、と言う、そしてちゃんとお弔いしてもらいますから。

「わたしに抱かせて」とアグネスは言い、スツールから立ちあがろうとする。

メアリが前へ出て、産婆の手から子どもを取り上げる。完璧な顔だ、と彼女は思う、それに、この子の兄と瓜二つだ——同じ額、同じ顎と頬の輪郭。まつ毛も爪もあり、まだ温かい。

メアリが小さな体をアグネスに渡すと、受け取って抱き寄せ、掌に頭をのせて揺する。

部屋は静かだ。

「あんたには立派な男の子がいるんだから」しばらくすると産婆が言う。「あの子をここへ連れてきてお乳をあげたら」

「あたしが連れてくる」メアリはそう言って揺り籠のほうへ行こうとする。

「いいえ、あたしがしますよ」産婆がそう言ってメアリの前を横切り先へ行こうとする。

苛立ったメアリは産婆の肩を押す。「どいてちょうだい。あたしがうちの孫を連れてくるから」

「奥さん、言わせていただきますがね――」産婆はすっくとメアリに対峙するが、言葉は尻切れトンボになる、二人の背後からか細い泣き声が聞こえ、大きくなっていくからだ。

二人は同時に振り向く。

アグネスに抱かれた子ども、あの女の子が泣き叫んでいる、腹立たしげに両腕を突っ張り、そのちっぽけな体は空気を吸いこむたびに桃色に染まっていく。

赤ん坊は、つまり、一人じゃなかったんだ。アグネスは刺すような隙間風があたらないようカーテンを閉めたベッドに横になって、独りごちる。

誕生後の数週間、女の子が生き延びられるかどうかはけっして予断を許さない。アグネスはこのことを承知している。頭でわかっているし、直感的に、肌身に沁みて、心の奥底でもわかっている。義母がつま先立ちになって部屋に入ってきては子どもたちを覗き込み、ときには胸にさっと手を当てたりする様子で察している。メアリがジョンを急き立てて赤ん坊たちを教会へ連れていく様子からもわかる。メアリとジョンは双子を重ねた毛布で包み、それから自分たちの服の下にたくしこんで、司祭のところへ急ぐ。しばらくして、メアリは敵を振り切って競走を終えた女のような表情で家へ駆け戻ってきて、双子の小さいほうをアグネスに差し出しながら、こう言う。ほら、すんだからね。はいどうぞ。

アグネスは眠っていられないように思える。ベッドから起き上がれないように。手を遊ばせておく暇が、空にしておく暇がないように。いつなんどき双子のどちらか、あるいは両方が抱いてもらいたがるかしれやしない。片方に授乳しなければならない、それからもう一方に、それからまたさいしょの子に。二人いっしょに授乳する、胸のまんなかで二つの頭を合わせて、体を両方の腕でそれぞれ抱えて。彼女は授乳し、授乳し、授乳する。

男の子のハムネットはじょうぶだ。このことは、初めて見たときから彼女にはわかっている。しっかりと自信に満ちた力でしがみついて、懸命に吸う。女の子のジュディスは乳房へと誘ってやらなくてはならない。口を開けて乳房を押しこんでも、どうしたらいいのかわからないかのように困った顔をしていることもある。アグネスは頬を撫でたり顎の先を軽く叩いたり顎に指を這わせたりして、吸うことを、飲むことを、生きることを思い出させてやらなければならない。

アグネスの考える死というのは、長いあいだずっと一つの部屋の形をとっている、内側には明かりがついていて、たぶん荒れ地にある。生者はその部屋で暮らしている、死者は外をうろついて、掌や顔や指先を窓に押しつけ、なんとか戻りたがっている、仲間の元へ行きたがっている。部屋のなかにはこうした外にいる者たちが見えたり声が聞こえたりする者もいる。壁越しに話ができる者もいるが、たいていはできない。

この小さな子が外の、寒い霧のたちこめる荒れ地で、母親なしで暮らさなくてはならないなんて、考えられない。この子を死なせはしない。奪われるのはいつも双子の小さいほうだ。このことは誰でも知っている。誰もが息を殺してそれが起こるのを待っているのが、彼女にはわかる。生者の暮らす部屋から外へ出るドアが、この女の子にとってはちょっと開いているのだと彼女にはわかっている、冷たい隙間風が感じられる、あの冷たい空気が察知できる。自分は二人しか子どもを持たないことになっていると彼女は知っている、だがそんなことは認めない。彼女は自分にそう言う、夜のいちばん暗い時間に。そんなことにはさせない。今夜も、明日も、どの日も。あのドアを見つけてばたんと閉めてやる。

彼女は双子をベッドの、自分の両脇に寝かせておく。片方の子の息を片方の耳に吹きかけられ、もう片方のをもう片方の耳に。ハムネットがきいきい声をあげて乳を飲もうと目を覚ますと、アグネスはジュディスも起こす。飲んで、おちびちゃん、と彼女は囁く、おっぱいの時間よ。

彼女は自分の予感が怖い。そうなのだ。自分が最期を迎えるベッドの足元に二つの姿がある光景は、冷酷な鮮明さで憶えている。今や彼女にはわかっている、あり得るのだ、十二分に可能性があるのだ、子どもたちの一人が死んでしまうということは、何しろ子どもというのはひっきりなしに死んでいるのだから。だが彼女はそうはさせない。させるものか。この子を、この子どもたちを、生命力でいっぱいにしてやる。外へ繋がるドアと子どもたちのあいだに割って入って、そこに立ちはだかってやる、歯をむき出して、通せんぼするのだ。三人の我が子をこの世の向こうで待ち受けているあらゆるものから守るつもりだ。休むことも眠ることもしない、子どもたちが無事だとわかるまでは。ずっと抱いていた、子どもは二人という予知を押しのけ、はねつけて、なかったことにするのだ。彼女はそうする。自分にはできると彼女は思う。

夫は帰ってくると、一瞬彼女のことがわからない。顔立ちのいいふっくらした唇の彼の妻が鍋や乳鉢の横に立っているのを予期していたら、代わりにいたのは、ベッドに横たわる打ち捨てられたような、不眠と決意とひたむきさのあまり半分気がふれたようになった姿だ。授乳で痩せこけ、目のまわりに隈ができ、必死で思いつめた表情の女を彼は目にする。まったく同じ謎めいた顔つきの、一方が他方の倍の大きさの赤ん坊が二人いる。

彼は二人を抱き上げる、二人の凝視を受け止める、まったく同じ二対の目を覗き込む、二人を縦に、膝の上に並べる、一人が他方の親指を取って自分の口に入れて吸い付くのを見守る、二人が何よりもまず二人いっしょに生きてきたのだということを見てとる。彼は両の掌でそれぞれの頭に触れる。お前と、と彼は言う、それからお前。

疲労でぼうっとしながらも、彼の手を摑めるようになるまえにもう、彼女にはわかっている、彼は見つけた、彼には合っている、その世界で生きているのだということが——彼が送るべき生活、彼がやるべき仕事。ベッドの上で彼女は笑ってしまう、彼がこんなに堂々と、胸元をくつろげ、不安や苛立ちの気配などまるでない顔で立っているのを見て、彼の満足感を吸いこんで。

産室にいっしょにすわって、二人は相変わらず思っている、彼女はすぐにロンドンの彼のもとへ行くのだと、三人の子どもたちをあの都市に連れていって、そこでいっしょに暮らすのだと。すぐにそうなるのだと二人は思っている。荷物に何を詰めて持っていこうか、彼女はもう考えている。もうすぐ大きな都会で暮らすようになって、たくさんの家や船やクマや宮殿が見られるのよ、とスザンナに話している。赤ちゃんたちもいっしょに来るの？　とスザンナは訊ねながら横目で揺り籠を見る。そうよ、とアグネスは答える、笑いをかみ殺して。

彼はすでに家を探している、家族の住まいを買うために金を貯めている。スザンナを肩車して川をみせてやるところを、家族全員を劇場に連れていく様を思い描いている。新しい友人たちが妻の黒目がちな瞳や手袋をはめたほっそりした手首、子どもたちの可愛い顔に、いいなあと羨ましそうな表情になる様子を頭に浮かべている。台所には揺り籠が二つ、妻は火のほうへかがみこみ、裏庭には雌鶏とかウサギがいたりする光景を想像する。家族五人だけだ、もしかするとそのうちもっと増えるかも。彼はこんな思いにふける。ほかには誰もいないのだ。隣の一家はいない。兄弟や両親や義理の親族が時間に構わず飛び込んでくるなんてことはないのだ。誰もいない。家族だけ、台所があって、揺り籠が二つあって。その台所のにおいさえしてくるようだ。食卓の上には蜜蠟が、赤ん坊たちの酸っぱいような乳のにおい、洗濯物の糊。妻は仕事しながら鼻歌を歌っている、赤ん坊たちはあぐあぐぺちゃくちゃ言っている、スザンナは裏に出てウサギに話しかけながら潤いのある目や滑らかな毛皮をしげしげ見ている、そして彼は我が家の炉辺にすわって家族に囲まれている、狭苦しい下宿部屋で家族の元に届くのに四日もかかる手紙を書いているのではない。もうこんな二重生活は、引き裂かれた生活は送らないのだ。みんな向こうへ来る、彼の元へ。顔をあげさえすれば家族の顔を見られるのだ。もはやあの大都会で一人ではなくなる。あそこでもっとしっかりした足がかりを持つのだ、妻、家族、家。アグネスが向こうに、彼の傍にいてくれたら、彼にどんな可能性が開けることだろう？

彼も彼の妻も、小さな双子の赤ん坊と産室で腰をおろしながら、この計画が実現することがないのを知らない。彼女が子どもたちを連れてロンドンで彼と暮らすことはけっしてない。彼が向こうで家を買うことはけっしてない。

女の子は生き延びる。赤ん坊から幼児に、そして小児になっていくが、生命力はか細く虚弱で安定しないままとなる。ひきつけを起こし、手足が震え、熱が出たり、胸がうっ血したりする。肌は発疹で赤らみ、肺は息をするのが苦しそうだ。ほかの二人の子どもが鼻風邪にかかるときに、彼女は瘧（おこり）に襲われる。二人が咳をするときに、彼女は喘鳴（ぜいめい）で苦しむ。アグネスはロンドンへ発つのを数か月遅らせる、あの子が元気になるまで、と彼に手紙を書いてくれとイライザに頼む。春が来るまで。夏の暑さが去るまで。秋風が吹かなくなるまで。雪が解けるまで。

ジュディスは二歳、母親は毎晩娘といっしょに起きていて、湯気のたつマツとクローヴの鉢をベッドカーテンの内側に置く、娘が息ができるように、青くなっている娘の唇が元に戻るように、娘が眠れるように、そのうちロンドンへの引っ越しが実現されることなどないのが誰の目にも明らかになる。あの子の健康状態はあまりに危うい。都会では生きられないだろう。

父親は家族の元を訪れる、疫病の時期、劇場が閉まっているときに。彼は手袋を売るのはやめている、彼の父親が作った商品を売り歩くのは。その商売とはすっぱり手を切っている。彼は今では劇場の仕事だけをしている。ある夜彼は妻がこの娘と床を歩いているのを見守っている。娘は胃が不調なのだ。

娘は異常なほど美しい子どもだ、無関心な傍観者の目にさえも、澄んだ青い目に柔らかい天使のような巻き毛。部屋の一方の側から他方へと歩きながら、娘は母の肩越しに父親をじっと見る。黙ったまま頬に涙を伝わせながら、娘は母の服を両手で握りしめている。父は娘をしっかりと見返す。咳払いする。貯めていた金を使うことにしたのだと妻に告げる、ロンドンで家を買うのではなく、ストラトフォードの近郊に土地を買うのだ。いい地代が入るだろう、と妻に話す。彼は立ち上がる、あたかもこの決心、この新しい未来に対して身構えるかのように。

産室で、小さな双子を膝にのせて、それぞれの頭を手で包みながら、彼はアグネスに、彼女の予見、子どもは二人だという予言は間違っていたんじゃないかと話す。というか、たぶん、双子が生まれるということだったのではないか。つまり、と彼はなおも双子の赤ん坊を見つめながら言う、双子を持つということだったのだ。スザンナと、それから双子。

彼の妻は何も言わない。ベッドを見ると、彼女は眠ってしまっている、彼が戻ってくることだけをひたすら待っていたのだ、双子の赤ん坊を膝に抱いてくれるのを、双子の頭を手で包んでくれるのを待っていたのだとでも言いたげに。

アグネスははっと目覚める、ぱっと顔を上げ、唇と舌は何か言葉を発しようとしている。どんな言葉だったのか、彼女にはわからない。風の夢を見ていたのだ、目には見えない大きな力が髪を吹き流し、着ている服を引っ張り、顔に土埃や砂粒を浴びせてきた。

彼女は目を下に向けて自分の体を見る。ベッドではなく、まだ服を着たまま寝床の端に半分すわって半分倒れこんでいるような姿勢でいる。片手には布を持っている。布は湿ってくしゃくしゃで、手に握りこまれて温かい。なぜこんなものを持っているのだろう？　なぜこんな姿勢ですわったまま寝ていたのだろう？

見ていた夢から一陣の風が部屋へ吹きこんできたかのように、どっと蘇ってくる。ジュディス、熱、夜。

アグネスはよろよろと立ち上がる。自分は寝ていたのか？　よくまあ寝るなんてことができたものだ。彼女は頭を振る、一回、二回、眠気を、夢を振り払おうとするかのように。部屋は真っ暗だ、夜がいちばん深まる時間、もっとも死に近づく時間だ。火はほとんど消えかけていて、燃えさしのかけらがいくつか赤くなっているだけで、ロウソクも燃え尽きている。彼女は見えないなかであたりを必死で手探りする。シーツの下に脚がある、膝が、足首が。アグネスが上へとまさぐると、手首があり、二つの手が握りしめられている。彼女が触れている体は熱い。これは、とむこうを向いて貴重品入れのなかのロウソクを探そうとしながら、彼女は自分に言い聞かせる、いいことだ、とてもいいことだ、つまりジュディスはまだ生きているということなのだから。いいことだ、これはいいことだ、と彼女は自分に言い聞かせながら、ロウソクのひんやり滑らかな円柱を握りしめ、芯を燃えさしに近づける。命があれば、望みがある。

ロウソクの芯に火がつき、ほとんど消えそうな炎がかすかにチラチラするが、やがて力強くなる。アグネスの伸ばした腕のまわりに光の輪が現れ、広がって、闇を押し戻す。

暖炉が、炉棚が見える。アグネスの室内履き、それにショールが床に落ちている。寝床が見え、ジュディスの足が上に掛けたシーツの下から突き出している。あの子の脚が、膝が、そして顔が見える。

その顔を見たアグネスは口を覆う。肌はほとんど色がないほど青白い。目は半開きで、目玉が瞼に隠れて白目をむいている。白っぽくひび割れた唇は開いていて、小さく微かに息をしている。

口に手をあてたまま、アグネスは娘を見下ろす。彼女のなかの、病人を、病み苦しむ人を、病み上がりの人を、仮病を使っている人を、悲しみにくれる人を、気が変になった人を世話してきた部分は、こう考える。もう長くないだろう。彼女のべつの部分、この子を育て、世話をし、気にかけ、可愛がり、食べさせ、服を着せ、抱きしめてキスしてきた部分は、こう考える。こんなのあり得ない、こんなことになるはずがない、お願い、この子はやめて。

アグネスは身をかがめて娘の額に触り、脈を測って、ちょっと楽にしてやろうとし、そうするなかで、極めて奇妙な、あまりに思いがけないので自分が何を目にしているのかアグネスには一瞬理解できないような光景を、ロウソクが照らし出す。

アグネスがさいしょに気付くのは、ジュディスの手ははじめに思ったようにもう片方の手と組み合わされているわけではないということだ。その手は別の誰かの手と絡み合っている。誰かが寝床でジュディスといっしょに寝ているのだ、べつの体が、もう一人の——なんとも奇妙に思えるのだが——ジュディスが。

アグネスは瞬きする。体を震わせる。ジュディスが二人、体を寄せ合っている、消えかけている火の前で。床の双子の妹の横にもぐりこんだのだ。ハムネットだ、もちろん。夜のあいだに降りてきて、寝床の双子の妹の横にもぐりこんだのだ。そしてそこで寝ている、安らかに、ぐっすり眠りこんでいる、妹の隣で、妹の手を握って。

アグネスはこの光景を見つめる、ロウソクを掲げて。彼女はあとになってこのときのことを思い返し、何もかも自分が思っていたのとは違うといつわかったのだろう、と自問することとなる。気がついたのはいつだった？　はっと悟らせてくれたのはなんだったのだろう？

彼女の娘がいる、ほんとうに重篤な状態で、仰向けに横たわり、発熱で顔は生気が失せている、そして息子がいる、娘の隣で丸くなり、腕を娘の体にまわしている。でもその腕にはどこかおかしなところがある。アグネスはそれをじっと見つめる、呆然と。それはハムネットの腕なのに、そうではないのだ。

彼女は視線をその手が握っている手のほうへ移す、ジュディスの手へ、そしてそちらの手の指の爪が何か黒いもので汚れているのを目にする。まるでインクみたいだ。

だけど、とアグネスは自問する、ジュディスがいったいいつインクを使う？

奇妙な、混乱して頭がおかしくなるような感覚が彼女の頭に生じる、無数の蜂がぶんぶんいってるみたいだ。ぱっと前へ出てロウソクを暖炉の上の棒に差し、両手を子どもたちそれぞれの体に置く。

息子は、健康そうな血色で、火の隣、そして娘は寝床の反対側だ。だがここで、ハムネットの首筋にもぐりこんだ彼女の指は、ジュディスのものである長い三つ編みを見つける。そしてここにはハムネットの手首が、ジュディスのスモックから突き出ていて、小さなころ鎌で負った三日月形の傷跡がちゃんとある。ジュディスの熱による汗で黒ずんでいるのはハムネットの短い髪で、安らかにぐっすり眠りこんでいるのはジュディスだ。

アグネスは自分が目にしているものが理解できない。夢を見ているのだろうか？ これは夜の幻だろうか？ 子どもたちの体を覆うシーツをぐいと引きはがし、横たわる二人を見つめる。病気のほうの子の足がマットレスのずっと下まで届いている。背が高いのは病気のほうの子だ。

これはハムネットだ、ジュディスではない。

その瞬間、たぶん冷たい空気を感じたのだろう、双子の小柄なほうが目を開けて、シーツを両手に持って自分たちの頭上に立ちはだかっている母親に視線を据える。

「ママ？」と子どもは声をかける。

「ジュディス？」アグネスは小声で訊ねる。まだ自分の目が告げているものが信じられないのだ。

「うん」と子どもは答える。


ハムネットは父親のために雇われた馬のことを知る由もない。父親の友人が雌馬を確保してくれて、その馬が怒りっぽく、燃えるような目をしていて、肩は筋骨隆々、毛並みはトチの実のように艶々していたのを知ることはないだろう。

今このときでさえ、父親がこの癇癪持ちの雌馬をできるかぎり急かして、水と、父親が割いて

もいいと思う数分のあいだで手に入れられる食料のために足を止める以外は進み続けていること
など、知る由もない。タンブリッジからウェイブリッジへ、それからテムズ川へ。バンベリーで
馬を替える。父親の頭にあるのは娘のことだけだ、なんとか家族とのあいだの距離を縮めていか
なければならない、家に帰りつかなければならない、娘を腕に抱かなければ、もう一度娘の顔を
見なくては、娘があのべつの世界へ行ってしまうまえに、娘が最後の息をしないうちに。

だが彼の息子は、こんなことは何も知らない。家族の誰も知らない。スザンナも知らない、彼女は家の裏の母の薬草園へ湿布用のリンドウとラベージの根を採りに行かされているところだ。メアリも知らない、彼女は目下炊事場で女中を叱りつけている、その娘ときたら、家に帰りたい、母親に会いたいと午後じゅうずっと泣きながらぐずぐず言っていたからだ。イライザも知らない、彼女は窓の受け渡し口へやってきた女に、アグネスは今日は相談にのれない、明日もだめだ、でも来週また来てもらえればたぶん、と説明している。それにアグネス自身も知らない、彼女は窓に背を向けて寝床の横にうずくまっている。

ジュディス、彼女の子ども、彼女の娘、彼女の末っ子は、椅子にすわっている。アグネスはまだ信じられない。顔は青白いが、目は生き生きと輝いている。痩せこけて弱っているが、口を開けてスープを飲むし、母親にしっかり目を向ける。

アグネスは二方向から引っ張られている、息子の傍らにすわってその震える体にしがみつきながら。娘は助かった。娘は家族の元へ帰された、またも。ところが代わりに、ハムネットが連れていかれそうなのだ。

彼女は息子に下剤を与えた、ローズマリーとミントのゼリーを食べさせた。ジュディスに与えたものをすべて与え、それにほかのものも。穴の開いた石を息子の枕の下に入れた。数時間まえ

にはメアリにヒキガエルを持ってきてもらい、息子の腹に亜麻糸で結わえつけた。

どれも息子を引き戻してはくれなかった、どれも息子を回復させてはくれなかった。息子に対する希望が穴の開いたバケツから水が漏れるように自分のなかから流れ出ていくのを彼女は感じている。自分は馬鹿だ、盲目の阿呆だ、間抜けの極みだ。彼女はずっとジュディスを守らなくてはと思っていた、奪われる定めにあったのはハムネットだったのに。こんな罠を仕掛けるとは、運命はなんと残酷なのだろう。違ったほうの子どもへ注意を向けさせておいて、そちらに気を取られている隙にべつの子どもに手を伸ばして掻っ攫おうとするとは。

彼女は自分の薬草園のことを、粉や薬や葉や液の並ぶ棚のことを、不信感と憤りの思いで考える。あのどれかが何かの役に立っただろうか？　あのなかのどれにしろ、なんの意味があるのだ？　これまで何年も、何年も、世話をし、草を抜き、刈り込み、収穫してきたのに。外へ出てあの薬草を根こそぎ引っこ抜いて火に投げ込んでやりたい。自分は馬鹿だ、無能だ、うぬぼれた阿呆だ。自分の薬草でこんなことに対処できるだなんて、よくもまあ思ったものだ。

彼女の息子の体は責め苦にあわされている、地獄にいる。身もだえし、身をよじり、体が曲がり、ぴんと伸びる。アグネスは息子の肩を押さえる、胸を押さえる、じっとさせておこうとして。彼女にはわかりはじめている、これ以上自分にできることはないと。息子の傍にいて、できるだけ楽にしてやろうとするのだが、この悪疫はあまりに凄まじく、あまりに強く、あまりに悪辣だ。彼女には手ごわすぎる敵だ。そいつは彼女の息子に巻きひげを絡めて締めつけ、返そうとしない。そいつは麝香のような、湿っぽくて塩気のあるにおいがする。この家にやってきたのだ、とアグネスは思う、遠く離れたところから、腐食と湿気に満ちた閉鎖的な場所から。人間のあいだも獣のあいだも虫のあいだも同じようにして通り抜け、途方もない道のりを自力で渡ってきたのだ。

そいつは苦痛と不幸と嘆きを糧としている。強欲で、止めようがなく、最悪で、これ以上なく邪な害悪だ。

アグネスは息子のそばを離れない。湿らせた布で、額や手足を拭ってやる。息子の寝床に塩を詰めこむ。カノコソウの束と白鳥の羽を息子の胸にのせる、楽になるよう、苦痛が和らぐようにと。ハムネットの熱はどんどん高くなり、腫れものはどんどん膨らんでぱんぱんになっていく。彼女は息子の手を持ち上げる、そして横のところがぞっとするような灰青色になったその手を自分の頬に押し当てる。なんでも試してみたい、なんでもやってみたい。自分の血管を、自分の体を切り開いて、息子に自分の血を、心臓を、臓器を与えたい、ほんの僅かでも役に立つなら。

息子の体は汗ばみ、体液が肌からにじみ出ている、体が空っぽになっていくかのようだ。だが、ハムネットの意識はべつの場所にある。長いあいだ、彼には母や姉妹たち、叔母や祖母の声が聞こえていた。自分のまわりにいて、薬を飲ませてくれたり話しかけたり肌に触れたりしているのがわかっていた。だが今では、遠ざかってしまっていた。彼はべつのところにいる、彼には見覚えのない場所に。ここはひんやりしていて、静かだ。彼はひとりだ。雪が降っている、しんしんと、ゆるぎなく、つぎからつぎへと。彼の周囲の地面に降り積もり、道や段々や岩を覆っていく。木々の枝を重みで押し下げる。何もかも白く、のっぺりと、静止してしまう。その静けさ、冷たさ、変化した銀色の光は彼にとってたまらなく心地よい。とにかくこの雪のなかで横になりたい、休みたい。脚は疲れているし、腕は痛む。横になりたい、身を任せてしまいたい、この輝く白くて分厚い覆いのなかで手足を伸ばしたい。そうすればどれだけほっとすることだろう。横になってはいけないと、何かが彼に言い続けている、この欲求に負けてはいけないと。いったいなんなのだ？　なぜ休んではいけないのだ？

彼の体の外では、アグネスが話しかけている。首や腋の下の腫れ物に湿布を当てようとしているのだが、息子があまりに震えるので、調合したものがうまくくっつかない。彼女は息子の名前を何度も繰り返して呼ぶ。イライザはジュディスを腕に抱き上げ、部屋の反対側へ連れていく。ジュディスはしゃがれた、ひゅうひゅういう声を上げながら自分を抱いている叔母を蹴とばす。イライザは考える、死を「静かに息を引き取る」とか「安らかに」とか描写する人は皆、実際に死ぬところを見たことがないのだ。死は暴力的だ、死とは悪戦苦闘だ。体は命にしがみつく、ツタが壁にしがみつくように、そして簡単に手放そうとはしない、戦わずして握っているものを諦めたりはしない。

スザンナは弟が炉辺で身もだえするのを見つめる、母が役に立たないペースト状のものと包帯を持ってせかせか動いているのを見つめる。母の手からあれをひったくって壁に投げつけて言ってやりたい。やめて、あの子をほっといて、構わないでいてやって。もう手遅れだってわからないの？　スザンナは両の拳を強く目に押しつける。もう見ていられない。もう耐えられない。

アグネスは囁いている。お願い、お願い、ハムネット、お願い、わたしたちを置いていかないで、いかないで。窓の近くで、ジュディスがもがいている、寝床の兄の横にいさせてくれと頼んでいる、兄のところに行きたいのだと言っている、兄に話さなくちゃいけないのだ、行かせて、と。イライザはジュディスを抱きしめながら言う、よしよし、だが、どういうつもりでそう言っているのか、自分でもわからない。メアリは寝床の裾に跪いて、孫息子の片方の足首を握っている。スザンナは額を壁の漆喰に押しつけ、耳を手で覆う。

とつぜん、彼の震えが止まり、部屋はどっと静けさに包まれる。彼の体は急に動かなくなり、その目はずっと上のほうに据えられる。

雪と氷の世界にいるハムネットは、地面に身を沈めていく、膝を折り曲げて。まずは片方の手を、ついでもう片方を、さくさくした水晶のような雪の上に置く、するとなんと心地よいことか、なんとしっくりくることか。冷たすぎず、かたすぎず。彼は身を横たえる。頬を柔らかい雪に押し当てる。雪の白い輝きに目を射られて、彼は瞼を閉じる、ほんのちょっとの間、じゅうぶんなあいだだけ、体を休ませて力を蓄えられるように。眠るつもりはない、そんなつもりは。自分は生き続けるのだ。だが彼には休息が必要だ、ちょっとのあいだ。彼は目を開けて、世界がまだそこにあるのを確かめ、それからまた瞼が閉じるに任せる。とりあえずは。

イライザはジュディスを揺すってやりながら、子どもの頭に顎をのせるようにして小声で祈る。スザンナの顔が弟のほうを向く、濡れた頬を壁につけて。メアリはアグネスの肩を摑みながら、十字を切る。アグネスはかがみこんで息子の額に唇を押し当てる。

そしてそこで、火の横で、母の腕に抱かれて、這うことを、食べることを、歩くことを、しゃべることを覚えたその部屋で、ハムネットは最後の呼吸をする。

息を吸って、吐き出す。

そのあとは沈黙が、静寂が。それ以上何もない。

# 第二部

おれは死ぬ、
おまえは生きろ。
……つらいこの世を生きて、
俺の話を語り伝えてくれ。

『ハムレット』第五幕第二場

部屋。長くて幅が狭く、継ぎ合わされた旗が鏡に掛けられている。窓際に何人かの人が集まって立っていて、互いに顔を見合わせながらひそひそ声で相談している。窓には布が掛けられているので、光はほとんど入らないが、誰かが窓をちょっとだけ開けている。微風が部屋を通り抜け、室内の空気をかきまわし、壁の掛け布や炉棚の布を弄び、通りのにおいを、乾いた道の埃を、近くで焼かれているパイの香り、キャラメル状になった林檎の甘酸っぱい香りを運んでくる。ときおり、外を通り過ぎる人々の言葉の切れ端が部屋に飛び込む、意味から切り離された音の小さな泡が静寂のなかに放たれる。

椅子は食卓のまわりにきちんと置かれている。花が瓶にまっすぐ立てられ、花弁が反り返って花粉が食卓に散っている。クッションの上で寝ていた犬がはっと目を覚まし、前足を舐めかけるが、それから思い直して、また寝てしまう。食卓には水の入った水差しが置かれ、カップもいくつか置いてある。誰も飲まない。窓辺の人たちは互いにひそひそ話を続ける。ひとりが手を伸ばしてもうひとりの手を握る。この人物のほうへ皆の頭が向けられる、皆の頭の糊の効いた白い頭巾が。

皆、部屋の突き当りのほうを見る、暖炉があるところを、何度も何度も、それからまた互いの顔を見る。

戸が蝶番から外されて暖炉の横の二つの樽の上に置かれている。その横に女がすわっている。彼女は背を丸めて俯いて、ぴくりともしない。呼吸していることさえ、すぐにはわからない。髪はぼさぼさで、房がいくつも肩に落ちかかっている。体を曲げ、足を下にたたみこんで、両腕を差し伸べ、うなじがむき出しになっている。

彼女の前には子どもの遺体がある。素足を外側へ向け、つま先は丸まっている。足の裏や爪にはつい最近の日常で生じた汚れがまだついている。道の砂粒、庭の土、川岸の泥、そこで友人たちと泳いでからまだ一週間も経たない。彼の両腕は両脇につけられ、頭は僅かに母親のほうを向いている。皮膚からは生気がどんどん失せて、羊皮紙のように白くなり、強張ってくぼんでいる。まだ寝間着を着たままだ。彼の叔父たちが戸板を外して部屋のなかに持ち込んだ。叔父たちは慎重な手つきで、息を止めながら、死に場所となった寝床から彼をそっと持ち上げて、戸板のかたい木の上にのせたのだ。

若いほうの叔父、エドモンドは泣いていて、涙で視界がぼやけていたのが当人にとっては救いだった、兄の死んだ息子の動かない顔をまともに見るのはつらすぎたから。その短い生涯の毎日を知り、目にしてきた子なのだ、木の球を受け止める術を、犬のノミをとる術を、アシを削ってパイプを作る術を教えた子なのだ。年上の叔父、リチャードは泣かなかった。代わりに彼の悲しみは怒りに変わっていた——自分たちがやるよう指示された嫌な仕事に対する、この世界に対する、運命に対する、子どもが病気になって死んで横たわるなどということが起こり得るのだという事実に対する怒りに。苛立ちにまかせて彼はエドモンドに噛みつく、男の子の体重をじゅうぶん引き受けていないように思えるのだ、脚をちゃんとしっかり持っていない、足首ではなく膝を持たなければならないのに、へまをやってめちゃくちゃにしてしまう、と。

叔父たちは二人ともそのあとすぐに出ていく、部屋にいる人たちと一言二言交わし、それから仕事とか用足しとか行くところがあるとかいう口実を設けて。

部屋にいるのはほとんどが女だ。男の子の祖母、パン屋のおかみさん、この人は男の子の教母でもある、それに男の子の叔母。彼女たちはやれることをすべてやっている。寝具とマットレスと藁とリネン類を燃やした。部屋を換気した。双子の女の子のほうを二階のベッドに寝かせた、まだ弱っていて、体調がすぐれないからだ、順調に回復してはいるが。女たちは部屋を掃除し、ラベンダー水をまき散らし、外気を入れた。白いシーツとしっかりした糸と鋭い針を持ってきた。敬意をこめた静かな口調で、埋葬の準備を手伝うつもりだ、みんなここにいる、このままいるから、始める準備はできている、と告げた。男の子の埋葬の準備をしなくてはならない。ぐずぐずしている時間はない。ペストで死んだ者は手早く、一日のうちに埋葬しなければならないと町は定めているのだ。女たちはこのことを母親に伝えた、悲しみのあまりこの規則が念頭になかったり忘れていたりするといけないので。女たちは湯を入れたボウルをいくつかと布を母親の横に置き、咳払いした。

だが動きはない。母親は応答しない。顔をあげない。埋葬の準備を始めよう、遺体を清めて、屍衣を縫おうという提案に耳を傾けるどころか聞こえてもいないように思われる。母親は湯の入ったボウルを見ようとせず、横で冷めるにまかせている。きちんと四角く折りたたまれて戸板の足元に置かれている白布に目をやりもしない。

母親はただすわっているだけだ、俯いて、片手は男の子の生気のない丸まった指先に、もう片方の手は髪に触れている。

アグネスの頭のなかでは、思念がどんどん広がって、それから狭まり、広がって、狭まり、それが何度も繰り返される。彼女は思う。こんなこと起こるはずがない、あり得ない、わたしたち、どうやって生きていったらいいんだろう、どうすればいいんだろう、ジュディスはどうやったら耐えられるだろう、ほかの人たちになんて言えばいい、どうやって暮らしを続けていけばいいのか、わたしはどうすればよかったんだろう、夫はどこにいるんだろう、あの人はなんて言うだろう、どうすればあの子を救えたのだろう、どうして救えなかったのか、危険なのはあの子のほうだと、なぜ気がつかなかったんだろう？　それから、焦点は狭まり、彼女は思う。あの子は死んだ、あの子は死んだ、あの子は死んだ。

この言葉は彼女にはなんの意味もなさない。彼女はこの言葉に心を向けることができない。息子が、自分の子が、自分の男の子が、自分の子どもたちのなかでいちばん健康で頑丈なあの子が、数日のうちに病気になって死ぬだなんて、あり得ない。

彼女は、すべての母親がやることだが、釣り糸を投げるように常に子どもたちに思いを向け、子どもたちがどこにいるか、何をしているか、どんな具合か確かめている。習慣から、そうして暖炉のそばにすわりながら、彼女の心の一部は子どもたちを一覧にして所在を確かめている。ジュディス、二階。スザンナ、隣の母屋。そしてハムネットは？　彼女の心は無意識のうちに何度も何度も釣り糸を投げる、食いつかないので戸惑いながら、自分で発し続けている答えに戸惑いながら。あの子は死んだ、あの子はいってしまった。そしてハムネットは？　心がまた訊ねる。学校、遊んでる、川へ行ってる？　そしてハムネットは？　そしてハムネットは？　あの子はどこ？

ここだ、と彼女は自分に言い聞かせようとする。冷たくなって死んでいる、この板の上で、すぐ目の前で。ほら、ここにいる、ほらね。

そしてハムネットは？　あの子はどこ？

戸口を背に、彼女は暖炉のほうを向いている、もうすっかり灰になったなかで、かつての薪の形がかろうじて保たれている。

人々が入ってきては出ていくことに彼女は気づいている、通りに通じる戸口から、そして庭へ出る戸口から。義母、イライザ、パン屋のおかみさん、隣人、ジョン、彼女には見覚えのないほかの人たち。

彼女に話しかけてくる、そういう人たちは。言葉も声も聞こえている、たいていはぼそぼそ小声だ、でも彼女は振り向かない。顔をあげない。この人たちは、彼女の家に入ってきたり出ていったりし、彼女の耳元に何やら話しかけてくるこの人たちは、彼女とはなんのかかわりもない。彼女が望むもの、必要とするものは何ひとつ提供してくれない。

彼女の一方の手は息子の髪に置かれている、もう一方は相変わらず息子の手を握っている。このふたつだけが息子の体で馴染みのある部分だ、まだ同じに見える部分だ。彼女はあえてそう考える。

息子の体は変わってしまった。一日が過ぎていくにつれてどんどんそうなっている。まるで強風——夢から吹いてきたもののように彼女には思える——が息子の体を地面から持ち上げ、岩に叩きつけ、崖でぐるぐるまわし、それからまた元に戻したみたいだ。虐待され、粗末に扱われ、痕をつけられ、ひどい目に遭わされている。病気に体を荒らされている。死んでしばらくのあいだ、あざや黒い斑点は広がって大きくなった。それから止まった。肌が蠟か獣脂のようになり、骨が下から浮きあがってきた。目の上の傷、いったいどうして出来たものやら彼女には見当がつかないその傷は、相変わらず土色と赤色だ。

彼女は息子の顔、というか、かつて息子のものだった顔をしげしげと見る、息子の心が入っていた器、息子の言葉を発し、息子が目にしたものがすべて入っていた器だ。唇は乾き、閉じられている。湿らせてやりたい、ちょっと水を飲ませてやりたいと彼女は思う。頬はぴんと張って、熱でくぼんでいる。瞼はほのかに紫色がかった灰色で、早春に咲く花の花弁のようだ。彼女が自分で閉じてやった。自分の手で、自分の指で、そしてその指先が、なんと熱くてつるつるしているように感じられたことか、なんとやりにくかったことだろう、指——震えて湿っていた——を瞼に置くのがなんと難しかったことか、たまらなく愛おしい、知り尽くしているあの瞼、誰かに炭を手に持たされたら、記憶だけで描くことができるだろう。死んだ我が子の目を誰が閉じられよう？　ペニー硬貨を二枚見つけてそこにのせる、眼窩に、瞼を押さえつけるためにのせるなんてこと、どうやったらできるのだ？　こんなことをできる人がいるのか？　これはおかしい。あり得ない。

彼女は息子の手を握りしめる。彼女自身の肌のぬくもりが息子の手に伝わる。この手はもとのままだ、息子はまだ生きている、と彼女はほとんど信じられそうだ、あの顔さえ見ないようにしていれば、あの二度と膨らむことのない胸やこの体に広がっていく押しとどめようのない硬直を見ないようにしていれば。この手をもっと強く握っていなくては。髪に手を置いたままでいなくては、いつもどおりの感触なのだ。絹のようで、柔らかくて、勉強しているときに引っ張る毛先がぼさぼさになっている。

ハムネットの親指と人差し指のあいだの筋肉を彼女の指が押す。その部分の筋肉を優しく揉む、円を描くように、そして待つ、聞き耳を立てる、神経を集中する。昔飼っていたチョウゲンボウのように、空気を読み、耳をそばだて、兆しを、音を待つ。

何もやってこない。まったく何も。こんな感触は初めてだ。いつも何かがあるのに、このうえなく謎めいて、他人を踏み込ませない人でさえ。彼女自身の子どもたちについては、これまでいつも騒々しい映像や物音や秘密や情報が見つかった。スザンナは母親がそばにいると両手を後ろに隠すようになった、アグネスはこのやり方で知りたいことをなんでも探り出せると気がついているのだ。

だが、ハムネットの手は沈黙している。アグネスは耳をそばだてる。神経を研ぎ澄ます。沈黙の下にあるものを、陰にあるものを聞き取ろうとする。かすかな呟きが、何かの音が、メッセージが、もしかして息子から聞こえてこないだろうか？　息子の居場所を、息子を見つけられる場所を示すようなものが？　だが何もない。無が甲高く響く、教会の鐘が鳴りやんだときのような無音だ。

誰かが隣にやってきたことに彼女は気づく、かがみこんで彼女の腕に触れる。見なくてもわかる、バーソロミューだ。その手の厚みと重さ。重い足音と靴が床にすれる音。干し草とウールのさっぱりしたにおい。

弟は彼女の乾いた頬に触れる。彼女の名前を呼ぶ、一度、二度。可哀そうに、胸が痛むよ、と言う。まさかこんなことになるとは誰も思わなかっただろう、と言う。こんなことにならないようにできたらどんなによかったか、あんないい子はいなかった、本当にいい子だったのに、なんて悲しいことだろう、と言う。彼は手を姉の手に重ねる。

「手配は俺がするよ」と彼は低い声で言う。「リチャードを教会へ行かせた。ちゃんと手筈を整えておいてくれるよ」彼は息を吸い込み、吐く息とともに、これまでさんざんまわりから言われてきた言葉が聞こえてくる。「ここにいる女の人たちが、手伝ってくれるから」

アグネスは黙ったまま首を振る。ハムネットの掌のくぼみで指を丸める。息子とジュディスの掌を調べたことを思い出す、二人がまだ赤ん坊で、ベビーベッドで並んで寝ていたころのことだ。二人の小さな手を開かせて目につくしわをなぞった。二人の手のしわがなんと驚嘆すべきものに思えたことか。彼女自身のものとまるで同じで、もっと小さいだけだ。ハムネットの掌には真ん中にくっきりと深い溝が通っていた、筆で描いたようなそれは長寿を意味するものだ。ジュディスのは微かではっきりせず、しだいに消えていき、それからまたべつの場所で始まっていた。アグネスはそれを見て眉をひそめ、丸まった指先を唇へ持っていって何度も何度もキスしたのだった、激しい、ほとんど怒りのような愛情に駆られて。

「あの人たちがしてくれるよ……」とバーソロミューが言っている。「……この子を葬る準備を。それとも、姉さんがやるならいっしょにいてくれる。どっちでも姉さん次第だ」

アグネスはただじっとしている。

「アグネス」と弟は呼びかける。

アグネスはハムネットの手を開かせて、掌を見つめる。指がさっきよりもうんと強張っているなどということはない、ぜったいない。ほらある、長いくっきりした生命線が、手首から指の付け根まで走っている。美しい線、完璧な線、地形を横切る流れ。見て、とバーソロミューに言いたい。これが見える？　これを説明できる？

「この子の準備をしてやらなくちゃ」バーソロミューは姉の腕を握った手に力を込めて言う。

アグネスは口をぎゅっと引き結ぶ。二人だけなら、彼女とバーソロミューだけなら、それならなんとか言葉をいくつか喉から引っ張り出すこともできたかもしれない。でもこんな状態では、部屋に黙りこくった人たちが何人もいるなかでは、とても無理だ。

「この子を埋葬しなくちゃならないんだ。わかってるだろう。俺たちがしなければ、町の連中がこの子を運んでいくぞ」

「だめ」と彼女は応える。「まだだめ」

「ならいつだ?」

彼女は俯き、弟から顔を背けるとまた息子のほうを向く。

バーソロミューは体の重心を変える。「アグネス」と彼は低い声で呼びかける、おそらくほかの人たちには聞こえないように、とはいえ、みんな聞き耳を立てているのだろうと、アグネスにはわかっている。「知らせが届いてないってこともあるぞ。知ったら来るはずだ。あいつなら来る。だけど俺たちがことを進めても、あいつはそれが間違いだとは思わないよ。必要なことだったとわかってくれるさ。まずやるべきは、もう一度手紙を出すことだ、そしてそのあいだに――」

「待ちましょう」とアグネスが言う。「明日まで。そう町の人たちに言ってちょうだい。そうしたらわたしがあの子の埋葬の準備をするから。ほかの人ではなく」

「わかった」と弟は応え、立ち上がる。彼女が見ていると、弟はハムネットを見つめる、甥の黒ずんだ素足からやつれ果てた顔までずっと視線を動かす。弟はきゅっと口を一直線にし、ちょっとの間目を閉じる。十字を切る仕草をする。向きを変えるまえに、弟は片手を伸ばすと男の子の胸に置く、以前は心臓が鼓動していたちょうどその上に。

なすべきことを、彼女はひとりでやるつもりだ。

彼女は夜まで待つ、皆が立ち去るまで、たいていの人がベッドに入るまで。

右手に水を置いて、そのなかにオイルを数滴散らす。オイルは抵抗する、水と混じろうとはしない、そして代わりに表面に金色の円をいくつか描く。彼女は布を浸してゆすぐ。

まず顔から始める、息子のいちばん上の部分だ。息子の額は広く、その額の上から髪の毛が生えている。最近は、朝、髪を濡らしては撫でつけようとしていたが、髪はいうことをきかなかった。彼女も今髪を濡らすが、やはりいうことをきかない、死んでからでさえ。ほらね、と彼女は息子に言う、自分に与えられたものを変えることはできないのよ、自分に備わったものを撓めたり変えたりすることはできないの。

息子は何も答えない。

彼女は両手を水で濡らすと、指で息子の髪を梳く。糸くずや、ラシャカキグサや、スモモの葉が出てくる。こういうものを、彼女は脇の皿に置く。息子の体からの漂流物だ。髪がきれいになるまで指で梳く。ひと房もらってもいいかしら、と息子に訊ねる。かまわない？

息子は何も答えない。

彼女はナイフを取り出す、果物の芯をえぐりだすのにとても重宝しているものだ——ある日路地で出会ったロマから買った——そして後頭部の巻き毛をひと房摘む。ナイフは彼女が思っていたとおり、髪をやすやすと切断する。髪を掲げる。先のほうは夏の太陽で脱色されて明るい黄色になり、根元のほうは色が濃くて茶色に近い。彼女はそれを皿の横にそっと置く。

彼女は息子の額を拭う、閉じた目を、頰を、唇を、顎のぱっくり開いた傷口を。巻貝のような両耳を、柔らかい首筋をきれいにする。息子から熱を洗い落としたい、肌から拭い去りたい、で走らせる。

きるものならば。寝間着を切って脱がさなくては、と彼女はロマのナイフを両腕に、胸に沿って走らせる。

布をそっと、できるだけそっと、変色して腫れあがった腋窩に押し当てていると、メアリが入ってくる。

メアリは戸口に立って、男の子を見下ろす。その顔は濡れ、目は腫れている。「明かりが見えたもので」と彼女はしゃがれた声で言う。「眠れなくって」

アグネスは椅子のほうへ顎をしゃくる。ハムネットがこの世に生まれてきたとき、メアリはいっしょにいてくれた。去っていく様を見守ってもらってもいいだろう。

ロウソクの炎が揺らいで高く燃え上がり、天井を照らし出すが、部屋の端のほうは暗いままだ。メアリは椅子にすわる。義母の白い寝間着の裾がアグネスの目に映る。

アグネスは布を浸し、拭い、また浸す。同じ動作を繰り返す。ハムネットの腕の傷を指先でなぞる、ヒューランズで柵から落ちたときのものだ、収穫祭で犬に嚙まれたときのすぼまった瘤のような傷跡の上も。息子の右手の中指は羽ペンでペン胼胝ができている。腹の皮膚には幼いころ水疱を患ったときの小さなあばたが残っている。

アグネスは息子の脚を、足首を、足を洗う。メアリはボウルを持っていって水を替える。アグネスはもう一度足を洗い、水気を拭う。

二人の女はちょっとの間顔を見交わし、それからメアリが畳んだシーツを取り上げて両手でそれぞれ角を持つ。広げられたシーツは巨大な花のようで、花弁は幅があり、アグネスはそのぎょっとするような空虚な白い広がりに向き合う。その鮮やかさはこの暗い部屋のなかでは星みたいで、避けようがない。

アグネスはそれを受け取る。自分の顔に押し当てる。ジュニパーやシダー、石鹼のにおいがする。表面は柔らかく、包みこむようで、寛容だ。

メアリが手を貸してハムネットの両脚を、ついで胴を持ち上げて、シーツを下に敷きこむ。包みこんでいくのはつらい。シーツの隅を持ち上げてあの子の体を覆うのは、あの子を白のなかに押し込めてしまうのは。この腕を、この指関節を、この脛を、あの親指の爪を、あの胼胝を、この顔を、このあともう二度と目にすることはないのだと思うのは、そうとわかっているのはつらい。

初めは息子を覆うことができない。二度目もできない。シーツを持って息子の体に掛ける、そしてはぐ。もういちどやる。もういちどはぐ。男の子は横たわっている、服は着ずに、きれいに洗われて、シーツの真ん中で、胸の上で両手を重ねて、顎を上に向けて、目をしっかり閉じて。

アグネスは板の端にかがみこんで、両手に布を握って荒い息をしている。

メアリはじっと見ている。男の子の体越しに手を伸ばすと、アグネスの手に触れる。

アグネスは息子を見る、鳥かごのようなあばら骨、組まれた指、膝の丸い骨、動かない顔、トウモロコシ色の髪、髪は今では乾いて、いつものように額の生え際からつっ立っている。息子の肉体はいつもとても力強くしっかりしていて、ジュディスとは違っていた。息子が部屋に入ってきたり出ていったりすると、アグネスはいつも気が付いた。あの間違えようのない騒々しい足音、あの動く気配、椅子にすわるときのどすんと大きな音。それなのに今アグネスはこの体を引き渡さなくてはならない、土に委ねなければならない、二度と目にすることはかなわないのだ。

「わたしにはできません」とアグネスは言う。

メアリは彼女からシーツを受け取る。まず脚を包み込み、それから胸を逆方向から包む。アグネスは心のどこかで、義母がこの仕事をこなす手際の良さに、この人は以前にもやっているのだ、何度もやったことがあるのだと思いいたる。

それから、二人はいっしょに垂木に手を伸ばす。アグネスはヘンルーダとヒレハリソウと花芯の黄色いカモミールを選ぶ。紫のラベンダーとタイム、それにローズマリーもひと握り取る。ワイルドパンジーはだめだ、ハムネットはあの花のにおいが嫌いだったから。アンゼリカはだめだ、季節が終っているし、役に立たなかったから、務めを果たさなかったから、あの子を救ってくれなかったから、熱を下げなかったから。カノコソウはだめだ、同じ理由で。オオアザミはだめだ、葉が鋭いトゲだらけで、肌に突き刺さって血が出てしまうから。

アグネスは乾かした植物をシーツのなかに押し込んで、息子の体に寄り添わせる、そこで息子に慰めの言葉を囁きかけてくれるように。

つぎは針だ。アグネスは太いより糸を針に通す。まず足から始める。

先端は鋭い。布の織り目に穴を開けて向こう側へ突き抜ける。アグネスは自分の仕事にじっと目を据えている、シーツを縫い合わせて屍衣を作る仕事に。彼女は帆を縫う船乗りで、息子をあの世へ運んでいく船の準備をしているのだ。

腟に達したとき、何かの気配が彼女に顔をあげさせる。階段の下に誰か立っている。アグネスの心臓が拳のようにぎゅっと縮み、大声をあげそうになる、そこにいたのね、戻ってきたのね、と。だが、それはじつはジュディスだと彼女は気づく。同じ顔だ、でもこの子は生きていて、打ちひしがれて、震えている。

メアリが椅子から立ち上がって声をかける。さあ、ベッドへお戻り、ほら、あんたは寝てなくちゃ。だがアグネスは言う。いいえ、ここにいさせてやって。

アグネスは針を置く、注意深く。今となってさえ、息子に刺さってはならないからだ。そして両腕を差し伸べる。ジュディスは階段から離れて部屋へ入ってくる、母親に飛びつくと、顔を母のエプロンに押しつけて子猫たちのことを何か言う、それから病気のことも、場所を取り換えたこと、自分のせいだということ、そしてむせび泣きがこみあげる、疾風が木を揺るがすように。

アグネスは娘に言って聞かせる。あんたのせいじゃない。ぜんぜんそんなことはないから。あの子は熱にやられて、わたしたちにはどうしようもなかった。皆でせいいっぱい耐えるしかないの。それからこう問いかける。あの子の顔を見たい？

メアリがシーツをめくってハムネットの顔が見えるようにする。ジュディスは兄の横に来て見下ろす。両手を持ち上げて、ぎゅっと拳に固めている。ジュディスの顔は信じられないという表情から気弱さへ、そして同情から悲嘆へと移ろってまた元に戻る。

「ああ」とジュディスは息を吸い込む。「ほんとうにお兄ちゃんなの？」

娘の隣に立つアグネスは頷く。

「お兄ちゃんじゃないみたい」

アグネスはまた頷く。「あのね、あの子はいっちゃったの」

「どこへいっちゃったの？」

「えぇっとね……」アグネスは深く、しっかりと息を吸い込む、「……その……天国へ。そしてあの子の体は残っているの。わたしたちでできるだけちゃんとしてあげなくちゃならないの」。

ジュディスは片手を伸ばして双子の兄の頬に触れる。涙がつぎからつぎへとその顔をしたたり落ちる。彼女の涙はいつもとても大粒で、ずっしりした真珠のよう、そのきゃしゃな体にはまるでそぐわない。彼女は強く首を振る、一度か二度。それから訊ねる。「もう帰ってはこないの？」

するとアグネスは気がつく、なんでも我慢できるが、我が子の苦しみだけは無理だと。別離も、病気も、打撃も、出産も、喪失も、飢えも、不公平さも、隔絶も耐えられるが、これは無理だ。我が子が、死んだ双子の兄を見下ろしている。我が子が、失った兄のために泣きじゃくっている。我が子が、悲嘆にさいなまれている。

初めて、アグネスに涙が生じる。なんの前触れもなく目にあふれ、視野をぼやけさせ、どんどん顔を伝う、首筋を、エプロンを濡らし、服のあいだから肌へと伝う。目からだけではなく、体の毛穴という毛穴から流れ出ているように思える。彼女のすべてが息子を求め、息子を思って嘆いている、二人の娘を、この場にいない夫を、彼ら全員を求め嘆いている、そして彼女は言う。

「そうよ、愛しい子、あの子はもう二度と帰っては来ない」

夜明けの弱々しい微かな光が部屋に差し込んでいる。アグネスは屍衣の最後の部分を縫っている、肩のところでたくしこみ、膝のあたりの端を整える。メアリはボウルを空にし、布を絞り、床に散った葉や蕾を掃いて片付ける。ジュディスは兄の肩のあたりを覆う布に頰をくっつけている。スザンナが母屋からやってきて妹の隣にすわり、俯いている。

自分たちだけであの子の準備をしたのだ。あの子はきれいになって埋葬の用意ができている、白い布に包まれて。

アグネスは墓のことを考えると、溝を越えるのを拒んで後ろ足で棒立ちになる馬と同じような気分になる。息子とともに教会へ歩いていくことはちゃんと考えられる——バーソロミューと、たぶんギルバートとジョンがあの子を運んでいくだろう。司祭が遺体に祝福を与えるさまを思い描くこともできる。だが、あの子を土のなかへ、暗い穴へ降ろして、もう二度と会えなくなるなんてことは、考えられない。想像できない。我が子がそんな目に遭うだなんて、とても許せない。彼女は、これでもう三度目か四度目になるが、針に糸を通そうとする――シーツのあの子の顔を覆う部分を縫わなくてはならない、やらなくてはいけない、そうする必要があるのだ――だが糸は使い慣れているものより太く、しかもほつれていて、針穴をくぐってくれない、何度狙いを定めてみても。糸の端を口で湿らせていると、ドアを強く叩く音がする。

アグネスは顔をあげる。ジュディスがめそめそしながら目をあげる。メアリは暖炉から振り向く。

「いったい誰かしら？」と彼女は言う。

アグネスは針を置く。四人全員が立ち上がる。またノックの音がする。続けざまに強く叩く音が。

一瞬妄想が広がり、また何かがこの家にやってきたのだとアグネスは思う、ほかの子どもたちを奪いに、息子を、彼女の心構えができるまえに、あの子の準備をすっかり整えてやるまえに奪い去るために。弔問客が来るにはまだ時間が早すぎる、近所の人が哀悼の意を表しにくるにしては、それに、町役人どもが遺体を掻っ攫いにくるにしても。きっと亡霊とか幽霊に違いない、戸口に来ているのは。だけど、誰を求めて？

またも音が聞こえる。ガンガン、ドンドン叩く音が。戸の蝶番ががたがたいっている。

「誰なの？」アグネスが叫ぶ、その声は本人の心のうちよりも力強く響く。

掛け金が持ち上がり、戸がばたんと開く、そしてそこに、とつぜん彼女の夫がいる、楣石（まぐさいし）の下をくぐって入ってくる、服も髪も雨でぐっしょり濡れて黒っぽくなっており、頬に髪が筋になって貼り付いている。眠っていない、気がふれたかのような顔つきで、肌は青ざめている。「間に合わなかったのか？」と彼は訊ねる。

それからジュディスに目が向く、ロウソクのそばに立っている、すると彼の顔にぱっと笑みが広がる。

「お前」と言いながら、大股で部屋を横切って両腕を差し出す。「お前、ここにいるじゃないか、元気じゃないか。心配したんだぞ――眠れなかったんだ――知らせを聞いてすぐに来たんだ、でもほら、こうして――」

彼は言葉を切る、急に話をやめる。板を目にしたのだ、屍衣を、包まれた姿を。

彼は皆を見まわす、ひとりずつ。その顔は怯え、うろたえている。夫が頭のなかで印をつけているのがアグネスにはわかる。妻、母、上の娘、下の娘。

「まさか」と彼は言う。「そんなわけは……？　そうなのか……？」

アグネスは夫を見つめ、夫は彼女を見返す。彼女は何にもましてこの瞬間を引き伸ばしたい、夫が知るまえの時間を拡大したい、起こってしまったことからできるだけ長く夫を庇っておきたいと思う。それから、一度だけ素早く頷く。

彼の発するのは、息が詰まったような、絞め殺されているような声で、途方もない重量を負わされた動物の声のようだ。信じられないという思いの、苦悶の声だ。アグネスはこの声をけっして忘れることはない。人生の終わりを迎え、夫が死んで何年も経つころになってもなお、彼女はあの声の高さや響きを正確に呼び起こすことができるだろう。

彼はぱっと部屋を横切って布をめくる。すると目の前に息子の顔が現れる、青白いユリの花のような顔が、目はかたく閉じられ、唇は引き結ばれ、まるでこの子は起こったことが気に入らず、つまらないと思っているかのようだ。

父親は手を息子の冷たい頬に沿わせる、震える指先を額の傷の上にさまよわせる。父親は言う。まさか、まさか、まさか。父親は言う。ああ、神よ。それから息子の上にかがみこみ、ささやく。どうしてお前がこんなことに？

家族の女たちはまわりに集まり、彼の体に腕をまわしてかたく抱きつく。

かくして、ハムネットを埋葬の場へ運ぶのは父親となる。彼は戸板を伸ばした両腕にのせてバランスを取りながら掲げ、息子を目の前にしながら運ぶ、白い屍衣に包まれて花々に囲まれている姿の息子を。

後ろに従うのはアグネス、片側でスザンナと手を繋ぎ、もう片側ではジュディスと手を繋いでいる。ジュディスはバーソロミューに抱かれている、顔を叔父の首筋に埋め、その涙が叔父のシャツにしたたり落ちて濡らしている。メアリとジョン、イライザと男兄弟たちはその後ろに付き従い、ジョーンとアグネスの弟妹たちもいる、それにパン屋とそのおかみさんも。

父親は息子を運ぶ、人の手は借りずに、ヘンリー通りを進む、涙と汗が顔を伝う。交差路へと向かいながら、エドモンドが会葬者の群れを抜け出して兄の横へ行く。二人は戸板をあいだに挟んで持つ、父親は頭、エドモンドは足のほうを。

近隣の人々、町の人々、通りにいる人々は、このひっそりした行列を見るや脇へ寄る。手にした道具や包みや籠を下ろす。通りの端へと後ずさり、道を開ける。彼らは帽子をとる。子どもを抱いている者は我が子をいっそう抱き寄せつつ、手袋商の息子が、死んで屍衣に包まれた男の子を運んでいくのを眺める。彼らは十字を切る。慰めの言葉を、悔やみの言葉をかける。祈りを捧げる——男の子のために、家族のために、自分たちのために。泣く者もいる。件の家族について何やらひそひそ言葉を交わす者たちもいる、手袋商について、手袋商の細君の偉そうな態度について。あの手袋商の息子、ただの役立たずだと皆が思っていたのに、ずっととんだ怠け者と思われていたのに、それが今じゃ見てみろ――ロンドンで名をあげてるってことだぞ、ほらあそこを歩いている、袖には豪華な刺繡、それにぴかぴかの革靴。誰も思いもよらなかったよな？ あれだけの金をぜんぶ劇場で稼いでるってのは本当なのか？ そんなことができるのかな？ だがしかし、彼ら全員が、包まれた遺体には悲しみの目を向ける、娘たちに挟まって歩く母親の打ちひしがれた顔には。

アグネスにとって、墓地への歩みは遅すぎもするし速すぎもする。つぎつぎと連なってこちらへ注がれる眼差し、一家のことを穿鑿(せんさく)し、屍衣に包まれた彼女の息子の姿を瞼の内側に刻み込み、あの子の存在そのものを盗んでいくあの眼差しは彼女には耐えられない。あれはあの子を毎日目にしていた人たちだ、彼らの戸口の前を、彼らの窓の下を通り過ぎる姿を。彼らはあの子と言葉を交わし、あの子の髪を撫で、学校の鐘が鳴るのに遅れそうなときは急ぎなさいと声を掛けていた。あの子は彼らの子どもたちと遊び、彼らの家や店にうろちょろ出入りしていた。頼まれて彼らの伝言を伝えたり、彼らの犬を可愛がったり、日当たりのいい窓辺に寝ている彼らの猫の背中を撫でたりしていた。そして今、彼らの人生は変わりなく続いていくのに、彼らの犬は相変わらず炉辺であくびし、彼らの子どもたちは相変わらず夕食をせがんでいるのに、あの子はもう何もできない。

だから彼女には、あの人たちの視線が耐えがたい、目を合わせることができない。同情してもらいたくも祈ってもらいたくもないし、ぼそぼそ何か言われるのもいやだ。人々がさっと分かれて葬列を通し、それから、一家の背後で、また入り混じって葬列が通った痕跡を消してしまうのも嫌でたまらない、なんでもなかったかのように、そんなものなかったかのように。彼女は地面をひっかきたいと思う、鍬か何かで、足元の通りに印をつけて、永遠に痕が残るようにしたいと思う、この道をハムネットが通ったのだとずっと知らしめるために。あの子はここにいたのだと。

あまりにすぐに、あまりに早く、一行は墓地に近づいてしまう、門をくぐり、真っ赤な柔らかい実が点々とついているイチイの並木のあいだを歩く。

墓にはぎょっとさせられる。地面に開いた深くて暗い裂け目は、まるで巨大な鉤爪がぞんざいに抉ったみたいだ。墓地のはずれだ。そのすぐ向こうでは、川がゆったり幅広くカーヴしていて、水の流れをべつの方へ向けている。今日は川面は不透明で、綱を編んだように絡まりあって絶えず前方へと流れている。

ハムネットはこの場所をきっと気に入ったことだろう。アグネスは自分がそう考えていることに気づく。本人が選べたなら、本人がここに、隣にいるなら、あの子のほうを向いて訊ねることができるなら、きっとまさにこの場所を指し示したことだろう。川の横の。あの子はいつも水が好きだった。草深い川岸やじめじめした井戸の口や臭い排水溝や羊たちがどろどろにした水たまりからあの子を遠ざけておくのにいつもどれほど苦労したことか。そしてこれから、あの子はずっとここにいるのだ、川のそばで、土のなかに永遠に封じ込められて。

父親が息子を地中に下ろそうとしている。どうすればあの人にそんなことができるだろう、どうすれば？　やらなければならないのはわかっている、夫はやらねばならないことをやるだけなのだと、だがアグネスは、自分ならそんなことはできないと思う。あの子の体をそんなふうに地中に横たえ、ひとりで、冷たく、土に覆われるがままにするなんてこと、自分ならぜったいやらない、ぜったいできない。アグネスは見ていられない、無理だ、夫は両腕を強張らせ、顔を歪めて歯を食いしばり、肌をてらてら光らせている、バーソロミューとエドモンドが手を貸そうと前へ出る。誰かがどこかですすり泣いている。あれはイライザ？　バーソロミューの妻、自分もつい先ごろ赤ん坊を亡くしたあの人？　ジュディスはしくしく泣いていて、スザンナが妹の手をぎゅっと握る、それでアグネスはその瞬間を逃す、息子を、あの子のために自分で縫った屍衣を見逃す、視界から消えて、川の水で黒々と湿った土のなかへ入れられるところを。いっときそれはそこにあったのに、それからジュディスを見ようと俯いた間に、なくなっている。もう二度と目にすることはないのだ。

さらに難しいとアグネスは悟る、墓地に入っていくよりも出ていくほうが。歩く傍らにはあまりにも多くの墓が並んでいる、あまりにも多くの悲しげで腹を立てた亡霊たちが彼女のスカートを引っ張り、冷たい指で彼女に触れ、彼女を引っ張りながら、しつこく哀れっぽく言う。行かないで、待ってくれ、ここへ置いていかないでくれ。彼女はスカートの裾を引き寄せて、手を内側に入れておかなくてはならない。これもまた妙な気がしてつらいのだが、ここへ入ってきたときには三人の子どもを連れていたのに、出るときは二人なのだ。ここに一人残してくることになっていたじゃないの、と彼女は自分に言い聞かせるのだが、どうしてそんなことができよう？　泣き叫ぶ霊たちがいて水の滴るイチイの木が並び、冷たい手が触れてくるこんな場所に？

門に着くと、夫が彼女の腕を取る。彼女が振り向いて夫を見ると、まるで初めて見る人のようだ、その顔があまりに奇妙に歪んで老けて見えるので。長いあいだ離れていたからなのだろうか、悲しみのせいだろうか、あれだけ涙を流したせいだろうか？　彼女は思いめぐらしながら夫をじっと見る。自分の横にいるこの人は、彼女の腕を取って自分のほうへ引き寄せるこの人は誰だろう？　その顔には、死んだ息子の頬骨が見える、あの額が、でもほかには何もない。ただ命だけ、血だけ、心臓が柔軟に血液を送り出している証拠だけ、涙で光る目、感情の高ぶりに赤らんだ頬。彼女はからっぽだ、自分の境界がぼやけて実体がなくなっている。木の葉にあたった雨粒みたいに砕け散ってばらばらになりそうだ。彼女はこの場所を離れることができない、この門をくぐることができない。あの子をここへ置いておくことはできない。

彼女は木の門柱を摑み、両手で握りしめる。すべては砕け散ったが、この門柱にしがみついているのが最善の道であるように、なすべき唯一のことであるように思える。ここに、この門のところに、娘たちは向こう側、息子はこちら側の状態でいられたら、すべてをいっしょにしておける。

彼女の手を引きはがし、彼女を連れ去るには、夫と弟と二人の娘両方でかからなければならない。

アグネスは砕けてばらばらになり、散らばってしまった女だ。ある日、ふと見下ろしたら、片方の足は向こうの隅に、片腕は地面に取り残され、片手は床に落ちていても驚かないだろう。娘たちも同じだ。スザンナの表情は強張り、眉根を寄せて怒っているみたいな顔つきだ。ジュディスはただ泣くばかり、いつまでも、ひっそりと。涙が漏れ出して、けっして止まることがないかのように思える。

ハムネットが皆を束ねるピンだったなどと、どうして知ることができただろう？　あの子がいなければ、皆ばらばらのかけらで、床で砕け散ったカップみたいなものだなどと？

夫は、父親は、階下の部屋を行きつ戻りつする、その最初の夜も、つぎの夜も。アグネスは二階の寝室でその物音を聞いている。ほかの音はしない。泣き声も、むせび泣きも、溜息も。ただ、すーどたん、すーどたんと彼の足が休みなく動く音だけだ、歩いて、歩いて、そこへの地図をなくしてしまった場所へ戻る道を見つけようとしている人のように。

「わたし、わかってなかったの」二人のあいだの暗闇に向かって彼女は囁く。

彼は顔を向ける。彼女には彼がそうするのは見えないが、シーツがこすれてカサカサ音を立てるのは聞こえる。周囲にはベッドカーテンがめぐらしてある、夏の暑さが容赦ないのだが。

「誰にもわかってなかったさ」と彼は答える。

「だけど、このわたしが、わかってなかったのよ」と彼女は小さな声で言う。「わたしとしたことがね。わかってなくちゃいけなかったのに。予期しておくべきだったのに。わかってなくちゃいけなかったのよ、たちの悪いひっかけだって、わたしにジュディスの心配をさせておいて、最初からずっと――」

「ほらほら」彼は寝返りを打って、彼女の体に腕をまわす。「君はできることはすべてやったんだ。誰にもあの子を救うことはできなかったんだ。君は精一杯のことをしたじゃないか――」

「もちろん、やったわ」彼女は急にかっとなって鋭くそう言い、上体を起こして彼の手から体をもぎ離す。「自分の心臓を抉り出してあの子にやりたかった、もしそれで何かが変わるんなら、わたしは――」

「わかるよ」

「わかってない」彼女はそう言って拳をマットレスに叩きつける。「あなたはここにいなかったじゃない。ジュディスは」小声で話しながら、今や彼女の目からは涙があふれだし、頬を伝って髪に滴っている。「ジュディスはすごく具合が悪かったの。わたし……わたし……ジュディスにばかりかまけていて、考えなかったの……あの子にももっと気をつけてやってればよかった……迫ってきてるものにぜんぜん気がついてなかった……奪われるとしたらジュディスだってずっと思ってた。信じられないの、自分があれほど何も見えていなかったってことが、あれほど馬鹿だったってことが――」

「アグネス、君はあらゆることをやったんだ、あらゆることを試してみたじゃないか」と彼は繰り返し、彼女を宥めてベッドに寝かそうとする。「病気が手強すぎたんだ」

彼女は彼に逆らい、体を丸めて両腕で膝を抱える。「あなたはここにいなかったじゃない」と彼女はまた言う。

彼は町に出かける、あの子を埋葬してから二日経っている。畑を貸している男と話をしなければならない、金を払えと釘を刺しておかなくてはならないのだ。

玄関を出ると、通りには陽光があふれ、子どもたちがたくさんいることに気づく。歩いたり、互いに声をかけあったり、親と手を繋いでいたり、笑ったり、泣いたり、肩に抱かれて寝ていたり、マントのボタンをかけてもらったり。

とても耐えられない光景だ。子どもたちの肌、頭骨、肋骨、ぱっちりした大きな目。なんてきゃしゃなんだろう。わからないのか？　と彼は子どもたちの母親に、子どもたちの父親に叫びたくなる。よくまあ家から出しておけるな？

彼は市場まで行って、そこで立ち止まる。彼は踵を返し、挨拶も、従兄弟が差し出した手も無視して、引き返す。

家では、彼のジュディスが裏口の横にすわっている。籠に入った林檎を剝く仕事をしているのだ。彼は娘の隣にすわる。しばらくすると、彼は籠へ手をつっこんで、娘につぎの林檎を渡す。娘は左手——いつも左だ——に果物ナイフを持って皮を剝いていく。皮は刃から、人魚の髪のような長い緑の巻き毛になって落ちていく。


双子がうんと小さかったころ、たぶん二人の最初の誕生日のころに、彼は妻のほうを向いて言ったことがある。見ててごらん、と。

アグネスは作業台から顔を上げた。

彼は林檎を二切れ、食卓の向こうの子どもたちに押しやった。まったく同じ動きで、ハムネットは右手を出して林檎を摑み、ジュディスは左手を出して摑んだ。

ぴったり揃って、二人は林檎の一切れをそれぞれ口へ持っていった、ハムネットは右手で、ジュディスは左手で。

二人は沈黙の合図を交わしあったかのように同時に林檎を置くと、顔を見合わせ、それからまた取り上げた、ジュディスは左手で、ハムネットは右手で。

まるで鏡みたいだ、と彼は言った。というか、真ん中で切り離された一人の人間みたいだ。むきだしの二つの頭は、金糸のように輝いていた。


彼は廊下で父のジョンと出くわす、父はちょうど工房から出てきたところだ。

男二人は立ち止まり、互いに見つめあう。

彼の父親は片手を上げて顎のざらざらした無精ひげを撫でる。ぎこちなく唾を飲み込んで喉仏を上下させる。それから唸るとも咳をするともつかない声を発して息子から離れ、また工房に引っ込む。

どこを向いても見える。ハムネット。二歳の息子が窓の下の出っ張りを掴んで、伸びあがって通りを見ながら、人差し指を突き出して通り過ぎる馬を指している。赤ん坊の息子が、ジュディスといっしょにパンが二つ並んでいるみたいにきちんと揺り籠に寝かされている。学校から帰ってきた息子が、玄関の戸を開けるときに強く押しすぎて漆喰にぶつかって痕がつき、叫び声をあげたメアリに叱られる。窓のすぐ外で、球を輪っかにくぐらせては受け止めている。宿題から顔を上げて父親にギリシャ語の時制を訊ねる息子、頬には句読点のカンマみたいな形の白墨の汚れがついている。裏庭から叫んでいる息子の声、ほら見てよ、鳥が豚の背中にとまってるんだよ、と言っている。

そして彼の妻は青ざめた顔で黙ったまま動かず、上の娘はこの世のすべてにひどく腹を立てていて、怒りの言葉を叩きつけてばかりいる。そして下の娘はひたすら泣く。食卓に頭をつけて、戸口に立って、ベッドに横になって、しくしく泣き続け、彼か母親が腕に抱き寄せ、頼むから泣き止んで、それじゃ病気になってしまう、と頼むこととなる。

それにこの革のにおい、皮処理の、生皮の、毛焼きした毛皮のにおい。においから逃げられない。この家であんなに何年も、自分はいったいどうやって過ごしていたのだろう？　ここの不快な空気を今では自分が呼吸できなくなっていることに彼は気づく。窓をノックする音、手袋を買い求めようとする客の要求、見て、手にはめてみて、ビーズやボタンやレースについて際限なく話しあって。やむことのない会話、あれこれと、この商人がどうの、この処理業者がどうの、あの農場主が、あの貴族が、絹の値段が、羊毛の原価が、誰がギルドの会合に出席して誰がしていなかったか、来年は誰が参事会員になるか。

　耐えられない。何もかも。見えない蜘蛛の巣に絡めとられている気分だ、糸や巻きひげが今にもくっつこう、絡みつこうとしてくる、どちらを向いても。彼はこうしてこの町に、この家に戻ってきた、そして何もかもが、もうけっして出ていけなくなるのではないかという不安を彼に抱かせる。この悲しみ、この喪失が自分をここへ縛りつけるのではないか、ロンドンで自力で成し遂げたすべてを打ち砕いてしまうのではないか、という。彼がいなければ、一座はめちゃくちゃになるだろう。資金をすべて失って解散するだろう。彼に代わる別の人間を見つけるかもしれない。来期のための新しい芝居の準備などやろうとしないだろうが、あるいはやってみて、そうしたらそれが彼の書くどんなものよりも出来がよくて、彼ではなくその人間の名前が芝居のチラシに出るようになり、そして彼はお払い箱になって放り出され、もう洟もひっかけてもらえなくなるだろう。彼はかの地で築き上げたすべてを失うことになるかもしれない。非常に儚く脆いものなのだ、劇場の暮らしは。彼はよくそのことを考える、ほかのどんなことよりも。父の作る手袋の刺繍みたいなものなのだ。ただの美しい見世物、ほんの小さな部分だけの、一方でその下では労働と技術と挫折と汗が網目（クロスハッチ）になっているのだ。彼はあそこにいなければならない、常に、下に隠れているものがちゃんと実行されるように、すべて計画どおり進むようにしておくために。それに、あの四方を壁で囲まれた狭い下宿が恋しいのも本当だ、誰もやってこない、探しに来たり頼みに来たりしゃべりに来たり邪魔しに来たりする者はおらず、ベッドと貴重品箱と机があるだけだ。あそこよりほかに、周囲の物音や生活や人々から逃れられる場所はない。世間を遠ざけて自意識を溶解させ、ただ手だけになってインクに浸したペンを握り、その先端から言葉がつらつらと綴られていくのを眺めていられる場所はない。そしてそういう言葉がつぎつぎ出てくるにつれ、彼は自分自身からするっと抜け出して、ほかのものでは叶わないうっとりするような心慰められる自分だけの喜ばしい平穏を見出すことができるのだ。

これを諦めることなどできない、ここに、この家に、この町に、手袋商売の端にとどまることはできない、たとえ妻のためであっても。このままずっとストラトフォードから抜け出せなくなるんじゃないかという気がするのだ、鉄製の罠の顎に脚を挟まれた人間、隣には父親がいて、息子は、教会墓地の芝生の下で冷たく朽ち果てていく。

彼は彼女のところへ行き、出立しなければならないと告げる。自分の一座からあまり長く離れているわけにはいかない。一座には自分が必要となる。一座はもうすぐロンドンへ戻ってきて、新しいシーズンに備えなくてはならない。彼の一座が行き詰まるのを見たらほかの劇場は大喜びするだろう、競争は、とりわけシーズン初めには苛烈なのだ。準備しなければならないことがたくさんあり、彼は向こうで、すべてがちゃんと行われるよう見ていなくてはならない。ほかの男たちに任せるわけにはいかない。ほかに頼れる者はいないのだ。彼は行かなくてはならない。すまないとは思うが。どうかわかってくれ。

アグネスは彼がこう告げても何も言わない。言葉がまわりに流れていくに任せる。残飯を桶から豚の餌入れへ落とし続ける。単純な仕事だ。桶を掲げて、中身が落ちるままにする。彼女はただそこに立っていればいいだけだ、豚小屋の囲いにもたれて。

「手紙を出すよ」と彼が言う、彼女の背後で。すると彼女はびくっとする。彼がそこにいるのをほとんど忘れていたのだ。この人がしゃべっていたのはなんだっけ？

「手紙を書く？」と彼女は繰り返す。「誰に？」

「君に」

「わたしに？　どうして？」彼女は身振りで自分の体を指し示す。「わたしはここにいるじゃない、あなたの前に」

「僕が言ったのは、ロンドンへ着いたら手紙を書くってことだよ」

アグネスは眉をひそめ、残飯の残りを落とす。彼女は思い出す、そうだ、つい今しがた、この人はロンドンのことを話していた。向こうの友人たちのことを。「準備」という言葉を使っていたっけ、と彼女は思う。それに「出ていく」と。

「ロンドン？」と彼女は問いかける。

「僕は出ていかなくちゃならない」と彼は、ややきっぱりした口調で答える。

彼女はほとんど笑ってしまいそうだ、あまりに馬鹿げている、あまりに非現実的な思いつきだ。

「出ていけるわけないでしょ」と彼女は言う。

「だけど、行かなくちゃならないんだ」

「だから、無理だってば」

「アグネス」と言う彼の口調は今や完全に苛立っている。「世界は静止してるわけじゃないんだ。僕を待ってる人たちがいるんだよ。もうシーズンが始まりかけていて、僕の一座はケントからいつ帰ってきてもおかしくないんだ、だから僕は――」

「どうしたら出ていくなんてことを考えられるの？」彼女は戸惑いながら問いかける。どう話せばこの人にわかってもらえるだろう？　「ハムネットが」この言葉の丸みを感じながら彼女は言う、息子の名前は彼女の口中で熟れた梨の形をしている。「ハムネットが死んだのよ」

　この言葉は彼をひるませる。彼女がそう言ったあと、彼は妻の顔を見ることができない。彼はうなだれ、じっと自分の靴を見つめる。

　彼女にとって、事は単純だ。彼らの息子、彼らの子どもが死んだ、墓で冷たくなってまだ間がない。出ていくなんてあり得ない。いてもらわなくては。戸口を閉じて、家族四人がリールダンスの終わりみたいにかたまるのだ。夫はここに、彼女とともに、ジュディスとともに、スザンナとともに留まるのだ。いったいなんだって出ていくなんて話になるんだろう？　わけがわからない。

　彼女は彼の視線を追う、彼の靴へ、そしてそこには、足の横には、彼の旅行鞄がある。詰めてある、膨らんで、妊婦の腹みたいだ。

　彼女は鞄を指さす、黙って、言葉が出てこないまま。

「僕は行かなくちゃならない……今すぐ」彼はぼそぼそと口ごもりながら言う、この彼女の夫は、いつも勾配のきつい川床の小石の上をさらさら流れる急流のようにしゃべるのに。「あの……今日ロンドンへ発つ商人の一行がいてね……それで……予備の馬を持ってるんだ。それを……僕が……つまりその……そろそろ行かなくちゃ……そうしようかな、と、ちょうど都合がいいし、というか、あの――」

「あなた、今すぐ行くつもり？　今日？」彼女はとても信じられず、囲いから彼のほうへ向き直る。「わたしたちにはここであなたが必要なのよ」

「その商人の一行は……僕は……つまり……待ってはもらえないんだ、それに……良い機会だし……そうすれば一人で旅せずにすむ……君だって僕が一人で旅するのは嫌だろ、ほら……君が自分で言ったじゃないか……何度も……だから――」

「今すぐ行ってしまうつもりなのね？」

彼は豚用の桶を彼女の手から取ると囲いの上に置き、彼女の両手を握る。「ロンドンには僕を頼りにしている人がたくさんいるんだ。どうしても戻らなくちゃならないんだ。あの人たちをただ見捨ててしまうことはできないんだよ、だって――」

「だけど、わたしたちのことは見捨てていいわけ？」

「いや、もちろんそんなことないよ、僕は――」

彼女は顔をぐっと彼の顔に近づける。「どうして行っちゃうの？」彼女は鋭く問いかける。

彼は彼女の視線を避けるが、手は離さない。「話しただろ」と彼はぼそぼそ言う。「一座のことがあるし、ほかの役者たちのこととか、僕は――」

「どうして？」と彼女は詰問する。「あなたのお父さんのせい？　何かあったの？　話してよ」

「話すことなんか何もないよ」

「そんなの信じられない」彼女は彼に握られた手を引っ込めようとするが、彼はぜったいに離さない。彼女は手首をねじり、それから反対にねじる。

「あなたは一座のことを言うけど」彼女は彼の顔に面と向かって話す、互いの吐く息を吸うしかないほど近寄っている。「あなたはシーズンのことだとか、準備だとか言うけど、そんなの何ひとつちゃんとした理由じゃない」彼女は手を、指をひきはがして、彼の手を摑もうとする。彼はこれを承知していて、ぜったいにそうはさせない。彼に妨害されて、彼女は子どものころ以来感じたことがないほどの燃えるような怒髪天を衝く激しい怒りに駆られる。

「そんなの問題じゃない」がつがつ食べている豚の横でもみ合いながら、彼女は荒い息で言う。
「わかってる。あなたはあの場所に捕まってるんだ、針にかかった魚みたいに」
「どの場所？　ロンドンのことを言ってるの？」
「ちがう、あなたの頭のなかにある場所。一度見たの、ずっとまえに、そこには国が丸ごとあった、風景が。あなたはあの場所に行ってしまって、今ではあなたにとってどこよりもあそこが現実になってる。あなたをあそこから引き離せるものは何もない。自分の子どもの死さえも。わたしにはわかる」彼女の両手首を片手で摑み、もう片方の手を足元の鞄に伸ばす彼に、彼女は言う。「わたしにわかってないだなんて、思わないで」

鞄を肩にかついでやっと彼は手を離す。彼女は両手を、痕がついて赤くなった手首を振り、夫に握られたところを指でさする。

彼は荒い息をしながら彼女から二歩ほど離れて立っている。帽子を手で丸め、彼女の視線を避けている。

「お別れも言わないつもり？」彼女は問いかける。「さよならも言わずに行っちゃうの？　あなたの子どもたちを産んだ女に？　あなたの息子が最後の息を引き取るまで付き添った女に？　あの子の埋葬の支度をした女に？　一言もなしにわたしを置いて行ってしまうつもり？」

「娘たちを頼む」とだけ彼は言う、そしてこれは細いけれど鋭い針で突かれたようにずきっとくる。「手紙を書くよ」と彼はまた言う。「クリスマスまえにはまた君のところへ帰ってきたいと思ってる」

彼女は身を翻して豚のほうを向く。豚たちの剛毛の生えた背中を、ぱたぱたさせている耳を眺めて、ぶうぶう満足げに鳴くのを聞く。

とつぜん彼がそこに、彼女の後ろにいる。彼の両腕が彼女の腰に巻きつき、彼女を向き直らせ、引き寄せる。彼の頭が彼女の頭とくっつく。彼の手袋のにおいが、彼の涙のしょっぱいにおいがする。二人はそんなふうにして立っている、いっしょに、一つになって、ちょっとのあいだ。そして彼女は彼に引き寄せられるのを感じる、いつもそうだし、これまでもそうだった、まるで彼女の心臓には見えない綱が巻かれていて、それが彼の心臓に結わえ付けられているかのように。わたしたちの息子は、と彼女は考える、あなたとわたしでできていた。二人でいっしょにあの子を作った。二人でいっしょにあの子を埋葬した。あの子は二度と戻ってこない。彼女は心のどこかで時間を巻き戻したいと思っている、糸みたいに巻き取りたいと。糸車を逆に回したい、ハムネットの死というかせを元に戻したい、あの子の子ども時代を、赤ん坊のころを、誕生を、彼女が夫とあのベッドで体を一つにして双子を作った瞬間まで。すべてを解いてしまいたい、加工まえの羊毛に戻したい、元へ戻る道を見つけたい、あの瞬間へ。そうしたら彼女は立ち上がる、彼女は顔を星のほうへ向けて、天へ向けて、月へ向けて、あの子の未来に待ち受けているものを変えてくださいと訴える、あの子に違う結果を考えてやってくださいと懇願する、お願いですから、お願いですからと。そのためならなんでもします、なんでも差し出します、天のお望みのものをなんでも差し上げますから、と。

夫は彼女をぎゅっと引き寄せ、彼女も夫を両腕で抱きしめる、いろいろなことはあるけれど、あの夜とちょうど同じように。彼の体は彼女の体にぴったり寄り添う。彼女の頭巾の湾曲した横のところに彼の息がかかる、まるで話しかけられているようだが、彼女に言葉はいらない、言葉なんか必要ない。彼の肩越しに、あの旅行鞄が彼の足元にあるのが見える。

後戻りはできないのだ。彼らに定められていたことは取り消せない。息子はいなくなり、夫も行ってしまい、彼女はとどまり、豚には毎日餌をやらなくてはならないし、時間は一方向にしか進まないのだ。

「さあ、行って」と彼女は言い、彼を押しやりながら身を翻す。「行くっていうんなら。帰れるときに帰ってきて」

昼も夜もずっと泣いていられることを彼女は発見する。泣き方にはいろいろあるということを。とつぜん涙があふれ出たり、手の付けられないほど激しく泣きじゃくったり、声を出さずに際限なく目から涙をこぼしたり。目のまわりがひりひりするのはコゴメグサとカモミールのチンキ剤を混ぜたオイルを塗っておけばいい、ということを。天国での暮らしや永遠の喜びを請合えば娘たちを慰めることができる、ということを、死んだらまたみんないっしょになれるのだし、きっとあの子が向こうで待っていてくれる、と。そんなことはまったく信じていないのだけれど。世間の人が子を亡くした女にどんな言葉をかければいいかいつもわかっているわけではないということも。どう言えばいいかわからないというだけで彼女を避けて道の反対側へ行ってしまう人もいるということを。良い友人だとは思っていなかったような人たちがなんの前触れもなく家の前へやってきて戸口にパンやケーキを置いていったり、教会のあとで優しい適切な言葉をかけてきたり、ジュディスの髪を撫でて血色の悪い頬をちょっとつまんだりするということを。

あの子の服をどうしたらいいかは、わからない。

何週間も、アグネスはあの子が床に就くまえに服を置いた椅子から動かすことができない。

葬儀のあと一か月ほど経って、彼女はズボンを持ち上げ、それから下ろす。あの子のシャツの襟に触る。あの子の靴のつま先をつついて、左右がきちんと並ぶようにする。

それから顔をシャツに埋める。ズボンを胸に押し当てる。靴のそれぞれに手を入れて、あの子の足の形の空間を味わう。襟元を結んだり解いたりする。ボタンをボタン穴にはめてはまた外す。服を畳んでは広げ、また畳む。

指のあいだに布地を滑らせ、縫い目を合わせ、空中ではたいてしわを伸ばしていると、彼女の体はこの作業を思い出す。彼女を過去へ連れ戻す。あの子の服を畳み、きちんと整えながらあの子のにおいを嗅いでいると、あの子はまだここにいるのだと思い込みそうになる、これから服を着ようとしているところなのだと、今にもドアから入ってきて、僕の靴下はどこ、僕のシャツは？　と訊ねるかもしれない、学校に遅れるんじゃないかと気にしながら。


彼女はジュディスとスザンナといっしょにカーテンをめぐらしたベッドで眠る、あのことには触れずに。女の子たちの脚輪付き寝台は引き出されることなく下に押し込まれたままだ。彼女は自分たち三人のまわりにしっかりカーテンを引いておく。何ものもここへは入ってこられない、と自分に言い聞かす、窓や煙突から入ってきたりはしない、と。彼女は夜はあまり眠らずに、ノックの音がしないか耳をすませ、悪霊が入ってこようとしていないか注意を怠らない。眠っている娘たちに腕をまわしている。夜はしょっちゅう目を覚ましては、娘たちが熱を出していないか、腫れがないか、肌が妙な色になっていないか確かめる。彼女は寝る側を変える、夜通し何度も、ジュディスと外の世界のあいだに、それからスザンナと外の世界のあいだに身を横たえようとして。今度は何ものにも自分の体を乗り越えさせない。彼女は待ち構えている。何ものにも自分の子どもたちを奪わせない。もう二度と。

夜は隣で、祖父母のところで寝る、とスザンナが言い出す。ここでは眠れないから、と言う、母親と目を合わせないようにしながら。なんだか落ち着かないんだもん。

スザンナはナイトキャップと寝間着を持って部屋を出ていく、スカートの縁に床の綿埃をくっつけながら。

アグネスは床を掃くことに意義を見出せなくなっている。また汚れるだけではないか。料理することも同じく無意味に思える。彼女が料理し、みんなで食べ、それから、時間が経つと、また食べる。

女の子たちは食事時は隣へ行く。アグネスは娘たちを止めない。

日曜ごとに息子の墓の横を歩くのは、苦痛でもあり喜びでもある。彼女はそこへ身を横たえて墓を自分の体で覆いたいと思う。素手で掘りたい。木の枝を突き刺したい。その上に建物を建ててやりたい、風や雨から守るために。彼女もそこで、あの子といっしょに暮らしてもいいかもしれない。

神があの子を必要となさったのです、ある日、礼拝のあとで彼女の手を取って司祭が言う。

彼女はくるりと司祭に向き直って、ほとんど噛みつかんばかり、殴りつけてやりたくてたまらない。わたしがあの子を必要としていたんです、と彼女は言いたい、あなたの神さまはもっと待ってればよかったんです、と。
彼女は何も言わない。娘たちの腕を取って、歩み去る。

彼女はヒューランズの畑にいる夢を見る。夕暮れで、地面は何も生えておらず深い畝間ができている。前方には彼女の母がいて、土にかがみこんでは背を伸ばしている。アグネスが近寄ると、母は小さな真珠色の歯を地面に蒔いているのだとわかる。母はアグネスが近づいても向き直らないし、手も止めず、ちょっとにっこりして見せただけで、また乳歯を地面に落とし続ける、ひとつずつ。

夏は暴力だ。長い夕方、温かい空気が窓から入ってくる、川は町をゆっくりと流れ、通りで遅くまで遊ぶ子どもたちの叫び声が響き、馬は脇腹のハエを弾き飛ばし、生垣には花やベリーがびっしりついている。
アグネスはそれをぜんぶむしりとりたい、引きちぎって、風に投げつけたい。

秋、やってくるとこれまたおぞましい。早朝の空気は刺すようだ。庭には霧がたちこめる。雌鶏どもは囲いの中で騒いだりぶつぶつ言ったり、出てこようとしない。木の葉は端がぱりぱりになってくる。ハムネットが知ることもなく、触れることもなかった季節が、こうしてここにある。こうして世界はあの子なしで動き続ける。

ロンドンからは手紙が来る。スザンナが皆に読んで聞かせる。だんだん短くなる、とアグネスは気づく、あとで見てみると、一枚にも満たないくらいで、筆跡はぞんざい、急いで書いたかのようだ。劇場のことは書かれていない、観客のことも、演技のことも、彼が書く芝居のことも。そんなことはぜんぜん書いていない。代わりに彼は、ロンドンの雨のことや、先週は靴下がびしょ濡れになったこと、家主の馬がまともに歩けないこと、レース売りに出会って、家族の皆にそれぞれ違う縁取りのハンカチを買ったことを記している。

学校が始まる時間と終わる時間には窓の外を見ないほうがいいのはわかっている。彼女は忙しく立ち働いて、顔を背けている。その時間には外へ出ない。

通りにいる金髪の子どもたちは一人残らずあの子の歩き方、あの子の顔つき、あの子の特徴を装って、彼女の心臓を鹿のように跳び上がらせる。通りがハムネットだらけのこともある。彼らは歩きまわる。跳ねたり走ったりする。互いに押し合う。彼女のほうへ歩いてくる、彼女から遠ざかる、角を曲がって姿を消す。

彼女はまったく外へ出ない日もある。

あの子の髪の房は小さな陶器の壺に収めて暖炉の上に置かれている。ジュディスは髪を入れる絹の小袋を縫った。誰も見ていなさそうなときに、ジュディスは椅子を炉棚に引きずっていって、壺を下ろす。

髪は彼女自身のものと同じ色だ。彼女の頭から切り取ったとしてもおかしくない。髪は彼女の指のあいだを水のように滑る。

なんて呼べばいいの、とジュディスは母に訊ねる、双子だったけどもう双子じゃない人のことは？

二つに折ったロウソクの芯を熱した獣脂に浸していた彼女の母親は、手を止めるけれども振り向かない。

妻だったら、とジュディスは続ける、夫が死んだら、そうしたら寡婦になるでしょ。両親が死んだら、子どもは孤児になるでしょ。でも、今のわたしを表す言葉はなんなの？

さあねえ、と母親は言う。

ジュディスは、芯の端からロウが垂れて、下の鉢に落ちるのを見つめる。

もしかしたらないのかな、と彼女は言ってみる。

ないのかもしれないね、と母親は答える。

アグネスは二階にいる。ハムネットが集めた小石を四つの容器に入れてしまっていた机にすわっている。あの子はときおり石を容器から出しては、違う方法で分けるのを楽しんでいた。それぞれの容器を覗きこみながら、彼女は思う、あの子は最後に分けたときに、大きさじゃなく色で分けたんだな、そして――

眼を上げると、娘たちが前に立っている。スザンナは片手に籠を持ち、もう片方の手にはナイフを持っている。ジュディスは姉の後ろに立っていて、これまた籠を持っている。二人ともちょっと厳しい表情だ。

「そろそろ」とスザンナが口を開く。「ローズヒップを摘む時期だよ」

これはこの時期に毎年やっていることだ、夏が秋に変わりかけるころ、生垣をあさって花のあとに大きく膨らむローズヒップの実で籠をいっぱいにするのだ。彼女はこの子たちに、自分の娘たちに、どうやって最上のものを見つけるか、どうやってナイフで割って、煮て、咳や咳風邪に効くシロップを作って全員が冬を乗り切れるようにするか教えてきた。

だが今年は、ヒップが熟すのにもあの無神経な色合いにも傷つけられる、ブラックベリーが紫になるのにも、ニワトコの実が黒ずむのにも。

小石の容器を抱えているアグネスの手は、弱々しく役立たずに思える。ナイフを握れる気がしない、棘のある茎を握れるとは、皮がロウみたいな実を摘みとれるとは思えない。摘んで、家に持って帰って、葉や茎を取り除いて、それから火にかけて煮る。そんなこととてもできるとは思えない。それよりはベッドで横になって毛布を頭までひっかぶっていたい。

「行こうよ」とスザンナが言う。

「お願い、ママ」とジュディスが言う。

娘たちが手を彼女の顔に、腕に押しつける。娘たちは彼女を立たせる。階段を降りさせて、通りへ連れ出し、そのあいだずっと二人が見つけた場所のことをしゃべる、ローズヒップだらけなの、と二人は彼女に話す、とにかくいっぱい。いっしょに来てよね、と二人は言う。案内してあげるから。


生垣は星座だ、火のように赤い実がちりばめられている。結婚してすぐのころ、ある夜彼に通りへ連れ出されたのだが、あたりはひどく奇妙な感じで、とても静かで暗く、がらんとしていた。

上を見てごらん、と彼が彼女の後ろに立って言い、両腕を彼女の体にまわし、手を彼女の腹の膨らみの上に置いた。彼女は頭をそらせて、彼の肩を枕にした。

家並みの上端にのっかっているのは、宝石をちりばめた空だった、銀色の穴が点々と開いている。彼は彼女の耳に名前と物語を囁いた、指を伸ばして、星々のなかからさまざまな形を、人や動物や家族を切りとってみせながら。

星座だよ、と彼は言った。そう呼ぶのだった。

スザンナとなる赤ん坊が彼女の腹のなかで、まるで聞き入っているかのように向きを変えた。

ジュディスの父親は、仕事はうまくいっていると書いている、みんなのことを思っている、冬が過ぎるまでは帰れない、道の状態が悪いから、と。

スザンナは手紙を読み上げる。

彼の一座は新しい喜劇で大成功を収めている。宮廷で上演したら、女王様が大いに楽しまれたということだ。ロンドンの川はすっかり凍っている。ストラトフォードでもっと土地を買うつもりだ。彼女は読み終える。彼は友人コンデルの結婚式に列席した、結婚式の食事は素晴らしかった。

誰も何も言わない。ジュディスは母から姉へ、手紙へと視線を移す。

喜劇？　と彼女の母親が問いかける。

こんな家でひとりになるのは簡単ではないとジュディスにはわかる。いつも誰かがせかせかやってくるし、誰かに名前を呼ばれるし、誰かがついてくる。

小さかったころ、いつも彼女とハムネットのものだった場所がある、炊事場の壁と豚小屋の壁とのあいだの楔形の隙間だ。入口は狭く、横向きになってなんとかもぐりこむと、三角形の空間が広がっている。子ども二人がじゅうぶん足を伸ばしてすわれる、石壁を背にして。ジュディスは工房の床から一本、また一本とイグサを拾ってはスカートの襞に隠す。誰も見ていないときに例の隙間にもぐりこむと、イグサを編んで屋根を作る。今はもう成長した子猫たちが二匹、後からこっそりついてくる、同じ縞模様の顔で足先が白い。

それから彼女は両手を組んでそこにすわる。彼が来たがれば来させてやってもいい。彼女は自分に、猫たちに、頭上のイグサの屋根に歌って聞かせる、音符と言葉を繋ぎ合わせて、トゥーラ・ルゥーラ・ティラ・リィラ・アイ・アイ・アイー、どんどん歌い続ける、音が彼女の心の空洞を見つけるまで、見つけてそこに流れこんで、そこを満たし、そして満たすといっても、もちろんけっして満たされることはないのだけれど、何しろそれは、形もなければ輪郭もないのだから。

猫たちは彼女を見守る、非情な緑の目で。

アグネスは四人の女たちと市場に立って、手には蜜蜂の巣をのせたトレイを持っている。継母のジョーンも混じっている。一人が愚痴をこぼしている、夫といっしょにお膳立てしてやった徒弟の話を息子が拒否しているというのだ、息子にその話をしようとすると怒鳴る、ぜったい行かないと言い張り、言うことをきかせられない。たとえ、とその女は目を大きく見開いて言う、父親が殴っても。

ジョーンは身を乗り出して、一番下の息子が朝ベッドから起きようとしないのだと話す。ほかの女たちはぶつぶつ言いながら頷く。そして夜になると、と彼女は言いながら、顔をしかめる、ベッドに入ろうとせず、家のなかをどたどた歩きまわって、火をかきたて、何か食べさせろと言い、ほかの家族は眠れない、と。

べつの女がお返しに、息子は母親がしてほしいように薪を積んではくれないし、娘は結婚の申し込みを断ってしまったという話をする、そんな子どもたちを、いったいどうしたものかしら？

馬鹿だ、とアグネスは思う、あんたたちは馬鹿だ。彼女は継母にはあまり近づかないようにしている。蜂の巣の同じ形の繰り返しをじっと見おろす。蜂と同じ大きさまで縮んで、蜂たちのあいだに紛れ込んでしまいたい。


「ねえ」ジュディスはスザンナに話しかける、シャツやシフトドレスや靴下を水のなかに押し込みながら。「お父さんが帰ってこない原因は……わたしの顔なのかな？」

洗濯場は暑くて風通しが悪く、湯気と石鹸の泡でいっぱいだ。ほかのどんな仕事よりも洗濯が嫌いなスザンナは、つんけんと問い返す。「何言ってんのよ？　ちゃんと帰ってくるでしょ。いつも帰ってくるじゃない。それに、あんたの顔がなんの関係があるっていうのよ？」

ジュディスは洗濯用の深鍋をかきまわし、袖や裾や迷い出た帽子をつつく。「だって」と小さな声で、姉の顔は見ずに答える。「わたしはそっくりでしょ。もしかして、お父さんはわたしの顔を見るのがつらいのかもしれない」

スザンナは言葉が出ない。いつもの口調で言おうとする、馬鹿なこと言わないでよ、くだらない。でもそれは本当だ、二人の父親が家族の元へ帰ってきてからずいぶん経つ。葬式以来帰っていない。でも誰もこのことを口には出さない、誰も触れない。手紙は来て、彼女がそれを読む。母親はそれを炉棚の上に数日置いておき、ときおり誰も見ていないと思ったときに下ろしている。それから手紙は消える。そのあと母親が手紙をどうしているのかは、スザンナにはわからない。

彼女は妹を見る、しげしげと見る。洗濯棒を鍋のなかに落とすと、ジュディスの小さな両肩に手を置く。「あんたをよく知らない人は」とスザンナは妹を見つめながら言う。「あんたはあの子にそっくりだって言うでしょうね。そして、あんたたち二人のよく似てることったら、びっくりするほどだし……だったし。ときどき信じられなかったくらい。だけど、あんたといっしょに暮してるわたしたちには、ちゃんと違いがわかるよ」

ジュディスは、どうかな、というように姉を見上げる。

スザンナは震える指で妹の頬に触れる。「あんたの顔はあの子より細い。あんたの顎のほうが小さい。それにあんたの目のほうが明るい。あの子の目はもっと斑点が多かった。あの子はあんたより雀斑が多かった。あんたの歯のほうがまっすぐだ」スザンナはごくんと唾をのむ。「お父さんだってこんなことはぜんぶわかってるよ」

「そう思う？」

スザンナは頷く。「わたしはぜったい……わたしはぜったいあんたたち二人を間違えたことないよ。どっちがどっちかいつもわかってた、あんたたちが赤ちゃんのときでもね。あんたたち二人があの遊びをやってたときだって、服や帽子を取り替えてね、あのときだって、わたしはいつもわかってたよ」

今や涙が、ジュディスの目から流れ落ちている。スザンナは自分のエプロンの端を持ち上げると、拭いてやる。洟をすすってまた鍋のほうを向き、棒を摑む。「さあ、この仕事をやらなくちゃ。誰かがこっちへ来る足音が聞こえるよ」

アグネスはあの子を探す。もちろん探す。あの子が死んだあと、幾晩も幾晩も、何週間も、何か月も。あの子が来るのを待つ。幾晩もすわりこんで、毛布を肩から掛けて、横でロウソクを灯して。かつてあの子のベッドがあったところで待つ。あの子が死んだまさにその場所に置いた、あの子の父親の椅子にすわって。霜の降りた庭に出て、裸になったスモモの木の下に立って、声をあげる。ハムネット、ハムネット、そこにいるの?

何も返ってこない。誰もいない。

彼女には理解できない。死者の声が、無言の声が、未知のものの声が聞こえる彼女が、人に触れると血管を伝って病が忍び寄るのを聞き取ることができる彼女が、肺や肝臓に厭わしい腫瘍のビロードのような塊があるのがわかる彼女が、本を読むようにして人の目や心を読むことのできる彼女が。その彼女が我が子の霊魂を見つけられない、どこにいるのかわからないのだ。

彼女はそういった場所で待ち構える、ずっと耳をそばだてている、ほかのもっと騒がしい生きている人間たちの声や要求や不満をふるいにかけるが、あの子の声は聞こえない、彼女の聞きたいただ一人の声は。何もない。沈黙だけだ。

だがジュディスには、床を箒で掃くしゅっという音のなかに兄の声が聞こえる。塀の上でさっと鳥が急降下するなかに兄を見る。ポニーがたてがみを振るなかに兄を見つける。窓ガラスに打ち付ける霰(あられ)のなかに、煙突から腕を差し込んでくる風のなかに、彼女の隠れ家の屋根になっているイグサがカサカサいう音のなかに。

もちろん彼女は何も言わない。知っていることは自分の心のうちに収めておく。彼女は目を閉じて、声には出さずに心のなかで言う。見えてるよ、聞こえてるよ、どこにいるの?

スザンナは、離れにいるのはつらいと気づく。使われなくなった寝床が壁に寄せかけてある。服は椅子に置かれたままになっていて、脱いだ靴はその下だ。あの子の石の入った容器は誰も手を触れることが許されない。あの子の巻き毛の房はずっと炉棚に置いてある。

彼女は自分の櫛やシフトドレスや寝間着を隣の母屋へ移した。かつて叔母たちのものだったベッドで寝ている。何も言われない。母親と妹は悲しみにくれるままにしておいて、彼女は工房の上の部屋へ移動する。

アグネスは以前の彼女ではない。まったく変わってしまった。人生と先の成り行きに自信を持っていた自分を、彼女は思い出すことができる、彼女には子どもたちがいて、夫がいて、家があった。人の心のなかを覗き込んで、その人に何が起こるか知ることができた。どうやって彼らを助けたらいいかわかっていた。彼女の足はこの地上を、自信を持って優雅に移動していた。

そんな人間は、今はもう彼女から永遠に失われてしまった。彼女は人生の漂流者で、人生がわからない。彼女は錨を失って、途方に暮れている。靴の片方が見つからなかったりスープを煮すぎたり鍋に躓いたりすると泣き出す人間になってしまった。些細なことでくじける。もはや確かなものなど何もない。

アグネスは開き窓に閂を掛け、戸を閉ざす。夜や早朝聞こえてくるノックにも応えない。通りで呼び止められて痛みや歯茎の腫れや耳が遠くなったことや脚の発疹や胸の痛みや咳について訊かれると、彼女は首を振ってそのまま歩み去る。

薬草は灰色に変わってぱさぱさになるにまかせ、もう薬草園の水やりはしない。棚の壺や瓶は白っぽい埃に覆われる。

濡れ雑巾を持って瓶を拭くのはスザンナだ、干からびた役に立たない薬草を垂木から降ろして火にくべるのは。自分で水を汲んできはしないが、アグネスの耳には彼女がジュディスに一日に一度瓶にいっぱい汲んできて、鶏小屋の反対側の狭い部分、薬効のある植物が育っているところに撒くよう指示するのが聞こえる。ちゃんとぜんぶに水をやるのよ、スザンナは向こうへいくジュディスの背後から呼びかける。アグネスは聞きながら、娘が祖母の口調をなぞっていることに気づく、メアリが女中たちに対して使う口調だ。

マリゴールドの花弁を刻んで酢に漬けて、潰して蜂蜜を加えるのはスザンナだ。混ぜたものが毎日ちゃんと振られているか気を配るのはスザンナだ。

ジュディスは誰かがノックすると窓の掛け金を上げるようになる。外にいる人と話し、相手の言うことを聞こうとつま先立ちになる。ママ、とジュディスは声をかける、川の横の洗濯屋の女の人だよ。町の外から来た男の人だよ。お母さんの代わりに来た子どもだよ。酪農場のお婆さんだよ。話を聞いてあげる？

スザンナはノックに応えようとはしないが、じっと見つめて耳をすませ、ジュディスに身振りで、窓のところに誰かが来たんじゃないの、と告げる。

しばらくのあいだ、アグネスは拒んでいる。彼女は首を振る。娘たちの頼みをはねつける。また火のほうを向いてしまう。だが酪農場の年取った女が三度目にやってくると、アグネスは頷く。女は入ってきて、ひじ掛け部分がすり減った大きな木の椅子に腰を下ろし、アグネスは彼女の話に耳を傾ける、関節が痛み、胸に痰が絡み、頭がどうも怪しくて名前や日付や用事を忘れてしまう。

アグネスは立ち上がると作業台に行く。戸棚から乳棒と乳鉢を持ってくる。最後にこれを使ったのはあの子のためだったということを考えまいとする。最後にこの乳棒を手にしたのは、そのひんやりした重さを感じたのは、あのとき、あの直前のことで、そしてこれはまるで役に立たなかった、無益だったということは。彼女はこういうことを念頭から追い払って、ローズマリーの尖った葉を細かくする、頭へ血をめぐらすためには、ヒレハリソウとヒソップを。

彼女は酪農場の年取った女に包みを渡す。一日に三回、と彼女は指示する。熱い湯にまき散らして。冷めてから飲んでください。

女がぎこちなくおずおず渡そうとする硬貨を彼女は受け取らないが、食卓に置かれたチーズの包みと濃厚なクリームの鉢には気づいていないふりをする。

娘たちが女に、さようならと言って送り出す。二人の声は快活な小鳥のように、飛び立って部屋をさっとめぐり、外の大空へと飛んでいく。

この子たちが、この若い女性たちがわたしから生まれてきただなんて、いったいどうなっているんだろう？　かつてわたしが乳を含ませ、あやし、体を洗ってやったあの幼子たちとこの二人は、どういう繋がりがあるんだろう？　彼女には自分の生活が、どんどん奇妙で本来とは似ても似つかないものとなっているように思える。

真夜中をいくらか過ぎたころ、アグネスは通りに立っている、体にショールを巻き付けて。足音で目が覚めたのだ、軽やかな早足で、耳慣れた踊るようなリズムがあった。

この家の窓に足音が近づいてくる気がして、誰かが外に来ているとはっきり感じて、眠りから引っ張り出されたのだ、そしてこうして通りにひとりで立って、待っている。「わたしはここよ」彼女は声に出して言いながら、まず一方を、ついでもう一方を向く。「あんたは？」

まさにその瞬間、彼女の夫は同じ空の下ですわっている、小型平底船で川のカーヴしている部分を進んでいるのだ。上流に向かっているのだが、潮目が変わっているのが彼にはわかる。川が戸惑って、ためらいがちに同時に二つの方向へ流れようとしている。

彼は身震いし、外套をいっそうしっかりと体に巻きつける（風邪を引いてしまうでしょ、と頭のなかでたしなめる声がする、優しい声だ、気遣う声だ）。先刻の汗は冷えて、肌とウールの服とのあいだで気色悪くべとべとしている。

一座の大半は船底に体を伸ばして帽子で顔を覆って寝ている。彼は寝ていない。最近は毎晩眠れない、まだ血は血管を駆けめぐり、心臓の鼓動はまだ早いままで、耳にはなおも話し声やどよめきや、はっと息をのんだりしーんとしたりする気配が聞こえてくる。彼は自分のベッドが恋しい、自室の囲われた空間が、心に静けさが訪れるあの瞬間が、もう終わったのだ、きっと眠れると自分の体が悟る瞬間が。

船の硬い厚板にすわって、彼は体を丸め、川を眺める、過ぎ去る家々を、ひょこひょこ揺れるほかの船の明かりを、油断のならない流れのなかで船を操ろうと奮闘する漕ぎ手の肩を、雫を垂らしながら持ち上げられるオールを、漕ぎ手の口から流れ出る白い息の帯を。

テムズ川は今では氷が解けている（このまえの手紙では、彼は家族に川は凍っていると書いた）。彼らはまたも宮廷へ行くことができる。彼はまたも束の間、舞台の向こうに、彼と彼の友人たちを包む世界の向こうに、たくさんの眼差しが並ぶ、ロウソクの炎にぼやけた光景を目にする。こういうときの、彼を見つめるいくつもの顔は、絵筆でなすりつけられた色彩だ。彼らの叫び、彼らの拍手、彼らの熱心な表情、彼らの開いた口、彼らの歯並び、彼を飲み干したがっている（できるものならば、だができない、彼は衣装で覆われ守られているからだ、殻のなかの貝のように——彼らは本来の彼を見ることはないだろう）彼らの凝視。

彼と友人たちは宮廷で、ずっと以前に死んだ王についての歴史劇を演じたところだ。自分にとって安全に取り組めるテーマだということが、彼にはわかった。こういう物語には落とし穴や思い出を蘇らせるものや彼を躓かせる不安定な地面がない。昔の戦いや時代がかった宮廷場面を上演しているときは、昔の支配者にしゃべらせているときは、不意打ちを食らわせてくるものは、彼を縛り上げて引きずり寄せて彼が脳裏に浮かべることができない情景（包まれた体、脱ぎ捨てられた服を掛けた椅子、豚小屋の囲いのところで泣く女、戸口で林檎を剝く子ども、壺のなかの黄色い巻き毛）に向き合わせるものは何もない。こういうものなら彼はやれる。歴史劇と喜劇。彼は続けていける。こういう芝居をしているときだけ、自分が誰で何が起きたのか、忘れていられる。こういう芝居は彼の心をしまっておける安全な場所なのだ（そして彼とともに舞台に立つ誰も、ほかの俳優たちの、最も親しい友人たちの誰一人として、彼が毎晩つい観客を見渡してはある顔を探しているのを知ることはない、ちょっとゆがんだ笑みを浮かべる、しょっちゅう驚いた顔をする男の子を。彼は観客を絶えず注意深く見渡す、自分の息子がいなくなってしまうなんてことが本当に起こり得るとはまだ納得できないからだ。息子はどこかにいるに違いない。見つけさえすればいいのだ）。

彼はまず片目を、ついでもう一方の目を覆ってこの都市を眺める。彼ができる遊びだ。彼の目は、片方は遠くのものしか見えず、もう片方は近くのものしか見えない。二ついっしょだとたいていのものは見えるのだが、べつべつだと、それぞれの目にはその目に見えるものしか見えない。最初の目には遠くが。二番目の目には近くが。

近く。コンデルのケープの絡まりあった縫い目、水に洗われる木の船端、オールの作る渦巻き。遠く。星が冷たく輝いている、黒いシルクの上で砕け散ったガラスだ、永遠に狩りをするオリオン、淡々と水面を進む平底船、岸壁の端でしゃがみこんでいる人たち——女と何人かの子どもたち、ひとりは母親と同じくらいの背丈だ（今のスザンナくらいの高さ？）、いちばん小さいのは帽子をかぶった赤ん坊だ（彼には三人いた、ああいう可愛い赤ん坊が、でも今では二人しかいない）。

彼は目を素早く転じる、女と子どもたち、夜釣り（あんなに水際にいるのだもの、近すぎるくらいに、きっとそうだ）している彼らがぼやけた形に、ペン先の描き出した意味のない線にしか見えないように。

彼はあくびをし、木の実の殻を割るような音をたてて顎が開く。家族に手紙を書くつもりだ、たぶん明日。時間があれば。何しろ、新しく書かなければいけないものがあるし、川向こうから来る男に会わなくてはならないし。家主に支払いもしなければ。試しに使ってみる新しい男の子がいる、もうひとりの子の背が伸びすぎてしまい、声がかすれて、ひげが生えてきたからだ（それにしても、なんとも密やかな彼だけの苦しみなのだ、男の子がそんなふうに成長していくのを見るのは、若者から男へ、いともたやすく呑気に、だが彼はけっしてそんなことを口にはしない、けっして誰にも漏らしはしない、彼があの少年を避けていることを、けっして話しかけず、彼を見るのが嫌でたまらないことを）。

急に暑くなって、彼は外套を脱ぎ捨て、両目を閉じる。道はもう障害がなくなっているだろう。帰るべきなのはわかっている。だが何かが彼を引き留める、まるで足首を繋がれているかのようだ。ここでの彼の仕事――執筆して稽古して上演してそしてまた執筆する――のスピードは息もつけないくらいで、まったく切れ目がなく、気が付かないうちに三、四か月が流れ去るということもじゅうぶんあり得るのだ。それに、常につきまとう不安がある、この回転する輪から降りたら、二度と乗っかれなくなるのではないかという。彼は自分の地位を失うかもしれない、そういうことがほかの人間に起こるのを彼は見てきた。そして、息子を失った妻の悲しみの大きさ、深さは破壊的な牽引力を持っている。危険な流れのように、近寄り過ぎたら巻き込まれて、底へと引きずり込まれるかもしれない。彼は二度と浮き上がれないだろう。生き延びるためには近づかないようにしなくては。もし彼が底に沈んだら、みんな道連れになってしまう。

このロンドンでの暮らしの中枢に身を置いているかぎり、何も彼に影響を及ぼすことはできない。ここだと、この平底船、この都市、この暮らしのなかだと、彼はほとんど自分を納得させられそうなのだ、帰省したら、家族は元どおり、なんの変りもなく、なんの障りもなく、三人の子どもが自分たちのベッドで寝ているだろう、と。

彼は目を開け、その目をごちゃごちゃした屋根の連なりへ、絶え間なく動く川面の上の黒っぽい輪郭へと向ける。遠くが見えるほうの目を閉じ、よく見えない潤んだ目で街をじっと見つめる。

スザンナと祖母は居間にすわって、シーツを切って縁をかがって手拭いにしている。午後はのろのろと過ぎる。布にひと針指すごとに、糸をくぐらせるごとに、これで何秒か一日の終わりに近づいた、とスザンナは自分に言い聞かせる。針が指のあいだですぐ滑る。火はとろとろ燃えている。眠気が近づいてくるのを彼女は感じる、遠ざかるかと思うと、また近づいてくる。死ぬってこんななのかな、避けられないものが近くにいるのがわかるってこんな感じ？　そんな考えがどこからともなく頭のなかに落ちてくる、ワインが一滴水に落ちるようにして、彼女の心に黒っぽいしみを広げる。

彼女はすわったままもぞもぞし、咳払いして、いっそう針のほうへかがみこむ。

「あんた、だいじょうぶなの？」祖母が訊ねる。

「うん、だいじょうぶ」とスザンナは目を上げずに答える。あとどのくらい縁かがりをするんだろう、と彼女は思う。正午からずっとやっているのに、終わりは見えてこないみたいだ。彼女の母親もしばらくここにいて、ジュディスもいたのだが、母親は潰瘍を治してほしいという客と隣の住居へ行き、ジュディスはふらふらと何かしに行ってしまった。石に話しかけるとか。白墨を左手に持って床にわけのわからない形を描くとか。ハト小屋から落ちた羽根を集めて糸で繫ぐとか。

アグネスが二人の背後から部屋に入ってくる。

「治療してあげたの？」メアリが訊ねる。

「しました」

「で、あの男、お金は払った？」

頭は動かさずに目の隅で、スザンナは母が肩をすくめて窓のほうを向くのを見る。メアリは溜息をつくと、手に持った布に針を突き刺す。

アグネスはそのまま窓のところにいる、片手を腰にあてて。この春は着ている服がぶかぶかになっていて、手首は細く、爪は嚙んで短くなっている。

悲嘆にくれるのもほどほどならば結構なことだが、時が経ったらしっかりしなければならない、というのがメアリの意見であることをスザンナは知っている。なかには度が過ぎる人間もいる、というのがメアリの意見だ。人生は続くのだから、というのが。

スザンナは縫う。どんどん縫う。祖母が母親に訊ねる。ジュディスはどこなの、女中たちは洗濯をちゃんとやっているかしら、雨が降ってるのかしら、日がどんどん長くなってるみたいね、逃げたニワトリを返してくれるだなんて親切なご近所さんね?

アグネスは何も答えず、ずっと窓の外を眺めている。

メアリはしゃべり続ける、スザンナの父親から来た手紙について、一座を率いてまた巡業に出ようとしていること、咳風邪にかかった――川の瘴気のせいだ――が、もう回復したこと。

アグネスがはっと息をのみ、二人のほうを向く、その顔は神経を張りつめ、緊張している。

「あらいやだ」とメアリは言いながら片手を頰に当てる。「おどかさないで。いったいどうしたって――」

「聞こえます?」アグネスは問いかける。

三人とも手を止め、首を傾げて耳をすませる。

「聞こえるって、何が?」訊ねるメアリの両の眉がぎゅっと寄っていく。

「あれ……」アグネスは人差し指を上げる。「……ほら! 聞こえませんか?」

「何も聞こえませんよ」メアリがぴしゃっと返す。

「コツコツ叩く音が」アグネスは暖炉へ行き、片手を炉胸に当てる。「かさかさいってる」アグネスは暖炉を離れると長椅子に行き、見上げる。「確かに音がしてる。聞こえませんか?」

メアリは長い間を置く。「いいえ」と答える。「カラスが煙突を降りてきてるだけじゃないの」

アグネスは部屋を出る。

スザンナは片手に布を、もう片方に針をしっかり持っている。ひたすらこのまま縫い続ければ、何度も何度も同じ針目で縫っていけば、こんなことはぜんぶ過ぎ去るだろう。


ジュディスは通りにいる。エドモンドの犬と一緒で、犬は陽だまりに横になって片方の手を上にあげ、彼女は緑のリボンを犬の首の長い毛に編みこんでいる。犬は彼女を信頼しきって、辛抱強く見上げている。

太陽が肌を焦がし、光が目に眩しい、だからだろう、ヘンリー通りをやってくる人の姿に彼女が気づかないのは。男が彼女のほうへ歩いてくる、帽子を手に持って、背中に袋を背負って。

男は彼女の名前を呼ぶ。彼女は顔を上げる。男は手を振る。彼女は男に駆け寄る、男が誰か自分に言って聞かせるまえにもう。犬も彼女の横で跳びはねる、リボン遊びよりこっちのほうがずっと面白いぞと思いながら、すると男は彼女を両腕に抱き、地面から持ち上げて言う、僕のちっちゃなお嬢さん、ちっちゃなジュード、そして彼女は息が切れて笑えない、それから思い出す、ずっと顔を見てないじゃないか——

「どこへ行ってたの?」とつぜん腹が立ってきた彼女はそう言いながら彼を押しのけ、そしてなぜか今度は泣いている。「ずっと長いあいだいなかったじゃない」

彼女が怒っているのがわかっているのだとしても、彼はそれを表に出さない。地面から自分の袋を持ち上げると、犬の耳の後ろを掻いてやり、彼女の手を取ると家のほうへと引っ張っていく。

「みんなはどこだ?」と彼は、うんと大きな轟くような声で訊ねる。

ディナー。彼の弟たちと、両親と、イライザとそれに彼女の夫、アグネスと女の子たち、全員が食卓の周りにひしめきあう。メアリは彼のために一羽のガチョウの首を刎ねた――ガアガアキーキーものすごい騒ぎが聞こえてきた――そして今やその骸（むくろ）が横たわっている、解体され引き裂かれて、皆の中央に置かれている。

彼は宿屋の主人と馬と水車池が出てくる話をしている。弟たちは笑い、彼の父親は拳で食卓をバンバン叩いている。エドモンドはジュディスをくすぐってきゃあきゃあ言わせている。メアリはイライザを何かのことで叱っている。犬はリチャードが投げてやる残り物に飛びつき、その合間に吠えている。話は山場に差し掛かっている――開けっ放しになっていた門と関係があるようだ、アグネスにはなんのことだかわからないが――すると皆がどっと大笑いする。そしてアグネスは食卓の向こうの夫を見つめている。

夫には何かがあるのだ、何か違ったところが。はっきりこれとは言えないのだが。彼の髪は長くなっているが、それではない。もう一方の耳に二番目のイヤリングをつけているが、それではない。彼の肌には日焼けが見られ、彼女が見たことのないシャツを着ている、カフスが長く垂れ下がっている。だがそういうことではない。

今度はイライザがしゃべっていて、アグネスは一瞬ちらとそっちを見るが、また夫に視線を戻す。彼はイライザが言っていることに耳を傾けている。ガチョウの脂で光る彼の指は皿のパンの皮をいじくっている。あのガチョウがどれだけ抗議し、それから喚いたことか、とアグネスは考える、そして束の間、頭なしで走った、きっと逃げられる、己の運命を変えられるとでも言いたげに。妹の話に耳を傾ける彼女の夫は熱心な表情だ。ちょっと身を乗り出している。彼は片手をジュディスの椅子にまわしている。

ほぼ一年、彼はいなかった。夏がまたやってきて、息子の命日がすぐそこだ。彼女にはとても本当とは思えないのだが、それが事実なのだ。

彼女は彼を見つめる、見つめに見つめる。彼はみんなのところへ戻ってきて、みんなを抱きしめ、大声をあげ、袋から土産を取り出す。櫛、パイプ、ハンカチ、鮮やかな色の毛糸ひとかせ、彼女には腕輪、銀の鍛造で、留め金にはルビーが付いている。

腕輪は彼女がこれまで持ったことがないほど立派なものだ。滑らかな表面に複雑な円形の模様が刻まれ、一段高くなった台枠に石がついている。彼がどのくらい払ったのか想像もつかない。いったいなぜそんなものに金を使ったのかも、一銭も無駄にしない人なのに、父親が財産を失って以来、じつに倹(つま)しくやってきた人なのに。彼女は腕輪をいじくり、ぐるぐる回す、食卓で夫の向かいにすわって。

腕輪からは何か悪いものが出ている、と彼女は気づく、湯気みたいな。さいしょはひどく冷たくて氷のように冷ややかに彼女の肌を摑んでいた。でも今は、すごく熱くてすごくきつい。赤い一つ目が悪意に満ちて彼女を睨みつけている。不幸な人が身につけていたのだと彼女にはわかる、その人は彼女のことを嫌っているか不快に思っている。この腕輪は不運、悪意に浸り、それに磨かれて鈍く光っているのだ。以前の持ち主が誰であれ、その人は彼女の不幸を願っている。

イライザはしゃべり終わって、今はにこにこしながらすわっている。犬は開けてある窓のそばに落ち着いている。ジョンはエールを摑んでカップにおかわりを注いでいる。

夫のほうを見たアグネスはとつぜんわかる、感じる、嗅ぎつける。夫の体じゅう、肌や髪や顔や手のいたるところに、まるで動物に繰り返し繰り返し踏みつけられたかのように小さな手形がついている。夫は体じゅうほかの女たちに触られている、とアグネスは気づく。

彼女は皿に目を落とす、自分の手に、自分の指に、荒れた指先に、ぐるぐる渦巻く指紋に、指関節や傷や静脈に、伸びてきたとたん噛まずにいられない爪に。一瞬、嘔吐してしまうかも、と彼女は思う。

腕輪を摑むと手首から引き抜く。ルビーを見つめ、顔に近づけて、何を見てきたのだろう、どこから来たのだろう、どんなふうに夫の手に渡ったのだろうと考える。深く沈みこむような赤、凍った血の一滴だ。目をあげると夫がまっすぐ彼女を見つめている。

彼女は夫の視線を受け止めながら腕輪を食卓に置く。一瞬、夫は戸惑う様子を見せる。彼は腕輪に目をやり、それから彼女に、そしてまた腕輪に戻す。半分腰を浮かせて、何か言いたそうだ。それからその顔に、首筋に、さっと血がのぼる。彼は片手をあげる、彼女に手を差し伸べようとするかのように、そしてぱたんと下ろしてしまう。

彼女は立ち上がり、何も言わずに部屋から出ていく。

その夕方、日没の直前に彼は彼女を探しにくる。彼女はヒューランズに出かけて、蜂の世話をしたり、雑草を抜いたり、カモミールの花を切り取ったりしている。

彼が小道をやってくるのを彼女は目にする。上等なシャツや編んだ帽子は脱いで、彼がいつも我が家のドアの裏に掛けている古いジャーキンを着ている。

彼が歩いてきても彼女は目を向けない、顔を背けたままだ。彼女の指は黄色い花を摘み続ける、摘みとって、それから足元の籠に落とす。

彼は並んだ蜜蜂の巣箱の端に立つ。

「君にこれを持ってきたんだ」と彼は言う。両手でショールを差し出している。

彼女は顔を動かしてちょっとそれを見るが、何も言わない。

「寒いといけないと思って」

「寒くない」

「そうか」と彼は言って、いちばん近い巣箱の上にそっとショールを置く。「もし要るならここに置いとくから」

彼女はまた花に向き直る。花をひとつ摘む、二つ、三つ、四つ。

彼の足が近づいてくる、草のあいだを引きずりながら、しまいにすぐそばへ来て、彼は彼女を見下ろす。彼女の目の隅に彼の靴が見える。一瞬そのつま先を突き刺してやりたいという思いに彼女はとらわれる。何度も何度も、ナイフの先で、その下の皮膚が傷ついてずきずきするまで。彼は喚いて跳びはねるだろう。

「ヒレハリソウ?」と彼が訊ねる。

夫が何を言いたいのか、なんの話をしているのか、彼女には思いつかない。よくまあこんなところまで来て花の話なんかできるものだ。そのもの知らず頭も、と彼女は言ってやりたい、あの腕輪もそのぴかぴかの上等な靴も、ロンドンへ持ってかえって、あっちにいなさい。戻ってくるな。


——

彼は今度は身振りで籠の花を示し、それはヒレハリソウなの、と訊く、スミレなの、それとも
「カモミール」と彼女はなんとか答える、自分の声が、味気なく重く耳に響く。
「ああ。そりゃそうだよね。あっちがヒレハリソウだ、違う?」彼はナツシロギクの茂みを指さす。

彼女は首を振り、とたんに眩暈がするような感覚に襲われてはっとする、ちょっと動いただけで草の上に倒れてしまいそうだ。

「違う」彼女は緑がかった黄色に染まった指先で示す。「あっち」

彼は熱っぽく頷き、ラベンダーの穂先を摑んで撫で、それからその手を鼻へ持っていって、いかにも香りに感銘を受けたような声を出す。

「蜜蜂はうまくいってる?」

彼女は俯いて一度だけ頷く。

「蜂蜜はたくさんできてる?」

「まだわからない」

「それと……」彼はヒューランズの母屋のほうへ片腕を動かす。「……君の弟は? 元気にしてる?」

彼女は顔を上げて彼を見る、彼が戻ってきて初めて。こんな会話、もう一瞬たりとも続けられない。彼があとひとつでも花のことを、ヒューランズのことを、蜂のことを言おうものなら、自分が何をしでかすか彼女にはわからない。彼の靴にナイフを突き立てる。彼を蜂の巣箱めがけて仰向けに押し倒す。彼から逃げ出してヒューランズへ、バーソロミューのところへ走るか、それとも森の暗い緑の隠れ家へ行って、二度と出てこないでいるか。

彼は彼女のぶっきらぼうな凝視を一呼吸のあいだ受け止め、それからつと目を逸らす。

「わたしの目が見られないの?」彼女は訊ねる。

彼は顎を撫で、溜息をつき、よろよろと彼女の横の地面にすわりこんで、頭を両手で抱え込む。

アグネスは手に持っていたナイフを落とす。そのまま持っていられるほど自分を信用できないから。

　二人はしばらくのあいだそんなふうに一緒にすわって、でも互いから顔を背けている。こっちから話しかけるものか、と彼女は自分に言い聞かす。何を言ったらいいかは彼に決めさせよう、何しろ言葉の達人なんだから、見事なセリフで騒がれ、ほめたたえられているんだから。自分の考えは明かさない。この問題を引き起こしたのは彼なのだ、この結婚の絆に対する裏切りを働いたのは。彼のほうから言えばいい。

　沈黙が二人のあいだで膨れ上がる。広がって、二人を包みこむ。形をなし、巻きひげが生じて、空中でゆらゆらする、破れた蜘蛛の巣から糸がたなびくように。彼の吸う息吐く息ひとつひとつがわかる、彼が腕を組む動きのひとつひとつが、肘を掻いたり、額にかかった髪を払いのける仕草の。

　彼女はじっと動かない、脚を折り曲げてすわって、体のなかで火がくすぶっているように感じられる、そこに残っているものを貪り、空洞にしている。初めて、彼に触れたいという思いがまったく湧かない、この手で彼に触りたいという思いが。それどころか。彼の体から圧力が発生していて、彼女を押しのけ、彼女自身のなかへ引き戻してしまうように思える。ほかの女の手が置かれたところへ自分の手を置くなんて、とても考えられない。どうしたら彼はそんなことができたのだろう？　自分たちの息子が死んだあとで家を出るなんてことが、ほかの女に慰めを求めるなんてことが、どうしてできたんだろう？　体にあんな跡をつけたまま、どうしたら彼女のところへ戻ってこられるんだ？

　どうしたら彼女からべつの女のところへ行くなんてことができるんだろう。自分のベッドにほかの男を入れるだなんて、彼女には考えられない、違う体を、違う肌を、違う声を。考えただけで吐き気がする。そこにすわって彼女は思いめぐらす、もう一度彼に触れることがあるのだろうか、もしかしたらこれでもうずっと離れ離れになるのだろうか、ロンドンには誰か彼の心を惑わせて自分のものにしている女がいるのだろうか。こういうことをぜんぶ、彼はどうやって打ち明けるのだろう、どんな言葉を使うのだろう。

　彼女の横で、彼が咳払いする。彼が話そうと息を吸い込むのが聞こえ、彼女は身構える。ほら来た。

「あいつのこと、どのくらい考える?」と彼は訊ねる。

　一瞬、彼女はあっけにとられる。釈明を、言い訳を、たぶん詫びを聞かされると予期していたのだ、そうなったと彼女にはわかっていることについて。こう聞かされると覚悟していたのだ、僕たちはこのまま続けていけない、僕の心はほかの人のものなんだ、僕はもう二度とロンドンから戻っては来ない、とか。あいつ?　彼女があいつのことをどのくらい考えるか?　彼はいったい誰のことを言っているのだろう。

　それから、彼が何を言っているのかはっとわかって、彼女は彼のほうを向く。彼の顔は組んだ両腕で隠され、頭は垂れている。それは惨めな嘆きの姿勢だ、悲嘆の、あまりの悲しみようなので、彼女は立ち上がって両腕を彼の体にまわし、彼を慰めそうになる。だがそんなことはできない、無理だ、と思い出す。

　代わりに、ツバメが一羽さっと降下して草の上をかすめて虫を探し、それからまた木立のほうへ飛んでいくのを見守る。二人の横で、木立は呼吸し、みっしり葉のついた枝々がそよ風にざわめく。

「いつも考えてる」と彼女は答える。「あの子はいつだってここにいる、だけどもちろん」彼女は拳を胸骨に押しつける、「いないんだけど」。

　彼は返事をしないが、彼女がちらと目をやると、彼は頷いている。

「どうもね」と彼は言う、声はまだくぐもっている。「いつも、あの子はどこにいるんだろうってつい考えてしまうんだ。どこへ行ってるんだろうって。心の奥で輪っかが絶え間なくまわってるみたいでさ。何をしていても、どこにいても、考えてるんだ。あいつはどこだ、あの子はどこにいる？　ただ消えてしまうわけがない。きっとどこかにいるはずだ。ただ見つければいいだけなんだ、って。どこでもあの子を探してしまう、どの通りでも、どこの人混みでも、観客のあいだでも毎回ね。僕はそんなことをしてるんだ、人がいるところを見さえしたら。あいつを探してしまう、というか、あの子に似た誰かを」

　アグネスは頷く。ツバメが旋回して戻ってくる、まるで、この夫婦に伝えたい大事なことがあるのだとでも言いたげに、二人が理解してくれさえするなら。通り過ぎていくその頬は赤くきらめき、頭は青紫色だ。彼女の横の瓶に入った水の面(おもて)に、雲が並んで流れていく、淡々とゆっくり。

　彼が低いしゃがれた声で何か言う。

「なんて言ったの？」と彼女は訊ねる。

　彼はもう一度言う。

「何を言ってるのか聞こえない」

「僕は」と彼は顔をあげて言う――その顔に涙が流れているのが彼女の目に映る――「おかげで気が変になりそうだって言ったんだ。一年経った今でも」

「一年がなんだっていうの」彼女はそう言いながら落ちていたカモミールの花を拾い上げる。「一時間か一日くらいなものよ。わたしたち、あの子を探すのをやめることはないんじゃないかな。やめたくなるとは思えない」

　彼は少し離れた向こうから手を伸ばすと彼女の手を取り、二人の掌のあいだで花を押しつぶす。埃っぽい濃い花粉の香りがあたりに広がる。彼女はもぎ離そうとするが、彼はぎゅっと握る。

「悪かった」と彼は言う。

　彼女は握られた手首を引いて彼の手から引きはがそうとする。彼の力、彼のしつこさは彼女を驚かせる。

　彼は彼女の名前を呼ぶ、問いかけるような調子で。「聞こえた？　悪かったよ」

「何が？」彼女はぼそぼそと問い返しながら、最後にもう一度空しく腕を引こうとし、それからぐったり彼に握られるに任せる。

「何もかも」彼はかすれた頼りない溜息をつく。「君はロンドンで暮らす気はないの？」

　アグネスは彼を見る、彼女の手を捉えている男、彼女の子どもたちの父親である男を、そして首を振る。「無理。ジュディスは生きていかれない。わかってるでしょ」

「だいじょうぶかもしれない」

　遠くから羊の鳴き声が風に運ばれて聞こえてくる。二人ともそちらのほうへ顔を向ける。

「そんな危険を冒すの？」アグネスは訊ねる。

　彼は何も言わずに、両手で彼女の手を握る。彼女は彼の手のなかで手を捻じって上向きにして、彼の親指と人差し指のあいだの筋肉を摘んで、彼をまっすぐに見つめる。彼は微かに微笑むが、手を引っ込めようとはしない。彼の目は濡れ、まつ毛が何本かずつくっついて釘みたいになっている。

　彼女は筋肉をぎゅっと摘む、ぎゅっとぎゅっと力をこめる、そこから汁を絞り出そうとするかのように。さいしょ感じられるのはほとんどが騒音だ。夥しい声、大声で、穏やかに、脅すように、懇願するように呼び掛ける。彼の心には耳障りな声、口論、重なり合う会話、叫び、怒鳴り声、甲高い声、囁き声がひしめき合っていて、彼がどうやって我慢していられるのか彼女にはわからない、それにほかの女たちがいる、彼女には感じられる、女たちのほつれ髪、汗の染みた手形、そんなものに吐き気がするが、彼女はぎゅっと押さえ続ける、放したくて、彼を押しのけたくてしょうがないのだけれど、それに不安もある、とても大きな不安が、旅についての、何か水に関係していて、たぶん海、遠い水平線を探し求めたい、視野をそこまで広げたいという欲求、そしてそんなすべての下に、そんなすべての奥に、彼女は何かを見つける、隙間、空間、奈落、そこは暗く、虚無が響き渡り、そしてその底に彼女はそれまで感じたことのないものを見出す。彼の心臓だ、あの大きな緋色の筋肉が、どくどく脈打っている、常に変わることなく必死に切羽詰まって、彼の胸のなかで。それはすぐ近くに感じられ、存在感に満ちていて、手を伸ばして触れることができそうだ。

　彼にずっと見つめられながら、彼女は摘んでいた指を離す。彼女の手は彼の手のなかにおとなしく落ち着く。

「何かわかった？」彼は彼女に訊く。

「何も」と彼女は答える。「あなたの心臓(ハート)」

「それって、何もってことになるの？」彼は怒ったふりをしながら問いかける。「何も？　よくそんなことが言えるな？」

　彼女は彼に微笑む、かすかな笑顔だが、彼は彼女の手を自分の胸に持っていく。

「そしてそのハートは君のだ」と彼は言う。「僕のじゃなくて」

その夜彼に起こされた彼女は卵の夢を見ている、大きな卵、澄んだ流れの底にある。彼女は橋に立って卵を見下ろしている、卵に迂回させられている流れを。

あまりに鮮明な夢なので、目を覚ますまでにちょっと間があく、何がどうなっているのか悟るまでに、夫にぎゅっと抱きしめられ、彼の顔が自分の髪に埋められ、彼の両腕が自分の腰に巻き付いていると、夫が悪かったと何度も何度も繰り返しているとわかるまでに。

彼女はしばらく返事をしない、答えもしないし、抱擁を返すこともしない。彼は止まらなくなる。彼の口から言葉が流れ出す、水のように。あの卵みたいに、彼女は言葉の流れのなかで動かず横たわっている。

それから彼女は片手を彼の肩に置く。そこに置きながらも自分の掌の下に隙間が、空洞があるのを彼女は感じる。彼はもう片方の手を取ると自分の顔に押し当てる。彼のひげの弾力が感じられる、彼の執拗な激しいキスが。

彼を止めることはできない、気を逸らすことはできない。彼は一つの目的に、一つの行動に没頭している男だ。彼は彼女のシフトドレスをぐいぐい引っ張り、襞だのなんだのを鷲掴みにし、罵ったり冒瀆的なことを言ったりしながら苦労して彼女の体から引きはがし、しまいに彼女は彼のことを笑っている、それから彼は自分の体で彼女を包みこみ、もうぜったい離さない。彼女は自分がばらばらになったように感じる、体がばらばらになり、溶けて、どの皮膚がどっちのか、どの手足がどっちのか、口に入っている髪が誰のか、どっちの唇からどっちの呼気が出入りしているのかさっぱりわからなくなる、区別がつかなくなる。

「提案(プロポーザル)があるんだ」そのあと、彼女の隣に体を横たえた彼が言う。

彼女は彼の髪をひと房指で摘んでそれをぐるぐる捩じっている。ほかの女たちの存在は行為のあいだは薄れ、彼女から遠ざかっていたが、今や戻ってきてベッドカーテンのすぐ外に立って場所を求めて争い、手や体を布地にすりつけ、服の裾を床に引きずっている。

「結婚の申し込み（プロポーザル）？」と彼女は訊ねる。

「そうだ」と彼は答えて彼女の首筋に、肩に、胸にキスする。「ちょっと遅いかもしれないけどね、それに——わあ！　僕の髪、君ってば。僕の頭から引っこ抜くつもり？」

「たぶんね」彼女はさらに引っ張る。「自分が結婚してるってことを思い出したほうがいいよ。ときどきは」

彼は彼女の体から頭を上げて溜息をつく。「覚えてるよ。忘れるもんか。覚えてるさ」彼は指先で彼女の顔をすうっと撫でる。「僕の提案を聞きたいの、聞きたくないの？」

「聞きたくない」と彼女は答える。彼が言おうとしているのがなんであれ反対してやりたいという天の邪鬼な思いがこみあげる。そんなに簡単に許してやるものか、彼にとってと同様彼女にとってもまるでなんでもないことだなんて、思わせてたまるか。

「あのさ、聞きたくないなら耳を塞ぐんだね、君の許しがあろうがなかろうが僕は話すんだから。さて——」

彼女は両手を耳へと動かしかけるが、彼がその手をぎゅっと摑む。

「放してよ」彼女は鋭く言う。

「放さない」

「放してって言ってるでしょ」

「君に聞いてほしいんだ」

「だけどわたしは聞きたくない」

「考えたんだ」彼は彼女の手を放して抱き寄せながら言う。「家を買おうって」

彼女は彼の顔を見るが、二人は闇に包まれている、濃い、まったくの真っ暗闇だ。「家？」

「君の。僕たちの」

「ロンドンに？」

「違うよ」彼はじれったそうに答える。「ストラトフォードにだよ、もちろん。このままここにいたいって言っただろ、あの子たちと」

「家を？」と彼女は繰り返す。

「そうだ」

「ここに？」

「そう」

「家を買うお金なんてあるの？」

横で彼がにやっとするのが感じられる、唇をにっと広げて歯をのぞかせて。彼は彼女の手を取って一語言うたびに口づけながら答える。「あるんだ。それ以上にね」

「ええ？」彼女は手を引っ込める。「本当なの？」

「本当だ」

「いったいどうしてそんなことが？」

「あのね」と彼はマットレスにばたんと倒れこみながら答える。「君を驚かすことができると、僕はいつも嬉しいんだ。あまり味わえない、めったにない喜びだからね」

「何が言いたいの？」

「つまりさ」彼は説明する。「君みたいな人と結婚するってどういうものなのか、君にはさっぱりわかってないんじゃないかな」

「わたしみたいな？」

「こっちのことがなんでも、本人自身がわかるより先にわかってる人。見ただけで相手の一番奥底にある秘密がわかってしまう人、ひと目見ただけでね。こちらが言おうとしていることが――それに言わないかもしれないことも――こっちが言うまえにわかる人。それは」と彼は言う、「喜びでもあれば呪いでもある」。

彼女は肩をすくめる。「そういうことはどれも、わたし自身にはどうしようもない。わたしはぜんぜん――」

「僕は金を持ってる」と彼が小声で遮る、彼の唇が彼女の耳をかすめる。「金をどっさり」

「そんなに？」彼女は驚いて上体を起こす。彼の仕事が繁盛しているのは承知していたが、それでもこれは彼女には驚きだ。彼女はふとあの高価な腕輪を思い出す、あれから、灰と骨片をまぶして皮にくるみ、鶏小屋の傍に埋めてしまった。「そんなお金、どうやって手に入れたの？」

「父さんには言うなよ」

「あなたのお父さんに？」と彼女は繰り返す。「わたしは――わたしはもちろん言わない、でも――」

「君はこの家を離れてもいい？」彼は訊ねる。彼の片手が彼女の背骨に置かれる。「僕は君と娘たちをここから連れ出したいんだ、君たちみんなを引き抜いて、ほかの場所へ植えたいんだ。君を引き離したい、いろんな……この……君を新しいところで暮らさせたいんだよ。だけど、君はここを離れてもいい？」

アグネスはこの考えを検討する。あれこれ考える。新しい家にいる自分を想像する、たぶんコテージだ、一部屋か二部屋の、町はずれのどこか、娘たちと。菜園にするちょっとした土地。それを見渡す窓が二つか三つ。

「あの子はここにはいない」しまいに彼女はそう言う。この言葉は彼女の背中に置かれた手を静止させる。彼女は穏やかに話そうと努めるが、言葉のはしばしから苦悩がにじみ出る。「どこもかしこも見てみたの。待ってみた。見張ってた。あの子がどこにいるかわからないんだけど、ここにはいないの」

彼は彼女の背中を自分のほうへ引き寄せる、優しく、そっと、壊れ物でも扱うように、そして毛布を彼女にかけてやる。

「手配するよ」と彼は言う。

彼が購入の仲介を頼む相手はバーソロミューだ。自分の弟たちの誰にも頼めないのだと彼は手紙に認める、弟たちだと父を巻き込むかもしれないので。この件について、バーソロミューに力を貸してもらえるだろうか？

バーソロミューはこの手紙のことを考えてみる。マントルピースの上に置いて、朝食をとりながら時おりちらと目をやる。

ジョーンは手紙が届いたことで興奮し、部屋のなかを行ったり来たりしながら訊ねる、何が書いてあるのか、彼女がアグネスの夫を指して言う「あの男」から来たのか、と。彼女は知りたがる、至極当然のことながら。あの男は金を借りたがっているの？　そうなの？　ロンドンで失敗したの？　あの男はそうなると、自分にはずっとわかっていた。あの男を初めて見たときから、ろくでもない人間だと看破していた。アグネスがあんな役立たずのためにチャンスを棒に振ってしまったことを、自分は今も嘆いている。あの男はバーソロミューに金を貸してくれと言ってきたのか？　バーソロミューがあの男に何か貸そうなんぞと一瞬たりとも思ったりしないことを願う。バーソロミューはまず農場のことを考えなければならないのだし、それに子どもたちもいる、弟妹たちは言うに及ばず。とにかく自分、ジョーンの言うことに耳を傾けるべきだ、この件については。聞いているのか？　聞いている？

バーソロミューは黙ったまま粥を食べつづける、彼女の言うことなど聞こえていないかのように、スプーンを突っ込んでは上げ、突っ込んでは上げ。彼の妻はそわそわして牛乳をこぼしてしまう、半分は床に、半分は火の上に、するとジョーンが叱りつけ、四つん這いになって汚れを拭きとる。子どもが泣きはじめる。妻は火を扇いで蘇らせようとする。

バーソロミューは朝食の残りを押しやる。立ち上がる彼の背後から、なおもジョーンの声がぺちゃくちゃとムクドリの鳴き声みたいに聞こえてくる。彼は帽子を頭にのっけると家を出る。

彼は地所をヒューランズの東へ向かって歩く、そのあたりは最近沼地のようになっている。それからまた戻る。

彼の妻と継母と子どもたちがまた周りに集まってきて、訊ねる。ロンドンからの悪い知らせなの？　何か起こったの？　ジョーンはもちろん手紙を検分してみた、母屋のなかで手から手へとまわされたのだが、彼女もバーソロミューの妻も字が読めない。子どもたちのなかには読める者もいるが、謎めいた伯父の筆跡を解読することはできない。

バーソロミューは相変わらず女たちの質問を無視し、紙と羽ペンを取り出す。舌を歯でぎゅっと噛みながら苦労しいしいペンをインクに浸して義兄に返事を認める、了解した、手助けしよう、と記す。

何週間かあと、彼は姉を探しにいく。まずは家に行ってみる、それから市場へ、ついでパン屋のおかみさんが案内してくれたコテージへ——水車小屋のそばの道端にある小さな暗い家だ。

バーソロミューがドアを押し開けると、姉はイグサのマットに寝ている年配の男の胸に湿布を当てているところだ。部屋は薄暗い。彼の目に姉のエプロンが見える、白い帽子の形が。どろどろした薬のつんとくるにおいや、土間のじめじめしたにおいがする、それにほかのにおいも——熟しすぎたような病の悪臭だ。

「外で待ってて」姉は弟にそっと言う。「すぐ行くから」

彼は手袋を脚に叩きつけながら通りに立っている。姉が傍らにやってくると、彼は病気の男の戸口から離れていく。

アグネスはいっしょに町へ向かいながら、弟を見る。弟は姉が自分の心を読もうとしているのを感じる、弟の気分を推しはかろうとしているのを。ちょっとすると、彼は手を伸ばして姉の腕から籠を取る。ちらと見ると、乾燥した何かの植物が突き出した布包みと封をした瓶、キノコがいくつか、半分残ったロウソクが入っている。彼は溜息を押し殺す。「あんなところへは行かないほうがいい」と市場へ近づきながら彼は言う。

彼女は袖を整えるが何も言わない。

「行かないほうがいい」と彼は繰り返すが、そうしながらも言っても無駄だとわかっている。

「自分の健康に気を付けなきゃ」

「あの人は死にかけてるのよ、バーソロミュー」彼女はあっさりと言う。「それに家族は一人もいないの。奥さんも子どもも。みんな死んでしまって」

「死にかけてるんなら、どうして治そうとするんだ？」

「そんなことしてない」彼女は目をきらっと光らせて彼を見る。「だけど、楽にいけるようにはしてあげられる、苦しまないようにね。誰でもみんな、最後の時間にそのくらいのことはしてもらっていいんじゃない？」

彼女は手を出して籠を取り返そうとするが、バーソロミューは渡さない。

「どうして今日はそんなに機嫌が悪いの？」と彼女は訊ねる。

「何言ってるんだよ？」

「ジョーンね」彼女はとうとう籠を取り戻そうと空しくあがくのを諦め、彼にひたと鋭い眼差しを向ける。「そうなんでしょ？」

バーソロミューは息を吸い、籠をもう片方の手に持ち替えて、もうこれっきりアグネスの手が届かないようにする。彼はここへジョーンの話をしに来たのではないのだが、この憂鬱な気分をアグネスに気づかれないと思ったのは馬鹿だった。朝食の席で継母と口論になったのだ。彼は何年も母屋を増築するために金を貯めてきた、二階をのせて、裏にもさらに部屋をいくつか――間仕切りのない家で、どんどん増える子どもたちやガミガミ屋の継母やさまざまな動物といっしょに寝るのにはもううんざりなのだ。ジョーンは端からこの計画に反対だった。この家はあんたのお父さんにはじゅうぶんだったんだ、今朝、彼女は粥を給仕しながら叫んだのだ、なんであんたにはじゅうぶんじゃないの？　なんで藁葺き屋根を持ち上げなくちゃならないの、あたしたちの頭の上から屋根を引っぺがさなくちゃならないの？

「助言してもらいたい？」とアグネスは訊ねる。

バーソロミューは肩をすくめ、口は閉じたままだ。

「ジョーンが相手のときはね、お芝居しなくちゃ」とアグネスは言う、二人の前方には市場の売店が見えてくる。「自分がそうしたいと思ってることがあったら、ぜんぜんそんなことしたくないって振りをするの」

「ええ?」

アグネスは足を止めて並んでいるチーズを検分し、黄色いショールをかけた女に挨拶してからまた歩き出す。

「あの人に、気が変わったと思わせなさい」と言いながら彼女は先に立って市場の人混みを縫っていく。「改築なんかしたくないってね。面倒だし、お金もすごくかかるし、と思ってるって」アグネスは肩越しに弟を振り返る。「見てなさい、一週間もしないうちにあの人、母屋はずいぶん手狭になってきたんじゃないか、もっと部屋が必要だ、あんたが建て増ししないのは、あんたがひどい怠け者なだけだって言いだすから」

バーソロミューがこれについて考えているうちに、姉弟は市場の向こう端にやってくる。「それでうまくいくって言うんだね?」

アグネスは弟が追いつくのを待ち、また並んで歩き出す。「ジョーンは満足するってことがぜったいないし、ほかの人たちが満足しているといたたまれないの。あの人の唯一の喜びはほかの人たちを自分と同じように不幸にすること。あの人の果てしない不満の仲間が欲しいのよ。だから、あんたがどうしたいのかは隠しておきなさい。あんたが望んでるのはそれと反対のことだって思わせるの。そうすればすべてあんたの思いどおりになるから。やってごらん」

アグネスがヘンリー通りのほうへ曲がろうとすると、バーソロミューがその肘を捕まえて姉の腕を自分の腕に掻い込み、違う通りへと導く、ギルドホールと川のほうへ。

「こっちへ行こう」と彼は言う。

彼女は一瞬ためらって、弟にもの問いたげな表情を向けるが、それから黙って従う。

二人はグラマースクールの窓の横を通る。生徒たちが教わったことを唱える声が聞こえる。数学の公式、動詞構造、詩の一節、バーソロミューにはそれが何なのかはわからない。その声はリズミカルでフルートの音色みたいで、遠くの沼地の鳥の鳴き声のようだ。姉にちらと目をやると、姉は俯いて肩を丸め、霰から身を守っているかのようだ。弟の腕を握る様子から姉が通りの向こう側へ行きたがっているのがわかり、二人はそうする。

「姉さんの連れ合いが」馬が通り過ぎるのを待ちながら、バーソロミューが言う。「俺に手紙を寄越したんだ」

アグネスは顔を上げる。「あの人が？　いつ？」

「家を買ってくれって言ってきたんだ、あいつとそれに――」

「なんで話してくれなかったの？」

「今話してるだろ」

「だけど、なんでもっとまえに話してくれなかったのよ、もっと――」

「家を見たくない？」

彼女はぎゅっと口を引き結ぶ。見たくないと言いたいのだけれど、また同時に好奇心が掻き立てられてもいるのだと弟にはわかる。

彼女は肩をすくめることにする、関心のない風を装って。「あんたがそうしたいなら」

「いや」とバーソロミューは返す。「姉さんがそうしたいなら」

彼女はまた肩をすくめる。「今度にしましょ、もし――」

バーソロミューは空いているほうの手を伸ばすと二人が立っているところから道を挟んで向かい側の建物を指さす。とても大きな家だ、町でいちばん大きくて、広い玄関があって、三つの階が重なっていて、角に建っているので、正面が二人のほうを向いていて、側面がずっと向こうに伸びている。

アグネスは弟の指さすほうを見る。姉が家を見つめるのを弟は見守る。家の両側に目を走らせるのを見守る。眉をひそめるのを見守る。

「どこなの?」と彼女は訊ねる。

「あそこだよ」

「あの家?」

「そうだ」

彼女は困惑して顔をしかめる。「だけど、あの家のどのあたりなの? どのあたりの部屋?」

バーソロミューはびっくりした顔になって持っていた籠を下ろし、それから答える。「ぜんぶだよ」

「どういうこと?」

「家全体が」と弟は言う、「姉さんちだよ」。

新しい家は音がする。けっして静まり返ることがない。夜になると、アグネスは廊下や階段や部屋部屋や通路を裸足で歩きながら耳をそばだてる。

新しい家では、窓は窓枠のなかで振動する。風の吐息が煙突をフルートに変え、長い悲しげな音色を奏でながら部屋に降りてくる。夜には木の羽目板がカタカタいう。犬たちは籠のなかで寝返りをうって溜息をつく。壁のなかの見えないところを、ネズミが小さな足で爪音を立てながら走る。裏の長い菜園で木々の枝がばさばさ揺れる。

新しい家では、スザンナは廊下の一番端の部屋で眠る。母親が夜中にうろつくので、ドアには鍵をかけておく。ジュディスはアグネスの隣の部屋だ。彼女の眠りはごく浅く、たびたび目を覚まし、けっして本格的に深く眠り込むことはない。アグネスが戸を開けると、蝶番の音だけで彼女は上体を起こし、そこにいるのは誰？　と声をあげる。猫たちは彼女の毛布の上で眠る、両脇に一匹ずつ。

新しい家にいるとアグネスは、通りを歩いて市場を突っ切り、ヘンリー通りに行ってあの離れの戸口を入ったら、以前と変わらないみんながいると思うことができる。女と娘二人と息子。イライザと婦人帽製造業者の夫が暮らしている、なんてことはぜんぜんなくて、住んでいるのは彼ら一家だ、そうあるはずの彼ら、今ごろそうなっている彼ら。息子はもう大きくなって、背も高く、肩幅も広く、声は低く自信たっぷりになっている。あの子はテーブルにすわって、足を椅子にのっけて、彼女相手におしゃべりする――あの子がどれほどおしゃべり好きだったことか――学校でどうだったか、先生がどんなことを言ったか、誰が鞭をくらったか、誰が褒められたか。あの子はそこにすわっていて、あの子の帽子はドアの後ろに掛けられていて、そしてあの子は言う、お腹すいたよ、なんか食べるものない？

アグネスはこんな想像に浸ることができる。包んで隠してある宝物みたいに心のうちにしまっておける、取り出して磨いてほれぼれと眺めるために、一人のときに、夜、新しいうんと大きな家を歩いているときに。

彼女は菜園を自分の領土、自分の領域とみなしている。家はとにかく大きいので、称賛やら羨望やらいろんな言葉を浴びせられ、彼女の夫についても訊かれる、何をしているの、どんな仕事なの、よく宮廷へ行くというのは本当なの？　人々はこの家に惹きつけられると同時に嫌悪感を抱く。彼女の夫がこの家を買って以来、世間はそれを噂するのをやめられないでいる。面と向かっては驚きを表明するのだが、陰で何を言っているのか彼女にはわかっている。どうしてあんな家が買えたんだろう、あの男はいつも役立たずの愚か者、おつむの弱い、夢ばかり見てるやつだったのに、どこからあんな大金が出てきたんだ、ロンドンで違法な取引でもやってるのかな、そうだとしても不思議はないが、あいつの父親がどんな人間かを思えばな、あれだけの金が劇場の仕事で稼げるわけがないだろう？　そんなの不可能だ。

アグネスはそういう話をいろいろ耳にしている。新しい家はジャムの壺だ、ハエを引き寄せる。彼女はそこで暮らしはするが、けっして彼女の家ではない。

だが、裏口の外では、彼女は息ができる。彼女は高いレンガ塀に沿って林檎の木を一列に植える。中央通路の両脇には梨の木を二本ずつ二組、プラムにニワトコにカバノキにオオスグリ、真っ赤な茎のルバーブ。川辺に生えているノイバラを切ってきて、麦芽製造小屋の温かい壁際で育てる。裏口の近くにナナカマドの苗木を植える。地面にカモミールやマリゴールド、ヒソップやセージ、ルリチシャやアンゼリカ、ニガヨモギやナツシロギクをびっしり植える。菜園の向こう端に蜜蜂の巣箱を七つ設置する。暖かい七月には、蜜蜂がせわしなくブンブンいう音が家にいても聞こえる。

彼女は古い醸造小屋を、植物を乾燥する部屋に変える、そこで薬草を混ぜ合わせ、通用門をくぐって治療を求める人たちがそこへやってくる。彼女はもっと大きな醸造小屋を、町でいちばん大きなのを注文して家の裏に建ててもらう。中庭の古い井戸をきれいにする。薬草と花を美しく配置した庭を造る、角型にした生垣を格子状にめぐらし、その内側に穂が紫のラベンダーを植える。

父親は新しい家に年に二回、ときには三回帰ってくる。一家がこの家に越して二年目にはひと月家にいる。ロンドンでは食糧暴動があったのだ、と父親は家族に話す、徒弟たちがサザークを練り歩き、商店を略奪したのだ、と。それにロンドンではまたペストが流行り、劇場は閉鎖されている。このことはけっして口にされない。

ジュディスは父親が家にいるあいだ、この言葉が使われないことに気づいている。父親が新しい家をたいそう気に入っていることに気づいている。父親はゆっくりした足取りでしじゅう足を止めながら家を歩きまわり、煙突や楣を見上げ、ドアをひとつひとつ開けたり閉めたりする。もし彼が犬なら、たえず尻尾を振っていることだろう。早朝には中庭へ出ている、井戸からさいしょの水をくみ上げて飲むのが好きなのだ。ここの水はこれまで飲んだなかでいちばん新鮮で旨い、と父親は言う。

ジュディスはまた、さいしょの数日、母親が父親の顔を見ようとしないことにも気づいている。父親が近寄ると、母親は避ける。父親が入ってくると、母親は出ていく。

でも父親は母親につきまとう、自分の部屋に引きこもって仕事していないときには。醸造小屋のなかへ、菜園のあちこちへと。母親の袖口に指をひっかける。作業小屋で働く母親の横に立って、頭を下げて彼女の帽子の下を覗き込む。草抜きを口実にカモミールの小道にしゃがみこんでいるジュディスの目に、父親が林檎の入った籠を笑顔で母親に差しだすのが見える。アグネスは一言もなしにそれを受け取り、脇へ置く。

だが数日経つと、一種の雪解けが起こる。母親は、すわっている椅子の横を通る父親の手が肩に置かれるのを許すようになる。菜園で父親に調子を合わせ、これはなんの花なのか、こっちはなんなのか、それはなんに使うのか、といった絶え間ない質問に答える。父親が恐ろしく古びて見える本を抱えて母親の言った植物の名前をラテン語名と照らし合わせるのに耳を傾ける。父親のためにセージの飲み薬を、ラベージとエニシダのお茶を用意する。階段を上って、それを父親が机にかがみこんでいる部屋へ運んでいき、入るとドアを閉めてしまう。いっしょに通りを歩くときは父親の腕を取る。ジュディスの耳に、作業小屋から笑い声や話し声が聞こえてくる。

なんだかロンドンが、父親がそこでやっているすべてが父親から剝がれ落ちて初めて、母親はまた父親を受け入れられるようになるみたいだ。

菜園は静止してはいない。常に変化している。林檎の木々は枝を伸ばし、しまいに梢が塀より高くなる。梨の木はさいしょの年は実るが、二年目は実がつかず、三年目にはまた実が生(な)る。マリゴールドは毎年変わることなく鮮やかな花弁を開き、蜜蜂は巣箱を出て花のカーペットの上をかすめ飛んでは花弁に潜りこんだり出てきたりする。ノット・ガーデンのラベンダーの茂みは茎が長く伸びて木質化しているが、アグネスは引き抜くつもりはない。刈り込んで茎は残しておく、手に濃い香りをつけて。

ジュディスの猫たちはそうこうするうちに子猫を産み、その子猫たちがまた子猫を産む。料理人は捕まえて溺れさせようとするが、ジュディスはそんなことまっぴらだ。一部はヒューランズへ貰われていき、ヘンリー通りへやられるものも。そして町じゅうへ引き取られていくが、そこまでしても、菜園はさまざまな大きさと年齢の猫だらけで、どれも長いほっそりした尻尾を持ち、首の毛が白くて眼は緑、どれもしなやかで筋肉質で強い。

家にはネズミが一匹もいない。料理人でさえ、猫王国と暮らすことには利点もあると認めないわけにはいかない。

スザンナは母親より背が高くなった。家じゅうの鍵の管理を引き受けている。腰のフックに鍵をぶら下げている。彼女は金の収支記録をつけ、使用人に給金を払い、母親の治療の仕事や急速に伸びている醸造と麦芽の商売の金の出入りを管理している。誰かが金を払わないと、彼女は叔父の一人をその人の家へ行かせる。収入や投資、父の資産から生じる賃料について、どの賃借人が全額支払っていないか、どの人の支払いが遅れているか、父に手紙で報告する。どれだけを送金し、どれだけをロンドンに置いておくべきか父に助言する。畑や家や土地が売りに出ているのを耳にすると父に知らせる。父の指示に従って新しい家のための家具の購入を引き受ける。椅子、寝床、リネン製品収納箱、壁掛け、新しいベッド。ところが彼女の母親は、自分のベッドを手放そうとしない、結婚したときのベッドなのだから、べつのは要らないと言い張って。そこで新しいもっと立派なベッドは客用寝室に置かれる。

ジュディスは母親のそばにいて、その行動範囲から離れず、くっついていれば何かが保証されるとでもいわんばかりだ。スザンナにはそれがなんだかわからない。安全？　生き延びること？　目標？

ジュディスは菜園の草取りをし、使い走りをし、母の作業台を片付ける。ひとっ走りして月桂樹の葉を三枚取ってきて、とかマージョラムの先っぽを摘んできて、と母に頼まれたら、ジュディスにはそれがどこにあるかちゃんとわかる。スザンナにはどの植物も同じに見える。ジュディスは猫たちを相手に何時間も毛づくろいしてやり、優しく囁いたり甲高い声で頼んだりして話しかける。毎春、彼女は子猫たちを売りに出す。この子たち、と彼女はみんなに言う、ネズミを捕まえるのがすごくうまいの。人を信じさせる顔つきだ、とスザンナは思う。あの間隔の広い目、ちらと浮かべる優しい笑顔、用心深いけれどあどけない眼差し。

菜園でのこういった営みのすべてがスザンナを苛立たせる。彼女はたいていは家にいる。絶え間なく草を抜いたり世話したり水をやったりしなくてはならない植物、ブンブンいいながら、刺したり顔に突進してきたりする忌々しい蜂、一日じゅう通用門から出入りする訪問者たち、こうしたものは彼女の気持ちを乱す。

彼女は一日に一度はなんとかジュディスに字を教えようとする。そうする、と父親に約束したのだ。彼女は律義に裏口から妹を呼び、居間にすわらせて古い石板を前に置く。これは報われない仕事だ。ジュディスは席でもぞもぞし、窓の外を眺め、右手を使おうとしない、すごく変な感じがするからと言って。服の裾のほつれた糸を摘んで、スザンナが言うことを聞こうとしない、聞いたとしても、途中で、何やらケーキのことで通りで大声をあげている男に気を取られてしまう。ジュディスは文字を理解しようとしない、どんなふうに合わさって意味をなすか見ようとしない、この石板にハムネットが書いた跡が何か残ってやしないかと考えたりしては、来る日も来る日もどれがaでどれがcか、dとbはどう区別したらいいのか覚えられない、彼女にはまったく同じに見えるのだ、それに何もかも退屈だし、到底無理だ。彼女は文字のあらゆる隙間に目や口を描いて、それぞれべつの生き物にしてしまう、悲しそうなのや楽しそうなのや愛嬌のあるのや。なんとかちゃんと署名できるようになるまで、ジュディスは一年かかる。くねくねした頭文字なのだが、逆さまで、豚の尻尾みたいに丸まっている。しまいにスザンナはあきらめる。

ジュディスが書くことを覚えようとしない、収支計算を手伝おうとしない、家の切り盛りについて責任の一端を担おうとしないと母親に愚痴をこぼすと、アグネスはかすかな笑みを浮かべて言う、ジュディスの能力はあんたのとは違うけれど、どちらも同じように能力なのよ、と。

なぜ、とスザンナは足音荒く家のなかへ戻りながら考える、このわたしにとって人生がどれほど大変か誰もわかってくれないんだろう？　父親は離れていてここにはいない、弟は死んでしまった、家のことをぜんぶ見なくちゃならない、使用人を監視してなくちゃならない。おまけにこうしたことをすべて、いっしょに暮らしながらやらなくちゃならないのだ、二人の……スザンナは「お馬鹿さんたち」と続けようとしてためらう。彼女の母親はお馬鹿さんではない、ほかの人たちとは違うだけだ。昔気質。田舎の女。自分のやり方にこだわる。母親はこの家が自分の生まれた、羊に囲まれた一間だけの家であるかのように暮らしている。いまだに農家の娘みたいに振る舞う、小道や畑をぶらぶら歩き、籠に草を摘み、服の裾をどろどろにする、頬を日焼けで赤くして。

誰もわたしのことなんか考えてくれない、と階段を上って自室へ向かいながらスザンナは思う。誰もわたしの試練や苦難をわかってくれない。母親は菜園で肘まで腐葉土に突っ込んでいるし、父親はロンドンで恐ろしく猥褻だと世間で言われている芝居を上演しているし、妹は家のどこかで自分で作った延々と続く歌をかすれたフルートの音色みたいな声で歌っている。誰がわたしに求婚しにくる、と宙に向かって訊ねながら彼女は戸をばたんと開けて入り、ぴしゃっと閉める、こんな家族がくっついてるのに？　この家から自由になれるなんてことがあるんだろうか？　誰がこんな家族と繋がりを持ちたがる？

アグネスは下の娘から、マントが肩から滑り落ちるように子どもらしさが剝がれ落ちていくのを見守っている。背が高くなって、柳の枝のようにほっそりして、服がだぶだぶではなくなってきた。スキップしたり、素早く巧みに動いたり、部屋や庭を飛ぶように横切ったりしたがらなくなった。大人の女の重い足取りを身につけている。顔立ちがはっきりしてきて、頰骨が高くなり、鼻は尖り、口はそうあるべき形になってきた。

アグネスはこの顔を見つめる。じっと、じっと見る。ジュディスをジュディスとして見ようとする、ジュディスのこの先の姿を、でもこんなことばかり自問していることもある。あの子もこんな顔になっていたんだろうか、この顔が男の子だったらどんなふうに違ってたんだろう、顎ひげが生えたらどんなになるだろう、男っぽい顎だったら、がっしりした若者だったら?

夜の町。真っ暗な静寂が通りを覆い、聞こえるのは連れ合いを呼ぶ一羽のフクロウの陰気な鳴き声だけだ。微風が目には見えないままひっきりなしに通りを吹き抜ける、押し込み強盗が入口を探すようにして。風は木々の梢をおもちゃにし、こっちへ傾けたかと思うとあっちへ傾ける。教会の鐘の内側で身震いして、真鍮を振動させて低い音程を一つだけ奏でる。教会の近くの屋根にとまっている孤独なフクロウの羽毛を逆立てる。何軒か先のガタのきた窓枠を揺らし、なかの住人たちにベッドで寝返りを打たせる、彼らの夢には震える骨や近づいてくる足音、轟くような蹄の音が紛れ込む。

キツネが空の荷馬車の後ろから飛び出して、暗いひと気のない通りを斜めに移動する。一瞬、足を一本宙に浮かせて立ち止まる、ギルドホールの外、ハムネットが学んだ学校の近くだ、そのまえには彼の父親もそこで学んだ。何か聞きつけたかのような様子だ。それからまた小走りを続け、左へ逸れると二軒の家のあいだの隙間に姿を消す。

このあたりはかつて沼地だった——じめじめ水っぽく、半分川で半分陸地だった。家を建てるときにはまず土地を排水して、イグサや木の枝を土台に敷き、海に船を浮かべるようにして建物を浮かせなくてはならなかった。雨になると、家々は思い出す。大昔の呼び声に引きずられて下へ向かってきしむ。羽目板が割ける、炉胸が砕ける、戸口が緩んで裂ける。何も変わらない。

町はしんと息を殺している。一時間かそこらすると、闇が薄くなりはじめ、光が差してきて人々がベッドで目を覚ますだろう、新たな一日を始めようと意気込んで——あるいは意気込みなどなく。だが今は、町の人たちは眠っている。

ジュディスは違う。彼女はマントに身を包み、頭にフードをかぶって通りを歩いている。学校を通り過ぎる、ちょっとまえまでキツネがいたあたりだ。彼女はキツネを見ていないが、向こうは彼女を見ている、路地の隠れ場所から。広がった瞳孔で彼女を見つめる、この夜の世界でともに活動するには予想外の生き物を警戒しながら、彼女のマントを、彼女の素早く動く足を、そのせかせかとした足取りをじっと見ている。

彼女は建物から離れないようにしながら市場広場をさっと横切り、ヘンリー通りに入る。

秋に、一人の女が彼女の母を訪ねてきた、腫れた指関節と痛む手首に効くものを求めて。通用門を開けたジュディスに女は、自分は産婆なのだと言った。彼女の母親は女に見覚えがあったらしい、長いあいだ顔を見つめて、それからにっこりした。母は女の両手を取ると、そっとひっくり返した。女の指関節は瘤のようになり、紫で醜かった。アグネスはヒレハリソウの葉で包んでから布を巻きつけ、軟膏を取ってくると言って部屋を出ていった。

女は包帯で巻かれた両手を膝に置いていた。しばらくそれを見てから、目を上げずにこう言った。

「ときどき」と彼女は自分の両手に話しかけるようにして言った。「夜遅くに町を歩かなくちゃならないことがあるんです。赤ん坊は生まれるときには生まれますからね」

ジュディスは礼儀正しく頷いた。

女はジュディスに向かって微笑んだ。「あんたが生まれたときのことを覚えてますよ。あたしたちみんな、あんたは生きられないと思った。でもほらこうしてここにいる」

「ここにいます」とジュディスは小さな声で答えた。

「何度も」と女は続けた、「ヘンリー通りの、あんたが生まれた家の前を通ってるんだけど、何かが見えるんですよ」。

ジュディスはちょっとの間、女を見つめた。何が、と訊きたかったが、一方で答えが恐ろしくもあった。「何が見えるんですか?」彼女はつい訊いてしまった。

「何か、というか、誰か、と言った方がいいかしら」

「誰なの?」ジュディスは訊ねながらもわかっていた、すでにわかっていた。

「走ってるんです、あの坊ちゃん」

「走ってる?」

年老いた産婆は頷いた。「大きな家の戸口からあのかわいらしい小さな狭い家の戸口へ。はっきりと見えるんです。人の姿が、風のように走ってる、まるで悪魔そのものに追っかけられてるみたいに」

ジュディスは胸の鼓動が早くなるのを感じる、ヘンリー通りで永遠に走るよう運命づけられているのは彼でなく彼女であるかのように。

「いつも夜なんです」と女は話す、手でもう片方の手をさすりながら。「昼間は一度も」

それでジュディスは、以来毎晩暗くなると家を抜け出してここに立ち、待ち構え、見張るようになったのだ。母やスザンナにはこのことは一言も言っていない。産婆は彼女に聞かせてくれたのだ、彼女だけに。これは彼女の秘密だ、彼女の絆、彼女の双子の兄。朝になると母の視線を感じることがある、娘の疲れた、やつれた顔を観察している、母は気づいているのだろうかと彼女は思う。気づかれていても不思議ではない。だが彼女はその件についてはほかの誰にもしゃべりたくない、うまくいかないかもしれないから、兄を見つけられないかもしれない、兄が彼女の前に現れてくれないかもしれないから。

あの狭い家ではこのごろ、ハムネットが死んだ部屋、全身がたがた震えがきて熱の毒が体じゅうをめぐったあの部屋に、婦人帽子用の頭がたくさん置いてあり、ぜんぶ戸口のほうを向いている、無言の、木でできた、顔のない群れがこちらを見ている。ジュディスはこの戸口を見張っている。じっと、じっと、じっと戸口を見つめる。

お願い、と彼女は念じている。お願い、出てきて。一度でいいから。あたしをこんなふうにここに一人で放っておかないで、お願い。兄さんが代わりになってくれたのはわかってる、でも兄さんがいないと、あたしは半分でしかないの。姿を見せて、もうこれっきりでもいいから。どんな感じなのか想像がつかない、兄にもう一度会うというのは。兄は子どものままだろうけど、彼女は今では大きくなって、もうほとんど大人だ。兄はどう思うだろう？　通りですれ違ったら、兄に今の彼女がわかるだろうか、永遠に子どものままのあの男の子に？

通りをいくつか隔てたところでフクロウが、とまっていたところから飛び立つ、ひんやりした風に乗り、羽で音もなく空を切り、油断なく目配りしている。鳥にとっては、町は屋根の連なりで、そのあいだに通りの溝が走っている、飛びまわる場所だ。飛んでいると、木々が密集した葉の塊となって現れる、残り火から立ち上った煙がうっすらたなびく。キツネの動きが目にとまる、今は通りを渡っている。ネズミを一匹見つける、たぶんドブネズミだ、庭を横切って、穴のなかへ消える。男がいる、居酒屋の戸口で、寝ながら向う脛のノミに嚙まれたところを搔いている。誰かの家の裏に、檻に入れられたカイウサギが何匹かいるのが見える。宿屋のそばの放牧場に馬が何頭か立っている。そしてフクロウはジュディスを目にする、通りに出てくるところを。

彼女は頭上の空をさっと飛ぶフクロウには気づいていない。ぜいぜいと浅く息をしている。彼女は何かを見たのだ。ちらっと、気配が、動きが、ほとんど感知できないくらいの、でも紛れもなくそこに。まるで麦のあいだを吹き抜ける風の流れのような、窓を引き寄せて閉めようとするときに窓ガラスに映るものをちらと目にするような——部屋を過るあの思いがけない光の筋。

ジュディスは道を横切る、フードが頭からずれ落ちている。以前の家の前に立つ。そこの戸口から祖父母の家の戸口へと向かう。空気そのものが凝り固まって帯電しているように感じられる、雷雨のまえのように。彼女は目を閉じる。彼が感じられる。はっきりそう思う。腕や首の皮膚がきゅっと縮み、手を伸ばしたくてたまらなくなる、兄に触れたくて、兄の手を取りたくてたまらない、でもそんな勇気はない。自分の高鳴る鼓動に、不規則な呼吸に耳をそばだてると、彼女にはわかる、彼女には聞こえる、自分の息の下に別の誰かの呼吸が。彼女には聞こえる。本当に聞こえる。

彼女は今や震えている、俯いて、かたく目を閉じている。彼女の頭のなかに湧きあがる思いはこうだ。兄さんがいないのはいや、いないのはいや、戻ってきてくれるならなんでもあげる、ほんとうになんでも。
するとそれは終わる、その一瞬は過ぎ去る。圧力がカーテンのように下がる。彼女は目を開き、家の壁に手を当てて体を支える。彼は行ってしまった、結局またも。

朝早くメアリが犬たちを通りに出そうと玄関の戸を開けると、家の前に誰かががっくりうずくまって頭を膝に押し当てている。一瞬、酔っ払いだとメアリは思う、夜のあいだにそこでつぶれてしまったのだと。それから、孫娘の靴と服の裾に気づく。ジュディスだ。

メアリは舌打ちしながらばたばたと慌しく半分凍えた子どもを中へ連れ込み、毛布と熱いスープを持ってきて、と叫ぶ、お願いだから。

アグネスは裏に出て、花壇にかがみこんでいる、すると下働きの女の子がやってきて、継母のジョーンが訪ねてきたと告げる。

荒れ模様の、嵐のような日で、突風が菜園に吹きつけ、道を見つけて高い塀を乗り越えては握りこんだ雨や霰を皆に投げつける、お前らがしでかしたことで頭にきているんだぞ、とでもいわんばかりに。アグネスは明け方から外に出て、風の猛攻に備えて弱い植物を支柱に結わえつけていたのだ。

彼女は手を止めてナイフとより糸を握りしめ、女の子をじっと見る。「なんて言ったの?」

「ジョーン奥様が」女の子はもう一度言う、顔をゆがめて、何がなんでも頭からもぎ取ってやろうと風が決めたらしい帽子を、片手で押さえている、「居間でお待ちです」。

スザンナが小道を駆けてくる、頭を下げて、突進してくる。母親に向かって何か叫んでいるが、言葉はくるくると空へ飛んでいってしまう。彼女は身振りで家のほうを示す、まず片手で、ついでもう片方の手で。

アグネスは溜息をついて、すこしのあいだ状況を考え、それからナイフをポケットに滑りこませる。何かバーソロミューのことだろう、それとも子どもたちの誰かのことか、農場のことか、家の改築のことか。ジョーンは仲裁してほしいと思っているのだろうが、毅然としていなくては。ヒューランズでの出来事に巻き込まれたくはない。わたしにだって気を配らなくてはならない家と家族があるのではないか?

家に入ったとたん、スザンナが母の帽子に手を伸ばしてくる、エプロンに、留めていたのがほつれてしまった髪に。アグネスは娘を手で払いのける。スザンナは廊下からホールへとついてきて、そんな恰好じゃ客を迎えたりはできない、と囁く、ちょっと身なりを整えてきたらどうだろう、自分、スザンナがちゃんとジョーンの相手をするから、と。

アグネスは娘を無視する。毅然として足早にホールを横切り、ドアを押し開ける。

継母の姿が目に飛びこんでくる、アグネスの夫の椅子にやたら背筋を伸ばしてすわっている。向かい側にはジュディスが、床にすわっている。猫を二匹膝にのせていて、ほかに三匹がまわりで、自分たちの体を惜しげなくジュディスの脇や背中や手にこすりつけている。ジュディスはしゃべっている、いつになく滔々と、それぞれの猫について、名前や食べ物の好みやどんなところを寝場所にするかといったことを。

アグネスははからずも、ジョーンがとりわけ猫を嫌っているのを知っている——猫は息を盗むし、体が痒くなるから、といつも言っていた——それで、笑いをかみ殺しながら部屋に入っていく。

「……そしてね、いちばん驚いちゃうのが」とジュディスが話している。「この猫はあの猫の兄弟でね、遠くから見たらとてもそうは思えないでしょ、でも近づくと、目がまったく同じ色だってわかるの。まったくね。わかる？」

「うーん」ジョーンは片手を口に当てながら返事し、アグネスに挨拶しようと立ち上がる。

二人の女は部屋の中央で向き合う。ジョーンはさっと継娘の両の上腕をがっしり摑む。目をそわそわと閉じて、相手の頰にキスする。アグネスは継母を押しのけたくなるのを堪える。二人は互いに、こんにちは、お元気？　ご家族皆さんお元気？　と訊ねあう。

「もしかして」ジョーンは自分の席に戻りながら言う。「邪魔したかしら、何か……仕事ちゅうだった？」彼女はアグネスの泥だらけのエプロンに、土がこびりついた服の裾に、あてつけがましく視線を投げる。

「そんなことありませんよ」アグネスはそう答え、通りすがりにジュディスの肩に手を置いて、腰を下ろす。「菜園で働いてたんです、草花をいくらか助けたくて。こんなひどい天気のなか、いったいまたどうして町まで？」

ジョーンは一瞬この質問に不意打ちを食らわされたようで、こんなふうに訊かれるとは思っていなかった様子だ。彼女は服のしわを撫でつけ、唇をぎゅっと結ぶ。「訪ねにきたの……友だちを。友だちは具合が悪くて」

「あら？　それはお気の毒に。どうなさったの？」

ジョーンは手を振る。「たいしたことじゃないの……ただの咳風邪よ。べつにそこまで——」

「よかったらそのお友だちにマツとニワトコのチンキ剤を差し上げますよ。作りたてのがあるんです。肺にはとても良く効くの、とりわけ冬には、それに——」

「いいの」ジョーンは慌てて言う。「気持ちは有難いけど、結構よ」彼女は咳払いして、部屋を見まわす。アグネスが見ていると、その目はすっと天井へ、炉棚へ、暖炉用の道具へ、壁の彩色掛け布へと動く、布には森が描かれている、木の葉や密生した枝々、そしてそのあいだで鹿が跳びはねている、夫からの贈り物で、ロンドンで作らせたものだ。アグネスの近年の思いもよらない裕福さはジョーンの心を波立たせる。継娘がこんな立派な家に住んでいるのを見るのは、彼女にとってどうにも我慢できないものがあるのだ。

頭のなかで考えていたことの続きを話すようにして、ジョーンが訊ねる。「で、あんたの旦那さんは？」

アグネスはちょっとの間、継母を見つめてから、答える。「元気にしてる、と思います」

「相変わらず劇場の仕事でロンドンにいるの？」

アグネスは膝の上で両手を組み、ジョーンににっこりしてみせてから頷く。

「きっとしょっちゅう手紙をくれるんでしょうね？」

アグネスは自分の心の中でちょっとした調整が行われるのを感じる、微かな動揺、小さな、びくびくした動物が向きを変えたかのような。「もちろん」と答える。

ところが、ジュディスとスザンナがばらしてしまう。二人とも母のほうへ顔を向けるのだ、さっと、あまりにもさっと、犬が主の合図を待つようにして。

ジョーンはもちろんこれを見逃さない。アグネスは継母が唇を舐めるのを目にする、何か美味しいものを味わっているかのように、何か甘い味のするものを。アグネスは自分が何年かまえに市場でバーソロミューに言ったことをまた思い起こす。ジョーンは自分の果てしない不満の仲間が欲しいのだ。ジョーンは今回はどんなふうに継娘を嫌な気持ちにさせようとしているのだろう？　どんな情報を持っていて、それを剣のように使おうとしているのだろう、この家を、この部屋を切り裂こうとしているのだろう、継娘とその娘たちが、大きな存在がいないことを気にしながらもできるだけうまく暮らそうとしているこの場所を？　ジョーンは何を知っているのだろう？

じつを言うと、アグネスの夫は何か月か手紙を寄越していなかった、元気でいると知らせるほんの短い手紙が一通来ただけで、それともう一通、スザンナ宛に、また土地を購入してくれと指示するものと。アグネスは自分自身にも、娘たちにも、何もおかしなことはない、彼は忙しいのだろう、手紙が途中で紛失することもあるし、彼は懸命に仕事しているのだ、きっと気がついたら帰ってきているだろう、と言い聞かせてきた、とはいえ、このことで心を悩ませていたのだ。彼はどこにいるのだろう、何をしているのだろう、どうして手紙をくれないのだろう？

アグネスはエプロンの襞に隠した指を十字の形に組む（嘘をつくときのおまじない）。「一週間ほどまえに手紙が来ました。すごく忙しいらしいの、新しい喜劇の準備をしているとかで――」

「新しいお芝居が喜劇のはずないでしょ」ジョーンが遮る。「でも、あんたは知ってるわよね」

アグネスは黙ったままだ。心のなかの動物がそわそわと体を動かし、針のような鉤爪で彼女の内臓をひっかき始める。

「今度のは悲劇よ」ジョーンは歯をむき出して笑みを浮かべながら続ける。「それに、きっとお芝居の題名は知らせてもらってるわよね。手紙で。だって、先にあんたに知らせてからでないと、あんな題名つけるはずないものねえ、〈あんたの許し〉がなければね？　お芝居のビラはもちろん見てるわよね。たぶん送ってもらってるでしょうね。町じゃこの話でもちきりよ。いとこが、昨日ロンドンから帰って、一枚持ってきてくれたの。きっとあんたも持ってるでしょうけど、それでもと思って持ってきてあげたわ」

ジョーンは立ち上がって部屋を横切る、帆をいっぱいに張った船のように。彼女は丸めた紙をアグネスの膝に落とす。

アグネスはそれに目をやり、それから二本の指で摘んで泥の飛び散ったエプロンの上で広げる。一瞬、自分が何を見ているのかわからない。印刷された紙だ。たくさんの文字がある、とてもたくさん、列になって、単語ごとにかたまって。彼女の夫の名前がある、一番上に、そして「悲劇」という言葉が。それからちょうど真ん中に、一番大きな文字で、彼女の息子の、彼女の男の子の名前が、あの子が洗礼を受けたときに教会で大きな声で告げられた名前が、あの子の墓石に刻まれた名前が、彼女が自分であの子につけた名前が。双子が生まれたすぐあとに、夫が帰ってきて赤ん坊たちを膝に抱くよりもまえに。

アグネスはこれがどういうことなのか理解できない、何が起こったのか。なんだって息子の名前がロンドンの芝居のチラシに？　何かおかしな、とんでもない間違いがあったのだ。あの子は死んだ。この名前は息子の名前だ、でもあの子は死んだ、まだ四年にもならない。まだ子どもだったあの子、一人前の男になっていただろう、でもあの子は死んだ。あの子はあの子、芝居じゃない、紙きれじゃない、語られたり演じられたり見世物になったりするものじゃない。あの子は死んだ。夫もそれはわかっているし、ジョーンもそれはわかっている。どうにも理解できない。

ジュディスが肩越しに身を乗り出してきているのに彼女は気づく、何、何なの？　と言っていることに、でももちろんジュディスは字が読めない、つなぎ合わせて意味を知ることはできない――双子のきょうだいの名前をそれとわからないなんて、おかしなことだ――そして彼女は、スザンナが芝居のチラシの端をじっと持っていることにも気がつく。アグネス自身の指は震えている、それを読むあいだずっと、外からの風にさらされているかのように。スザンナは母の手からチラシをもぎとろうとするが、アグネスは離さない、ぜったいに離さない、この紙は、この名前は離さない。ジョーンはぽかんと口を開けて見つめている、自分の訪問の成り行きに仰天して。明らかに芝居のチラシの影響がこれほどとは思っていなかったのだ、こんな反応を引き起こそうとは夢にも思っていなかったのだ。アグネスの娘たちはジョーンを部屋から連れ出している、母はちょっと調子が悪いので、ジョーンにはまた出直してもらいたい、と言いながら、そしてアグネスは、あの芝居のチラシのことにもかかわらず、あの名前のことにもかかわらず、いろいろあるにもかかわらず、別れを告げるジョーンの声のなかに邪な関心をちゃんと聞き取る。

アグネスは生まれてはじめて寝込んでしまう。自分の部屋へ行って横になり、起き上がらない、食事のときも、人が訪ねてきても、通用口を病人がノックしても。服も脱がずに横になっている、毛布の一番上に。格子窓から光が差し込み、ベッドカーテンの隙間から押し入ってくる。彼女は芝居のチラシを折りたたんで両手で持ったままだ。

外の通りから聞こえる音、家のなかの物音、廊下を行き来する使用人たちの足音、娘たちのひそひそ声、いろいろ聞こえてくる。まるで彼女は水のなかにいて、みんなは上空から彼女を見下ろしているみたいだ。

夜になると、彼女はベッドから起きだして外に出る。編んで作られたざらざらした蜜蜂の巣箱のあいだにすわる。夜が明けるとすぐに、なかからぶんぶん振動するような音が響いてくる、彼女にはそれはこの上なく雄弁で明瞭で完璧な言語に思える。

スザンナは怒りで煮えくりかえりながら自分の箱形の机に向かってすわり、何も書いていない紙を前に置く。よくまああんなことを、と彼女は父親に宛てて綴る。どうしてまた、なんだってわたしたちに知らせてくれなかったんですか？

ジュディスはスープのボウルを母のベッドに運ぶ、ラベンダーの花束を、バラを一輪活けた花瓶を、新鮮な殻付きのクルミの入った籠を。

パン屋のおかみさんがやってくる。ロールパンとハニーケーキを持ってくる。アグネスの様子には気づかないふりをする、ほったらかしの髪にも、寝不足の削げた顔にも。彼女はスカートを引き寄せてベッドの端にすわり、アグネスの手を乾いた温かい手で握って言う。あの人はいつだっておかしな人だった、わかってるでしょ。アグネスは何も言わずにベッドの天蓋部分のタペストリーを見上げる。ここにも木々があって、枝に林檎がついているものも。

「中身がどんなだか気にならない？」パン屋のおかみさんは訊ねながらパンをちぎり、アグネスに差し出す。

「なんの中身？」アグネスはパンは無視して問い返すが、ほとんど聞いていない。

パン屋のおかみさんはちぎったパンを自分の口に入れ、嚙んでのみこみ、もう一つちぎってから答える。「そのお芝居」

アグネスは初めて相手の顔を見る。

ならば、ロンドンへ。

誰も連れていくつもりはない、娘たちも、友人も、妹たちも、夫の家族の誰も、バーソロミューでさえ。

メアリはそんなのどうかしていると断言する、アグネスは道中で襲われるか途中の宿屋で寝ているところを殺されてしまう、と言う。これを聞いてジュディスは泣き出し、スザンナは妹を黙らせようとはするが、やはり同じく心配そうな表情だ。ジョンは首を振り、馬鹿なことを考えるんじゃないとアグネスに言う。アグネスは義理の両親の食卓に、両手を膝に置いて落ち着き払ってすわり、こんな言葉は耳に入っていないかのようだ。

「わたしは行きます」彼女が言うのはそれだけだ。

バーソロミューが呼ばれる。彼はアグネスと菜園を何周かする。林檎の木立を過ぎ、垣根仕立ての梨の木を過ぎ、蜂の巣箱のあいだを抜けてマリゴールドの花壇を過ぎ、それからもう一周。スザンナとジュディスとメアリはスザンナの部屋の窓から見守る。

アグネスは弟が腕を曲げたところに手を掛けている。二人とも俯いている。二人はちょっと立ち止まる、醸造小屋の横でほんの一瞬、小道の何かを確かめるかのように、それからまた歩き続ける。

「あの人も弟の言うことなら聞くでしょう」とメアリは、内心で思っているよりはきっぱりした口調で言う。「弟さんが行かせるわけがない」

ジュディスは濡れた窓ガラスに指先をもっていく。親指一本で、なんと簡単に二人いっしょに消えてしまうことだろう。

裏口の戸がばたんと開くと、みんな駆け下りるが、通路にいるのはバーソロミューだけで、帽子をかぶって帰り支度をしている。

「で？」とメアリが問いかける。

バーソロミューは顔を上げて階段にいるみんなのほうを見る。

「あの人を説得できた？」

「説得って、何を？」

「ロンドンへ行かないように。そんな途方もないことはあきらめるように」

バーソロミューは帽子の頭部を整える。「俺たちは明日発ちます」と彼は言う。「馬は俺が手配します」

メアリが訊ねる。「なんですって？」そしてジュディスがまた泣きはじめ、スザンナは両手を握りしめて、問いかける。「俺たち？　叔父さんもいっしょに行くの？」

「俺も行く」

三人の女たちは雲が月を覆うようにして彼を取り囲み、抗議や、質問や、哀願を浴びせる、だがバーソロミューは逃れると、戸口のほうへ行く。「じゃあ明日の朝早くに」と彼は言い、通りへ出ていってしまう。


アグネスは乗馬が好きとは言えないまでも、ちゃんと乗りこなせる。この動物のことはとても好きなのだが、高いところに乗っているのはあまり心地よいものではないのがわかる。地面がさっと流れていくのを見ると眩暈がする。体の下にべつの生き物の動きや筋肉の隆起が感じられ、鞍の革がぎいぎい軋み、埃っぽく乾いたたてがみのにおいがするという状況で、彼女はロンドンに着くまで馬の背で過ごさなければならない時間があとどのくらいかひたすら数えている。

バーソロミューはオックスフォードを通る道のほうが安全だし早いと主張する。羊の肉を商う男からそう聞いたのだ。二人はチルターン丘陵のなだらかな起伏を馬で進み、暴風雨とちょっとした霰をくぐり抜ける。キッドリントンでアグネスの馬が駄目になり、まだら模様で尻の幅が狭くて小鳥と出くわそうものなら足を高く蹴上げるびくびくした雌馬に乗り換える。二人はオックスフォードの宿屋で夜を過ごす。アグネスは壁のなかでネズミが立てる物音と隣室の宿泊者の鼾とでほとんど眠れない。

　馬に乗って三日目となる午前の中頃、彼女の目にまずは煙が映る、くぼみが、灰色の布で覆われているかのようだ。ほらあそこ、バーソロミューにそう言うと、彼は頷く。近づいていくと、鐘の鳴り響く音が聞こえて、においがしてくる――湿った野菜、動物、石灰、そのほかアグネスにはわからないもの――そして不規則に大きく広がる様が、乱雑な都市なるものが、そのなかを川がくねくねと流れ、たちのぼる煙の筋が集まって雲になっているのが見える。

　二人は羊飼いの茂み（シェパーズ・ブッシュ）という村を抜けていく、その名前にバーソロミューは笑みを浮かべる、そしてケンジントンの砂利採取場を通り過ぎ、メリルボーンの小川を越える。タイバーンの絞首台のところで、バーソロミューは鞍からかがみこんでビショップスゲイトの聖ヘレン教会教区へ行く道を訊ねる。幾人かが返事をしないで通りすぎ、若い男が笑って、切り傷のある裸足の足でさっと戸口に駆け込む。

　ホルボーンへ向かっていくと、通りは狭くて黒々としていて、アグネスはその騒音と悪臭が信じられない。どっちを向いても店や作業場や居酒屋や混み合った入口がある。商人が近づいてきて、売り物を差し出す――ジャガイモ、ケーキ、かたくて酸っぱい小さな林檎、栗の入った鉢。通りを挟んで人々が互いに叫んだり怒鳴ったりしている。アグネスは目にする、見間違いではない、建物と建物の狭い隙間で男と女が交合している。さらに、男が溝に放尿している。アグネスはそいつの付属器官を見てしまう、しわしわでなまっちろい、それから目を逸らす。奉公人らしき若い男たちが、それぞれの店の外に立って、寄っていってくれと通行人にせがんでいる。まだ歯が生え変わっていないような子どもたちが、道で手押し車を押しながら積み荷を売り歩き、年老いた男女が節くれだったニンジンや殻付きの木の実やパンの塊を並べてすわっている。

キャベツやら焦げた皮やらパン種やら通りの汚物やらのにおいが鼻腔に充満するなか、彼女は馬を進める、両手で手綱を握って。バーソロミューが手を伸ばして馬勒を摑み、離れ離れにならないようにする。

弟の傍に寄りながら、アグネスの頭にさまざまな思いが湧いてくる。あの人を見つけられなかったら、二人で迷子になったら、日暮れまでにあの人のいる下宿屋が見つからなかったら、わたしたちはどうしたらいいんだろう、どこへ行けばいいんだろう、今のうちに部屋を確保しておいたほうがいいんだろうか、どうして来てしまったんだろう、こんなのどうかしてた、わたしがどうかしていたんだ、ぜんぶわたしのせいだ。

彼のいる教区だと思われるところへ着くと、バーソロミューはケーキ売りに彼のいる下宿屋へ道案内してくれと頼む。住所は紙に書いてきたから、と、だがケーキ売りの女は紙を払いのけると、すきっ歯を見せて笑い、あっちへいって、それからこっち、そしてまっすぐに進んで、それから教会の先を直角に曲がる、と説明する。

アグネスは馬の手綱をぎゅっと握って鞍の上で背筋を伸ばす。旅が終わりとなって降りられるものなら、なんでもしたい気分だ。背中が痛む、足も、手も、肩も。喉が渇く、腹が減っている、それでも、今やここまで来たのだ、今や夫に会おうとしているのだ、馬の馬勒を引き寄せて向きを変えさせ、まっすぐストラトフォードへ戻りたい。自分はいったい何を考えていたのだろう？

バーソロミューといっしょにぱっと彼の下宿の戸口に現れるなんてことがどうしてできる？　とんでもない考えだった、ひどい計画だった。

「バーソロミュー」と彼女は声を掛けるが、弟は先に行ってもう馬から降り、馬を杭に結わえつけ、戸口へ向かって歩いている。

　彼女はまた弟の名前を呼ぶが、弟には聞こえていない、戸を叩いているからだ。彼女は心臓が骨を打っているような気がする。あの人になんて言ったらいいだろう？　あの人はわたしたちになんて言うだろう？　自分が夫に何を訊きたかったのか、彼女にはもう思い出せない。彼女は鞍袋のなかの芝居のチラシをもう一度手探りし、そして建物をちらと見上げる。三階建てか四階建てで、窓は不揃いで、ところどころ汚れがついている。通りは狭く、家々は互いにもたれあっている。女が一人、自分の家の戸口にもたれかかって、好奇心をむき出しにして姉弟を見つめている。さらにむこうのほうでは、子どもが二人、ロープを一本持って遊んでいる。

　この人たちは毎日夫を見ているに違いないと思うと、妙な気がする、出入りするときに、朝家を出るときに。夫はこの人たちと言葉を交わすのだろうか？　彼らの家で食事したりすることもあるんだろうか？

　頭上で窓が開く。アグネスとバーソロミューは見上げる。九歳か十歳の女の子だ、髪をきちんと血色の悪い顔の両側に分けて、腰に幼児を抱えている。

　バーソロミューがアグネスの夫の名前を告げると、女の子は肩をすくめて、泣き出した幼児を揺する。「戸を押して開けて」と女の子は言う、「階段を上って。その人は屋根裏だよ」

　バーソロミューは頭をぐいと動かして、自分は通りにいるから行ってこいと姉に指示する。彼は姉が降りるときに馬の馬勒を摑んでいる。

階段は狭くて、上る彼女の脚は震えている、ずっと馬に乗っていたせいか、それともこのすべてが奇妙な状況のせいか、彼女にはわからないが、ともかく手すりを持って体を引っ張り上げなければならない。

一番上で、彼女はちょっと立ち止まって一息つく。目の前にドアがある。節だらけの木の羽目板だ。彼女は手を伸ばしてノックする。夫の名前を呼ぶ。もう一度呼ぶ。

何も返ってこない。返事はない。振り向いて階段を見下ろした彼女は、降りていきそうになる。このドアの向こうにあるものを見たくないのかもしれない。夫の別の生活を示すようなものがあるのかもしれない、別の女たちの存在を？　ここには彼女が知りたくないものがあるかもしれない。

彼女はまた向き直ると、掛け金を上げてなかに入る。部屋は天井が低く、さまざまな角度に傾いている。低いベッドが壁に寄せられ、小さな敷物と食器棚がある。見覚えのある帽子が、貴重品箱の上に置いてある、ベッドの上にはジャーキンが。窓の明かりの下に四角い机があり、椅子が一脚下に押し込まれている。箱型の机面は開いていて、ペンケースとインク壺とペンナイフが見える。羽ペンが並んでいる隣には三、四冊のノートブックがある、夫が自分で綴じたものだ。夫の好む結び方や綴じ方だと彼女にはわかる。椅子の前には紙が一枚置いてある。

自分が何を予期していたのかはわからないものの、こんなものではない。こんな質素さ、こんな簡素さではない。これは修道士の小部屋だ、学者の書斎だ。あたりにはっきりと漲る雰囲気が彼女にはわかる、ほかには誰もここへ来たことはないと、ほかの誰もこの部屋を見たことはないと。ストラトフォード一の大きな家を、それに加えてたくさんの土地を所有する男が、どうしてこんなところで暮らしていられるのだろう？

アグネスはジャーキンに触れる、ベッドの上の枕に。ぐるっとまわって、すべてを見る。机のほうへ歩いて、置かれた紙にかがみこむ、頭のなかで、血がどくどくいう。一番上には、こんな言葉が書かれている。

僕の愛しい人(マイ・ディア・ワン)――

彼女は後ろへ反り返りそうになる、やけどしたかのように、それから次の行が目に入る。

アグネス

そのあとは何もない、ただ四つの単語だけだ、その先は空白。

夫は彼女に何を書くつもりだったのだろう? 彼女は紙の空白の部分に指先を押し当てる、書くことができていたなら夫はどんなことを書きたかったのか探り出そうとするかのように。紙の肌理が感じられる、日に当たった木の机の温もりが。自分の名前を形作っている文字に親指を走らせて、夫の羽ペンによる僅かなくぼみを感じる。

呼び声に、叫び声に、彼女はびくっとする。体を起こして紙から手を上げる。バーソロミューが姉を呼んでいるのだ。

彼女は部屋を横切る、戸の外へ出る、そして階段を降りる。開いた戸口で弟が待っている。通りの向こう側の家の女が、アグネスの夫は家にはいない、日が暮れるまで帰ってこないと教えてくれたと彼は告げる。

アグネスは女のほうをちらと見る、まだ自分の家の戸口によりかかっている。女はアグネスに首を振ってみせる。「言っとくけど、ここにはいないよ。劇場で探すんだね、会いたいなら」女は腕を突き出す。「川の向こう。あっちだよ。あそこにいる」

女はひょいと家のなかに引っ込むと、戸をばたんと閉める。

アグネスとバーソロミューは一瞬互いに顔を見交わす。それからバーソロミューが馬を連れにいく。

戸口にいた近所の女は正しい。彼は、女が予測したとおり劇場にいる。

彼は楽屋に立っている、演奏家たちのバルコニーのすぐ裏、劇場全体を見渡せる小さな開口部だ。ほかの役者たちは彼のこの習慣を心得ていて、衣装や小道具をここへしまうことはしないし、あの窓のあたりに陣取ることもけっしてしない。

彼はそこに立って観客が入ってくるのを見ているのだろうと皆は思っている。客の入りはどのくらいか、どれほどたくさんの観客数になるのか、売り上げはどのくらいか見積もりたいのだと皆は思っている。

だがそれが理由ではない。彼にとって、そこは上演まえにいるには最上の場所なのだ。眼下には舞台があり、観客が円形の空間をつぎつぎ淀みなく埋めていき、背後ではほかの役者たちがただの男から妖精や王子や兵士や貴婦人や怪物に変身している。そんな群衆のなかで、ここは唯一独りになれる場所なのだ。彼は鳥になったように感じる、地面の遥か上で、体の下には空気しかない。彼はこの場所に所属しているのではなく、その上空にいる、離れたところから観察している。彼は妻が昔飼っていた風に浮かぶチョウゲンボウを思い出す、上空の気流に乗っていた姿を、木々の梢の遥か上で、翼を広げて四方を見下ろしていたのを。

楣石に両手を置いて、彼は待つ。下では、うんと下では、人々が集まってきている。呼び声や呟きや叫び声や挨拶が聞こえてくる、木の実や砂糖菓子を買い求める声や、突発しては静まる口論が。

背後からは、ぶつかる音、悪態、はじけるような笑い声が聞こえてくる。誰かが誰かの足に躓いたのだ。転倒について、処女性についての下品な冗談。さらに笑い声が。誰かが階段を駆け上がってきて訊ねる、俺の剣を見なかったか、俺の剣がないんだ、お前らならず者の犬畜生のうちのどいつが盗みやがった？

すぐに、彼は服を脱がなくてはならない、日常の、通りで着ている普通の服を脱いで、自分の衣装を身につけるのだ。鏡に映る自分の姿と向き合って、それをほかのものに変えなくてはならない。白亜と石灰の練り粉をすくって頬や鼻や顎ひげに塗り広げる。眼窩や眉を炭で黒くする。胸に甲冑を着け、頭には兜をかぶり、肩から屍衣をはおる。そして待つのだ、耳をそばだて、セリフを追いながら、彼の出番の合図が聞こえるまで、それから光のなかへと踏み出す、ほかのものになりきるべく、息を吸い込む。彼は自分のセリフをしゃべるのだ。

そこに立ちながら、この新しい芝居の出来がいいのか悪いのか彼には判断できない。一座の者たちがセリフをしゃべるのを聞いていて、自分が目指していたものに近いところまでいっていると思うこともある、まるで失敗だと感じることもある。これはいい、これはよくない、これは中くらいだ。そんなことといったいどうやってわかるんだ？　彼にできるのは、紙の上につらつら書き連ねることだけだ——何週間も何週間も、彼がやるのはこれだけ、ほとんど部屋から出ず、ほとんどものも食べず、いっさい誰とも口をきかずに——そして、すくなくともこの矢のうちの何本かは的を射ぬきますようにと願うのだ。芝居が、その最初から最後までの全体が、彼の頭をいっぱいにしている。そこでバランスをとっている、盛り上げられた大皿を一本の指先で支えているみたいに。それは彼のなかを動きまわる——これまで書いたどの作品にもまして、今回の芝居は——血液が血管をめぐるようにして。

川があえかな霧の網を投げかけている。風のなかにそのにおいが嗅ぎとれる、じめじめした、草いきれのような嫌なにおいが彼のほうへ漂ってくる。

もしかするとこの霧の、この川のにおいが濃い空気のせいなのかもしれない、彼にはわからないが、どうもこの日彼は気分がすぐれないのだ。不安がふくれあがる、微かな予感がする、何かが彼に向かって近づいてきているかのような。この公演のことなのだろうか？　何か不手際があるのを感じているのだろうか？　彼は眉をひそめて考える、稽古ができていないとか準備不足だと思えそうなところがないか頭のなかで確かめてみる。ひとつもない。みんなやる気満々で待ち構えている。彼にはそうとわかっている、彼が自分で何度も何度もみんなにやらせたのだから。なら、いったいなんなのだ？　なぜこんな、何かが迫ってきているような気がするのだろう、何かの報いが待ち受けているような気が？　おかげで絶えず肩越しにちらちら後ろを見ないではいられない。

彼は身震いする、部屋のなかは暑くて息苦しいのに。彼は両手で髪を梳き、両耳に通した輪っかを引っ張る。

今夜は、と彼はとつぜん決める、まっすぐ部屋へ帰ろう。友人たちと飲みにはいかない。まっすぐ下宿に帰ることにしよう。ロウソクを灯して、羽ペンをとがらせるのだ。一座の連中と居酒屋へいくのは断る。きっぱりと。ひっぱっていかれそうになったら、腕に掛けられた手を払いのける。川を渡って、ビショップスゲイトへ帰って、妻に手紙を書こう、ずいぶん長いあいだ書こうとしてきた手紙を。目の前の問題を避けることはしない。この芝居のことを妻に説明しよう。何もかも書くんだ。今夜。彼はしっかりと心を決める。

橋を半分渡ったところで、この先へは進めないとアグネスは思う。自分がどんなものを予期していたのか定かではないが——たぶん、水面にかかるただの木のアーチ——とにかく、こんなものではない。ロンドン橋はそれ自体が町みたいだ、しかも不快で息詰まるような町だ。両側には家や店が並び、川に突き出しているのもある。通路に覆いかぶさる建物のせいで、ときおり真っ暗に、まるで夜になってしまったみたいになることもある。川は建物のあいだからちらちら光って見える、そして彼女が想像したこともないほど広くて深くて危険だ。川は彼らの足の下を流れている、馬の蹄の下を、この人混みのなかを彼らが進んでいく今この時でさえ。

どの戸口からも店からも、物売りが姉弟に呼びかけ、叫び、布やパンやビーズや炙った豚足を持って駆け寄ってくる。バーソロミューはそっけない仕草で物売りとは反対のほうへ馬勒を引く。アグネスが見ると、弟の顔はいつもと同じく無表情だが、自分と同じくこうしたすべてに動揺しているのが彼女にはわかる。

「もしかして」糞便の山らしきものの横を通りながら、彼女は弟にぼそぼそ言う。「ボートに乗ったほうがよかったかもしれないね」

バーソロミューは唸る。「そうかもしれない、だけど、そうしてたら俺たちは——」彼は途中で黙り、言葉は口にされないまま消えてしまう。「見るんじゃない」彼はちらと上のほうを見てから姉に視線を戻す。

アグネスは目を丸くして弟を見据える。「なんなの?」彼女は小声で問いかける。「あの人なの? あの人を見たの? あの人、誰かといっしょなの?」

「違う」バーソロミューは答えて、その何かをもう一度ちらと見る。「あれは……いいんだ。とにかく見るな」

アグネスは自分を抑えられない。鞍の上で体をねじって、見てしまう。何本かの長い柱に、だらんとした灰色のもやもやしたものが突き刺さって、風に震えている、一番上には、一瞬石か蕪のように見えるものがのっかっている。彼女は目を細める。それらは黒ずんで、みすぼらしく、妙にころんとしている。それらは彼女に向かって、弱々しい無音の呻きを発している、罠にかかった動物のような。いったいあれはなんなのだろう？ そのとき、一番近くのものに歯がずらりとはめ込まれているように見えることに気づく。どれも口がある、と彼女は悟る、それに鼻孔も、それからくぼんだ眼窩も、かつてはそこに目があったのだ。

彼女は叫び声をあげて、また弟のほうを向く、口に手を当てて。

バーソロミューは肩をすくめる。「見るなと言っただろ」

川の向こう側に着くと、アグネスは鞍袋に身をかがめてジョーンから貰った芝居のチラシを取り出す。

またも、彼女の息子の名前、そして黒い文字が並んでいる、初めて見たときと同じく心をえぐられる。

彼女はそれを片手にぎゅっと握りしめて向こうへ向け、馬の横腹のそばへやってきた人に向かって振る。その人――手入れされた尖った顎ひげを生やして肩からケープを掛けた男――はわき道を指さす。あっちへ行きなさい、と男は言う、それから左へ曲がってまた左、そうしたら見えますよ。

彼女には、夫から聞かされていた劇場だとわかる。川の横にある円形で木造の建物。彼女は馬から降り、バーソロミューが手綱を取る、彼女の脚は道中のどこかで骨を無くしてしまったかのように感じられる。周囲の光景——通り、川岸、馬、劇場——は波打ち、揺れているみたいで、焦点があったりぼやけたりする。バーソロミューが何か言っている。俺は、と彼は彼女に告げる、ここで姉さんを待ってる。姉さんが戻ってくるまでここから動かない。わかったか？　彼の顔が彼女の顔にうんと近づいてくる。なんらかの返答を待っているようなので、アグネスは頷く。彼女は弟から離れ、大きな扉をくぐって、一ペニー払う。

高くなっている出入口を入ると、顔の列がつぎつぎと重なる光景に迎えられる、何百もの顔が、どれもしゃべったり叫んだりしている。彼女がいるのは丈の高い板で囲まれた部分で、どんどん人が入ってきている。集まっている群衆のなかに舞台が突き出していて、そんなもろもろの上は空の天井だ、丸い空間のなかで雲がいくつも早い速度で流れ、鳥の姿が一方の端からべつの端へとさっと飛ぶ。

アグネスは肩や体のあいだをすり抜ける、男や女、腕に鶏を抱えている人がいる、ショールで半分隠して赤ん坊に乳を含ませている女が、トレイにパイを並べて売っている男が。彼女は体を横向きにして人のあいだを縫って、できるだけ舞台に近いところまで行く。

どちらを向いても、体や肘や腕がひしめいている。扉からはどんどん人が流れ込んでくる。上のバルコニーにいる人に向かって土間から何かの身振りをしたり叫んだりしている人がいる。群衆は密度を増し、うねる、まず一方へ、それからべつの方へ。アグネスは前に後ろに押されるが、足を踏ん張っている。流れに逆らうのではなくいっしょに動くのがコツのようだ。川のなかに立っているのと同じだ、と彼女は考える。流れに抗わず、同じ方向へ体を向けるのだ。座席の一番高い段にいるグループが、何やら大騒ぎしながらロープを下ろしている。叫び声ややじや笑い声が響く。パイ売りがロープの端にぎっしり詰まった籠を結わえ付けると、上の人々はロープを自る。

分たちのほうへ手繰り寄せはじめる。群衆の何人かが、ふざけて、というか、腹ペコだとでも言いたげな態度でそれをひったくろうと跳び上がる。パイ売りの男がそのそれぞれに素早く、ガツンと一発食らわせる。上の人たちが硬貨を投げ、パイ売りはそれを受け止めようと突進する。殴られたばかりの男が一人、先に硬貨を手にし、パイ売りは男の喉を摑む。男はパイ売りの顎にパンチを見舞う。二人は激しい勢いで倒れ、はやし立てる声や騒音のただなかで群衆にのみこまれる。

アグネスの隣の女が肩をすくめ、黒い乱杭歯を見せてにやっとする。女は小さな男の子を背負っている。子どもは片手で母親の髪を摑み、もう片方で、アグネスには子羊の脛の骨のように見えるものを握って、飽き飽きしているかのような、どんより生気のない顔で齧っている。男の子はアグネスを無表情な目でじっと見る、小さな尖った歯で骨を噛みしめながら。

とつぜん高らかな音が響いてアグネスはぎょっとする。どこからかトランペットが吹き鳴らされているのだ。群衆のざわめきが高まり、不揃いな声援となる。人々は腕を上げる。ところどころで拍手がおき、声援もちらほら、甲高く口笛を吹く者もいる。アグネスの背後から、汚い言葉が聞こえてくる、悪態、声を張り上げて急かしている、急いで、頼むから。

トランペットがメロディを繰り返す、同じメロディを何度も、最後の音が引き伸ばされ持続する。群衆は静けさに包まれ、そして二人の男が舞台に歩み出る。

アグネスは目をしばたたく。芝居を見に来たのだということが、なぜか頭から飛んでしまっていたのだ。だが彼女はここにいる、夫の劇場に、そして今から芝居が始まるのだ。

二人の役者は木の舞台に立って、互いにしゃべっている、誰にも見られていないかのように、彼ら二人きりでいるかのように。

彼女は二人を見つめ、一心に聴き入る。二人は不安そうでびくびくし、あたりをちらちら見まわし、剣を握っている。そこにいるのは誰だ？　片方がもう片方に怒鳴る。姿を見せろ、もう片方が怒鳴り返す。新たな役者たちが舞台に登場する、みんな不安そうで、みんな神経をとがらせている。

周囲の人々が完全に静かであることに、彼女は嫌でも気づく。誰もしゃべらない。誰も動かない。誰もが舞台の役者たちに、彼らが言っていることにひたすら注意を集中している。押し合いへし合いも、口笛も、口論も、やかましくパイを食べる音もすべて止み、代わりに畏敬の念をたたえて静まり返った人々がいる。魔術師とか魔法使いがその場で杖を振り、みんな残らず石に変えてしまったかのようだ。

この場にたどり着いて芝居が始まってみると、道中で、そして夫の下宿に立っていたときに感じていたどこか他人事みたいな奇妙な感覚は、垢のように彼女の心から洗い落とされる。彼女は心構えができている、彼女は腹が立っている。さあどうぞ、と彼女は考える。あなたがどんなものを作ったのか、見てやろうじゃないの。

舞台の役者たちは互いに言葉を交わしている。身振りをし、指さし、武器を手に前に後ろにちょこちょこ歩く。一人がセリフを言い、もう一人が言い、それからまた最初の人の番だ。彼女は見つめながら困惑する。何か馴染みのあるものを予期していたのだ、何か自分の息子についてのものを。いったいほかの何についての芝居だというのだろう？　でも、これはお城にいる人たちだ、胸壁の上で、つまらないことで言い合いをしている。

どうやら魔法使いの魔法にかかっていないのは彼女一人のようだ。魔法は彼女には影響を及ぼしていない。野次を飛ばすか嘲るかしてやりたい気分だ。このセリフ、このやり取りを書いたのは夫だ、だがこのなかのどの言葉にしろ、うちの息子になんの関係があるというのだ？　彼女は舞台の上にいる連中に向かって叫びたい、あんた、それにあんたも、と言ってやりたい。あんたたちみんな、くだらない、こんなのくだらない、うちの息子がどんな子だったかってことと比べたら。うちの息子の名前を口にのぼせたりするのは、やめてよね。

疲れがどっと彼女を襲う。脚も尻も長時間馬に乗っていたせいで痛む、寝不足だし、光が目を刺すように感じられるし。こうして周囲からぐいぐい押されるのを、この長ったらしいセリフを、言葉の洪水を我慢する気力はないし、そうしようとも思わない。もうこれ以上こんなところにいてたまるものか。出ていこう、夫には知られずに済むだろう。

とつぜん舞台の役者が、恐ろしいものを見た、みたいなことを言い、彼女にはわかってくる。この男たちが探しているのは、話題にし、待ち受けているのは、幽霊、亡霊なのだ。彼らは出てきてほしいと思う一方で、また同時に恐れてもいるのだ。

彼女は身じろぎもせず、役者たちの動きを見つめ、セリフに聞き入る。彼女は両腕を組んで、まわりの人たちに触られたりぶつかられたりして気が散らないようにする。集中していたいのだ。一言たりとも聞き逃したくはない。

幽霊が現れると、一斉にはっと息をのむ気配が観客のあいだに広がる。アグネスはたじろいだりしない。幽霊を見つめる。幽霊は鎧兜に身を固めていて、兜の眉庇（まびさし）を下ろし、体の半分は屍衣で隠れている。城の胸壁の上の怯えた男たちの騒ぎや泣き言など彼女は聞いていない。目を細めて幽霊を見つめる。

彼女は幽霊に目を据える。あの背丈、あの腕の動き、手を上に向けて、指先をあんなふうに丸めて、あの肩の動き。彼が眉庇を上げたとき、彼女が感じるのは驚きではない、はっと気づくわけではなく、ある種のうつろな確認だ。彼の顔は不気味に白く塗られ、顎ひげは灰色になっている。戦いのときのような服装で、甲冑と兜を着けている、だが彼女は一瞬たりとも騙されない。あの衣装を、あの扮装をまとっているのはだれなのか、彼女にはちゃんとわかる。

彼女は思う。ほうら、お出ましだ。あなたったら、いったい何をやってるの？

あたかも彼女の思念が彼に、彼女の心から彼の心に、観客のあいだを突き抜けて発せられたかのように——今や胸壁の上の男たちに呼びかけ、大声で警告しながら——亡霊の顔がぱっとこちらを向く。兜が開き、目が観客の顔を見渡す。

そうよ、とアグネスは夫に告げる、わたしはここ。で、どうするの？

幽霊は去る。どうやら探していたものが見つからなかったらしい。がっかりしたような声が観客からあがる。舞台の男たちはしゃべり続ける、いつまでも。アグネスは足を動かし、幽霊はいつ戻ってくるのだろうと思いながらつま先立ちになる。彼を見ていたいのだ、戻ってきてもらいたい。彼自身のことを本人に説明してほしいのだ。

前の男の頭と肩の向こうを見ようと首を伸ばしていて、うっかり隣の女のつま先を踏んでしまう。女は小さな悲鳴をあげて横によろめき、背中の子どもが子羊の骨を落とす。アグネスは謝りながら女の肘を摑んで支え、それから身をかがめて骨を拾うが、そのとき舞台から聞こえる言葉にはっと体を伸ばし、摘まんでいた骨を落としてしまう。

ハムレット、役者の一人がそう言ったのだ。

彼女はそれを聞いた、遠くで鐘が鳴ったようにはっきりと響くのを。

そしてまた。ハムレット。

アグネスは唇を嚙み、自分の血の味が口中に広がる。彼女は両手を握りしめる。

彼らは言っている、あの舞台の男たちは、互いのあいだでその名前をまわしていく、ゲームの点棒のように。ハムレット、ハムレット、ハムレット。それはあの幽霊のことらしい、あの死んだ男、故人。

彼女が知りもしない、この先も知ることもない人たちの口からあの名前を聞かされる、しかも死んだ老王の名前として使われているのを。アグネスにはこれが理解できない。なぜ夫はそんなことをするのだ？　こんな名前など自分にとってはなんでもない、ただの文字の連なりだ、みたいな態度をとるのだ？　この名前を盗んで、それからそれが体現しているものをすべて剝ぎ取り、取り除き、かつてそれに封じ込められていた命そのものを捨て去るなんてことが、どうしてできるのだ？　ペンを取り上げて紙にその名前を書きながら、その名と自分たちの息子との繫がりを断ち切ってしまうなんてことがどうしてできるのだ？　そんなの理解できない。その思いが彼女の心を貫く、彼女の内臓を抉り出す、彼女を彼女自身から、彼から、二人が手にしたすべてから、二人のすべてから断ち切ってしまいそうだ。彼女はあの橋の上の哀れないくつかの首を思い出す、むき出しの歯、脆い首筋、凍り付いた恐怖の表情、そして自分もあのなかの一つみたいな気がする。川の冷気が感じられる、彼らが体なしで揺れて垂れ下がっていくのが、彼らの無言の無益な後悔が。

行こう。ここから出よう。バーソロミューを見つけて、あの疲れ果てた馬に乗って、ストラトフォードへ帰って夫に手紙を書こう、こんなふうに。家に帰ってこないで、二度と帰ってこないで、ずっとロンドンにいてください、わたしたち、あなたとはもうこれっきりです。見るべきものはすべて見た。彼女が恐れていたとおりだ。彼はあの、数ある名前のなかでも一番神聖で大切に扱わなくてはならない名前を取り上げて、いろんな言葉のごちゃ混ぜのなかに、演劇公演のなかに投げ込んだのだ。

ここへ来て、この芝居を見たら、夫の心を垣間見ることができるかもしれないと彼女は思っていた。彼のところへ戻る道を得られるのではないかと。芝居のチラシのあの名前は夫が彼女に何か伝えるための手段なのではないかと彼女は考えていた。ある種の合図、信号、差し伸べた手、呼び出し。ロンドンへと馬で進みながら、もしかしたらこれで、息子が死んで以来の彼のよそよそしさ、沈黙の理由がわかるかもしれないと思っていた。今や彼女は夫の心に理解すべきものなど何もないと思っている。夫の心を占めているのはこれだけだ。木製の舞台、熱弁をふるう役者たち、暗記されたセリフ、熱狂的な観客、衣装を着けた道化たち。彼女は幻を、鬼火を追いかけていたのだ、これまでずっと。

スカートを引き寄せ、ショールを巻きつけ、夫とその一座に背を向けようとしたとき、彼女は舞台に歩み出てきた男の子に注意を引きつけられる。男の子、ショールを解いたりまた結んだりしながら彼女は考える。それから、いや、大人の男だ。そして、違う、若者——男と男の子の中間だ。

まるで鞭で肌をぴしゃりと強く打たれたみたいだ。髪は黄色で、額の生え際からつっ立っている、弾むような軽い足取り、せっかちに頭を動かす仕草。アグネスは両手を落とす。ショールが肩から滑り落ちるが、身をかがめて拾おうとはしない。彼女はその男の子を凝視している。けっして目を逸らすことなどできないかのように、ひたすら見つめている。胸から息がすっかりなくなってしまった気がする、血が血管のなかで凝固しているみたいだ。頭上の円形の空がとつぜん頭を押さえつけてくるようだ、皆の頭を、大釜の蓋みたいに。彼女は凍えている、彼女は息詰まるほどほてっている。彼女は出ていかなくてはならない。彼女はここに、この場にいつまでも立っていなくては。

王が男の子に「ハムレット、我が息子よ」と呼びかけるその言葉は、彼女にはなんの驚きももたらさない。もちろん、あの子はそうに決まっている、もちろん。ほかの誰だというのだ？　彼女はこの四年間というもの、あらゆるところで、絶え間なく息子を探してきた、そしてここにあの子がいる。

あれはあの子だ。あれはあの子じゃない。あれはあの子だ。あれはあの子じゃない。その思いは振り子のように彼女のなかで揺れる。彼女の息子、彼女のハムネットまたはハムレットは、死んだ、教会墓地に葬られた。まだ子どものうちに死んでしまった。今では墓のなかでただの白い骨だけになっている。でもあれはあの子だ、大人に近づくまでに成長した、生きていれば今ごろそうなっていたはずのあの子だ、舞台の上で、彼女の息子の足取りで歩き、彼女の息子の口調で話している、彼女の息子の父親が彼のために書いたセリフをしゃべっている。

彼女は両手で頭をぎゅっと挟む。これはあんまりだ。これはあんまりだ。どうやって耐えたらいいのか、これを自分にどう説明したらいいのかわからない。一瞬、自分は倒れるんじゃないかと彼女は思う、人の頭と体のこの海原の下に消えて、固められた土の上に横たわり、たくさんの足に踏まれるのではないかと。

ところが、あの幽霊が戻ってきて、男の子のハムレットは幽霊としゃべっている。彼は恐れおののいている、彼は憤慨している、彼は取り乱している、そしてアグネスは、あのお馴染みの衝動に駆られる、干上がった川床に水がどっと流れ込むように。あの男の子の体に両手を置きたい。腕に抱き寄せて、慰め、元気づけてやりたい――そうしないではいられない、何がなんでも。

耳を傾ける舞台の若きハムレットに、老いたハムレット、あの幽霊は、自分がどんなふうに死んだか話して聞かせる、毒が体を「水銀のように」駆けめぐったことを、そして男の子の聴き入る姿はなんと彼女のハムネットに似ていることか。首の傾げ方、傾け具合がまったく同じだし、すぐには理解できないことを聞いたときに指関節を口に押しつける仕草も。どうしてこんなことが？　彼女にはわからない、何ひとつわからない。どうしてこの役者が、この若者が、あの子に会ったことも見たこともないのに彼女のハムネットがどんなふうだったか知っているのだろう？

ぎゅう詰めの群衆のあいだを縫って役者たちのほうへと移動しながら、細かな雨に包まれるように彼女にはわかってくる。彼女の夫は魔術を成功させたのだ。夫はあの男の子を見つけ、指導し、やり方を教えたのだ、どんなふうにしゃべるか、どんなふうに立つか、どんなふうに顎を上げるか、こうやって、ああやって、と。稽古をつけ、指導し、演技できるようにしたのだ。あの男の子がしゃべったり聞いたりするセリフを書いたのだ。彼女はそういう稽古の場面を思い浮かべてみる、夫はどんなふうにあの男の子にあんなに正確に、あんなに細かく教え込んだのだろうかと、そして、あの男の子がそれをちゃんとのみこんだとき、どんな気がしたのだろうかと、初めてあの歩き方ができるようになったとき、あのどきっとさせられる振り向き方を身につけたときには。夫はきっとこんなふうに言ったのだろう、ダブレットの前は留めないで、紐は垂らしておくんだ、そして靴を引きずるんだぞ、それから、髪を濡らして立てておけ、そうだ、なんて？

ここ、舞台の上では、ハムレットは二人いる、生きている若い男、そして死んでいるその父親。彼は生きていて、そして死んでいる。彼女の夫はあの子を蘇らせたのだ、自分にできる唯一の方法で。幽霊がしゃべるにつれて、夫がこの芝居を書くなかで、幽霊役を演じるなかで、息子と交代したのが彼女にはわかる。夫は息子の死を自分が引き受けたのだ。自分の身を死神の手に摑ませておいて、代わりにあの子を蘇らせたのだ。「ああ、恐ろしい！　ああ、恐ろしい！　なんと恐ろしい！」彼女の夫は凄みのある声でぼそぼそと言う、死に際の苦しみを思い出しながら。夫は、とアグネスは思う、父親なら誰でも望むであろうことをやったのだ、我が子の苦しみを代わりに自分の身に引き受け、あの子と交代し、我が子の身代わりとなることであの子が生きられるようにしたのだ。

こういうことをぜんぶ夫に話そうと彼女は決める、あとで、芝居がはねてから、最後の沈黙が広がって、死者が登場して舞台の端に並んだ役者たちの列に加わったあとで。彼女の夫とあの男の子が手を繋いで、嵐のような拍手喝采を浴びながら何度もお辞儀したあとで。舞台に誰もいなくなり、もう胸壁も、墓地も、城もなくなったあとで。夫が彼女を探して、まだ顔に練り粉の筋をつけたまま、群衆をしゃにむにかき分けてやってきたあとで。夫が彼女の手を取り、着ている鎧の留め金と革に押しつけるように抱きしめたあとで。二人でいっしょに劇場の円形の空間に、そこが頭上の空と同じく空っぽになるまでたたずんだあとで。

今のところは、彼女は群衆の一番前に、舞台の端にいる。舞台の木の縁を両手で握りしめている。腕を伸ばしたところ、たぶん腕二本分くらい向こうに、ハムレットがいる、彼女のハムレットが、生きていたらこうなっていたであろう姿で、それに幽霊が、彼女の夫の手を、夫の顎ひげを持ち、彼女の夫の声でしゃべっている。

彼女は手を伸ばす、彼らを確認しようとするかのように、三人のあいだの空気を感じ取ろうとするかのように、観客と役者のあいだの、現実と芝居のあいだの境界を突き破りたいとでもいうように。

幽霊がその場から立ち去ろうとしながら彼女のほうへ顔を向ける。彼はまっすぐ彼女を見ている、彼女と目を合わせながら、最後のセリフを言う。

「私のことを忘れるな」

# 著者あとがき

本書はフィクションで、一五九六年の夏、ウォリックシャー州ストラトフォードで死んだ男の子の短い生涯から着想を得た。可能な部分については、実際のハムネットとその家族について知られている僅かばかりの歴史的事実に極力即したものにしようとしてはみたが、いくつかの詳細――とりわけ名前――は変えたり無視したりしている。

たいていの方々は彼の母親を「アン」としてご存じだろうが、彼女の父親、リチャード・ハサウェイはその遺書で娘の名前を「アグネス」と認めているので、わたしはこの例に倣うことにした。ジョーン・ハサウェイをアグネスの実母とする説もあれば、いや継母だとする説もあり、どちらの説もそれを立証するもしくは疑う証拠はほとんどない。

ハムネットの唯一生き延びた父方の叔母は、イライザではなくジョーン（早くに死んだ長姉と同じく）と呼ばれていた、勝手ながら変えさせていただいたのは、当時の教会区の記録ではありふれたこととはいえ、同じ名前が出てくると小説の読者を混乱させる可能性があるからだ。

シェイクスピアズ・バースプレイス・トラストの案内人の幾人かはわたしに、ハムネットとジュディスとスザンナはヘンリー通りの祖父母の家で育ったと教えてくれた。彼らは隣接する小さな住居で暮らしていたのではないかという人たちもいた。どちらにしろ、二つの家族は密接な繋がりを持っていたのであろうが、わたしは後者を選ぶことにした。

最後に、ハムネット・シェイクスピアの死因は定かではない。彼の埋葬は記載されているが、死因は記されていない。十六世紀後半に、黒死病、あるいは「疫病（ペスト）」として知られていたであろうものは、シェイクスピアのどの戯曲でも詩でも一度も言及されていない。わたしはこの欠落がいつも不思議で、もしかするとそこには何か重要なものがあるのではないかと思っていた。この小説はわたしの勝手気ままな憶測の結果である。

# 謝辞

メアリ＝アン・ハリントンに感謝します。

ヴィクトリア・ホブスに感謝します。

ジョーダン・パヴリンに感謝します。

ジョージーナ・ムアに感謝します。

ヘイゼル・オーム、イエティ・ランブレクツ、エイミー・パーキンス、ヴィッキー・アボット、そしてティンダー・プレスの皆さんに感謝します。

シェイクスピアズ・バースプレイス・トラストの職員の皆さん、そしてストラトフォードのホーリー・トリニティ教会のガイドの皆さん、夥しい質問に、いつも変わらず気持ちよく忍耐強く答えてくださってありがとうございます。

ブリジット・オファーレル、キッチンテーブルを貸してくれてありがとうございます。

シャーロット・メンデルソンとジュールズ・ブラッドベリーには、薬草や植物について教えてくださったことに感謝します。

つぎにあげる本は、本書の執筆にあたってとても役に立ちました。『The Herball or Generall Historie of Plantes』ジョン・ジェラルド著 一五九七年(マーカス・ウッドワード編纂、©Bodley Head 一九二七年)、『Shakespeare's Restless World』ニール・マグレガー著(Allen Lane 二〇一二年)、『A Shakespeare Botanical』マーガレット・ウィルズ著(Bodleian Library 二〇一五年)、『The Book of Falconrie or Hauking』ジョージ・ターバーヴィル著(London 一五七五年)、『Shakespeare's Wife』ジャーメイン・グリア著(Bloomsbury 二〇〇七年)、『シェイクスピアについて僕らが知りえたすべてのこと』ビル・ブライソン著(日本放送出版協会、二〇〇八年)、『シェイクスピア伝』ピーター・アクロイド著(白水社、二〇〇八年)、『How To Be a Tudor』ルース・グッドマン著(Penguin 二〇一五年)、『1599: A Year in the Life of William Shakespeare』ジェイムズ・シャピロ著(Faber&Faber 二〇〇五年)、そしてShakespeare Documentedのウェブサイト、shakespearedocumented.folger.edu/。

ヘンダーソン先生には特別な感謝を。一九八九年、先生の英語の授業で、ハムネットの存在について初めて耳にしたのでした。先生が本書を「悪くない」と評価してくださいますよう。

SS、IZ、そしてJA、どうもありがとうございます。

それから、ウィル・サトクリフ、何もかもありがとう。

## 訳者あとがき

本書の作者マギー・オファーレルは、中等学校で『ハムレット』を学んだ際、シェイクスピアにはハムネットという息子がいたがこの戯曲が書かれる四年ほどまえに死んでいる、と先生から聞かされ、以来ずっとその話が頭から離れなかったという。

大学で英文学を学び、シェイクスピアについて読みあさった作者は、死んだ息子ハムネットに関する記述があまりに少ないことに驚き、ますます興味をそそられた。やがて作家となり、ずっと書いてみたいと思っていたこの題材について本格的にリサーチを始めた作者は、死んだ男の子の母親、通常アン・ハサウェイと呼ばれている女性のあまりにひどい扱われ方に衝撃を受ける。結婚当時十八歳だったシェイクスピアよりも八歳年上で、豊かな農家の娘だった彼女は、才能ある年下の青年を誑かして結婚せざるを得なくした女で（婚姻および第一子誕生の日付から鑑みるに、結婚当時彼女は妊娠していた）、シェイクスピアは彼女を嫌ってロンドンへ出奔し、劇作家となった、といった言説が多々見られたのだ。

だが記録によると、かつては町の名士で手袋製造の商売を繁盛させていたシェイクスピアの父親は、息子の結婚当時は羊毛の闇取引その他の不祥事ですっかり落ち目となっていた。一方アン・ハサウェイのほうは、実家は裕福で父親からかなりの持参金を遺されており、社会的に見れば、彼女のほうが立場が上だった。しかも、シェイクスピアは芝居で稼いだ金を家族のもとへ送金し、かなりの資産家となって引退したのちは、ロンドンに留まらずに妻子のもとへ帰って生涯を終えている。妻を嫌う男のすることではない。

なぜシェイクスピアはあんな年上の女と結婚したのだろう？　という従来の考え方ではなく、むしろ、なぜ彼女は金も職もない青二才を選んだのだろう？　と考えるべきではないかと思ったオファーレルは、出生や結婚や出産といった公の記録以外ほとんど何もわかっていないこの女性を中心に、シェイクスピアの夭折した息子ハムネットの物語を書き上げた。それはまた、田舎町の青年がなぜロンドンへ出ることになり、そこで劇作家として大成功を遂げたのか、という、劇聖の生涯における二十歳から二十八歳くらいまでの「失われた年月」と呼ばれる空白期間の謎を埋める話にもなっている。四大悲劇のひとつ『ハムレット』の創作秘話でもあるし、死別の深い悲しみを味わった夫婦、家族が、ゆっくりと立ち直って生き続けてゆく物語でもある。

当時、名前の綴りは一定していなかった。アン・ハサウェイは父親の遺言ではアグネスと記されている。アグネスはアニェスと発音されてそのままアンとなる場合もあった。親は子の名前を心得ているはずだし、読者には、アン・ハサウェイという名前にこびりつく先入観を捨てて新たにアグネスのことを知ってもらいたい、という理由で、作者はアグネスという名を使うことにしたという。

一方で、世界で最も有名なかの劇作家のほうは一切名前が出てこない。こちらも、あの名前に対して読者に先入観を持たないでほしいというほうが無理だし、オファーレル自身、イギリス文学の基盤ともいえる人物を登場人物の一人として扱うことなど出来かねるから、という理由だとのこと。

ラテン語教師、夫、父親、とそのときどきで様々に呼ばれるのちの大劇作家が家庭教師先で出会うアグネスは、民間伝承から出てきたような森の民を母とする不思議な女性で、鷹匠の技を身につけ、蜂を飼い、薬草に詳しく、社会通念や世間の目をまったく気にせず、独自の価値観を持っている。しかも、親指と人差し指のあいだの肉を摘んでその人の心のなかを見通したり、未来を予測したりすることができる。のちの劇聖がこんなまたとない女性に惹かれないわけがない。そして彼女のほうも、彼の心のなかに常人にはないものを見て惹かれてしまう。結婚後、夫の屈託の原因に気づいた彼女は、寂しさをこらえて愛する夫をロンドンへ送り出し、才能を開花できるようにするのだ。かといって、「尽くす妻」というのではない。彼女は夫とは関係ない豊かな自分の世界を持っており、夫はその妻の世界に強い興味を持ち、妻から多くを教わる。シェイクスピアの作品に夥しく見られる植物や鳥への言及は妻から得た知識ではないかとオファーレルは推測するのだ。二人の関係は、宮廷の覚えめでたい人気劇作家と田舎に置き去りにされた無学な年上妻ではなく、それぞれ好きな仕事に傾注しつつ心の深いところで繋がる、対等なパートナー同士なのだ。

作者はこんな二人の結婚生活を、当時の言い回しは使わず現代英語で、しかし当時なかった言葉や今と違う意味で使われていた言葉は使わないよう注意しながら（オックスフォード英語大辞典を常に傍らに置いてチェックしていたとのこと）、三人称現在形で書き上げた。視点人物はつぎつぎ変わるが、その人物が知っている範囲のことしか描かれない。たとえば劇聖の父親ジョンの後ろ暗い取引のことはぼんやりしたまま。当時のエリザベス朝では英国国教会による宗教統制が復活、カトリックは抑圧されていたものの、人々のあいだには従来のカトリック信仰が根強く残っていた、そういう事情も、夜密かに訪れなければならない司祭や風変わりな儀式として言及されるだけだ。当然物語のほとんどがストラトフォードの一家の住居で進行し、遠いロンドンの出来事や社会の大きな流れはぼんやり影を投げかける程度で、詳細に描かれるのは日々の生活とそこで暮らすそれぞれの思いである。

こんな叙述法による本書は、まるでタイムマシンに乗ってあの時代へ飛び、一家の生活を覗いているかのような読み心地である。終盤でアグネスが初めてロンドンへ行き、夫の劇場を訪れる場面では、当時の薄汚く混沌としたロンドンの有様や、庶民の享楽の場であったかのグローブ座の雰囲気を、アグネスの目を通して味わえる。

物語は、男の子ハムネットが階段を降りてくる場面から始まる。なにやら切迫した様子で彼が家族を探すにつれて、家族構成や家のなかの様子、当時の暮らしぶりが手際よく紹介される。双子の妹ジュディスが急に具合が悪くなったので、対処してくれる大人を探しているのだ。だがなぜか家のなかには誰もおらず、頼みの母もいない。父はそもそも遠いロンドンで仕事している。妹の具合がどんどん悪くなるなか、彼はしばらく一人でやきもきすることとなる。

物語世界における「現在」であるこのストーリーの合間に、ハムネットの父である「ラテン語教師」が母アグネスを家庭教師先で見かけたときからこの「現在」に至るまでの経緯が、出会い、結婚、最初の出産、父のロンドン行き、双子の誕生、と切れ切れに順を追って差し挟まれる。こちらも現在形なので、最初はちょっと戸惑われるかもしれない。

妹は、じつは腺ペストに罹っていたのだが、途中でこのペスト菌がアレクサンドリアから商船でロンドンまで運ばれてストラトフォードの女の子を感染させる次第を綴る一章が挿入される。作者がこの部分を書いたのはコロナ禍の影すらなかった頃で、おもに劇作家の生家内部で進行する物語をしばし外へ広げる手段として思いついたということなのだが、新型コロナウィルスの世界的感染拡大を経験した今読むと、胸に迫ってくるものがある。

我が子を守ろうと、アグネスは持てる薬草の知識のありったけを傾けるのだが、不思議な能力を持つアグネスの病への対処法は呪術の類とは一線を画したむしろ科学的なもので、ちらと登場する医者のほうが呪い(まじない)めいた手段しか持たないのも興味深い。アグネスの必死の奮闘も空しく、最初に発病した妹は助かるもののハムネットのほうが死んでしまう。

ここから物語はひとつにまとまり、それまでとは打って変わったトーンで、残された一家の、息子を失った、離れて暮らす両親の、深い悲しみに打ちひしがれる生活が静かに淡々と描かれる。家族も夫婦もばらばらになってしまったような日々に少しずつ立ち直りのきざしが見えてきたかに思えたある日、アグネスは大嫌いな継母から夫の新しい芝居のチラシを見せられる。そこには大きく、死んだ息子の名前が。

夫が死んだ息子の名を芝居のタイトルとしたのを知ったとき、ハムネットの母はどう思っただろうか、というのは、オファーレルが本書を執筆するにあたっての大きな疑問のひとつだったようだ。作者がどういう答えを出したかは、アグネスとともに当時のグローブ座へ行って、『ハムレット』の芝居を観ながら確かめていただきたい。

マギー・オファーレルは一九七二年、北アイルランドのコールレーンに生まれ、ウェールズとスコットランドで成長。ウェールズにいた八歳のときに脳炎を発症、一時は命も危ぶまれた。本書でジュディスが高熱による幻覚を見る場面は、作者自身の体験のようだ。かろうじて一命は取り留めたものの、一生車椅子生活になると言われた。だが幸いにも自力で歩けるまでに回復して一年以上休学していた学校に復帰、その後スコットランドとウェールズで中等教育を受け、ケンブリッジ大学で英文学を学ぶ一方、後遺症による運動障害があるにもかかわらず、世界をあちこち旅行してかなり冒険的な青春を送ったようだ。アカデミズムの世界には向いていないと気づいた作者は、研究者への道は選ばず、ロンドンと香港でジャーナリストとして働いたり、大学で創作を教えたりしながら作家となった。

現在は、同じく作家の夫ウィリアム・サトクリフと、息子一人に娘二人とともにエジンバラに在住。なお、作者は本書のアイディアを長らく温めながらも、迷信的な不安から、息子がハムネットの死亡年齢である十一才を無事超えるまではどうしても取り掛かれなかったとのこと。第二子である上の娘には強度のアレルギーがあり、誕生直後からひどい湿疹に悩まされ、年に数回は救急車を呼ぶほどのアナフィラキシーショックを起こしてきたという。我が子が助からないのではないかと身も世もない思いをし、苦しむ我が子を看病する経験は、アグネスが子らを看病する場面に重ねられているのかもしれない。

二〇〇〇年刊行のデビュー作、交通事故で昏睡状態に陥った若い女性を核に、その家族の歴史や本人の生い立ち、結婚と辛い喪失に、出生の秘密という衝撃を仕掛けた『After You'd Gone』（邦題『アリスの眠り』〈世界文化社〉）で、オファーレルはベティ・トラスク賞を受賞、一躍人気作家となった。二〇〇四年刊行の、スコットランド高地地方と香港を舞台に家族や過去のしがらみに縛られる男女を描いた『The Distance Between Us』はサマセット・モーム賞を受賞、二〇一〇年刊行の、一九五〇年代と現代のロンドンに暮らす二人の女性を並行して描いて、芸術、母性、愛、裏切り、秘密、認識の揺らぎを語る『The Hand That First Held Mine』でコスタ賞受賞、二〇一三年刊行の『Instructions for a Heatwave』、二〇一六年刊行の『This Must Be The Place』も同賞最終候補となっている。二〇一七年刊行の、自身や子供があわやの危機に陥ったエピソードを綴ったメモワール『I Am, I Am, I Am: Seventeen Brushes with Death』はベストセラーとなった。小説としては八作目となる本書は、女性小説賞と全米批評家協会賞、ドーキー文学賞を受賞、ウォルター・スコット賞の最終候補となっている。なお、現在映画化の企画が進行中とのこと。

本書に引き合わせて、編集の労をとってくださった新潮社出版部の前田誠一さん、校閲部の皆さま、どうもありがとうございました。翻訳家の平野キャシーさんには、不明な部分について丁寧にご教示いただきました。感謝いたします。

ウィリアム・シェイクスピアの名声の陰でほとんど顧みられることのなかった家族の物語、どうかお楽しみいただけますよう。

小竹由美子

二〇二一年十月

Hamnet
Maggie O'Farrell

ハムネット

著 者
マギー・オファーレル
訳 者
小竹由美子
発 行
2021 年 11 月 30 日

発行者　佐藤隆信
発行所　株式会社新潮社
〒162-8711 東京都新宿区矢来町 71
電話 編集部 03-3266-5411
読者係 03-3266-5111
https://www.shinchosha.co.jp

印刷所
株式会社精興社
製本所
大口製本印刷株式会社

乱丁・落丁本は、ご面倒ですが小社読者係宛お送り下さい。
送料小社負担にてお取替えいたします。
価格はカバーに表示してあります。

ISBN978-4-10-590176-9 C0397

# 両方になる

How to Be Both
Ali Smith

アリ・スミス
木原善彦訳
十五世紀イタリアに生きたルネサンスの画家と、
母を失ったばかりの二十一世紀のイギリスの少女。
二人の物語は時空を超えて響き合い、再読すると――。
かつてない楽しさと驚きに満ちた長篇小説。

CREST BOOKS

# わたしのいるところ

Dove mi trovo
Jhumpa Lahiri

---

ジュンパ・ラヒリ
中嶋浩郎訳

通りで、本屋で、バールで、仕事場で……。
ローマと思しき町に暮らす独身女性の
なじみの場所にちりばめられた孤独、彼女の
旅立ちの物語。ラヒリのイタリア語初長篇。

# 友だち

The Friend
Sigrid Nunez

シーグリッド・ヌーネス
村松潔訳

誰よりも心許せる男友だちが命を絶ち、
喪失感を抱えた女性作家。
そこに男が飼っていた老犬が転がり込んできた。
思わず息をのむほど悲痛で美しい、全米図書賞受賞作。

CREST BOOKS

# 赤いモレスキンの女

La femme au carnet rouge
Antoine Laurain

---

アントワーヌ・ローラン
吉田洋之訳

バッグを拾った書店主のローランは
落とし主の女に恋をした——。手がかりは
赤いモレスキンの手帳とモディアノのサイン本。
パリ発、大人のための幸福なおとぎ話。

# 恋するアダム

Machines Like Me
Ian McEwan

---

イアン・マキューアン
村松潔訳

冴えない男、秘密を抱えた女、
アンドロイドの奇妙な三角関係――。
自意識を持ったＡＩが、恋愛や家族の領域に
入り込んで来た世界をユーモラスに描く傑作長篇。

CREST BOOKS